Knaur.

Über den Autor:
Alex Kortner, Jahrgang 1962, Sohn einer Mexikanerin und eines Deutschen, lebt in Yucatán, Mexiko. Nach einem abgebrochenen Ethnologiestudium reiste er viele Jahre lang durch Afrika und den karibischen Raum, um auf unkonventionelle Weise die Voodoo-Kulte und andere Trancereligionen zu erforschen. *Dunkler Tanz* ist sein erster Roman.

Alex Kortner

Dunkler Tanz

Ein Voodoo-Roman

Knaur Taschenbuch Verlag

Besuchen Sie uns im Internet:
www.knaur.de

Wenn Sie dunkle Spannung lieben, schreiben Sie uns:
Wir empfehlen Ihnen gerne weitere Titel!
mystery@droemer-knaur.de

Originalausgabe Mai 2006

Ein Unternehmen der Droemerschen Verlagsanstalt
Th. Knaur Nachf. GmbH & Co. KG, München

Ein Projekt der AVA international GmbH
Autoren- und Verlagsagentur, Herrsching.
www.ava-international.de
Redaktion: Ralf Reiter
Umschlaggestaltung: ZERO Werbeagentur, München
Umschlagabbildung: FinePic, München/Werner Schlosser
Satz: Ventura Publisher im Verlag
Druck und Bindung: Clausen & Bosse, Leck
Printed in Germany
ISBN-13: 978-3-426-63363-2
ISBN-10: 3-426-63363-9

2 4 5 3 1

Prolog

Sein Körper war wie aus Stein. Er spürte sein Herz nicht. Seine Hände nicht – gar nichts.

Was ist mit mir passiert? Wo bin ich? Ganz still lag er da und versuchte in sich hineinzuhorchen. Schwarz drinnen, schwarz draußen. Nichts als Nacht. Nur ganz tief in ihm drin so ein winziges Pünktchen Glut.

Schwerfällig rollten die Gedanken hinter seiner Stirn. Wie Steinbrocken auf einem flachen Hang. Wie bin ich hierher geraten? Was war vorher?

Nichts. Nur dieses glimmende Pünktchen in einem Meer aus Nacht.

Versuch dich zu bewegen! Deine Kampfhand – beweg sie!

Wer spricht da? Starr lag er da, und die Steinbrocken kollerten in seinem Kopf herum.

Plötzlich Bildfetzen, alles grau in grau. Ein feixendes Gesicht, eine riesengroße Spiegelbrille. Eine Hand, schwarz, schmutzig, um eine Spritze gekrallt. Die Nadel in seinem Arm. Ein Gefühl wie Stein, das sich rasend schnell in ihm ausbreitet. Dann nichts mehr – nur noch Nacht. Alles starr.

Deine Kampfhand – ball sie zur Faust! Versuch die Finger zu bewegen!

Wer ist das? Wer bin ich, verdammt? Mein Name, ich muss mich erinnern. Mit dem Namen fängt alles an. Ohne Namen hört alles auf.

Bildfetzen, wie zerschlissene, uralte Plakate zwischen den Steinbrocken herumwehend. Das hämisch grinsende Gesicht –

die Hand drohend über ihm. Die Spritze, die Nadel in seinem Arm. Die helle, längliche Kiste, die von links ins Bild schießt, als er den Halt verliert. Schlamm in seinen Beinen, und er fällt hin. Will sich an der Kiste festhalten, aber auch seine Finger sind plötzlich wie aus Lehm.

In der Kiste war jemand drin. Jemand, den er gut kannte. Den er mehr liebte als jeden anderen Menschen auf der ganzen Welt. Aber wer war das? Und warum in diesem länglichen Kasten von der Farbe frisch gefällter Pinien?

Versuch dich zu bewegen! Deine Kampfhand! Mach die Finger auf und zu!

Der Kasten, durchfuhr es ihn – ein Sarg! Wer war da drin, wer? Und wo zum Teufel bin ich – was ist das hier? Diese Wände um mich herum, das ist kein Stein. Es ist Holz, verdammt noch mal. Hartes, federndes Holz. In seinen Knöcheln begann es zu brennen und zu stechen, als er gegen die Wände schlug.

Besser Schmerz als gar kein Gefühl. Besser dieses dumpfe Dröhnen als gar kein Ton. Besser Panik als gar nichts zu spüren. Besser lebendig begraben als tot.

Verdammte Scheiße, Danny, du liegst in einem Sarg! Sie haben dich hier verbuddelt, aber du lebst!

Ein Gutes zumindest hatte seine Panik – der schwarze Schlund in seinem Kopf hatte seinen Namen wieder ausgespuckt. Danny. Daniel.

Sie haben dir Gift in den Körper gepumpt, Danny. Warum? Was für ein Gift?

Sie haben dich in diesen Sarg gesteckt, lebendig begraben – warum, zum Teufel, warum?

Ewigkeiten lag er in der Holzkiste, atmete Pinienduft und modrigen Erdgeruch. Und belauerte den schwarzen Schlund in seinem Kopf.

Das ist kein Gedächtnis, das ist ein Abgrund. Das ist kein Bewusstsein, das ist ein Loch ohne Boden! Schmeiß irgendwas rein, und du siehst es nie mehr wieder.
Doch als der schwarze Schlund die Antwort dann endlich ausspuckte, da wünschte er sich, dass sein Gedächtnis für immer leer und tot geblieben wäre.
Die Hand, Danny, die Spritze – sie haben Voodoo-Gift in dich reingepumpt! Du bist ein Zombie cadavre …
Die Starre kehrte zurück. Erfasste wieder seine Hände, sein Gedächtnis, breitete sich überall in ihm aus. Starr und leer. Schwarz drinnen, schwarz draußen. Sonst gar nichts mehr.
Versuch dich zu erinnern – gib nicht auf!
Es kam ihm völlig absurd vor, aber er hatte wirklich den Eindruck, dass der glühende Punkt in seinem Innern ihm diese Befehle schickte.
Du musst die Versteinerung auflösen – indem du alles noch einmal erlebst. Du musst dich bereit machen – für die Stunde, wenn sich dein Grab wieder öffnet. Wenn sie dich aus der Erde herausholen. Wenn sie glauben, dass dein Wille für immer erloschen ist!
Aber in mir ist alles schwarz.
Versuch's trotzdem – es ist deine einzige Chance!
Da fiel ihm ganz unvermittelt ein Satz ein, den er überhaupt nicht begreifen konnte. »Die Loas haben dich erwählt, aber du bist in großer Gefahr, Hazzide.«
Was soll das bedeuten? Wer oder was ist *Hazzide*?
Er verstand den Satz immer weniger, je öfter er ihn in seinem schwerfälligen Kopf hin und her drehte. Aber er zog an dem Satz, riss und rüttelte wieder und wieder daran und zerrte nach und nach ein ganzes Spinnennetz aus Sätzen und Bilderfetzen aus dem schwarzen Schlund in seinem Kopf hervor.

Aus dem Abgrund, dem Loch ohne Boden, das hinter seiner Stirn begann und bis in Erde und Schlamm hinabzureichen schien.
Du bist in großer Gefahr, Hazzide …
Erinnere dich, Danny – deine einzige Chance!

1

Irgendetwas stimmte nicht mit diesem Club, das spürte Daniel sofort. Er sah sich in der Eingangshalle des *Paraíso* um – an den Wänden pseudokaribische Kunst, Ölgemälde in naivem Stil, bunte Dämonenmasken, ein flammenrotes Bild von Ogu, dem Feuergott des Voodoo – alles billiger Touristen-Fake. Aber das war es nicht, was ihn schon beim Hereinkommen irritiert hatte. Mit so einem Mist musste man natürlich rechnen, wenn man zwei Urlaubswochen in der Dominikanischen Republik buchte, Vier-Sterne-Club, all inclusive. Er spürte ein Kribbeln hinter dem Nabel, sein inneres Warnsystem, auf das er sich immer schon blindlings verließ.
Gerade eben waren sie angekommen, mit dem Shuttle-Bus vom Flughafen Puerto Plata in halbstündiger Fahrt an die Playa Dorada gekarrt. Die Aircondition schleuderte eiskalte Luftwellen durch die Hotelhalle, trotzdem hatte er auf einmal schweißfeuchte Hände. Achte auf deine Ahnungen, und du wirst niemals in die Falle tappen – eine seiner Weisheiten, mit denen er ständig allen auf die Nerven fiel. Früher seiner Mutter, dann den Kommilitonen beim Ethnologiestudium, das er letzten Winter nach vier Semestern geschmissen hatte, und jetzt Elsie.

Der strahlenden Elsie im goldenen Minikleid, die neben ihm im Pulk der Neuankömmlinge stand, die schönste Frau, der Daniel jemals begegnet war – lange Haare, lange Beine, minzegrüne Augen, hypnotisierendes Lächeln. Seit fast einem Jahr waren Elsie und Daniel ein Paar. Eigentlich konnte er immer noch nicht fassen, dass sie ausgerechnet ihn bei sich aufgenommen hatte. In ihrem bestens organisierten Leben, ihrem schicken Dachapartment im Frankfurter Westend, ihrem golden überdachten Himmelbett.

Schwarze Kellner in Bermudashorts und bunt bedruckten Hemden tanzten durch die Menge und balancierten Tabletts mit bonbonroten Getränken. Irgendetwas war hier ganz und gar nicht in Ordnung, dachte Daniel wieder, und er würde herausbekommen, was es war. Argwöhnisch sah er sich in der Halle um, die voll war mit erwartungsfrohen Neuankömmlingen. Alle aus Deutschland, besser bis unverschämt gut verdienend, alle Mitte zwanzig bis Mitte dreißig, vorherrschende Tonlage: dröhnend selbstbewusst. Einige von diesen Typen hatten ihn schon im Flieger stundenlang genervt. Zum Beispiel dieser breitschultrige Blonde da drüben mit seinem prahlerischen Gerede und mit seinem abschätzigen Blick, der zu besagen schien: Du bist keiner von uns. Du gehörst nicht hierher. Besser, du verschwindest.

Womit er zweifellos Recht hatte.

Dass sie dieses Vier-Sterne-Ding gebucht hatten, war ein Kompromiss zwischen Daniel und Elsie, Voodoo und Wellness, Trancetrip und Hochglanztraum. Elsie arbeitete als freie Redakteurin für ungefähr alle großen Frauenmagazine. Genauso gut hätte sie auf den Titelseiten erscheinen können, als Starmodel oder geheimnisvoller Vamp mit Rundum-Dekolleté und männermordenden Stilettos. Ihre Schönheit, ihr Glanz, ihre glamourösen Talente waren wie eine Schatztruhe, die Elsie jederzeit zur Verfügung stand. Sie hätte alles werden können, Herrscherin über ein Imperium von Schönheitsfarmen zum Beispiel oder die erfolgreichste Heiratsschwindlerin der jüngeren Menschheitsgeschichte. Aber wundersamerweise hatte sie beschlossen, mit Daniel Messner zusammenzuleben, dem eigentlich kaum jemand auch nur die allerbescheidensten Erfolge zutraute. Außer vielleicht mit seinen seltsamen Kunstprojekten, aber die interessierten höchstens ein paar Szene-Spinner und exzentrische Galeristen. Explodierende Skulpturen auf Video und Schwarzweißfotos von diesem schlammverschmierten buckligen Jungen im Wald. Von Stricknadeln durchbohrte schwarze Puppen, die sich auf den zweiten Blick als tote Baumstrünke herausstellten, mit ein paar Lumpen, verspiegelter Sonnenbrille und reichlich Schminke präpariert. Voodoo im Spessart. Einer der nicht gerade zahlreichen Kritiker, die sich letztes Jahr in Daniels Ausstellung »Primitive Kunst und Verbotener Traum« verirrt hatten, war mit versteinerter Miene an den Bildern entlangmarschiert und hatte dann für sein Magazin nur einen winzigen Artikel geschrieben, kaum mehr als eine Notiz: »Aufwühlende Grenzgänge zwischen Albtraum, Voodoo-Spuk und Wahn«.

Auch Elsie hielt überhaupt nichts von Daniels Begeisterung für Voodoo. Wochenlang hatte er versucht, sie für eine Rundreise durch Haiti zu begeistern, das Herzland des Voodoo, das einzige Land auf der Erde, wo Voodoo nicht als gefährlicher Irrsinn galt, sondern selbstverständliche, mehr oder weniger von der gesamten Bevölkerung gelebte Wirklichkeit war. Aber Elsie war nicht zu erweichen gewesen. Sie hatte behauptet, dass sie überhaupt nicht verstünde, was er ausgerechnet in Haiti wollte. »Das ist doch nur wieder eine deiner Verrückt-

heiten, Danny, das meinst du doch nicht im Ernst, oder? Dass ich mit dir in eines der ärmsten Länder der Welt fahren soll? Wo das Trinkwasser verseucht ist, die Leute sich gegenseitig erschießen, vergiften, die Hälse durchschneiden? Und wo sie an diesen finsteren Unsinn glauben – Zombies, grässliche Götter, von denen man *besessen* wird, so dass man zuckend im Kreis tanzen, sich am Boden herumwälzen muss, wie diese Dämonen es einem gerade befehlen? Nicht mit mir, Daniel Messner.« Das wusste sie natürlich alles aus ihren Frauenmagazinen, in denen gepriesen wurde, was schön und glamourös, schick und stilvoll war, und heruntergemacht, was dieser übersichtlichen Checkliste nicht entsprach.
Rätselhafte Elsie. Sie konnte sich hinreißend hochnäsig geben und hinter einem Panzer aus makellosem Make-up und vollsynthetischen Hochglanzphrasen verschanzen, und alle Welt glaubte, dass dies die wahre und wirkliche Elsie Rohgast war. Aber Daniel wusste es besser, er hatte Elsie tiefer in die Augen gesehen, als sie selbst es jemals bei ihren unendlichen Sessions vor dem Badezimmerspiegel gewagt hatte. Elsie hatte Angst vor ihrer eigenen Leidenschaftlichkeit, nur deshalb klammerte sie sich an alles, was ihr geeignet schien, ihre Selbstkontrolle zu verstärken. Aber gleichzeitig sehnte sie sich wie wahnsinnig danach, von dieser starren Selbstkontrolle erlöst zu werden. Und deshalb liebte sie ihn, Danny, und wehrte sich gleichzeitig gegen all das, was er unablässig in ihr Leben, ihr Apartment, ihre Gedanken und Gefühle hineinschleuste, einfach dadurch, dass er bei ihr war. Wahnsinn, Chaos, Leidenschaft, Magie.
Voodoo.
Also Dominikanische Republik, Vier-Sterne-Paradies an der Nordküste, hundertfünfzig Kilometer östlich der Grenze zu

Haiti. Und die vage Aussicht auf einen Tagestrip nach Port-au-Prince, Hauptstadt von Haiti, »mit Teilnahme an einer echten Voodoo-Zeremonie«, falls die aktuelle Sicherheitslage den Grenzübertritt erlaubte. Ein Abstecher auf eigene Faust kam für Daniel nicht in Frage, leider. Elsie würde ihm eine schreckliche Szene machen, sie würde sich verraten und im Stich gelassen fühlen, wenn er ihr mit dem Plan käme, sie für ein paar Tage im *Paraíso* allein zu lassen.

Vor allem aber konnte er überhaupt nicht einschätzen, wie er selbst reagieren würde – wie er sich verändern würde, wie schnell und wie tiefgreifend, wenn er erst einmal ganz und gar in die Welt des Voodoo eingetaucht wäre. Ob er überhaupt zurückkehren würde. Ob irgendetwas von Daniel Messner übrig bleiben würde, das zurückkehren *konnte*.

Ein schwarzer Kellner, lang und hager wie eine Bambusstange, kam mit finsterer Miene auf sie zu. »Welcome-Drink.« Sein Englisch war mehr oder weniger unverständlich, auf dem Namensschildchen an seiner Hemdbrust stand »Jean Baptiste«. Daniel beobachtete ihn aufmerksam, er war vielleicht Anfang dreißig, und mit seinem grimmigen Gesicht und den unwirschen Bewegungen passte er überhaupt nicht in diese Inszenierung unbeschwert karibischen Lebensstils. Immerhin nannte sich dieser Ferienclub *Paraíso*, der Kellner Jean Baptiste aber pflügte durch die Gästeschar, als ob Gott persönlich ihn mit der Säuberung seines Gartens Eden beauftragt hätte. Schon vor ein paar Minuten, als sie alle hier reingekommen waren, hatte er sich auf diese gebieterische Weise einen Weg gebahnt und dabei Elsie am Arm angerempelt. Mit einer königlichen Gebärde hatte sie ihr goldenes Haar über die Schulter geworfen, ohne dem Grobian auch nur einen Blick zu schenken.

Jetzt unterbrach Elsie ihr Gespräch mit der langweiligen jungen Psychotante, die seit dem Check-in in Frankfurt nicht mehr von ihrer Seite gewichen war. Paula Blessing, wohnhaft in irgendeiner westfälischen Kleinstadt, Spezialgebiet schwermütige Senioren. Dabei machte sie selbst den Eindruck, als ob sie dringend jemanden bräuchte, der sie aus ihrer Single-Depression befreite. Und unglücklicherweise schien sie ausgerechnet ihn, Daniel, für diese Aufgabe auserkoren zu haben. Jedenfalls starrte sie ihn bei jeder Gelegenheit mit schwärmerischem Gesichtsausdruck an, und wenn er ihren Blick erwiderte, wurde sie rot wie ein Teenie-Girl. Na, die hat mir gerade noch gefehlt, dachte Daniel. Paula war ihm nicht unsympathisch, aber sie war mehr so der kumpelhafte Typ, mit selbstlosem Herzen und sportlicher Ponyfrisur.

Elsie machte Jean Baptiste ein Zeichen – erhobener Zeigefinger, umwerfendes Lächeln. Der Kellner sah finster durch sie hindurch und machte keinerlei Anstalten, ihr ein Glas zu reichen. Elsie schaute irritiert, so etwas war sie absolut nicht gewöhnt. Das Kribbeln hinter Daniels Nabel wurde stärker. Er nahm zwei Gläser von seinem Tablett, reichte Elsie einen der knallroten Drinks, aber sie schien ihn kaum wahrzunehmen. Sie griff nach dem Glas, doch dabei sah sie den finsteren Kellner an, und ihr Gesicht hatte einen Ausdruck angenommen, den Daniel bei der immer coolen und selbstbeherrschten Elsie noch niemals gesehen hatte – erschrocken, ja geradezu alarmiert.

Neben dem Rezeptionstresen stand ein kleines Podest mit einem Stehpult darauf. Eine junge Frau im Khakikostüm eilte durch die Menge, enterte die Plattform und klopfte auf das Mikrofon. Es folgten die üblichen Begrüßungsformeln und stereotypen Schwärmereien. Jedenfalls nahm Daniel an, dass die Gäste aller Ferienclubs in der gesamten Karibik mit solchem

Willkommensgeschwätz eingeseift wurden, wenn auch nicht überall in schwäbisch gefärbtem Deutsch: paradiesisches Eckle, liebenswürdige Einwohner und hier im Club natürlich Luxus pur. Kilometerlanger Strand, exklusiv für die *Paraíso*-Gäste, vier Pools, zwei Discos, Wellness- und Fitness-Studios, fünf verschiedene Restaurants, ein halbes Dutzend Bars. »Und wenn Sie trotz allem einmal den Drang verspüren, unser Paradiesle für ein paar Stunden zu verlassen, wenden Sie sich einfach an mich, Carola Schmitz, wie schon gesagt. Ich bin die Event-Managerin und habe eine reiche Auswahl an Exkursionen für Sie vorbereitet – nach Puerto Plata oder zu einem der Natur-Reservate im Osten der Insel.« Sie knipste ihr Routine-Abschlusslächeln an. »Hat jemand noch eine Frage? Ansonsten stehen da hinten gleich die Boys bereit, um Sie mitsamt Ihrem Gepäck zu den Bungalows zu bringen. Und damit noch einmal Hallöle und herzlich willkommen.«

»Eine Frage noch, hier.« Daniel hob seine Hand mitsamt dem Welcome-Drink, an dem er nur einmal genippt hatte – grauenvoll süß. »Wie steht's mit der Exkursion nach Haiti – findet die statt?«

Der breitschultrige Blonde, der ihn schon im Flieger genervt hatte, wandte sich zu ihm um. »Muss das jetzt sein, Mensch?«

Zorn begann in Daniel zu brodeln. Eigentlich war er ein friedlicher Zeitgenosse, aber dieser Typ da legte es offenbar drauf an, ihn von seiner anderen Seite kennen zu lernen – Daniel der Vulkan. Seine Jähzornsausbrüche waren legendär, manchmal schoss Wut wie glühende Lava in ihm empor, dann konnte es passieren, dass er sich brüllend auf seinen Widersacher stürzte. Er erkannte sich dann selbst kaum wieder.

Mit Mühe gelang es ihm, seine Wut zu zügeln. »Dauert ja nur eine Minute.«

Der Blonde sah ihn noch einen Moment lang unter gerunzelten Brauen an, als ob er sagen wollte: ›Beim nächsten Mal bist du dran, du mieser Typ.‹

»Also haben wir tatsächlich wieder mal einen Haiti-Freak im Club?« Carola Schmitz schenkte Daniel ein amüsiertes Lächeln. Sie trat hinter dem Rednerpult hervor, erstaunlicherweise trug sie zum Khakikostüm senfgelbe Netzstrümpfe. »Wie bereits in unseren Reiseunterlagen erläutert, hängt es nicht von uns, sondern von der Sicherheitslage in Haiti ab, ob unsere Tour über die Landesgrenze stattfinden kann. Momentan geht es drüben wieder ziemlich hoch her – Schießereien, Entführungen, Aufstände, Typhusgefahr, die ganze Palette. Wir tun aber unser Möglichstes, damit der Ausflug am nächsten Samstag trotzdem über die Bühne gehen kann – falls sich hier im Club zumindest eine Hand voll Interessenten finden.«

Daniel wollte noch weitere Fragen stellen, aber die Geduld der anderen Gäste war offenbar erschöpft. »Ich will jetzt zu meinem Boy!«, rief eine Frau. Gelächter und zweideutige Zurufe zeigten, dass den Leuten ihr Welcome-Drink ziemlich zu Kopf gestiegen war. Und dass die jungen Schwarzen, die in Bermudashorts und geflissentlicher Haltung neben den Koffern warteten, bei einigen Ladys schwüle Fantasien auslösten.

»Mister? Miss?« Neben ihnen erschien einer der schwarzen Boys, ein riesiger Bursche mit Kindergesicht. »Name, bitte? Ich euch bring zu Ihre Haus.«

Sie folgten dem Träger aus der Halle heraus, und die tropische Schwüle stürzte auf sie ein. Es fühlte sich an, als ob man in heiße, klatschnasse Laken gewickelt würde. Daniel wollte dem Schwarzen anbieten, ihm beim Schleppen ihrer Gepäckstücke zu helfen, aber der Bursche lief, ihre Koffer wie gewichtlose

Anhängsel schwenkend, mit so gewaltigen Schritten voraus, dass sie Mühe hatten, ihn nicht aus den Augen zu verlieren.
Die Clubanlage war viel weitläufiger, als Daniel erwartet hatte. Sie kamen an diversen Pools vorbei, mit Rutschen, Massagedüsen, Cocktailbars mitten im Wasser. Auf den Liegen um die Pools herum räkelten sich jede Menge Leute, fast alle unter dreißig, Drinks in der Hand, Sonnenbrille im Gesicht, alle lässig, gebräunt und relaxt. Reggae-Musik dröhnte aus Lautsprechern, Animateure schrien Anweisungen, wie man sich amüsieren sollte, ins Mikrofon. Palmenreihen und blühende Hecken trennten verschiedene Bereiche der Clubwelt voneinander ab. Es gab gläserne Fitness-Hallen, mehrere Diskotheken, überdachte Büffets, ein Restaurant im Pagoden-Stil, wo man zweifellos asiatische Speisen bekam, und eines, dessen Dach wie ein Sombrero geformt war.
Im Gehen sah sich Elsie nach allen Seiten um, offenbar begeistert von all den Herrlichkeiten, die das *Paraíso* zu bieten hatte. Daniel dagegen würgte an seiner Wut. Mit dieser Horde hirnloser Sonnenanbeter sollte er die nächste Zeit verbringen? Leuten, die einen Haufen Geld ausgaben, um zwei oder drei Wochen lang nichts anderes zu machen, als in diesem Retortenparadies am Pool rumzuhängen, sich mit Cocktails abzufüllen und höchstens noch draußen bei den Korallenriffs ein bisschen zu tauchen? Warum hatte er sich nur auf diesen Club-Schwachsinn eingelassen? Jetzt saß er in dieser beschissenen Anlage fest, während keine zweihundert Kilometer westlich von hier seine Traumwelt anfing. Haiti, das magischste Land des ganzen Planeten. Aber da hinten, ein paar Kilometer landeinwärts, gab es auch einen Wald, der eine ganze Hügelkette bedeckte. Diesen Wald würde er sich bald mal näher ansehen. Oder vielleicht auch besser nicht. Im Wald fühlte sich Daniel

geborgen, zu Hause, so war es ihm immer schon ergangen, schon als kleiner Junge. Aber Elsie fand seine Waldleidenschaft unheimlich, und er wollte ganz gewiss keinen Streit.

»Herrje, wohin ist der denn jetzt verschwunden?« Elsie beschleunigte ihre Schritte und reckte im Gehen ihren Hals. »Und warum trödelst du denn so, Danny?«

»Sind wir im Urlaub oder beim Marathonlauf?« Daniel beschirmte seine Augen mit der flachen Hand. »Da vorne steht er und wartet auf uns. Siehst du nicht – er hat ja dein Goldköfferchen unterm Arm.«

»Der da?«, wunderte sich Elsie. »Das ist doch der Kellner, der vorhin die Cocktails verteilt hat. Hatten wir nicht eben noch einen anderen Boy – so einen jüngeren, der andauernd gegrinst hat?«

»Wunschdenken, Elsie.« Aber sie hatte natürlich Recht. Das Kribbeln kehrte zurück, Daniel nahm Elsies Hand und zog sie weiter, hinter dem hageren schwarzen Mann her. Der schien sich mit einem Blick zu vergewissern, dass sie immer noch hinter ihm waren, dann bog er unvermittelt ab.

Sie folgten ihm einen Seitenpfad entlang, der von blühenden Hecken gesäumt war und vor einem weiß verputzten Steinhäuschen endete. Flaches Dach, türkisgrüne Klappläden vor den Fenstern. »Sieht toll aus«, kommentierte Elsie.

Daniel zuckte die Schultern. Einen üblen Eindruck machte die Hütte wirklich nicht, auch wenn die Bungalows ziemlich eng beisammenstanden, durch Hecken und Büsche nur notdürftig voneinander abgeschirmt. Falls ihre Nachbarn links oder rechts zu lautstarken nächtlichen Betätigungen neigten, würde ihnen kein Stöhnen und kein Seufzer erspart bleiben.

Jean Baptiste schloss die Tür auf und trug ihre Koffer hinein. Ein großes Bett, unter dem Fenster zwei Sesselchen und ein

kleiner Tisch. Die Fensterläden waren geschlossen, trotzdem herrschte hier drinnen eine dampfende Schwüle. Jean Baptiste trat neben das Bett, beugte sich vor, machte sich kurz am Bettgestell zu schaffen, richtete sich gleich schon wieder auf und deutete auf einen Schalter neben der offenen Badtür. »Aircondition«, sagte er in seinem fast unverständlichen Englisch.
Erst da wurde Daniel das eigentlich Offensichtliche klar. Der nasale Akzent und der französische Name, Jean Baptiste. Die Leute auf dieser Seite der Grenze hatten ja spanische Namen, sprachen Spanisch oder allenfalls ein paar Brocken Deutsch oder Englisch. Aber Französisch – oder Patois, eine Schwundform des Französischen – wurde auf der ganzen Insel nur in Haiti geredet, der einstigen französischen Kolonie.
»Vous-êtes Haïtien, Monsieur?« Das Herz klopfte ihm auf einmal so heftig, als ob er in Frankfurt sämtliche Treppen bis zu ihrer Wohnung im siebzehnten Stock hochgesprintet wäre. Ihrer, Einzahl – Elsies Wohnung.
Jean Baptiste nickte so knapp, dass es eben noch als Nicken zu erkennen war. Er wirkte immer noch so grimmig wie vorhin in der Hotelhalle. Und seine Miene wurde nur noch finsterer, als Daniel einen kleinen Stapel Geldnoten aus der Tasche fischte, drei einzelne Dollarscheine abzählte und ihm mit einer verlegenen Geste hinhielt.
»Vielen Dank«, sagte er auf Französisch. »Für das Koffertragen«, fügte er hinzu, da Jean Baptiste keinerlei Anstalten machte, die Dollarnoten an sich zu nehmen.
Das hagere Gesicht des Haitianers hatte einen fast höhnischen Ausdruck, als er endlich zugriff. Aufreizend langsam nahm er die Scheine entgegen, faltete sie zweimal zusammen und schob sie in seine Brusttasche.
Als Daniel zu Elsie rüberschaute, stand sie am Fenster und sah

Jean Baptiste wieder mit diesem seltsamen Gesichtsausdruck an – alarmiert und gleichzeitig irgendwie ergeben. Was aber wirklich nicht sein konnte. Elsie Rohgast und ergeben? Das passte zusammen wie Cartier und Heilsarmee.

Blödsinn, das bildete er sich doch nur ein! Was hatte Elsie denn mit diesem knochigen Burschen zu schaffen, dieser Bambusstange mit der finstersten Miene, die er jemals bei einem Hotelbediensteten gesehen hatte? Elsie liebte es, wenn die Männer sie anhimmelten, ihr die Tür aufhielten, unter ihren Blicken dahinschmolzen. Für so einen ungehobelten Kerl, der düster durch sie hindurchstarrte, anstatt ihr die Wünsche von den Augen abzulesen, hatte sie normalerweise überhaupt keinen Blick.

Normalerweise. Das Kribbeln hinter Daniels Nabel fühlte sich mittlerweile an, als ob dort ein ganzes Nest roter Waldameisen hausen würde.

»Was hältst du von diesem Burschen?«, fragte er, als Jean Baptiste endlich die Tür hinter sich geschlossen hatte, selbstverständlich ohne sich zu verabschieden.

»Von welchem Burschen denn, Danny?« Elsie hob eben ihren Koffer auf ihre Betthälfte und klappte ihn auf.

»Na, dem Mann, der uns die Sachen hier reingetragen hat – diesem Jean Baptiste.«

Sie lächelte ihn über den Kofferrand hinweg an. »Was soll ich schon von ihm halten – gegen dich würde ich ihn nicht eintauschen, glaube ich.« Ihre Bemerkung war zweifellos scherzhaft gemeint, doch noch während sie redete, verblasste Elsies Lächeln.

Daniel nahm sich vor, diesem Jean Baptiste in den nächsten Tagen auf den Zahn zu fühlen. Der Mann verhielt sich ziemlich sonderbar, und wenn in diesem Club irgendetwas nicht stimmte, hing das höchstwahrscheinlich auch mit ihm zusammen. Und falls er von Jean Baptiste bei dieser Gelegenheit das eine oder andere über Voodoo-Götter, den Tanz der Besessenen, die Beschwörung der Dämonen erfahren könnte – umso besser.

2

Die Vormittage am Strand, die Nachmittage am Pool. Das türkisfarbene Meer und der unwirklich weiße Sand, auf den die Palmkronen ein zitterndes Fingermuster malten, übten einen starken Zauber auf Daniel aus, aber der Gegenzauber war ungleich stärker. Das Geschrei der Clubgäste, die dröhnende Popmusik. Streitereien um Schatten- oder Sonnenplätze, Korb- oder Segeltuchliegen. Die Parade der mehlbleichen, krebsroten, hingebungsvoll gerösteten Körper, wie auf dem Fleischmarkt nebeneinander aufgereiht. Daniel teilte sie in drei Kategorien ein – die Gleichgültigen, die Sportlichen und die Eitlen.

Gleichgültig wie Moritz, der schafsgesichtige Erdkundelehrer aus dem allerniedersten Niedersachsen, der seinen wabbligen, spinnwebartig behaarten Körper völlig ungeniert zur Schau stellte. Vom ersten Tag an versuchte er die trübsinnige Paula aufzureißen, die sich umso enger an Elsie und Daniel klammerte, ständig auf der Flucht vor Moritz' bräsigen Monologen, unförmigen Leinenshorts oder vor seinem grotesken Konfirmandenanzug, wenn er abends eins der Restaurants mit Kleideretikette heimsuchte. Das Hervorstechendste an ihm war seine neonblaue Brille mit Furcht erregend vierkantigen Gläsern, der Rest war tödlich einschläferndes Geschwätz – Anekdoten aus seiner niedersächsischen Mittelschule, von frechen Schülern, verständnislosen Kollegen und blablabla. »Und du hast also gar keinen Job, Daniel? Wie hält man das den ganzen Tag lang aus?« Oh, keine Sorge, Moritz, du glaubst gar nicht, wie viel Zeit man damit verbringen kann, Lehmskulpturen zu modellieren, in Elsies hypermodernem Backofen zu brennen und die hohlen Herzen und Schädel anschließend mit Feuerwerkssprengstoff zu füllen.

Oder sportlich wie Paula, die Psychotante mit dem Fünfziger-Jahre-Pony, dem trübsinnigen Lächeln und der Figur einer Turnierschwimmerin. Irgendwie brachte sie es jeden Tag fertig, eine Sonnenliege an Daniels linker Seite zu ergattern. Zweifellos hatte sie einen Narren an ihm gefressen, aber wenn sie ihn in ein Gespräch zu verwickeln versuchte, fanden sie beide selten den richtigen Ton. Psychofrauen machten ihn grundsätzlich nervös. Dabei war sie gar keine studierte Psychologin oder gar eine Psychiaterin wie die tausendfach verfluchte Dr. Helen Bergkamm, an die er niemals denken konnte, ohne sich in blutrünstigen Mordfantasien zu verlieren. (Sie verbrennen, bei lebendigem Leib, an ein Voodoo-Kreuz gefesselt, auf ganz kleiner Flamme, damit ihre Qualen so lange dauerten wie damals seine Haft in ihrem Kinderirrenhaus.)

Paula leitete eine Art Altenclub, in den jeden Morgen ein paar Dutzend depressiver Rentner gekarrt wurden. Die versuchte sie dann mit allerlei Firlefanz aufzuheitern und durch Basteln, Singen, Trallala von der allgemein als unerfreulich verschrienen Tatsache abzulenken, dass ihre irdische Existenz sich dem Ende zuneigte.

»Hast du denn keine Angst vor dem Tod, Danny?« Paula wurde eine Spur rot, wie meistens wenn sie mit ihm redete. Fragte sie ihn das im Ernst? Sie hatte nichts verstanden, nicht das Geringste kapiert, dabei hatte er ein paar Mal wirklich versucht, ihr seine Sicht der Dinge zu erklären. Dass durch den Tod nur der Körper und das Bewusstsein zerfielen, weil nämlich die Seele, der Geist oder wie immer sie diesen Lichtfaden nennen wollte, unzerstörbar war. »Wenn du stirbst, fliegt er davon – stell es dir wie eine Nebelschwade vor, die aus deinem Mund rausschwebt.« Sie sah ihn nur wortlos an, mit ihrem trübsinnigen Lächeln, und natürlich glaubte sie ihm kein Wort. So wenig wie irgendwer ihm je irgendwas von Belang geglaubt hatte. Dabei wusste er – *wusste,* aus eigener Erfahrung – in diesen Fragen gut Bescheid.

Manchmal am Strand kam es vor, dass er sich ereiferte, dass er Paula und sogar Elsie zu überzeugen versuchte. »Auch solange ihr noch lebt, kann sich eure Seele ganz leicht von eurem Körper lösen, das Bewusstsein einfach ausknipsen – zack, so, versteht ihr? Die Seele macht eine kleine Reise und kehrt anschließend in euren Körper zurück. Und knipst das Bewusstsein wieder an – zack.«

Dabei wusste er ganz genau, dass Elsie es hasste, wenn er mit seinem »mystischen Grübelkram« anfing. Elsie behauptete hartnäckig, sich ausschließlich für glanzvolle Oberflächen zu interessieren. Alles was darunter – oder darüber – lag, bezeichnete sie bei jeder Gelegenheit als »Schwindelzeug«, von irgendwelchen Tugendaposteln ausgedacht, um alles, was Spaß machte, als Laster und Sünden zu verbieten. Und nur Daniel wusste, dass sie nicht wirklich an diese Litanei glaubte – zumindest nicht in gewissen ekstatischen Augenblicken, wenn sie vor Lust sang und schrie, weil er es wieder einmal geschafft hatte, sie für kurze Zeit von ihrer totalen Selbstkontrolle zu erlösen.

Womit er bei der dritten Kategorie angekommen wäre: eitel wie Elsie. Eitel, strahlend, eine Göttin der Schönheit. Wenn er sie abends in den Armen hielt, ihre perfekten Brüste berührte, wenn sie ihre Schenkel um seine Hüften schlang, wenn sie auf ihm saß wie eine Amazone auf ihrem Schlachtross oder wenn er ihr am Strand Schultern und Rücken mit ihrem nach Mandel duftenden Sonnenöl einrieb, dann glaubte Daniel zumindest für Augenblicke zu wissen, wofür er auf dieser Welt war: um Elsie zu lieben, ja wozu denn sonst. Warum sonst hätte sie gerade ihn erwählt, den einigermaßen gutaussehenden Taugenichts und Eigenbrötler – weil niemand so hingebungsvoll lieben konnte wie er, aus keinem anderen Grund. Elsie war seine Göttin. Sie war die schönste Frau im *Paraíso*, das sowieso – die strahlendste auf ganz Hispaniola. Und sie vergaß es nicht eine Sekunde lang, jede ihrer Bewegungen kündete davon, dass sie sich ihrer goldenen Schönheit, ihrer hinreißenden Wirkung auf hundert Prozent aller Männer in einem Umkreis von mindestens ebenso vielen Metern ununterbrochen bewusst war. Aber in ihrem Kultus gab es nur einen obersten Priester, und das war er, der Lieblingsjünger Daniel.

Er selbst gehörte seiner Meinung nach keiner der drei Kategorien an. Er war weder sportlich noch eitel, und zu den körperlich Gleichgültigen zählte er schon gar nicht. Vielmehr ordnete er sich einer vierten Kategorie zu, der im *Club Paraíso* vor allem eine Person angehörte – der sehnige, immer grimmige, so flink wie lautlos sich bewegende Haitianer Jean Baptiste. Leute dieser seltenen Klasse hatten sich eine instinktgesteuerte Körperlichkeit bewahrt, die den degenerierten Europäern vollkommen fremd geworden war. In ihren Blicken und Gebärden verbanden sich die Kraft und Geschmeidigkeit der Urwaldtiere mit einer intuitiven Intelligenz zu traumhaft en, bedenkenlos raschen Bewegungsfolgen, die auf den Betrachter so magisch wie bedrohlich wirkten. So weit Daniel zurückdenken konnte, hatte er eigentlich immer davon geträumt, ein solcher *magischer Tiermensch* zu sein.

Seit seiner Kindheit liebte er es, durch Wälder und Schluchten zu traben, stundenlang, halbe Tage lang, ohne jemals zu ermüden. Im Gegenteil, während dieser Läufe fühlte er sich frischer, kraftvoller, auch geistig klarer als in jeder anderen Lebenslage. Die Dinge sprachen dann zu ihm, die Bäume, der Wind, mit hellen, hallenden Stimmen. Auch als Ethnologiestudent hatte sich Daniel letztlich nur deshalb zwei trostlose Jahre lang versucht – weil er gehofft hatte, dass auf diese Weise sein magisches Waldläufer-Gefühl irgendwie realer würde. Aber das herablassende, grauenvoll oberflächliche Geschwafel der Professoren hatte ihn nur noch weiter von seinem Traum entfernt – von den verborgenen Lebensdimensionen, von der anderen, der magischen Wirklichkeit. Niemals hatte irgendwer verstanden, was das eigentlich sein sollte, ein »magischer Tiermensch«, ein »Waldläufer-Lebensgefühl«, auch Elsie nicht, ja niemand weniger als sie.

Aber Jean Baptiste würde ihn verstehen. Vielleicht. So ganz hatte Daniel diese Hoffnung noch nicht aufgegeben, obwohl der Haitianer sich nach wie vor grimmig und abweisend verhielt.

Nach dem Mittagessen, gegrillter Fisch, Salate und Obst unter dem Strohdach eines der Terrassen-Restaurants, schlenderte Daniel meistens in der weitläufigen Clubanlage umher – in den ersten Tagen Arm in Arm mit Elsie, die wie in einem Lichtkegel aus Männerblicken dahinglitt, bekleidet mit einem goldenen Nichts von Bikini oder einem leuchtend weißen Mi-

nikleid. Aber da er früher oder später meist an der Cocktailbar landete, in der Jean Baptiste gerade arbeitete, hatte Elsie bald schon keine Lust mehr, ihn auf seinen Wanderungen zu begleiten. Lieber wechselte sie nach dem Mittagessen mit all ihren Taschen und Hochglanzmagazinen vom Strand zu einem der Pools, Paula im Schlepptau und eine täglich wachsende Schar von Verehrern. Jean Baptiste war ihr unheimlich – »der sieht mich immer an«, hatte sie gerade erst zu Daniel gesagt, »als ob er mich verschachern wollte oder so etwas.« Sie hatten zusammen über ihre Bemerkung gelacht, aber es blieb trotzdem dabei: Elsie wollte von dem finsteren Haitianer nichts wissen, und so wanderte Daniel nachmittags allein umher.
Manchmal hatte er Pech, dann war Jean Baptiste wie vom Erdboden verschluckt, dann konnte er sämtliche sieben Cocktailbars auf dem Gelände abwandern und entdeckte doch nirgends eine Spur von ihm. Natürlich hätte er bei der Rezeption fragen können, wann der Haitianer in welcher Bar arbeitete, aber er zog es vor, so zu tun, als ob sie sich immer nur zufällig begegneten. Nach wie vor traute er dem grimmigen Mann mit den Bewegungen eines Raubtiers nicht über den Weg, nach wie vor konnte er nicht an ihn denken, ohne das alarmierende Kribbeln hinter seinem Nabel zu spüren. Außerdem antwortete ihm Jean Baptiste immer so wortkarg und abweisend, dass er seine Fragen genauso gut an den nächstbesten Dornenbusch richten könnte. Eigentlich machte es überhaupt keinen Unterschied, ob er ihn traf oder verfehlte.
Eigentlich. Abgesehen von dem Kribbeln hinter seinem Nabel. Und von seiner hartnäckigen Hoffnung, dass sich Jean Baptiste schließlich doch noch zu einem wirklichen Gespräch herablassen würde.
»Tausend Mal hab ich mir schon vorzustellen versucht, wie

genau das abläuft, wenn ein Voodoo-Priester einen eurer Götter beschwört«, sagte er beispielsweise zu dem Haitianer, während der ihm einen Caribbean Sunrise mixte, an der Bar hinter dem Wasserfall-Pool oder an der abgelegenen Rumbude weiter unten am Strand. »Er malt das Vèvè auf den Boden, er ruft die Beschwörungsformel – und dann erscheint der Dämon, packt sich einen der Gläubigen, ergreift von ihm Besitz? Wie genau läuft das ab, Jean Baptiste? Ich habe alles gelesen, was in Büchern und Ethno-Zeitschriften zum Thema Voodoo zu finden ist – und trotzdem kann ich es mir nicht richtig vorstellen. Den Moment, in dem sich die Präsenz des Loas zum ersten Mal ankündigt. Den Augenblick, wenn er dich überwältigt und aus dem Sattel schmeißt.«

Der Kellner knallte den Cocktail vor ihm auf die Theke und wandte sich schon wieder ab. »Voodoo kannst du nicht erklären«, nuschelte er halb über die Schulter, »du musst es sehen, am eigenen Leib erfahren.«

»Tja, nichts lieber als das. Aber wie soll das gehen? Ich meine, hier im Land ist Voodoo doch verboten, oder? Hier gibt's ja gar keinen Humfò, soviel ich weiß.«

Mit einem Satz war Jean Baptiste wieder bei ihm, sein Mund so nah vor Daniels Gesicht, dass er den Atem des anderen roch – reichlich Rum und Zigarettenrauch. »Warum hockst du dann den ganzen Tag hier rum, weißer Mann? Warum fährst du nicht rüber nach Haiti?«

Daniel zuckte die Schultern. »Keine Kohle und auch sonst schwierig. Oder meinst du, ich könnte da einfach in einen Voodoo-Tempel reinspazieren? Eure Priester würden mich doch sowieso nicht an einer Voodoo-Messe teilnehmen lassen.«

»Kommt ganz drauf an.« Jean Baptiste kehrte zu seiner Espressomaschine, zu Shaker und Eisautomat zurück.

»Kommt worauf an? Ich würde alles dafür geben, alles.«
Die Antwort des Haitianers bestand nur aus einem höhnischen Grinsen und einem abschätzigen Blick über die Schulter. Ist ja auch egal, dachte Daniel. Er würde sowieso nicht nach Haiti rüberkommen oder höchstens bei der Tagestour im Shuttlebus – »einschließlich authentischer Voodoo-Zeremonie«, die zweifellos so echt war wie das Lächeln der Event-Managerin des *Paraíso*.
Seine Stimmung wurde noch düsterer als die Miene des Haitianers. Weiter rechts am Tresen saßen der breitschultrige Blonde und zwei andere junge Typen, die von morgens bis abends mit ihren Boards vor dem Strand auf und ab schaukelten und sich wer weiß wie tollkühn vorkamen. Dabei war der Wind hier so säuselnd mild, dass sogar Paulas depressive Senioren wie die Weltmeister vor dem *Paraíso* hin und her surfen könnten. Daniel beobachtete sie noch eine Weile, ihre selbstgefälligen Posen, die immergleichen coolen Sprüche, dann legte er ein paar Dollarnoten auf den Tresen und wanderte weiter in der Clubanlage umher.
Seine Unruhe wuchs mit jedem Tag. Er fühlte sich wie ein Raubtier im Käfig. Sehnsüchtig spähte er zu den dicht bewaldeten Hügeln hinüber, aber dann sagte er sich wieder, dass er sich vom Wald lieber fern hielt. Sonst könnte er besser gleich nach Haiti rüberfahren. Wald und Voodoo gehörten für ihn eng zusammen, im Wald hatte sein eigener Weg des Voodoo begonnen, vor zwölf Jahren, nur dass er damals natürlich überhaupt nicht verstand, was da mit ihm passiert war. Ob er verrückt geworden war oder verzaubert worden oder ob er praktisch neu geboren war. Zu einem neuen Leben erwacht, zu einem tieferen, intuitiven, traumhaften Begreifen.

3

Das war an einem heißen Sommertag gewesen – er war dreizehn, und wie fast an jedem Tag war er nachmittags in den Wald gelaufen. Es musste ein Samstag oder Sonntag gewesen sein, jedenfalls kommandierte sein Vater schon seit dem Vormittag seine Mutter herum. Und Daniel verdrückte sich durch die Hintertür, trabte durch den Garten, die Vorstadtstraße entlang und hinein in den nahen Wald. Das war das Gute, wenn man im Spessart aufwuchs, in einem toten Ort namens Eschburg, einem Villengeschwür im Speckgürtel von Frankfurt – drum herum gab es Massen von Wald. Unendlichkeiten aus Bäumen, Ozeane aus urzeitlicher Stille und menschenferner Verwunschenheit.

An diesem Tag lief er weiter als jemals zuvor. Er spürte, wie er mit jedem Schritt mehr von der krankhaften Atmosphäre hinter sich ließ, die ihm zu Hause die Luft abschnürte. Der versteinernde Blick seines Vaters, der verheulte seiner Mutter, diese ganze kranke Kulissenwelt. »Nimm dich zusammen!« Er trabte einen Berg hinauf, eine Schlucht entlang. »Das sind doch alles Fantastereien!« Auf einem wurzeldurchflochtenen Pfad, der immer enger wurde, sich unmerklich in die Schlucht hineinsenkte und irgendwann vor einer Höhle endete. Einem Loch im Berg. Feucht, bemoost, finster. Modergeruch quoll aus dem Stollen hervor. Daniel stellte sich vor, dass irgendein Tier in dieser Höhle hausen könnte, ein Luchs, ein Fuchs, vielleicht sogar ein Wolf, obwohl es die angeblich seit langem nicht mehr im Spessart gab. Und dann kroch er hinein.

Mit dem Kopf zuerst, wobei er mit den Händen über den Boden und die Wände tastete. Klamm, glibbrig, alles andere als angenehm. Unter Händen und Knien Schlamm, kleine Steinbrocken, Stöckchen, vielleicht auch Tierknochen. Trotzdem kroch er weiter, schob und wand sich in den Stollen hinein. Der Gang war so eng, dass er mehrfach stecken zu bleiben drohte. Aber er kroch immer weiter, bis der Tunnel irgendwann wieder breiter wurde und in eine Höhle mündete, ein natürliches Verlies von der Form eines Eis.

Er kramte ein Feuerzeug aus der Tasche, kroch langsam im Kreis und leuchtete alles an. Ritzzeichnungen an den Wänden – Rehe, Bären, Wölfe. Jäger mit Blasrohr und Speer. Keinerlei Spuren heutiger Menschen, kein Verpackungsmüll, keine modernen Graffiti. Auf dem Boden nur eine dünne Schicht Erde, trocken, nach Eisen riechend, mit einem schwachen Beiklang von Verwesung.

Eigentlich hatte er gleich wieder zurückkriechen wollen, ans Tageslicht, in den Wald. Sicher fragten sich seine Eltern schon, wo er mal wieder abgeblieben war, und anscheinend gab es in dieser Höhle auch nichts, was einen zum Bleiben verlocken konnte. Keine geheimnisvollen Nischen, in denen Schätze sein konnten, keine Kriechgänge, die noch tiefer in den Berg hineinführten. Trotzdem konnte er sich einfach nicht entschließen, das steinerne Ei wieder zu verlassen. Es war wie eine Lähmung, die ihn ganz allmählich überkam. Ein Wohlgefühl, eine süße Müdigkeit, einfach der Eindruck, am Ziel zu sein. Dort, wo er eigentlich immer schon hinwollte, nur hatte er es bisher nicht gewusst.

Er setzte sich auf den Boden, versank noch tiefer in Dämmer und wohliger Müdigkeit. Irgendwann legte er sich hin und schloss die Augen. Das machte sowieso keinen Unterschied, denn in der Höhle war es dunkel wie in einem Grab. Und Daniel schlief ein.

Das erste Mal wachte er auf, als ihn ein dünner, silberfarbener Lichtstrahl traf. Er öffnete die Augen, und da war über ihm ein Loch in der Höhlendecke, rund, nicht größer als der Kreis, den er mit Daumen und Zeigefinger bilden konnte. Vollkommen unklar, wozu dieses Loch gemacht worden war, wann und von wem. Wie hoch der Berg darüber war, wie lang dieser winzige Schacht, der jedenfalls hinauf ins Freie führte. Durch das Loch sah Daniel ganz deutlich einen großen Stern, von viel kleineren Leuchtpunkten umgeben. Der Stern pulsierte, und ein Strahl drang durch den fingerschmalen Stollen bis zu ihm hinab. In das steinerne Ei.

Er fiel in Trance. Sein Geist schwebte aus seinem Körper hervor. Sein Körper blieb in der Höhle liegen, reglos und gefühllos. Sein Geist glitt durch den winzigen Schacht empor. Und Daniel flog unter dem Nachthimmel dahin, mit gewaltigen, rauschenden Schattenschwingen. Er ließ sich hinabgleiten, landete auf einer Lichtung, verwandelte sich in einen Wolf, der gleich schon mit kräftigen Sprüngen durchs Unterholz jagte. Er verwandelte sich wieder und wieder, jagte und floh, knurrte und krächzte, bellte und schrie, wurde Luchs und Fuchs, schließlich wieder zum gewaltigen Flügelwesen, das sich auf seinen Schwingen bis fast zu den Sternen emportragen ließ. Und dann stürzte er zurück zur Erde, mit einem Schrei aus Lust und Entsetzen, aus dem Himmel herunter, durch den winzigen Geisterstollen, in seinen schlafenden Körper hinein.

Das zweite Mal wachte er auf, weil jemand seinen Namen rief. »Daniel, Danny!« Es waren mehrere Stimmen, und sie klangen weit entfernt. »Danny, hörst du mich?« Es dauerte eine halbe Ewigkeit, bis er sich erinnert hatte, wo er war und wie er hierher geraten war. Das Gefühl von Flügeln in seinen Armen, von Fell auf seiner Haut. Auf der Zunge der Geschmack von rohem Fleisch, von körperwarmem Blut. Angstgeruch in seiner Nase, ein Wirbel verrückter Bilder in seinem Kopf: Sprünge durch Schilf, Farn und hohes Gras. Wie es unter seinen Tatzen zerknickt, wie es sich an seine Flanken schmiegt. Wie die Beute unter seinen Pfoten winselt, dann erstarrt.

Mühsame Rückkehr in die Eschburger Vorstadtwirklichkeit. Mühsam, enttäuschend, ernüchternd – er wollte hier nicht sein. Wollte nicht er sein, Daniel Messner, dreizehn Jahre alt, von im Wald herumschreienden Leuten gesucht. Er machte das Feuerzeug an, leuchtete auf seine Armbanduhr, wollte seinen Augen nicht trauen – halb zwei. Um diese Stunde war er ja zu Hause losgelaufen. Das bedeutete also – es war halb zwei in der Nacht oder dreizehn Uhr dreißig am nächsten Tag. Oder seine Uhr war kaputt. Oder er hatte den Verstand verloren. Oder …

Zu viele Möglichkeiten. Die Rufe draußen wurden wieder leiser. Einmal glaubte er, auch die Stimme seiner Mutter zu hören, aber er war sich nicht sicher. In gar nichts sicher, seit er in den Daniel-Körper zurückgefallen war. Sollte er den Rufen folgen? Oder einfach noch ein bisschen hier bleiben, im steinernen Ei? Oder für immer hier bleiben. Oder im Gegenteil so schnell wie möglich rauskriechen, nach Hause rennen, so tun, als wäre er gar nicht weg gewesen. Ha, ha. Wo wart ihr denn? Zu viele Oders.

Er blieb, wo er war, und dämmerte wieder weg. Als er das dritte Mal zu sich kam, war es draußen ganz still. Er hatte schrecklichen Hunger, und die Zunge klebte ihm am Gaumen. Mühsam kroch er durch den Stollen zurück. Die Hose schlackerte ihm um die Hüften, als er endlich wieder draußen stand, in der

Mittagssonne, auf wackligen Beinen. Er war dreckig wie ein Keiler, von oben bis unten mit Schlamm beschmiert. Der Geruch, der von seiner Haut und seinen Kleidern ausging, passte zu den Bildern, die immer noch in seinem Kopf umhertanzten – seine Arme sind Flügel, er schwingt sich in den Himmel empor. Seine Haut ist von Fell bedeckt, mit vier kräftigen Beinen schnellt er sich vorwärts durchs hohe Gras. Er ist ein glimmender Faden, sonst gar nichts, eine leuchtende Nebelschnur, die durch den winzigen Schacht hinunterschwebt, zurück in die Höhle, in den schlafenden Körper.

Als er zu Hause war und seine Mutter die Tür aufmachte, wäre er am liebsten gleich wieder weggerannt, zurück in den Wald. Sie schrie auf, als ob er eine Ratte wäre oder ein Geist. Dann erkannte sie, dass ihr Sohn vor ihr stand, hob die Arme, um ihn an sich zu ziehen, und machte gleichzeitig zwei Schritte nach hinten. »Um Himmels willen, Junge, komm erst mal rein.«

Sie dirigierte ihn ins Bad, half ihm seine Sachen auszuziehen und versenkte alles in einem Müllsack. Alles außer ihm. In der Wanne schlief er gleich wieder ein. Irgendwann schreckte er hoch, glaubte zuerst, dass er in seiner Höhle wäre, und fing an rumzuschreien, weil es um ihn herum so hell war, so nass. Später vor dem Spiegel erschrak dann auch er selbst. Er war so sehr abgemagert, dass jede einzelne Rippe unter seiner Haut hervorstach. Die Hüftknochen, die Schultern, fast wie bei dem Lehrskelett in der Schule, von viel zu viel Haut umschlottert.

Er war fünf Tage in der Höhle gewesen. Jedenfalls waren fünf Tage vergangen, seit er nachmittags davongetrabt war, in den Wald. Er erzählte seinen Eltern von der Höhle, den Ritzzeichnungen an den Wänden, dem Schlamm auf dem Boden, dem Eisen- und Verwesungsgeruch. Von dem Sternenschacht,

dem Flug seiner Seele, von seinen Verwandlungen erzählte er nichts. Auch so schon glaubten sie ihm kein Wort.
Obwohl er es nicht offen sagte, gab sein Vater ihm klar zu verstehen, was er von der Sache hielt. Sein Sohn war verrückt. Ein Tier in Menschengestalt, von einem Dämon besessen, wie man vielleicht in finsterer Vorzeit gesagt hätte. Aber das hier waren die modernen, die aufgeklärten Zeiten, also flüsterte er irgendwas von »Persönlichkeitsspaltung«, von »jugendlichen Identitätsstörungen – aber das kann man in den Griff bekommen«.
Daniel fühlte sich so klar, so großartig wie kaum jemals vorher in seinem Leben. Um seine Eltern zu beruhigen, bot er an, ihnen die Höhle zu zeigen. »Die gibt es wirklich, Mama. Die hab ich mir nicht nur eingebildet.« Aber dann führte er sie doch lieber einen ganz anderen Weg entlang, irrte mit ihnen durch den Wald und behauptete irgendwann, dass er sich nicht mehr zurechtfinden würde. Dabei hätte er den Berg, die Schlucht, den Stollen im Traum wiedergefunden, gerade im Traum.
»Diese ganze Geschichte ist von vorn bis hinten verrückt!«, rief Daniels Vater. »Du kannst doch unmöglich fünf Tage lang in so einer Höhle gehockt haben, ohne auch nur einen Schluck Wasser!« Als Daniel auf seiner Version beharrte, schrie sein Vater, dass er ein Lügner sei, dass er sie zu Tode erschreckt habe, dass er sowieso auf einem bedenklichen Weg sei, seit langem schon. Aber er werde nicht zulassen, dass sein eigener Sohn dem Wahnsinn verfalle. Der Arzt, der Daniel wegen seiner Unterernährung behandelte, überwies ihn zu Dr. Helen Bergkamm.
Die Bergkamm leitete eine Privatklinik für Kinderpsychiatrie. Daniel wurde in ein zellenartiges Zimmer gesteckt, die halben Sommerferien musste er in der Klinik bleiben. Das Fenster vergittert, der Gang draußen von mürrischen Pflegerinnen

bewacht. Die Psychiaterin, eine bullige Frau mit farblosen Augen, löcherte ihn drei Mal am Tag, fragte immer wieder nach der Höhle, nach Kindheitserinnerungen, legte ihm mit Tinte bekleckste Zettel vor. »Los, Junge, sag mir, was du siehst.« Während dieser Wochen in der Klinik antwortete Daniel auf keine einzige Frage von Dr. Bergkamm, erfüllte keinen ihrer Wünsche, deutete keine Kleckse, erzählte ihr nichts von zu Hause, aus dem Wald, aus seiner Erinnerung, gar nichts. Es war eine wahnsinnige, fast unerträgliche Anstrengung, so lange zu schweigen, wenn man derart unter Druck gesetzt wurde. Aber er hielt es durch. Er dachte an seine Verwandlungen, an die Schwingen, die ihn emporgetragen hatten, das Fell, das seinen kräftigen, geschmeidigen Tierleib umschlossen hatte, an die Schnauze, die starken Zähne, die er in den Hals seiner Beute geschlagen hatte. Es wäre Verrat an dieser magischen Welt gewesen, hätte er der Ärztin auch nur ein Wort davon erzählt. Nach drei Wochen wurde er entlassen. Er kehrte nach Hause zurück, besuchte nach den Ferien wieder die Schule, nach und nach wurde alles wie früher. Jeden Tag rannte er hinaus in den Wald, aber vom steinernen Ei hielt er sich fern. Dies alles, die Höhle, den Sternenschacht, die Magie der Verwandlung, trug er seit damals immer mit sich. Er brauchte sich nur an einem stillen, dunklen Ort hinzulegen, die Augen zu schließen, seine Aufmerksamkeit auf die Höhle zu richten, sich vorzustellen, wie er im steinernen Ei lag und der pulsierende Stern zu ihm herunterstrahlte. Kurz darauf stieg seine Seele, der Lichtfaden, im Sternenschacht empor, sein Körper blieb schlafend zurück, sein Bewusstsein war verdunkelt wie ein Monitor im Standby. Daniels Geist aber flog zu den Sternen empor, verwandelte sich in Tiere und Dämonen, wurde Wind und Welle, geisterte im Wald umher, wie es ihm gefiel.

Seine Eltern waren erleichtert, weil Dr. Bergkamm das Höhlenerlebnis aus seinem Geist gelöscht zu haben schien. Tatsächlich aber hatte ein Teil von ihm das steinerne Ei mit dem Sternenschacht niemals mehr verlassen.

4

Was findest du nur an diesem ganzen Voodoo-Zeug, Danny?« Es war zehn Uhr vormittags, ihr vierter Tag im *Paraíso*, und Paula hatte natürlich wieder mal die Liege neben ihm ergattert.

»Willst du eine kurze oder eine lange Antwort?« Daniel lag auf dem Bauch im Sand und sah Elsie hinterher, die mit forschen Schritten aufs Meer zuging und sofort stehen blieb, als die ersten Gischtspritzer ihre golden lackierten Fußnägel trafen. Auch wenn sie ihm den Rücken zuwandte, wusste er ganz genau, was für ein Gesicht Elsie jetzt machte – die Augen weit aufgerissen, die Brauen bis zum Haaransatz hochgezogen, während ihre Lippen ein vollkommenes O formten.

»So lang, wie du willst, Danny.«

Er spürte Paulas Blick an seiner linken Schläfe, spürte die Hitze, die von ihr ausging, als sie wieder mal feuerrot wurde. Aber mit dem größten Teil seiner Aufmerksamkeit war er immer noch bei Elsie, die eben einen halbherzigen Schritt ins Meer hinein machte und erneut wie angewurzelt stehen blieb, während die Wellen an ihren Fußknöcheln leckten.

Das Verblüffende an Elsie war, dass sie praktisch immer schauspielerte. Auch wenn sie allein war, auch wenn garantiert niemand sie beobachten konnte. Und das Rührende an ihr war, jedenfalls für ihn, dass er durch all ihre Masken und Attitüden hindurchsehen konnte wie durch eine dünne Haut aus Eis. Seit er sie kannte, seit sie ihn bei sich aufgenommen hatte, spürte er zum ersten Mal so etwas wie festen Grund unter den Füßen. Aber von ihrem ersten Augenblick an hatte er auch gespürt, dass Elsie sich aus dem genau entgegengesetzten Grund von ihm angezogen fühlte – weil sie sich, bewusst oder nicht, danach sehnte, so chaotisch, haltlos, unkontrolliert zu sein wie er.

Na, das Übliche eben, dachte Daniel. Gegensätze ziehen sich an. Nichts Besonderes, oder? Wenn man davon absah, dass er sich überhaupt nicht mehr vorstellen konnte, ohne Elsie zu leben. Dass manchmal, wenn er an Elsie dachte, sein Herz wild zu klopfen anfing. Dass er manchmal nachts aufwachte, den Strahler über seiner Betthälfte anknipste und Elsie einfach nur anschaute, wie sie neben ihm lag, ihr Gesicht sogar im Schlaf ruhig und kontrolliert, ihre Lippen höchstens von einem Lächeln kindlichen Erstaunens gekräuselt.

Verdammt, Elsie, dachte er, ich liebe dich wie verrückt.

»Verdammt«, sagte Paula, »da kommt schon wieder dieser blöde Moritz.«

Elsie machte noch einen Schritt ins Wasser und noch einen. Die Karibik leckte an ihrem Bikinihöschen, und Elsie stieß kleine, helle Jauchzer aus.

Wie eine Riesenqualle ließ sich Moritz neben Paula in den Sand sinken. »Na, meine Hübsche – wie geht's heute so?«

»Kannst du mich nicht einfach mal in Ruhe lassen?« Paula machte ein Gesicht, als ob sie gleich losheulen würde. »Ich hab dir doch schon fünf Mal gesagt, dass du nicht mein Typ bist.«

»So leicht lass ich mich aber nicht entmutigen, Süße.« Moritz grimassierte, dass die neonblaue Brille auf seiner Nase tanzte.

»Was hältst du davon, wenn wir zusammen 'ne kleine Exkursion machen – mit so einer Motorjacht raus zu den Delfinen?«

Da fing der Zorn an in Daniel zu brodeln. Halt dich da raus, ermahnte er sich, was schert es dich, ob dieser dämliche Moritz die Psycho-Paula anbaggert? Aber es war zu spät – er war schon aufgesprungen und kauerte in der Hocke vor Moritz, die Fäuste auf die Oberschenkel gestemmt. »Hörst du nicht, du Langweiler – Paula will nichts von dir wissen. Also zieh ab und lass uns in Ruhe, ja?«

Erdkunde-Moritz starrte ihn an. »Was mischst du dich hier ein, Nichtstuer? Lebt auf Kosten seiner Freundin und will mir erzählen, was ich tun oder lassen soll.«

Daniel spürte, wie sein ganzer Körper sich zum Sprung spannte. Der Zorn kochte immer heißer in ihm hoch, im nächsten Moment würde er sich auf die Geografie-Qualle stürzen.

»Hey, ist ja okay, reg dich wieder ab.« Moritz rappelte sich so hastig auf, dass er über seine eigenen Füße stolperte. »Halt dich von dem Kerl fern, Paula, der hat 'nen Sprung in der Tafel.« Während er redete, machte er schon, dass er von ihnen wegkam. Und noch bevor er außer Hörweite war, beugte sich Paula so weit zu Daniel rüber, dass ihre Lippen fast seine Wange berührten.

»Danke, Danny. Das find ich toll von dir, wie du dich für mich stark machst.«

»Schon gut.« Daniel kapierte selbst nicht so ganz, warum er eben so wütend geworden war. Irgendetwas in ihm hatte anscheinend beschlossen, dass Paula ein liebes Mädchen war, für das er sich notfalls sogar in eine Prügelei stürzen sollte.

Vom Meer her fächelte ein milder Wind durch die Palmen, trotzdem war es schon wieder unglaublich heiß. Viel zu heiß für ein Handgemenge oder auch nur für ein paar hitzige Gedanken.

Daniel ließ sich in den Sand zurücksacken und sah über die Schulter nach hinten. Keine fünf Meter weit draußen schwamm Elsie im flachen Wasser vorsichtig hin und her. Tiefseetauchen stellte sie sich großartig vor, hatte sie gestern erst zu ihm gesagt, aber gleichzeitig versetzte der Gedanke, zehn oder gar hundert Meter unter Wasser zu sein, sie in Panik. Manchmal träumte sie sogar, dass sie durch eine großartige Unterwasserwelt tauchte – mit Fischen in den verrücktesten Farben und fantastischsten Formen, die in Korallenpalästen lebten und in bizarren Unterwasserwäldern umherschwammen. »Du kannst dir gar nicht vorstellen, wie glücklich ich mich da immer fühle.« Aber wenn ihr dann im Traum plötzlich klar wurde, wo sie gerade war, fuhr sie jedes Mal mit irrem Herzklopfen aus dem Schlaf, so nassgeschwitzt, als ob sie tatsächlich eben aus dem Wasser gesprungen wäre.

»Verrätst du mir jetzt, was du an diesem Voodoo-Zeug so Tolles findest, Danny? Oder hab ich dich für heute genug genervt?«

»Frag nur, Paula, ich versuch's dir zu erklären. Obwohl das wirklich nicht ganz einfach ist – bisher hab ich noch keinen vom Voodoo überzeugen können, nicht mal Elsie.«

Er drehte sich wieder nach vorn und sah eben noch, wie Paula mit trübseliger Miene zum Meer runterschaute, wo Elsie gerade wie eine goldene Nymphe aus den Fluten stieg.

»Tja, manchmal ist das schon eine reizvolle Vorstellung, dass man jemanden einfach durch Zauberei aus dem Weg schaffen kann«, sagte Paula und wurde so rot wie noch nie. »Aber du willst mir doch nicht erzählen, Danny, dass du an so was glaubst? An wishful thinking – an Liebesmagie und Bannzauber, an Püppchen und Nadeln, mit denen diese Voodoo-Zauberer ihre Opfer angeblich manipulieren können?«

Daniel grinste sie an. »Doch, an all das glaube ich eigentlich schon. Obwohl ich ehrlich gesagt bisher auch noch keinem Bokor – das sind die Voodoo-Zauberer – begegnet bin und auch noch niemandem, der von einem Bokor verzaubert worden ist. Aber trotzdem *weiß* ich, dass die Eingeweihten des Voodoo über solche magischen Kräfte verfügen. Weil nämlich Voodoo viel, viel mehr ist als diese Zaubersachen.«

»Da bin ich aber gespannt, Danny.«

Von hinten fiel ein Schatten über ihn. Tropfen sprühten auf ihn herunter, zwei kühle Hände legten sich auf seine Schultern. »Hast du wieder mal ein Opfer gefunden?« Elsie beugte sich über ihn hinweg und klaubte ihre Strandtasche aus dem Sand. »Sieh zu, dass du ihn von diesem Thema ablenkst, Paula, bevor er dich mit Albtraum-Stoff für die nächsten drei Wochen abgefüllt hat.« Sie schenkte erst Paula, dann Daniel ihr strahlendstes Lächeln. »Während ihr euch mit Todesgöttern und wandelnden Leichen amüsiert, mache ich einen kleinen Streifzug durch die Club-Boutiquen.«

»Voodoo hat eigentlich weniger mit Glauben als mit Wissen zu tun, verstehst du? Mit direkter, unmittelbarer Erfahrung.« Zusammen mit Paula marschierte er am Strand entlang, immer knapp neben der Wasserlinie. In der Mittagssonne war es so heiß, dass die Luft über dem Sand flimmerte. Aber Daniel hatte alles Heiße immer schon faszinierend gefunden – die Sonne, das Feuer, auch den glühenden Zorn. »Wenn dir dein Pfarrer zu Hause erzählt, dass Jesus Christus für dich gestorben und wiederauferstanden ist, dann kannst du das glauben oder wahrscheinlich eher bezweifeln. Aber wenn einer der Götter des Voodoo – ein Loa – sich einem Anhänger offenbart, dann würde es diesem Anhänger niemals einfallen, an der Existenz seiner Gottheit zu zweifeln.«

»Na ja, die Leute hier sind eben noch ziemlich naiv, oder?«

»Kann schon sein, aber das ist nicht der Grund.« Er blieb stehen und wühlte seine Fußzehen in den nassen Sand. »Der Grund ist, dass die Loas sich zeigen, indem sie Besitz von jemandem ergreifen. Und wenn du von einem Gott besessen bist, dann ist das bestimmt nicht der richtige Augenblick, um zu *zweifeln*, oder?«

Auch Paula war stehen geblieben, mit einem verrutschten Lächeln sah sie zu ihm herauf. »Na ja, wahrscheinlich nicht. Aber wenn so ein Loa oder Dämon, oder wie man sie nennen soll, die Herrschaft über dich und deinen Körper übernimmt – was soll denn daran so großartig sein? Für mich ist das eine ziemlich grässliche Vorstellung – machen zu müssen, was so ein herbeigedonnerter Geist einem vorschreibt.«

Daniel schüttelte den Kopf und schaute hinaus aufs Meer, das unter der senkrechten Sonne glitzerte wie ein unendlich großes türkisgrünes Auge. »Genau das ist der Punkt, ich weiß. Niemand kann oder will begreifen, was daran so toll sein soll. Aber gerade hierum geht es – um die Verwandlung, um die Befreiung.« Mit dem großen Zeh krakelte er Linien in den Sand, fast ohne es zu bemerken. »Voodoo-Anhänger«, fuhr er fort, »werden nicht von *irgendwelchen* Loas heimgesucht. Jeder wird immer nur von der Gottheit besessen, die seiner – oder ihrer – stärksten verborgenen Kraft entspricht. Von dem Loa, der deine größte Begabung, deine stärkste Leidenschaft, deinen mächtigsten Trieb verkörpert. Von Ezilie, der Liebesgöttin, beispielsweise, von Gèdè, dem Todes-Loa, oder von Damballah, dem Gott der kosmischen Urkraft, aus der alles hervorgeht – je nachdem, wer du bist und was da so in dir schlummert.«

Paulas Lächeln wirkte mittlerweile ziemlich erschrocken, so

als ob sie ein Kind wäre, dem jemand ein grausiges Märchen erzählte. »Und welcher ist dein Loa, Danny? Was ist deine – wie hast du das genannt – stärkste verborgene Kraft?«
Wieder schüttelte er den Kopf. Das gleißende Türkis der Karibik war wie die Haut einer riesigen Kreatur, dachte er auf einmal, ein gigantisches Wasserwesen, über dessen Rücken andauernd Schauer liefen. »Ich weiß nicht«, sagte er, »aber ich hoffe, dass ich es eines Tages herausfinden werde – wenn ich mal an einer Voodoo-Zeremonie teilnehmen darf. Weißt du, das stelle ich mir wirklich großartig vor – wenn der Loa in den Sattel des auserwählten Menschenpferdes springt, wie die Voodoo-Leute das beschreiben. Die ganze Voodoo-Gemeinde tanzt im Rhythmus der magischen Trommeln um die heilige Säule im Humfò herum – das ist der Voodoo-Tempel. Zuerst rufen sie Legba an, eine Channel-Gottheit, die den Verbindungskanal zwischen unserer Welt und der Sphäre der Loas öffnen muss – der Götter- und Geisterwelt unter dem Meer.«
Erneut sah er hinaus auf das glitzernde Türkis der See. Kleine Wellen liefen in perfektem Gleichklang über die Wasserfläche dahin, es sah wirklich aus, als ob die Karibik ein gigantisches Wasserwesen wäre. Damballah. Alles ist Damballah, so lautete eine der geheimnisvollsten und gleichzeitig simpelsten Weisheiten des Voodoo. Damballah war der mächtigste Loa, der Gott, aus dem alles andere hervorging, der Loa der kosmischen Kräfte, der Verwandlungen, der Lebensenergien. Und sein bevorzugtes Element war das Wasser, jedes Gewässer, See, Fluss, Teich, Tümpel, am allerliebsten aber das Meer.
Jetzt erst fiel ihm auf, dass er mit seinem Fußzeh die ganze Zeit über Schlangenlinien in den Sand gekrakelt hatte. Die Schlange – das heilige Zeichen von Damballah. Das Tier, in dem der mächtige Loa sich verkörperte, wenn er in die Welt der

Menschen kam. Das Wesen, dessen Gestalt und Vorlieben auch seine menschlichen Anhänger annehmen mussten, wenn Damballah von ihnen Besitz ergriff.

Paula hakte sich bei ihm unter und zog ihn weiter. Der Sand um sie herum war mit Dutzenden wild geringelter Schlangenmuster übersät. »Wie soll das denn überhaupt vonstatten gehen – was muss man denn machen, damit so ein Loa kommt und Besitz von einem ergreift?«

»Der Hungan – das ist der Voodoo-Priester – und seine Tempelgehilfen rufen den Loa in einer komplizierten Zeremonie herbei. Am entscheidenden Punkt malt der Hungan das Vèvè der Gottheit auf den Boden, deren Erscheinen man erbittet. Ein Vèvè – das ist so ein magisches Zeichen, für jeden Loa gibt es ein Vèvè, mit dem man ihn oder sie herbeirufen kann.«

»Und was du da eben in den Sand gemalt hast, war das etwa auch so ein Vèvè?« Sie drehte sich um und schaute über die Schulter zurück zu den Schlangenzeichen im Sand.

»Vèvès sind viel komplexer, sie enthalten eine Menge verschiedener Zeichen. Aber in keinem von ihnen fehlt die Schlange, das Zeichen von Damballah.« Er versuchte ihr zu erklären, was es mit Damballah auf sich hatte, aber an ihrem Blick merkte er, dass sie nicht richtig verstand, was er ihr da erzählte.

»Stell dir einfach vor«, sagte Daniel, »dass der Hungan den Loa heraufbeschworen hat. Die Trommeln wummern wie verrückt, die Voodoo-Gemeinde tanzt in Trance um den Poteaumitan – das ist die heilige Säule in der Mitte des Tempels. Und dann erscheint der Loa. Stell dir vor, wie er in dich hineinfährt, wie er Besitz von dir ergreift – wie der Reiter, der sich auf ein Pferd schwingt. Wie er dein kleines, künstliches Ich aus dem Sattel schmeißt und sich auf den Thron in deinem Kopf setzt. Und wie er – oder sie, denn Loas können männlich oder auch weiblich sein – wie dein Loa die verborgene, eingekerkerte Macht in deinem Inneren befreit. Wie die beiden miteinander verschmelzen – der Loa in deinem Kopf und die elementare Kraft in deinem Innern, zu der er den Zugang geöffnet hat. Wenn jemand behauptet, er wäre von seinem Loa besessen, ist das ja wenigstens teilweise eine Selbsttäuschung – man wird nicht einfach von einer *äußeren* Macht übernommen, sondern wird gleichzeitig von *innen* heraus überschwemmt.«

Paula blieb wieder stehen. »Entschuldige, aber das hört sich für mich alles ziemlich grässlich an. Ich kann kaum glauben, dass du so was wirklich erleben willst. Aber vielleicht ist das alles ja für dich einfach ein Spiel? Ein Zeitvertreib, eine exzentrische Art, durchs Leben zu gehen?«

»Nenn es, wie du willst. Für mich war der Tag, an dem ich zum ersten Mal kapiert habe, was Voodoo wirklich ist, wie eine Erleuchtung. Irgendwie bin ich damals auf das Voodoo-Buch von Pietro Bandini gestoßen. Ich hab's sofort von vorn bis hinten gelesen, und dann gleich noch mal und noch mal, und mit jeder Zeile hatte ich noch stärker das Gefühl, dass ich vielleicht doch nicht einfach so ein verrückter Spinner wäre. Danny der Fantast – und auf der anderen Seite der Rest der Menschheit: vernünftig, realitätsbewusst. Nein, wurde mir da plötzlich klar, so stimmt das ja überhaupt nicht. Denn da gibt es eine ganze Religion, Kultur, ein ganzes Land mit Millionen von Leuten, die einige wesentliche Sachen ziemlich genau so sehen wie ich. Und die dieses Gefühl, das da seit langem in mir drinnen ist, dieses magische Tiermenschgefühl oder wie man das nennen soll, ganz einfach *leben*. Das zu kapieren, Paula, das hat mir damals verdammt gut getan.«

Aufblickend stellte er fest, dass sie vor einem doppelt mannshohen Bretterzaun standen – das westliche Ende des Vier-

Sterne-Paradieses. Wenn sie über das Gatter klettern und immer weiter in diese Richtung laufen würden, stünden sie irgendwann an der Grenze zu Haiti. Nach einer Woche Fußmarsch vielleicht.

»Wie alt warst du denn da, Danny? Ich meine, als du dieses Voodoo-Buch gelesen hast.«

»Na ja, so ungefähr siebzehn. Und plötzlich war mir da auch klar, was ich nach dem Abi machen wollte – Ethnologie studieren, die beste Möglichkeit, dachte ich damals, mich wirklich gründlich mit dem Voodoo-Kult zu beschäftigen. Hat sich dann aber auch ziemlich schnell als Irrtum herausgestellt.«

Paulas Gedanken waren offenbar noch bei dem, was er davor gesagt hatte. »Glaub ich dir gern, dass das ein tolles Gefühl war – zu erkennen, dass man mit seinen Gedanken und Träumen nicht allein auf der Welt ist.« Sie sah ihn an, als ob sie hoffte, dass er sie im nächsten Moment küssen würde.

Na ja, ich meine das eigentlich ein bisschen anders, wollte er zu ihr sagen, beschloss aber, auf diesen Punkt lieber nicht weiter einzugehen. Wofür sollte es gut sein, diesen alten Schlamm aufzurühren – ihr zu erzählen, wie hilflos und verloren er sich als Junge oft gefühlt hatte. In was für tiefe Löcher er auch heute noch manchmal fiel und was für eine Kraft es ihn dann jedes Mal kostete, sich selbst aus Dreck und Trümmern neu zusammenzusetzen. Wenn ich's irgendwem mal erzählen sollte, dann am ehesten Paula, dachte er, aber auch ihr besser nicht. Schließlich hatte er schon vor sehr langer Zeit gelernt, dass er niemals zeigen durfte, wie total anders er eigentlich alles sah, fühlte, beurteilte – anders als praktisch alle Leute um ihn herum. Dass er sich immer zusammenreißen, verstellen musste, niemals zeigen durfte, was er gerade wirklich dachte oder fühlte. Und da war es natürlich das Allergrößte für ihn gewesen, plötzlich von so einer Welt zu hören, in der die Leute ganz genauso tickten wie in seinem tiefsten Innern er selbst. So als wäre er als ganz kleines Kind auf einen fremden Planeten verschleppt worden und hätte eines Tages erfahren, wo er eigentlich hingehörte. Und seitdem kreiste sein gesamtes Denken und Fühlen nur noch um die Frage, wie er es hinkriegen könnte, in diese Welt zurückzukehren – seine magische Heimat. Haiti. Voodoo.

»Psychologisch gesehen ist deine Begeisterung für den Voodoo-Kult gar nicht so schwer zu verstehen«, setzte Paula hinzu, mit einem deutlichen Zögern in der Stimme, denn natürlich hatte sie mitgekriegt, wie wenig er von Psycho-Gelaber hielt. »Also wenn du zum Beispiel die Lehre von Sigmund Freud nimmst …«

»Lass gut sein, Paula.« Er drehte sich herum und lehnte sich mit dem Rücken gegen die warmen Pinienbretter. »Ich weiß schon, was du sagen willst: Voodoo ist ritualisierter Irrsinn. Aber Verrücktheit ist ja auch immer nur das, was eine Kultur dafür erklärt. Für die Voodoo-Anhänger sind eher wir, die Leute aus den USA oder aus Europa, nicht ganz richtig da oben.« Er tippte sich gegen die Stirn. »Voodoo stellt alles auf den Kopf. Der Loa knipst dein Bewusstsein aus und zündet dafür aber eine Milliarde Lichter in deinem Unbewussten an, das ja nur angeblich zu ewiger Finsternis verdammt ist. Wenn du dich mit deinem Loa verbündest – deinem Loa mèt-tèt, wie die Voodoo-Leute das nennen, deinem ›Meister des Kopfes‹ –, dann bist du stärker, lebendiger, wacher, als du es durch tausend deiner Psychotherapien jemals erreichen könntest.« Er legte seine Hand um ihren Ellbogen und zog sie weiter, zurück zu ihrem Strandabschnitt am anderen Ende des Clubgeländes.

Voodoo – du singst und lachst mit deinen Schamlippen,

während mein Schwanz eine neue Milchstraße in dein Universum schießt. Aus einem Voodoo-Gedicht, das er mal irgendwo gelesen hatte. Und das er Paulas Ohren beim besten Willen nicht zumuten durfte. Ihr Gesicht war sowieso schon bedenklich dauerrot. Arme, brave Paula. Eigentlich war sie ihm ziemlich sympathisch – wie eine Schwester, oder nein, da war neuerdings sogar noch ein bisschen mehr. Ein Hauch von Damballah. Und von Ezilie sowieso.

»Verstehst du jetzt, warum ich vom Voodoo so fasziniert bin?«

Diesmal war es Paula, die den Kopf schüttelte. »Ich verstehe jetzt vor allem eins, Danny – dass du es anscheinend gar nicht erwarten kannst, deinen Verstand zu verlieren.« Mit ihrem schwermütigen Lächeln schaute sie zu ihm hinauf.

»Da gibt's nicht viel zu verlieren.« Daniel grinste sie an. »Bei mir eh nicht, aber auch ganz allgemein wird um den Verstand viel zu viel Theater gemacht. Wer seinem Verstand gehorcht, ist günstigstenfalls ein dressierter Affe. Aber wer seinen Loa gefunden hat, der hat selbst an der Kraft der Götter teil.«

5

Beim Mittagessen stocherte Elsie zerstreut in ihren Shrimps, und sosehr Daniel sich auch abmühte, sie schien ihn gar nicht richtig wahrzunehmen. Andauernd schaute sie auf der Restaurantterrasse umher, als ob sie jeden Moment damit rechnete, ihren Liebsten auftauchen zu sehen. Der saß ihr aber schon gegenüber am Tisch und verstand überhaupt nicht, was mit Elsie heute los war.

Es war ihr fünfter Tag im *Paraíso*.

»Wie lange haben eigentlich Adam und Eva damals durchgehalten?« Daniel machte sich über die Reste seines Seewolffilets her. »Ich meine – wann sind sie vor die Paradiespforte gesetzt worden?« Elsie lächelte ihn geistesabwesend an. »Nicht, dass ich den Sündenfall rechtfertigen will, aber falls das Paradies auch nur die geringste Ähnlichkeit mit unserem Club hier hatte, kann ich die beiden gut verstehen.« Und die Schlange sowieso. »Hey, Elsie, hörst du mir überhaupt zu?«
Elsie tupfte sich mit der weißen Leinenserviette über die Lippen, dann vorsichtig um beide Augen herum. »Entschuldige, ich bin heute nicht so richtig wach. Hab dauernd das Gefühl, gleich einzuschlafen und schon halb zu träumen – so ein Valiumgefühl. Ich weiß auch nicht, woran das liegt – zu wenig schlafen und faulenzen tun wir hier ja bestimmt nicht. Vielleicht die Hitze?« Sie rollte ihre Serviette zu einem ordentlichen Wulst zusammen und schob sie in den silbernen Serviettenring zurück. »Ist aber halb so schlimm«, fügte sie hinzu, als sie Daniels besorgten Blick bemerkte. »Ich gehe jetzt einfach zum Pool, lege mich in meine Liege, mache die Augen zu und höre mir an, wie Paula mir was von dem tollen Danny vorschwärmt.«
»Eifersüchtig, Elsie?« Er nahm ihre linke, makellos manikürte Hand in seine Hände und grinste sie an. »Auf Psycho-Paula?« Aber noch während er das sagte, kamen ihm seine Worte unsinnig vor. Eine Spur zu gemein gegenüber Paula, aber das war es nicht, was ihn auf einmal so irritierte.
Elsies minzegrüne Augen leuchteten, als ob sie mit dem Glitzern des Meeres aufgeladen wären. Seine Frage schien sie überhört zu haben – vielleicht aus purer Höflichkeit? Ihr Blick jedenfalls ging schon wieder an Daniel vorbei und irrte suchend über die Terrasse.

Wenn hier irgendjemand Anlass zur Eifersucht hatte, dann wohl höchstens er. Aber auf wen denn eifersüchtig, verdammt? Auch Daniel schaute sich jetzt auf der Terrasse um. Eben kam der Blonde mit den breiten Schultern durch die Tür, händchenhaltend mit einer unscheinbaren, gleichfalls weizenblonden jungen Frau. Dicht hinter den beiden stolperte ausgerechnet Erdkunde-Moritz auf die Terrasse.

Der Blonde und Moritz wechselten einen Blick und feixten einander hämisch zu. Na wenn schon, dachte Daniel. So war es ihm eigentlich immer schon gegangen – von den Kerlen beargwöhnt, geschnitten, angefeindet, dafür aber bei den Mädels beliebt. Besser als andersherum. Sehr viel besser.

»Ich schwimme jetzt erst mal eine Runde durch den Wasserfall-Pool. Hoffentlich kriege ich dadurch wieder einen klareren Kopf.« Elsie wand ihre Hand zwischen seinen Händen hervor. »Gehen wir?«

»Wie du willst, Liebes.« Er beugte sich über den Tisch und küsste sie auf die Lippen, die noch süßer als normal schmeckten – nach dem Papaya-Ananas-Cocktail, den sie eben getrunken hatten.

Während sie die Terrasse verließen, beobachtete er in den Augenwinkeln, wie Moritz und das weizenblonde Pärchen einen Tisch mit Blick aufs Meer ansteuerten. Hatten die drei nicht gerade die Köpfe zusammengesteckt und dabei in seine Richtung geschielt? Und wieso verhielt sich Elsie heute nur so seltsam – als ob sie irgendwen ganz sehnsuchtsvoll erwarten würde? Oder irgendetwas, jedenfalls schien sie selbst nicht so richtig zu wissen, weshalb sie sich andauernd den Hals verdrehte.

Ach was, Schluss jetzt mit diesem paranoiden Blödsinn, dachte Daniel, das kommt doch alles nur davon, dass man hier mit so vielen Leuten zusammenhockt und nichts anderes zu tun hat,

als sich gegenseitig zu belauern. »Soll ich dich zum Pool bringen, Elsie? Ich meine – weil du dich nicht so ganz okay fühlst?«
»Ab mit dir zu deinem Voodoo-Mann!« Sie ballte die Hand zu einer zierlichen Faust und boxte ihn in die Seite. »Falls es zwischen uns Grund zur Eifersucht gibt, dann bestimmt nicht wegen Paula.«
Noch als er draußen auf dem Hauptweg stand und Elsie hinterhersah, wie sie in ihrem zitronengelben Minikleid auf den Sandweg zu den Pools abbog, dachte Daniel über ihre Worte nach.

»Wie meinst du das, Paula – Elsie ist plötzlich weggerannt? Was soll das heißen? Da muss doch irgendwas passiert sein?«
»Nee, gar nix, Danny – sie ist plötzlich aus der Liege hoch, hat ihre Sachen zusammengerafft und ist weggerannt. Ohne ein Wort.« Paula blinkerte mit einem trübseligen Grinsen zu ihm empor. Im schwarz-weißen Einteiler lag sie auf einer Liege am Wasserfall-Pool, wie eine Turnierschwimmerin in der Wettkampfpause. Die beiden Liegen links und rechts von ihr waren verwaist.
Halb fünf Uhr nachmittags. Stundenlang war Daniel im Clubgelände rumgewandert, wieder mal auf der Suche nach Jean Baptiste. Aber heute hatte er nirgendwo eine Spur von dem grimmigen Haitianer gefunden, dafür war er mindestens ein Dutzend Mal von einem dieser überdrehten Animateure im Bademeister-Look angequatscht worden. Ständig wollten sie einen zu Tauchexkursionen, Sambakursen, Salsa-Abenden und tausend anderen unsinnigen Aktivitäten beschwatzen. Ganz zu schweigen von diesen hoch gewachsenen Schwarzen im Methodisten-Outfit, mit schwarzen Anzügen, Krawatten, spiegelblank polierten schwarzen Schuhen unter Hochwasser-

Hosen, die jeden weißen Touristen in ihre »Informationsveranstaltungen« abzuschleppen versuchten. »Nur paar Minuten, Mister, und kriegst auch Flasche Rum gratis.« Und einen Immobilienkauf-Knebelvertrag dazu.

Auf einem ansonsten menschenleeren Pfad am Rand des Clubgeländes hatten ihm zwei hünenhafte Schwarze regelrecht den Weg versperrt, als er an ihnen vorbeigehen wollte, ohne sich zum tausendsten Mal den immergleichen Sermon anzuhören. »Danke, kein Interesse. Ich hasse Immobilität.« Sie hatten ihn so finster wie nur möglich angestarrt, die Arme vor den beeindruckenden Brustkästen verschränkt. Erst als hinter Daniel Stimmen zu hören waren, leises Lachen von irgendwelchen Clubgästen, machten die beiden jeder einen kleinen Schritt zur Seite – eben genug, dass er sich zwischen ihnen hindurchzwängen konnte. In einer Wolke von Erd- und Modergeruch, so als ob sie ihre äußerlich makellosen schwarzen Anzüge aus einem Friedhof ausgebuddelt hätten, was ja nicht gut sein konnte. Aber noch weit irritierender hatte Daniel diese schlangenförmigen Nadeln gefunden, die jeder von ihnen an seiner rechten Halsseite stecken hatte. Sorgfältig in die Haut gebohrt, als ob die Mode neuerdings verlangen würde, dass man solche Schlangenbroschen unter dem Hemdkragen trug, knapp neben der Halsschlagader.

Schließlich hatte er jeden Winkel im ganzen Clubgelände nach Jean Baptiste abgesucht, und wenn nicht das Kribbeln hinter seinem Nabel immer ärger geworden wäre, hätte er seine Suche für heute aufgegeben. So aber war er zuletzt auch den Strand noch runtergejoggt, in Badehose und T-Shirt, fünf Kilometer bis zu der abgelegenen Schnapsbude am östlichen Ende des *Paraíso*. Auch dort von Jean Baptiste keine verdammte Spur. Auf dem Rückweg hatte er noch mal an den größeren

Cocktailbars im Umkreis der Pools nach ihm Ausschau gehalten, alles umsonst.
Im Grunde spielte es ja keine Rolle. Ihre Gespräche waren nach wie vor vollkommen unergiebig. Jean Baptiste hielt ihn auf Distanz, gab einsilbige Antworten, wenn überhaupt. (»Was würde es mich denn kosten, nur mal angenommen, Jean Baptiste – was müsste ich einem Hungan bieten, damit er mich an einer Voodoo-Zeremonie teilnehmen lässt?« Der höhnische, taxierende Blick des Haitianers. Dann seine heiser hervorgebellte Antwort: »Ganz bestimmt keine dreckigen Dollars, M'sieur.«) Und natürlich konnte Jean Baptiste heute ganz einfach seinen freien Tag haben, oder er war mit einer Erkältung oder so etwas zu Hause geblieben. Aber Daniel glaubte es nicht, das Kribbeln hinter seinem Nabel ließ eine solche Erklärung nicht zu.
»Und wann war das, Paula? Um wie viel Uhr ist Elsie weggegangen?«
»Na ja, vielleicht so um zwei. Nach dem Mittagessen hatte sie sich gerade erst hier hingelegt, da ist sie aufgesprungen und war wieder weg.«
Wie hatte Elsie das vorhin gemeint – wer von ihnen beiden hatte Anlass, wegen Jean Baptiste eifersüchtig zu sein?
Natürlich konnte es purer Zufall sein, dass Elsie und Jean Baptiste zur gleichen Zeit unauffindbar waren. Natürlich konnte Elsie an tausend harmlosen Orten sein, in einem der Friseursalons, von denen es im Club mindestens fünf gab, im Wellness-Studio oder in einer der vielen Boutiquen, deren Kollektionen fast täglich zu wechseln schienen.
Paula richtete sich auf. »Setz dich doch, Danny. Elsie kommt bestimmt gleich wieder zurück.« Sie streckte ihm eine Hand entgegen. »Willst du mir nicht noch was über Voodoo erzählen? Ich habe da noch eine Menge Fragen.«

Er ließ sich ihr gegenüber auf eine Liege sacken. »Nichts lieber als das.« Aber vielleicht nicht gerade jetzt? Das Kribbeln wurde immer ärger. Er fühlte sich innerlich zerrissen, gevierteilt, seine Bestandteile an entferntesten Orten aufgespießt.

»Was hat es eigentlich mit den so genanten Zombies auf sich, Danny? Sag nur, daran glaubst du genauso wie an diese Loas – dass die Voodoo-Zauberer Tote wieder erwecken und für sich schuften lassen können wie Roboter aus Fleisch?«

Bilder von Elsie, wie sie in ihrem goldenen Bikini-Nichts durch das Gelände stolzierte, Arm in Arm mit einem schwarzen Lover. Blödsinn! Er verstand überhaupt nicht, warum er auf einmal von Eifersucht regelrecht überschwemmt wurde. Von übelsten Visionen – Elsie und der finstere Jean-Baptiste, beide nackt, schweißnass in einer einsamen Bucht irgendwo am Meer. Die Schöne und der Knochenmann. Vollkommen lächerlich.

Oder doch nicht so ganz und gar abwegig? Hatte er sich nicht in trüben Augenblicken schon öfter mal gefragt, wann Elsie ihn wohl verlassen würde? Wie lange eine Superfrau wie sie es überhaupt mit ihm aushalten würde? Die schöne und erfolgreiche Elsie – und daneben er, der hoffnungsvolle Künstler-Geheimtipp, dermaßen geheim, dass höchstens eine Hand voll Leute jemals von ihm gehört hatten. Aber dich zu verlieren, Elsie, das würde ich nicht ertragen, dachte Daniel, das würde in mir drin etwas kaputtmachen, das nur du überhaupt erreichen und berühren kannst, Elsie, kein Mensch auf der ganzen Welt außer dir.

Was hatte Paula gerade zu ihm gesagt? Zombies. Roboter aus Fleisch. Er hob die Schultern und ließ sie langsam wieder fallen. »Doch, auch daran glaube ich. Und dabei geht es sogar noch viel weniger um Glauben. Zombifizierung funktioniert hauptsächlich durch Psychoterror und Nervengift. Der Voodoo-Zauberer flößt dir einen Cocktail ein, der schlagartig alle Lebensfunktionen in dir ausknipst. Auch die besten Hightech-Kliniken in New York oder München könnten keinen Unterschied feststellen zwischen einer regulären Leiche und einem Kerl, dem der Voodoo-Zauberer das Zombiegift reingepumpt hat – der Bursche ist ganz einfach klinisch tot. Aber von innen, für den armen Kerl selbst, fühlt sich die Sache ganz anders an.«

»Du meinst – er ist bei Bewusstsein? Das ist ja wirklich gruselig.«

»Tja, das sehe ich auch so. Unser armer Zombie-Bursche liegt starr und kalt auf seinem Rücken, kann keinen Zeh, keine Wimper bewegen, aber in ihm drin geistert sein funzliges, kleines Ich rum, zu Tode erschrocken, wie du dir vorstellen kannst. Meistens weiß er ja schon, oder ahnt zumindest, was sie mit ihm vorhaben, was sie schon angefangen haben, mit ihm zu machen – er wird zombifiziert. Das ist normalerweise die Strafe dafür, dass jemand hartnäckig gegen die Gebote der Voodoo-Priester verstoßen hat – zum Beispiel seine Frau und seine Kinder laufend verprügelt hat, der Trunksucht verfallen ist und solche Sachen. Wenn er sich weigert, die Gesetze der Voodoo-Gemeinde zu befolgen, erscheint eines Tages der Priester oder ein von ihm beauftragter Zauberer in seiner Wohnung und verabreicht ihm das Voodoo-Gift.«

Paula hörte ihm mit so erschrockenem Gesichtsausdruck zu, dass er sie am liebsten in den Arm genommen hätte. Wenn er Elsie solche Sachen zu erklären versuchte, ergriff sie spätestens nach einer halben Minute die Flucht.

»Das Nächste, was der arme Kerl mitbekommt«, fuhr er fort, »ist seine eigene Leichenwäsche. Er liegt nackt auf einem Tisch, und die Frauen der Gemeinde waschen seinen Körper, der ganz und gar wie eine Leiche aussieht, sich wie eine Leiche

anfühlt – kalt, starr, wächsern. Die Leute trauern um ihn mit lauten Klagegesängen, man steckt ihn in einen Sarg, trägt ihn zum Voodoo-Friedhof und gräbt ihn ein.«
»Er wird lebendig begraben?« Paula sah ihn so ungläubig an, als hätte sie ihn jetzt aber endgültig beim Schwindeln erwischt. »Aber wofür soll das denn um Himmels willen gut sein?«
»Um ihn noch mehr kirre zu machen. Psychoterror, wie schon gesagt.« Am liebsten wäre er jetzt aufgesprungen und im Laufschritt zu ihrem Bungalow gerannt, um endlich nachzusehen, was mit Elsie los war. Warum sie urplötzlich davongestürzt war, anstatt sich hier Stunde um Stunde am Pool zu rösten, wie sie es bisher jeden Nachmittag gemacht hatte. Aber Paula sah ihn so erwartungsvoll an, dass er es nicht über sich brachte, ihr den Rest der Geschichte vorzuenthalten – den Rest der Wahrheit über das Geheimnis der Zombifizierung. Außerdem faszinierte ihn das Thema selbst viel zu sehr.
»Sie lassen ihn eine Nacht und einen Tag lang in seinem Grab liegen – totenstarr, außer Stande, um Hilfe zu rufen, aber zumindest so weit bei Bewusstsein, dass er grauenhafte Angst ausstehen kann. Angst, dass sie ihn aus Versehen hier eingescharrt haben. Oder noch viel größere Angst, dass sie ihn mit Absicht hier verbuddelt haben – dass das Ganze nicht etwa ein Versehen oder Unglück ist, sondern Phase eins seiner Zombifizierung. Und wenn sie ihn am nächsten Abend wieder aus seinem Sarg holen, ist der Bursche nur noch ein wimmerndes Häufchen Elend.«
Paula gab eine kleine Lautfolge von sich, die auch beinahe wie Wimmern klang, aber Daniel nahm es nur ganz am Rande wahr. Mit seinen Gedanken war er sehr viel mehr auf dem Zombie-Friedhof als hier am *Paraíso*-Strand.
»Sein Wille ist für immer zerstört«, fuhr er fort, »sein Geist

und seine Seele sind nicht nur verwirrt, sondern vor Grauen aus seinem Körper geflohen. Diese Seele – den so genannten Zombie astrale – fängt der Voodoo-Zauberer mit einer komplizierten Zeremonie ein, und wer deine Seele besitzt, kann deinen Körper nach Belieben steuern und herumkommandieren. Dem ausgebuddelten Körper flößen sie ein Gegengift ein, das seine Vitalfunktionen wieder in Gang bringt, gleichzeitig wird er schrecklich verprügelt und beschimpft, das alles auf dem Voodoo-Friedhof, dem Ort, vor dem jeder Voodoo-Anhänger sich sowieso mehr fürchtet als vor jeder anderen Stelle auf der Welt. Dem Ort der rachsüchtigen Ahnengeister. Sie prügeln und beschimpfen ihn, flößen ihm das Belebungszeug ein, jagen ihn mit Tritten und Schlägen vor sich her, und er ist nur noch ein willenloses Tier, eine Maschine aus Fleisch, die fortan ihrem Meister gehorcht und keine eigenen Gedanken mehr zu Stande bringt – ein Zombie cadavre.«

Paulas Augen gingen mit hektischem Klimpern auf, zu, auf, zu. »Wahnsinn.« Aber bevor sie die nächste Frage auf ihn abschießen konnte, strich er ihr über die Haare und sprang auf. »Sorry, ich mach mir Sorgen wegen Elsie. Bis später.«

Er lief mit großen Schritten am Pool entlang, und sofort sah er wieder diese absurden Bilder von Elsie und Jean Baptiste vor sich. Das Beauty-Girl und der Knochenmann. Da legt sich doch ein Zaubernetz um uns, verdammt noch mal! Oder bildete er sich das alles nur ein?

Von der anderen Pool-Seite dröhnten die unvermeidlichen Salsa-Beats rüber. Wenn sie wenigstens Bob Marley spielen würden – »No woman, no cry«. Er musste grinsen, dabei war ihm überhaupt nicht zum Lachen zumute. Mit gesenktem Kopf stürmte er den Hauptweg entlang, der von den Pools zu ihrem Bungalowbereich führte.

Seine Schritte wurden immer langsamer, je näher er ihrer Hütte kam. Es war wie ein Widerstand, gegen den er plötzlich ankämpfen musste, wie Gegenwind, wie klebrige Spinnfäden, die sich auf einmal um ihn legten. Endlich bog er in den Pfad zu ihrem Bungalow ein, mit einem ekelhaften Gefühl.

Schon auf den Stufen vor ihrer Tür hörte er Elsie schluchzen, laut, krampfhaft – so etwas hatte er noch nie bei ihr erlebt. Er schloss die Tür auf, ein Schwall Licht schwappte in den dunklen Raum. »Elsie?«

Sie stand in dem schmalen Gang zwischen der Wand und ihrer Betthälfte. Beim Geräusch der aufgehenden Tür war sie herumgefahren, starrte mit weiten Augen zu ihm herüber. Dann die Erleichterung in ihrem Gesicht, als sie ihn erkannte. »Danny, o mein Gott, komm rein! Mach die Tür zu, wenn mich jemand so sieht!«

Mit rot verheulten Augen, fleckigen Wangen, die Haare zu einem wüsten Knäuel auf ihrem Kopf aufgetürmt. Sie trug nur ein übergroßes T-Shirt, pinkfarben, mit dem Schriftzug *Für wen?* über ihren Brüsten.

»Was ist denn mit dir, Elsie?« Ohne sie aus den Augen zu lassen, drückte Daniel hinter sich die Tür ins Schloss und schaltete die trübe Deckenfunzel ein. Die Klimaanlage lief auf vollen Touren, schleuderte schneidend kalte Luftwellen durch den kleinen Raum. Verstohlen spähte er nach links und rechts, dann ging er zur Badtür und warf einen raschen Blick hinein. Niemand. Was hatte er erwartet? Elsies nackten, verängstigen Lover in der Duschkabine – Jean Baptiste? Schwachsinn. Außerdem war Eifersucht zwischen ihnen bisher kein Problem gewesen, oder höchstens ab und zu mal.

Auch ihr Bett war, als er sich wieder zu ihr umdrehte, nahezu unberührt. Nur ein Abdruck ihres federleichten Körpers auf der

Bettdecke, so als ob sie sich für einen Nachmittagsschlummer hingelegt hätte und gerade aufgewacht wäre, aufgeschreckt aus einem üblen Traum. Ein paar ihrer Anziehsachen lagen wild auf dem Bett verstreut, aber die Decken waren noch so straff gezogen und die Enden unter die Matratze gestopft, wie der Zimmerservice sie jeden Vormittag herrichtete.

»Liebes, Elsie.« Er nahm sie in seine Arme. »Schlecht geträumt, wie? Was verkriechst du dich auch am helllichten Tag in diesem dunklen Loch? Das passt ja überhaupt nicht zu dir.«

Sie presste sich an seine Brust, krampfte ihre Hände in seine Arme. Immer noch drangen zittrige Schluchzer aus ihrer Kehle. »Muss wohl geträumt haben.« Es klang mehr wie ein kindliches Wimmern. Völlig untypisch für Elsie. Die einzige Frau, die normalerweise auch im Tiefschlaf immer sie selbst blieb. Glanzvoll, genussfreudig, kontrolliert. Normalerweise.

Langsam schob er sich rückwärts aus der Nische, zog Elsie mit sich in den freien Raum zwischen Tür und Bett. Im Vorbeigehen schaltete er die Klimaanlage runter, und plötzlich sah er wieder vor sich, wie Jean Baptiste sie am ersten Tag hier in den Bungalow geführt hatte. »Aircondition«, hatte er in seinem grotesken Englisch gesagt und dabei auf den Schalter gedeutet – und davor?

Daniel kniff die Augen zusammen, tätschelte Elsies Rücken, summte ihr beruhigende Töne ins Ohr. Danny, Meister der Tonmagie. Sie begann sich wirklich schon zu entspannen, er spürte, wie ihre Schultern locker wurden, ihr Kopf sich sanfter an seine Brust schmiegte. In Gedanken spulte er den Erinnerungsfilm ein kleines Stück zurück. Jean Baptiste war in den Gang neben Elsies Betthälfte getreten, hatte sich dort gebückt, irgendwas unter dem Bett rumgefummelt, dann erst hatte er sie auf die Aircondition aufmerksam gemacht. Vielleicht nur ein kleines Ablenkungsmanöver, damit sich niemand fragte, was er da am Bett angestellt hatte?

Er bugsierte Elsie um das Bett herum, zu seiner Seite. Elsie wirkte immer noch benommen. »Ruh dich aus, Liebes«, murmelte er in ihr Ohr, half ihr, sich hinzulegen, und deckte sie mit ein paar Kleidern und T-Shirts, die auf dem Bett herumlagen, provisorisch zu. Es war eigenartig kalt hier drinnen, eher wie in einem Kühlhaus als in einem klimatisierten Wohnraum.

Erneut ging er um das Bett herum und schob sich in die Nische auf Elsies Seite. Das ekelhafte Gefühl wurde stärker. Außerdem war es auf dieser Seite des Zimmers deutlich kälter, er bekam eine Gänsehaut, auf den Beinen, den Armen, während er neben Elsies Betthälfte in die Knie ging.

Finster. Wirklich sonderbar dunkel da unten, jedenfalls kam ihm das so vor. Am liebsten wäre er erst mal wieder aufgestanden, hätte sämtliche Lampen eingeschaltet, die Fensterläden aufgestoßen, um den ganzen Raum mit Licht zu überschwemmen. Auch diese Zusammenballung von Schwärze da unter dem Bett. Aber dadurch würde er Elsie nur noch mehr beunruhigen, und im Übrigen – seit wann fürchtete ausgerechnet er sich vor Dunkelheit? Na also. Und Daniel beugte sich im Knien so weit wie möglich vor und begann mit einer Hand unter dem Bett herumzutasten.

Diesmal brauchte er nicht lange zu suchen. Seine Finger fuhren über einen kleinen, sonderbar kühlen Gegenstand, der dicht an der Wand auf dem Boden lag. Oder hockte. Das ließ sich so genau nicht sagen, auch nachdem er das Ding mit Daumen und Zeigefinger gepackt und aus seinem dunklen Versteck hervorgeholt hatte. Was sollte es überhaupt darstellen, ein totes Ding oder eine Kreatur? Oder waren da einfach ein paar Bröckchen Abfall zufällig zusammengeraten und miteinander verzwirnt worden? Ein glatter, kühler, rundlicher Stein, umwunden von zwei löchrigen Schlauchfetzen. Eine Schraube steckte in dem Riss, der sich im Zickzack durch den Stein zog, und um das rostige Gewinde waren zwei dünne Haarsträhnen gewickelt worden. Ein paar dunkelbraune Fäden direkt unter dem Kopf der Schraube – kurzes, drahtiges Männerhaar. Und eine goldblonde Frauenlocke am unteren Ende, dort wo die rostige Spitze im Stein verschwand.

»Danny, was machst du denn da unten?« Immer noch mit dieser Kinderstimme.

»Nicht wichtig, Liebes.« Mit einem Grinsen, das hoffentlich unbekümmert wirkte, sah er zu ihr herüber. »Ich dachte nur, da wäre was am Boden.«

»Am Boden?« Sie richtete sich zum Sitzen auf. Der Anblick ihrer Haare, zum wilden Knäuel auf ihrem Kopf aufgetürmt, erschreckte ihn für einen Moment so sehr, dass er fast zu grinsen vergaß. Normalerweise war ihr Haar ein perfekter Schleier aus purem Gold, der über ihre Schultern und ihren Rücken strömte. Normalerweise. Das Kribbeln in seinem Bauch fühlte sich an, als ob sein Nabel mit Myriaden von Nadeln beschossen würde.

»War eben ein Irrtum, Elsie.« Er zuckte die Schultern. »Hier ist überhaupt nichts.« Nur deine und meine Haare, Elsie, um diese rostige Schraube gezwirnt. Auch seine Stimme hörte sich seltsam an. Wie eingefroren.

Argwöhnisch spähte sie zu ihm herüber. Ihre Augen sahen entzündet aus, als ob sie stundenlang geheult hätte. Sie schien zu spüren, dass er irgendetwas vor ihr verbarg, aber ihr Gesichtsausdruck besagte, dass sie lieber gar nicht wissen wollte, was es war.

Der kühle Stein, das poröse Gummi, die rostige Schraube und

ein paar Haare von unseren Köpfen, Elsie. Sonst überhaupt nichts, wie schon gesagt. Daniel drehte das Ding zwischen seinen Fingern hin und her. Solange er hier am Boden kniete, konnte Elsie unmöglich sehen, dass er überhaupt etwas in der Hand hielt. Aber schließlich konnte er nicht ewig hier im Gang hocken bleiben. Ohne groß darüber nachzudenken, ließ er das Ding vorn in seine Badehose gleiten, wo eine kleine Innentasche aus Gazestoff eingenäht war.

Als er sich aufrappelte, spürte er die Kälte des Steins auf seiner Haut. Ins Schamhaar gebettet wie in ein Spinnennest. Der rundliche Stein von der ungefähren Form eines Kitsch-Liebesherzens, die Schraube für den Pfeil, der das Herz durchbohrt, die darumgewickelten Schlauchfetzen als Damballah-Schlangen, Liebeskraft, Lebensenergie: Ezilies Vèvè. Aber durch die daran geknoteten Haare wurde aus dem Zauber zur Beschwörung der Liebesgöttin etwas ganz anderes – ein Bannzauber, um ihn und Elsie an Ezilie zu binden.

Bisher hatte er sorgfältig vermieden, auch nur in Gedanken das Wort auszusprechen. Dabei war es ihm regelrecht ins Gesicht gesprungen, als er das Ding mit den Fingerspitzen ertastet hatte. Ein *Wongo*. Daniel atmete tief ein und wieder aus.

Als er um das Bett herumging, spürte er bei jedem Schritt die Präsenz des Dings unter seinem Nabel. Kalt, schwer, drohend. Das Wongo. Eigentlich hatte er vorgehabt, sich neben Elsie zu legen, sie in den Arm zu nehmen und zärtlich zu trösten. Aber durch das Wongo war plötzlich alles anders geworden.

Er blieb neben Elsie stehen und schaute auf sie hinunter. Auch wenn sie selbst glaubte, dass sie »für diesen magischen Krimskrams nicht geschaffen« war – er war seit langem überzeugt davon, dass sie sich gerade deshalb von ihm angezogen fühlte. Weil sie spürte, dass nur er sie immer wieder von sich selbst,

ihrem Glanz, ihrer perfekten Schönheit, ihrer totalen Selbstkontrolle erlösen konnte. Danny, Meister der Liebesmagie. Mit den Bildern und Stimmungen, die nur er in Elsie beschwören konnte, mit dem haitianischen Räucher-Dope, das er seit Jahren über einen Kontaktmann aus der Hoodoo-Szene in New Orleans bezog, anzuwenden bei Blockaden der Liebes- und Lebensenergie. Und mit der minimalistischen Trancemusik, die er selbst arrangiert und aufgenommen hatte, mit Trommeln, Flöten, atavistischen Schrei- und Stöhngesängen, ekstatischen Ausrufen in Patois. Auch wenn sie es niemals zugeben würde, fiel auch Elsie bei ihren Liebesritualen regelmäßig in Trance. Nicht sehr viel anders als die Voodoo-Jüngerinnen, von denen Ezilie beim Tanz der Besessenen, dem Dansé-loas, Besitz ergriff. Elsie – Ezilie. Wie oft hatte er sich schon über die Namensähnlichkeit amüsiert. Aber nur noch im Stillen, sozusagen hinter Elsies Rücken. Streng verboten, so etwas in Elsies Gegenwart zu sagen. Was hatte sie denn mit diesen komischen Voodoo-Göttern zu tun! Na ja, ganz einfach, Elsie, du bist die Göttin in Dannys ganz spezieller Voodoo-Welt, ob du das nun wahrhaben willst oder nicht.
Aber durch das Wongo war urplötzlich alles anders geworden, dachte er wieder. Etwas, das eben noch Spiel gewesen war, war nun drohend, ernsthaft, unerbittlich geworden. Sein Lebensspiel. Ganz kurz überlegte er, das Ding aus der Gazetasche herauszunehmen und wegzuwerfen, aber das kam überhaupt nicht in Frage.
Er beugte sich über Elsie, ihre Augen waren geschlossen. »Schlaf noch ein bisschen, Liebes, ich bin bald zurück.«
Ihre Antwort war ein unverständliches Murmeln im Halbschlaf. Daniel küsste sie auf die Stirn, die sich heiß anfühlte, wie im Fieber, aber das kam wohl nur von der Kälte, die er jetzt

überall in seinem Körper spürte. »*Ein Wongo, ein Bindezauber-Fetisch des Voodoo*«, hatte er in seiner letzten ethnologischen Seminararbeit geschrieben, »*besteht aus zwei Komponenten: aus dem Vèvè, dem Beschwörungszeichen eines der Loa genannten Voodoo-Götter, das der Hungan auf den Boden des Voodoo-Tempels zeichnet, damit die Gottheit in seinem Humfò erscheint. Und aus ein wenig biologischer Substanz von dem Individuum, das gebunden werden soll: Haar, Blut, Fingernagel, Hautfetzen. Durch diese Kombination wird die Person im Wongo auf ihren Loa fixiert. Der Bann wirkt aber nur dann, wenn die Gottheit tatsächlich der* stärksten verborgenen Kraft *in dem betreffenden Individuum entspricht – Liebe, Schönheit, Begehren (Ezilie), kosmische Weisheit (Damballah), männliche Begierde (Gèdè), Zorn und Kriegergeist (Ogu), et cetera.*
Wird diese Kraft durch das Wongo entfesselt, so ist die betreffende Person auf unwiderrufliche Weise ver-rückt. Für die westliche Psychiatrie ist sie damit der Psychose verfallen, in der Perspektive des Voodoo hat das Individuum dagegen einfach aufgehört, sich gegen die stärkste ihm innewohnende Kraft zu sperren. Vom Wahnsinn bedroht sind aus Sicht des Voodoo im Gegenteil gerade diejenigen, die gegen eine Macht in ihrem Innern ankämpfen, die weitaus stärker und weiser als unser Ich-Bewusstsein ist.«
Der Professor im ethnologischen Fachbereich hatte diese Behauptungen als »haltlose Außenseitermeinung« bezeichnet und Daniels gesamten Aufsatz als »unwissenschaftliche Spekulation« verworfen. Nach gesicherter und allgemein anerkannter wissenschaftlicher Erkenntnis funktionierten Wongos einfach wie Placebos, hatte er Daniel belehrt. Wer sich ihrer objektiven Wirkungslosigkeit bewusst sei, bleibe von dem angeblichen Schadens- oder auch Liebeszauber völlig unbehelligt, auch

wenn der Voodoo-Magier noch so viele Nadeln in seine Lumpenpüppchen bohre, Haarsträhnen an Sperrmüllobjekten befestige et cetera. Dieser ganze primitive Psychospuk ziele auf den ich-schwachen Primitiven, die Wirkung basiere einzig und allein auf Aberglauben, und das alles sei seit mindestens hundert Jahren bestens erforscht und belegt. Der Professor hatte sich geweigert, Daniels Aufsatz überhaupt als wissenschaftliche Arbeit anzuerkennen. *»Der Verfasser ist ein Fantast«*, hatte er darunter geschrieben, und damit war Daniels Abstecher in die Ethnologie beendet gewesen. Noch am selben Tag hatte er auf dem Universitätsparkplatz einen kleinen Scheiterhaufen angezündet, mit all seinen Fachbüchern und Seminararbeiten und einer Lumpenpuppe mit den Gesichtszügen jenes Professors, die, an ein gleichschenkliges Voodoo-Kreuz gebunden, aufrecht in den Flammen stand, bis sie unter der Schaumkanonade der Universitätsfeuerwehr zusammenbrach.

Daniel zog die Bungalowtür auf und trat nach draußen, in die unwirkliche Helligkeit und Schwüle des karibischen Nachmittags. Auch seine Suche nach Jean Baptiste war bisher mehr ein Spiel für ihn gewesen. Auch damit war es jetzt vorbei. Das Wongo sprang im Takt seiner Schritte auf und ab, als er im Waldläufer-Trab auf die Eingangshalle des *Paraíso* zuhielt.

6

In der Clubhalle fiel sein Blick als Erstes wieder auf Ogu, den zornigen Feuergott und heroischen Krieger-Loa des Voodoo. Das Bild war in schreiend bunten Farben ausgeführt, mit einem orangerot explodierenden Vulkankrater im Hintergrund und davor Ogu in seiner typischen Aufmachung: mit Säbel und Hammer, der orangeroten Schärpe, der grimmigen Miene, die Zorn und unerschütterlichen Kampfesmut ausdrückte.

Das Bild war eine billige Kopie, ein zurechtgeschusterter Abklatsch, gut genug für Leute, die keines der Zeichen auf einem Voodoo-Gemälde zu lesen verstanden. Daniel dagegen hatte schon bei ihrer Ankunft, als sie alle hier in der Halle herumstanden und bonbonrote Welcome-Plörre tranken, mit einem Blick gesehen, was an diesem Bild falsch war. Die Göttin, die auf einem Nachbarberg saß und zu Ogu herüberlächelte, sollte offensichtlich Ayida darstellen – ein Regenbogen, das Zeichen der mütterlichen Loa Ayida, spannte sich von ihrem Berg zu Ogus Vulkan. Aber das war stümperhafter Unsinn, diese Kombination hatte sich ein Künstler ausgedacht, der vom Voodoo überhaupt nichts verstand. Die Geliebte Ogus im Götterhimmel des Voodoo war nicht Ayida, sondern die strahlend schöne Ezilie.

Trotz dieses Fehlers und trotz der groben, unbeholfenen Ausführung übte das Bild diesmal einen starken Zauber auf Daniel aus. Im Vorbeigehen sah er es aufmerksam an, und er drehte sich sogar noch einmal zu Ogu um, als er schon am Rezeptionstresen stand.

»Hi, womit kann ich dir helfen?« Eine Angestellte in der Khakikluft des *Paraíso* war gerade dabei, die tägliche Post in die Fächer der einzelnen Bungalows zu sortieren. Zwanzig Jahre höchstens, schätzte Daniel, ein unauffälliges, braun gebranntes Mädchengesicht unter schwarz-weiß gefärbten Stirnfransen.

»Hallo, ich bin Daniel, vom Bungalow zwo-fünf. Ich such jemanden.« Er stützte sich mit den Ellbogen auf den Marmortresen. »Einen Kellner hier aus dem Club, ich weiß leider nur den Vornamen – Jean Baptiste.«

War sie zusammengezuckt, als er diesen Namen genannt hatte? Im nächsten Moment schaute sie jedenfalls schon wieder ganz unbeteiligt drein. Verständnislos, als ob sie diesen Namen noch niemals gehört hätte. »So ein langer, knochendürrer Typ«, fuhr Daniel fort. »Ein Haitianer, nehme ich an.«

»Das kann nicht sein«, antwortete sie rasch. Daniel beugte sich noch etwas weiter vor, um den Schriftzug auf ihrem Namensschild zu entziffern. *Tina.* »Leute aus Haiti bekommen in der Domm überhaupt keine Arbeitserlaubnis. Jedenfalls nicht für die Ferienclubs.« Tina wandte sich ab und sortierte weiter Briefe in die Bungalow-Postfächer.

»Hey, war nicht so gemeint, Tina. Ich wollte nicht behaupten, dass hier im *Paraíso* irgendwas nicht in Ordnung ist.«

»Der Name sagt mir sowieso nichts.« Sie sortierte emsig weiter. »In der Domm haben die Leute ja spanische Namen, wie du vielleicht weißt. Tut mir Leid, Daniel.« Allem Anschein nach brannte sie darauf, ihn endlich wieder loszuwerden. Warum? Normalerweise behandelten die Angestellten des *Paraíso* die Clubgäste wie Angehörige einer kostbaren, wenn auch notorisch desorientierten und nervenschwachen Spezies, deren Wünsche auf der Stelle erfüllt werden mussten, damit weder Hysterie noch Panik ausbrachen. Normalerweise.

Er versuchte es aufs Neue. »Vielleicht könntest du ja trotzdem mal nachschauen? Dieser Jean Baptiste war hier in der Halle und hat Cocktails verteilt, als wir am Samstag angekommen sind.« Er ließ seinen Blick durch den dämmrigen Raum schweifen, über die diversen Sitzecken, die Wände voll nachgemachter Voodoo-Kunst, dann zu den Schaltern am anderen Ende, wo man zu bestimmten Stunden Geld wechseln oder Exkursionen buchen konnte. Alles leer und verwaist. Außer ihm und Tina schien niemand in der Halle zu sein – abgesehen von Ogu. Aus irgendeinem Grund spürte Daniel die ganze Zeit über den feurigen Blick des Kriegs-Loas in seinem Rücken. »In den letzten Tagen hat er nachmittags meistens in einer der Pool-Bars gearbeitet«, fügte er hinzu, da Tina ungerührt weiter Briefe, Postkarten und Zeitungen sortierte. »Das müsste doch rauszufinden sein? Ich meine, wo er heute oder morgen arbeitet.«

»Worum geht es denn überhaupt, Daniel? Was willst du denn von ihm?« Offensichtlich genervt drehte sie sich wieder zu ihm herum. »Wir dürfen über das Personal sowieso keine Auskunft geben.«

Er begann sie zu hassen. Leute, die »Domm« oder »Meck-Pomm« sagten, weil es ihnen zu mühsam war, ein mehr als zweisilbiges Wort vollständig auszusprechen, waren ihm sowieso zuwider. Sprache ist Magie, verflucht noch mal! Einmal hatte er mit einem Jähzornsanfall eine Beziehung beendet, weil seine damalige Freundin ihn gefragt hatte, ob er »G-Saft oder P-Saft« zum Frühstück trinken wollte, Grapefruit oder Papaya. Mindestens ein Dutzend Mal hatte er sie vorher gebeten, wenigstens in seiner Gegenwart solche schrecklichen Verstümmelungen zu unterlassen. Aber sie hatte es sich einfach nicht abgewöhnen können, und eines Tages war ihm der Kragen geplatzt. »Dann schon lieber B-Saft, dein Blut, Angelina!«, hatte er geschrien und dabei anscheinend so glaubwürdig gewirkt, dass Angelina heulend davongelaufen war.

»Ich will ihn einfach was fragen.« Daniel zwang sich, weiter in freundlichem Ton mit Tina zu sprechen, mit einem gelassenen Lächeln, so als ob es um nichts besonders Wichtiges ginge. Weißt du, Tina, dieser Jean Baptiste hat uns ein Wongo unters Bett gehext. Und seitdem fühle ich mich wie in ein Spinnennetz gewickelt. Und die Haare meiner Freundin sehen plötzlich aus, als ob eine Vogelspinnen-Dynastie darin hausen würde. Das alles sagte er natürlich nicht. »Eine Voodoo-Sache, verstehst du? Er kennt sich mit Voodoo aus, ich interessiere mich dafür – das ist alles. Irgendjemand muss doch wissen, wann ich ihn treffen kann. Ihr werdet hier ja Dienstpläne oder so etwas haben?«

Tina nagte an ihrer Unterlippe und schaute unschlüssig zu Boden. »Also okay, ich ruf jemanden an«, sagte sie schließlich. »Sollen die doch sehen, wie sie …« Der Rest ging in elektronischem Piepsen unter. Sie tippte eine erstaunlich lange Ziffernfolge in ein Mobiltelefon, mit dem Rücken zu Daniel. »Hier Tina, kannst du mal gerade in die Halle kommen. Da will jemand wissen …« Sie unterbrach sich. »Genau, deshalb hab ich dich ja …« Wieder verstummte sie, lauschte diesmal fast eine Minute lang nickend, an ihren Haarfransen ziehend, ins Telefon. »Okay, sag ich ihm.« Sie klappte ihr Handy zu, ließ es in ihrer Rocktasche verschwinden und drehte sich langsam zu Daniel zurück.

»Was haben die Beratungen denn ergeben?« Er schenkte ihr sein bestes künstliches Lächeln. »Dass ich mir alles nur eingebildet habe – Jean Baptiste, meine Gespräche mit ihm an mindestens drei verschiedenen Bars?«

»Natürlich nicht.« Sie lächelte mindestens genauso künstlich zurück. »Das Ganze war ein Missverständnis, tut mir wirklich Leid. Weißt du, ich bin noch nicht so lange hier im Club, und ich wollte nichts falsch machen –«

»Schon okay. Was ist also mit Jean Baptiste?«

Sie kaute wieder auf der Unterlippe. Daniels Geduld ging rapide zu Ende. Er musste sich beherrschen, um sie nicht bei den Aufschlägen ihrer lächerlichen Khakijacke zu packen und über den Marmortresen auf seine Seite zu hieven. Dann würde er ihr seine Hände um den Hals legen und in ihr Ohr flüstern, sie sollte ihm jetzt auf der Stelle sagen, wo dieser verfluchte

Knochenmann sich versteckt hielt. Dieser verdammte Voodoo-Zauberer, der mit bewundernswertem Scharfblick ganz genau erkannt hatte, welche die stärkste Macht in Elsies verborgenstem Inneren war. Die reißende Flut. Ezilie.

»Also, er arbeitet sowieso nur zur Aushilfe hier.«

»Das ist mir so was von egal.« Daniel beugte sich so weit über den Tresen, dass Tina in Richtung der Postfächer zurückwich. Gleichzeitig breitete sie die Arme aus, als ob sie sagen wollte, sie könne doch auch nichts dafür. Es war ziemlich genau die gleiche Bewegungsfolge wie damals, als Daniels Mutter Anstalten gemacht hatte, ihn zu umarmen, und im selben Atemzug mehrere Schritte rückwärts gemacht hatte, weil ihr Sohn aussah wie ein dem Grab entstiegener Leichnam. »Ich will nicht wissen«, fuhr er fort, »ob Jean Baptiste legal oder illegal hier arbeitet, wie viel er verdient, ob er krankenversichert ist oder sonst irgendeinen Gewerkschaftskram. Ich will einfach nur wissen, wo ich ihn treffen kann – heute oder meinetwegen auch erst morgen, falls das heute wirklich nicht mehr geht.«

Tina sah ihn aus weit aufgerissenen Augen an, nickte krampfhaft ein ums andere Mal, auch nachdem er aufgehört hatte, ihr aufzuzählen, was er alles nicht von ihr wissen wollte. »Er ist … er hat … also heute hat er frei«, brachte sie endlich heraus. »Und morgen auch.«

»Und übermorgen sowieso? Was versuchst du mir zu sagen, Tina – dass er gefeuert worden ist?« Weil er Clubgäste mit Wongos verzaubert.

»Nein, natürlich nicht. Entschuldige, du bringst mich ganz durcheinander.« Fahrige Finger ordneten Stirnfransen, unter denen Schweißtropfen glitzerten. »Also hör bitte zu, Daniel, die Sache ist ganz einfach: Dieser Jean Baptiste arbeitet ab und zu als Aushilfe im *Paraíso*. Momentan nicht, aber wahrscheinlich

ab nächsten Sonntag wieder für ein paar Tage. Da ist nichts Geheimnisvolles dabei – er springt öfter mal als so eine Art Feuerwehr ein, wenn jemand krank geworden ist oder so etwas.«
Beinahe hätte er laut aufgelacht. Hinter ihm Ogu der Feuergott und vor ihm dieses Mädel, das ein Phantom namens Jean Baptiste als Feuerwehr-Kellner bezeichnete. Sehr passend. Warum nur klang jede einzelne Silbe, die Tina ihm vorsang, wie eine verdammte Lüge? Was hatten sie zu verbergen? Dass sie ab und zu, wenn Not am Mann war, einen illegal eingereisten Haitianer ohne Arbeitserlaubnis beschäftigten? Okay, das konnte natürlich ein Grund für dieses alberne Herumdrucksen sein, aber das Kribbeln hinter Daniels Nabel beharrte darauf, dass es zumindest nicht die ganze Wahrheit war.
»Danke, Tina.« Er schlug mit der flachen Hand auf den Tresen, halb Abschiedsgruß, halb Wutabfuhr, wandte sich um und stürmte aus der Clubhalle. Das Wongo hüpfte unter seinem Hosenbund wie ein gefangener Kobold auf und ab.

7

Draußen auf dem breiten Sandweg rannte er gleich wieder los, auf schnellstem Weg zum Bungalow zurück, wo Elsie vielleicht schon wieder in Albträumen wimmerte. Wongo-Visionen, er hatte oft genug davon gelesen und in seinen Seminararbeiten und privaten Kritzeleien auch schon einiges darüber geschrieben – solange die durch das Wongo gebundene Person sich gegen den Bann zu wehren versuchte, wurde sie immer wieder von grässlichen Einbildungen heimgesucht. Auch wenn er den Fetisch unter ihrem Bett hervorgeholt und aus Elsies unmittelbarer Nähe entfernt hatte, war sie noch lange nicht von dem Wongo-Bann befreit. Genau betrachtet war dieses Wongo sowieso nur die zweite Hälfte eines Fetisch-Paars, das zusammengehörte wie Sender und Empfänger. Der Voodoo-Zauberer, der eine Person durch ein Wongo bannen wollte, musste zwei weitgehend identische Fetische anfertigen – der eine wurde im Umkreis des betreffenden Individuums platziert, der zweite verblieb beim Bokor, dem Voodoo-Magier, der die Wirkung eines Wongos verstärken konnte, indem er beispielsweise Nadeln oder Schrauben tiefer in das Wongo hineinbohrte. Aber je weiter die Empfänger-Hälfte eines Wongo von der betreffenden Person entfernt war, desto schwächer war sicherlich die Wirkung. Und das hieß ja wohl, dachte Daniel, dass er das Wongo nicht mit zu Elsie zurücknehmen, sondern an einem sicheren Ort verstecken sollte. Es beispielsweise unten am Strand vergraben.

Abrupt blieb er stehen, um die paar Schritte zu dem Weg zurückzulaufen, der hinunter zum Meer und zu den Strandrestaurants führte. Jemand rannte von hinten gegen ihn, und für einen Moment der Verwirrung dachte Daniel, dass es Ogu sein müsste, der finstere Feuergott. Er wandte sich um, wollte eine Entschuldigung murmeln, und wieder brodelte der Zorn in ihm hoch.

»Sorry, Mister«, sagte stattdessen der junge Schwarze in schwerfälligem Englisch. Er trat einen halben Schritt von Daniel zurück und rieb sich die Schulter unter seiner schwarzen Anzugjacke. Seine Stimme klang rau und eigentümlich hell, wie bei einem halbwüchsigen Burschen. Eine riesige, verspiegelte Sonnenbrille verdeckte zwei Drittel seines Gesichts unter den kurz geschnittenen Kraushaaren. Zu dem idiotischen Methodistenanzug trug er ein weißes Hemd und schwarze Schuhe, die al-

lerdings ziemlich mitgenommen wirkten. Auch der Anzug sah auf den zweiten Blick einigermaßen ramponiert aus, mit speckigen Rändern und großzügig über die Ärmel verteilten Flecken.
»Was rennst du mir auch hinterher, verdammt noch mal?« Daniel hatte die Nase voll von diesen dreisten Anzugtypen, die einen auf Schritt und Tritt anquatschten. Sie schienen sich massenhaft in der Anlage rumzutreiben. Auch wenn diesem Knaben hier der Anzug viel zu groß war, während sie normalerweise mit Hochwasser-Hosen rumliefen, nahm er trotzdem an, dass es einer von diesen Immobilien-Heinis war. »Sag nicht, dass du mich zu einer Informationsveranstaltung einladen willst«, warnte er den Schwarzen. »Und versprich mir erst recht keine Flasche Rum, okay?«
Der Bursche mit der Spiegelbrille verzog keine Miene. Die Arme vor der Brust verschränkt, stand er wie ein Standbild vor ihm, einen Kopf kleiner als er und mindestens so grotesk kostümiert wie Daniel selbst, der sich mit Badehose, T-Shirt und Strandlatschen auf einmal auch ziemlich idiotisch fühlte. Kein Wunder, wenn einen alle hier wie den letzten Trottel behandelten – Jean Baptiste, Tina, jetzt dieser junge Schwarze, alle. »Was starrst du mich so an?«, fuhr er den Burschen im schmierigen schwarzen Anzug an. »Ich will keine Anteile an euren verdammten Timesharing-Apartments, wie oft soll ich das noch sagen. Warum könnt ihr Typen mich nicht einfach in Ruhe lassen?«
»Timesharing?«, wiederholte der Junge, aber in einem Tonfall, als ob er dieses Wort noch niemals vorher gehört hätte. Unvermittelt wechselte er in ein näselndes Französisch über. »Wie kommen Sie denn da drauf, M'sieur?«
»Wie ich darauf komme?« Jetzt platzte Daniel endgültig der Kragen. Er packte den Burschen bei seinen Jackenaufschlägen,

wie er es sich vorhin schon bei dieser Tina ausgemalt hatte.
»Na, weil ihr einen dauernd so dämlich anquatscht – deshalb komme ich da drauf!« Er schüttelte den Kerl so wild hin und her, dass dem die Spiegelbrille auf der Nase tanzte. Und dann ließ er ihn plötzlich los, weil er unter seinen Händen etwas zu fühlen gekriegt hatte, das bei Kerlen, schwarz oder weiß, halbwüchsig oder ausgewachsen, eher selten zu finden war.
»Du hast ja 'nen Stich, weißer Typ«, sagte die junge Schwarze und rückte ihr Jackett und einiges darunter zurecht. »Ich soll dich zu Jean Baptiste bringen, mit dem wolltest du doch reden, oder plötzlich doch nicht mehr?«

Sie hatte ihn durch eine Lücke in der Hecke gelotst, die den Weg auf beiden Seiten säumte, dann um einen feuerrot blühenden Busch herumgeführt. Dahinter klaffte ein betonierter Schacht in der Erde, mit einer Wendeltreppe darin, schmale Eisenstufen, die unter ihren Tritten hallten und vibrierten. Unten ging es weiter in einer Röhre, die eben hoch genug war, dass Daniel sich nicht den Kopf anstieß, und so schmal, dass er hinter der jungen Schwarzen gehen musste. Mit ihren schwarzen Schuhen platschte sie unbekümmert durch die schlammige Brühe, die Hände in den Hosentaschen, die Spiegelbrille immer noch auf der Nase, obwohl es hier unten ziemlich düster war.
»Was ist das hier – ein Abwasserkanal?«
»Kannst du nicht einfach mal den Rand halten und gehorchen, weißer Typ?«
Gehorchen? Die Frage traf ihn so unerwartet, dass ihm nicht gleich eine Antwort einfiel. Vielleicht hatte er sie auch einfach falsch verstanden? Vielleicht. Jedenfalls zog er es vor, zumindest den ersten Teil ihres Ratschlags zu befolgen. Schweigend

trottete er hinter ihr durch das glucksende Wasser, das knöchelhoch in der Röhre stand.
Sie wateten durch ein Labyrinth unterirdischer Gänge. Der Weg kam ihm endlos vor, so als ob die Unterwelt unter dem *Paraíso* drei Mal so weitläufig wäre wie der oberirdische Teil. Mehrfach stiegen sie Treppen hinauf oder hinunter. In ungewissen Abständen drang von oben her mattes Tageslicht zu ihnen herab, durch Gullygitter gefiltert oder durch Treppenspiralen gequirlt.
Endlich blieb die junge Schwarze vor einer Eisentür in der Tunnelwand stehen, klopfte an – kurz, lang, lang, kurz. »Entrez!« Jean Baptistes trockene Stimme, die immer ein wenig wie Bellen klang. Sie drückte die Klinke herunter, sprang zur Seite, mit einer übertrieben einladenden Gebärde zur aufschwingenden Tür hin. Zögernd trat Daniel ein.
»Nehmen Sie Platz, M'sieur.« Die plötzliche Förmlichkeit des Haitianers schürte Daniels Misstrauen nur noch mehr. »Der Hungan von Santa Maria Corazon hat mich beauftragt, M'sieur eine Mitteilung zu machen. Oder sagen wir, ein einzigartiges Angebot. – Entrez, entrez, und Gabrielle, die verdammte Tür zu.«
Widerstrebend machte Daniel ein paar Schritte in den fensterlosen Raum hinein. Die muffige Luft hier drinnen ließ sich kaum atmen. Modergeruch, süßlich und schwer. Aber dieser Kellerraum war wie ein Apartment eingerichtet – das ächzende Sesselchen, auf dem er Jean Baptiste gegenüber Platz nahm, die Schlafcouch da hinten in der Ecke, mit den zusammengeknüllten gelben Netzstrümpfen darauf, der wacklige Tisch mit dem Karbidkocher neben der Tür und da drüben ein Wasserhahn mit einem altmodischen Waschtisch samt Frisierspiegel. An den Wänden hingen schreiend bunte Ölgemälde – ein

junges Liebespaar vor dem Hintergrund bewaldeter Berge, ein Priester in buntscheckiger Robe, der mit einem riesigen Messer ein schwarzes Huhn schlachtete. Dazwischen Webteppiche, geschnitzte Masken – keine Fake-Sachen, alles echt haitianische Voodoo-Reliquien, das erkannte Daniel sofort.
»Was für ein Angebot? Und wo liegt dieses Santa Maria Corazon überhaupt?« Zu spät fiel ihm auf, dass er diese Fragen in einem hoffnungsvollen Ton gestellt hatte. »Und wie kommst du überhaupt dazu, Jean Baptiste, in unserem Bungalow dieses Wongo –«
Der Haitianer schnitt ihm das Wort mit einer sägenden Handbewegung ab. Er trug einen giftgelben Anzug, dazu gleichfalls eine riesige, verspiegelte Sonnenbrille, die von seinem Gesicht beinahe nur den schmalen Mund und das spitze Kinn freiließ. »Santa Maria Corazon ist ein Dorf am Meer, mit dem Boot eine halbe Stunde von hier.« Er lehnte sich in seinem Sessel zurück, und das Sperrmüllmöbel ächzte, als ob es im nächsten Moment zusammenbrechen würde. Oder als ob eine arme Seele darin gefangen wäre.
»Aber gibt's denn hier überhaupt einen Voodoo-Tempel, in der Dom–«
»Fragst du das im Ernst – ob's hier einen Humfò gibt?«
Dass Jean Baptiste ihm ausgerechnet da ins Wort gefallen war, verwirrte Daniel nur noch mehr. »In der Dominikanischen –«, setzte er neu an, wurde aber wieder unterbrochen.
»Meinst du, der ist so schwer von Begriff, Gabrielle, oder tut der nur so?«
»Ist halt 'n weißer Schwanz.« Als Daniel sich zu ihr umwandte, stand sie direkt hinter seinem Sessel, so nah bei ihm, dass er beinahe gegen sie stieß. Sie grinste auf ihn herunter, und dieses zynische Grinsen machte ihm auf einmal klar, was es mit

ihrer Totengräber-Aufmachung, der Spiegelbrille und dem lässigen Gebaren auf sich hatte: Gabrielles Loa mèt-tèt, der Gott, dem sie ihr Leben geweiht hatte, war Gèdè, der Todes-Loa. Fehlte nur noch der Zylinder, den Gèdè auf fast allen Abbildungen trug.

Gabrielle legte ihm eine Hand auf die Schulter und beugte sich zu ihm herab. »Willst wissen, wie Liebeszauber geht, weißer Typ?« Sie redete so leise, dicht neben seinem linken Ohr, dass Jean Baptiste wahrscheinlich gar nicht mitbekam, was sie da flüsterte. Oder war das alles zwischen ihnen abgesprochen, war es Teil ihres Spiels? »Typ wird auf das Mädchen fixiert, das den Kerl haben will? So dass er auf sie fliegen muss, auch wenn sie ihn bis dahin gelangweilt, angewidert, er das Kotzen gekriegt hat, wenn sie nur in seiner Nähe war? Jetzt aber geht ihm der Zeiger hoch, sowie nur irgendwer ihren Namen nuschelt? Oder auch umgekehrt: Mädchen auf Kerl? Kann ich dir zeigen, wie das geht – wenn du dich traust?« Alles in diesem raschen, fragenden, nasalen Tonfall, so dass er vom bloßen Zuhören ganz atemlos wurde. Ihre andere Hand schoss plötzlich an ihm herab, tastete unter seinem Hosenbund herum, so schnell, dass er erst mitbekam, was sie da gemacht hatte, als sie schon wieder aufrecht hinter ihm stand.

»Loas lassen sich durch Grenzkontrollen nicht aufhalten«, sagte Jean Baptiste. »Auf dieser Seite der Insel gibt es genauso jede Menge Voodoo-Gemeinden, nur eben im Verborgenen, weil unsere Religion in diesem Scheißland verboten ist.« Er sah finster auf Daniel herunter.

Daniel hatte Mühe, sich auf Jean Baptistes Worte zu konzentrieren. Wieso rückte der Haitianer erst heute damit heraus, dass es angeblich auch hier im spanischen Teil der Insel Voodoo-Tempel gab? Weshalb trafen sie sich an diesem geheimnisvollen Ort? Was hatte es mit dem angeblichen Angebot des Hungan auf sich? Und was hatte Gabrielle da gerade gemacht? Na, das zumindest war nicht besonders rätselhaft – sie hatte irgendwie die Präsenz des Wongo gespürt und sich vergewissert, dass er das Ding da unten bei sich trug.

Gabrielle und Jean Baptiste unterhielten sich jetzt über seinen Kopf hinweg – rasche Wortwechsel, raues Auflachen, gezischte Flüche. Irgendwie wirkten sie immer wütend, erbost, ergingen sich in Verwünschungen und Schmähreden. Aber es hatte doch gleichzeitig immer eine parodistische Note, wie praktisch alles im Voodoo – so als ob sie zornig wären, aber ihre Wut gleichzeitig nur spielten. So als ob Gabrielle Gèdè wäre und den Todes-Loa gleichzeitig parodierte. Der Tod als finsterer Zirkusclown. Aber natürlich redeten sie die ganze Zeit in Patois, was die Sache für ihn nicht gerade leichter machte. Vor Jahren hatte sich Daniel ein Wörterbuch mit einer Liste häufiger Wendungen im Patois beschafft, um die größte Kostbarkeit in seiner Voodoo-Bibliothek entziffern zu können – eine Sammlung von Zaubersprüchen, rituellen Anrufungen und Gesängen, alles in Patois. Monatelang hatte er sich mit den mehr oder weniger unverständlichen Texten herumgeschlagen, und vieles war trotz allen Eifers für ihn im Dunkeln geblieben. Zumindest hatte er das haitianische Französisch auf diese Weise einigermaßen zu lesen gelernt, aber selbst Patois zu sprechen oder gar zu verstehen, was die beiden da nuschelten, war natürlich etwas ganz anderes.

»Heute Nacht findet im Humfò von Santa Maria Corazon eine große Zeremonie statt.« Jean Baptiste nahm seine riesige Sonnenbrille ab und sah ihm direkt in die Augen. Daniel vergaß vor Schreck zu atmen – die Augen des Haitianers waren knallrot. Entzündet, was sonst, sagte er sich, aber der Anblick war trotzdem ziemlich erschreckend – so als ob Jean Baptiste in Wirklichkeit ein Werwolf wäre, der nur vorübergehend Menschengestalt angenommen hatte. Blödsinn!, tadelte sich Daniel, konnte sich aber dieser entmutigenden Assoziation trotzdem nicht gleich erwehren. Die Werwölfe des Voodoo zählten zu den grässlichsten ihrer Art. Sie terrorisierten ganze Landstriche und zwangen Familien, ihre Neugeborenen herauszugeben, die sie vor den Augen der jungen Mütter zerfleischten.

Jean Baptistes Gesicht verzog sich zu einer höhnischen Grimasse. Seine Augen schienen regelrecht zu glühen. »Eine echte Voodoo-Hochzeit, M'sieur!« Er näselte wie ein Anpreiser auf dem Jahrmarkt. »So etwas wird M'sieur nie wieder in seinem ganzen Leben mitmachen, eine absolut einmalige Chance. Was gibt M'sieur dafür, wenn er dabei sein darf?«

Alles, hatte er vor kurzem erst zu Jean Baptiste gesagt. Daniel erinnerte sich genau, und er wusste, dass auch Jean Baptiste seine Worte nicht vergessen hatte – alles würde er dafür geben.

»Heute Nacht.« Er wiederholte es nur, um Zeit zu gewinnen. Um dem Wirbel seiner Gedanken und seinem donnernden Herzschlag zu lauschen. Um sich zu sagen, dass sie alle drei die Antwort auf Jean Baptistes Frage schon kannten. »Und deswegen also das Wongo?«

»Nur zur Sicherheit, M'sieur.« Jean Baptiste bleckte die Zähne. Für einen Moment sah er ganz und gar wie ein Wolf aus. Die roten Augen, das grausame Grinsen, die gelben Zähne, bereit, sich in den Hals des Opfers zu graben. Dann setzte er seine Brille wieder auf, und sein Wolfsgrinsen erlosch. »Der Hungan sagt – wenn sie darauf anspricht, soll er sie mitbringen. Wenn nicht, sollen sich beide zum Teufel scheren.«

»Aber warum Elsie?« Auch hierauf kannte er die Antwort – die Loa Ezilie war bekannt dafür, dass sie besonders gern von blonden, hellhäutigen Frauen Besitz ergriff – wozu sich ihr aber naturgemäß nur selten Gelegenheit bot. Und hatte Daniel sich nicht selbst schon häufig ausgemalt, wie es wäre, Elsie in einen Voodoo-Tempel mitzunehmen? Zu einer Zeremonie, bei der Ezilie beschworen wurde, die Göttin der Liebe und des Flirts? Wie Ezilie von Elsie Besitz ergriff, wie die Loa Elsie von ihrem kleinen, künstlichen Glamour-Ich erlöste, wie sich stattdessen Ezilies machtvoller Geist auf dieses Menschenpferd schwang – die schönste, perfekteste, strahlendste Verkörperung, die Ezilie jemals widerfahren war? Und welche Gottheit sonst könnte der stärksten verborgenen Kraft in Elsies Innerem entsprechen, wenn nicht Ezilie?

»Um Mitternacht«, sagte Jean Baptiste, ohne Daniels Frage die geringste Beachtung zu schenken, »am Clubstrand, östliches Ende, neben dem Zaun. Kennt M'sieur diesen Ort?« Daniel nickte. »Und M'sieur muss sich *jetzt* entscheiden – der Hungan wartet auf die Antwort. M'sieur kommt in Begleitung seiner blonden Freundin, oder zur Hölle mit ihm.«

Daniels Gedanken galoppierten. Hatte er überhaupt eine Chance, Elsie zu überreden, dass sie mit ihm in einen Voodoo-Tempel ging – und das ausgerechnet heute, in ihrem Zustand, nachdem sie den halben Tag mit Heulkrämpfen und Albträumen zugebracht hatte? Aber vielleicht würde sie gerade heute dem dunklen Sog nachgeben, im Bann des Wongos, das sie an Ezilie band? Wenn Jean Baptiste und sein Hungan Recht hatten, wenn Ezilie tatsächlich Elsies stärkste verborgene Kraft verkörperte – müsste Elsie dann nicht der Verlockung erliegen, gerade jetzt? Und war er es Elsie dann nicht geradezu schuldig, dass er versuchte, sie zu ihrem eigenen Glück zu überreden, dass er sie ermutigte, das zuzulassen, was sie sich in ihrem Innersten mehr als alles andere wünschte? Ezilie, die reißende Flut.

Jean Baptistes Gesicht mit der riesigen schwarzen Brille war wie eine Maske, die fast nur ihn selbst zeigte, Daniel, in den schwarzen Gläsern verdoppelt, gefangen, miniaturisiert. Aber was hatte er überhaupt zu verlieren, sagte sich Daniel. Wenn er jetzt zustimmte und Jean Baptiste um Mitternacht vergeblich am Strand auf sie wartete – würde der Voodoo-Priester dann seine Racheengel aussenden, weil er und seine Loa gefoppt worden waren? Blödsinn, dachte er, für den Hungan konnte es keinen so riesigen Unterschied machen, ob bei der Zeremonie nun eine blonde Frau zugegen war oder nicht. Und wenn Elsie überhaupt jemals zustimmen würde, einen Voodoo-Tempel zu betreten, dann doch bestimmt sehr viel eher hier in der Dominikanischen Republik, in der Touristen alle erdenklichen Vorrechte und Sicherheiten genossen. Während drüben in Haiti fast jeden Tag Leute entführt wurden, erschossen, in die Berge verschleppt.
Von hinten beugte sich Gabrielle wieder zu ihm herab. »Eine Voodoo-Hochzeit, weißer Typ, das wird der heißeste Ritt deines Lebens.« Ihr Atem strich über sein Ohr und seinen Hals. Sie roch nach Schweiß, Rum, kaltem Zigarettenrauch, aber darunter witterte Daniel plötzlich einen Geruch, den er seit so langer Zeit nicht mehr gerochen hatte. Metallisch, mit einem ganz leisen Beiklang von Verwesung. Gèdè! Damals im steinernen Ei hatte er nicht mal geahnt, dass es so etwas wie Voodoo überhaupt gab. Und doch war er schon damals auf dem Weg des Voodoo gewesen.
Er atmete tief ein und wieder aus. »Richte dem Hungan aus, dass wir kommen«, sagte er zu Jean Baptiste. »Elsie und ich sind um Mitternacht draußen am Zaun.«

8

Wo warst du denn so lange, Danny?« Als er die Bungalowtür öffnete, stand Elsie mitten im Zimmer, mit goldenem Abendkleid, Goldsandaletten, goldenem Lidschatten aufgestylt. Ihre wunderschönen Haare, vorhin noch als wildes Knäuel auf ihrem Kopf schwankend, trug sie jetzt offen, sorgsam gebürstet, ein goldener Schleier auf ihrer sonnenbraunen Haut.
Daniel staunte sie an. Elsie sah wieder mal umwerfend aus. »Ich war vorn in der Halle – wollte noch mal wegen der Haiti-Exkursion fragen.«
»Und – findet sie statt?« Sie lächelte hypnotisierend.
»Ich – ich weiß nicht. Ich meine, sie wissen es immer noch nicht.« Dass Elsie überhaupt gefragt hatte, überraschte ihn noch mehr als ihr plötzlich wieder so strahlendes Aussehen. Normalerweise wechselte sie reflexhaft das Thema, sowie er Wörter in den Mund nahm, die auch nur entfernt wie »Haiti« oder gar »Voodoo« klangen. Normalerweise. »Alles wieder okay, Liebes?«
»Na ja, mehr oder weniger. Das war ein grässlicher Albtraum vorhin – ich will gar nicht dran denken.« Ihr Lächeln verblasste kurzzeitig und erholte sich wieder. »Warum kommst du nicht endlich mal rein, Danny? Du musst dich beeilen – das Romantik-Dinner. Hast du doch hoffentlich nicht vergessen?«
»Das was? Ach so, klar.« Er konnte sich nicht mal erinnern, dass sie so ein Kitsch-Feature überhaupt gebucht hatten.
»Im Seerestaurant. Mach dich auf eine Überraschung gefasst,

Daniel Messner.« Zu dieser mysteriösen Ankündigung sah Elsie ihn aus ihren minzegrünen Augen so liebevoll an, dass ihm ganz seltsam zumute wurde. Was war denn auf einmal mit ihr los? Kam das alles von dem Wongo? Wie auch immer – es war die Chance, auf die er kaum zu hoffen gewagt hatte. »Um acht Uhr geht's los«, fuhr Elsie in munterem Ton fort, »du hast also noch zehn Minuten Zeit, dich zu duschen und in Schale zu schmeißen.«

»Zehn Minuten? Ach, du liebe Güte.« Er machte einen Satz über die Schwelle, kickte hinter sich die Tür zu und zog sich gleichzeitig das T-Shirt über den Kopf. »Keine Sorge, Liebes, das schaffe ich schon.« Vor der Badtür stoppte er, schüttelte die Badelatschen ab, streifte sich die Badehose runter – irgendwas fiel klackend auf den Steinboden. Irgendwas? Das Wongo, verdammt.

»Was war denn das?« Elsie machte sich glücklicherweise drüben am Tisch zu schaffen, auf der anderen Bettseite.

»Ach, nur der blöde Bungalowschlüssel.« Nackt kniete Daniel vor der Badtür und klaubte mit fahrigen Fingern das Wongo auf. Nichts passiert, herrje. Einen Moment lang kam er sich schäbig vor, weil er das Zauberding vor Elsie versteckte, weil er es nicht zerstörte, es nicht mal am Strand vergraben hatte wie eigentlich geplant. Das konnte er ja später immer noch machen, sagte er sich dann. Und sowieso konnte das Wongo Elsie zu nichts bringen, was sie nicht in ihrem tiefsten Innern selber tun wollte. Jedenfalls nach seiner Überzeugung, für die er das Ethnologiestudium geschmissen und eine Anzeige von der Uni-Verwaltung kassiert hatte – *»wegen groben Unfugs und Gefährdung der öffentlichen Ordnung durch Anzünden eines offenen Feuers in unmittelbarer Nähe von Kraftfahrzeugen«*. Und durch Abfackeln von puppenkleinen Ethnologieprofessoren.

In den Augenwinkeln sah er, dass Elsie jetzt doch zu ihm rüberkam. »Nun zieh dir endlich was über«, sagte sie in zärtlichem Ton, »sonst müssen wir das Dinner doch noch absagen – weil ich dann nämlich lieber dich vernasche!« Sie beugte sich über ihn, küsste ihn in den Nacken, und ihre Hände fuhren über seinen Rücken, an seinen Seiten entlang.

Allmählich wurde die Lage heikel. So wild hatte er Elsie nur selten erlebt, so leicht entflammbar – normalerweise brauchte es einiges an seiner speziellen Liebesmagie, bis sie auf Touren kam. Bis sie bereit war, sich von ihrer perfekten Oberfläche zu lösen und einzutauchen in den Strom der Lust. Daniel rappelte sich auf und wand sich so sanft wie möglich unter Elsies Händen hervor. Er machte einen Schritt zum Schrank, fummelte mit rechts die Schranktür auf, in der Linken immer noch das Wongo. Hastig nahm er sich ein paar Anziehsachen raus, erwog kurz, das Wongo unter dem T-Shirt-Stapel zu verstecken, und entschloss sich, es lieber nicht aus den Augen zu lassen. Wenn Elsie im Schrank rumstöberte, während er unter der Dusche war – wie sollte er ihr dieses Fundstück erklären? Nein, unmöglich.

Mit Wongo und Wäsche in der Hand trabte er endlich ins Bad, zog die Tür hinter sich zu. Er drehte die Dusche auf, schmiss Socken und Boxershorts auf den Hocker neben dem Waschbecken, schob das Wongo ins Sockenknäuel und trat aufatmend unter den wunderbar kühlen Strahl.

Im selben Moment ging die Badtür wieder auf. »Wenn ich schon nicht mit dir unter die Dusche kann, will ich dir wenigstens zusehen.« Dazu wieder dieses hypnotische Elsie-Lächeln, mit dem sie ihn schon bei ihrer allerersten Begegnung fertig gemacht, unterworfen, zu ihrem Jünger und Hohepriester gemacht hatte, für alle Ewigkeit. »Weißt du, dieser Traum,

Danny«, fuhr sie dann aber fort, »es war einfach grässlich – ich glaube gar nicht, dass ich jemals vorher etwas so Schreckliches erlebt habe.« Daniel seifte sich ein, drehte sich unter dem Strahl hin und her. »Ich war zu Hause«, sagte Elsie, »in meinem Apartment, ich habe draußen auf der Dachterrasse gesessen, und plötzlich …«

Plötzlich war der Boden unter ihr aufgesprungen, und ein abscheuliches Gesicht hatte sie aus dem Spalt heraus angegrinst. Das Loch sah aus wie ein Spalt in der Erde, mit Wurzelstrünken und Käfern, die da zwischen den Erdbrocken herumwimmelten, obwohl Elsie doch im siebzehnten Stock auf ihrer Dachterrasse saß! Sie trat mit ihren goldenen Stöckelschuhen nach der Kreatur, und da geriet das ganze Haus ins Rutschen. Elsie spürte im Traum ganz deutlich die Erschütterung. Geräusche, wie wenn ein Berg explodiert. Dazu der Schrei dieser Kreatur, der ganz allmählich leiser wurde. Irgendwie hatte sich das Apartmenthochhaus in einen Berg verwandelt, und auf diesem Berg rutschte Elsie in einer Lawine aus Schlamm und Geröll und glühender Lava in die Tiefe. Ein paar von ihren Sachen wirbelten anfangs noch um sie herum – ihr goldenes Schminkköfferchen, das Hochglanzmagazin, in dem sie gerade geblättert, der Sonnenschirm, unter dem sie gesessen hatte. Aber je weiter sie den Berg runterrutschte, desto weniger blieb von ihren Sachen übrig. Zwischen Schlamm, Steinbrocken, Flammenzungen rauschte sie immer schneller abwärts. Und so schrecklich diese Rutschpartie allein schon war, richtig grässlich wurde es erst, als sie den Höllenkrater tief unter sich sah, auf den sie mit all dem Schlamm und Geröll zuraste – und die scheußliche Kreatur, die da unten, am Rand des Kraters, mit einem widerlichen Grinsen auf sie wartete. Elsie stürzte auf das Wesen zu, es war voller Schleim, Beulen, Warzen, ein

Körper wie aufgequollener Hefeteig, nur von dunkler Farbe, wie Morast. Einen halben Wimpernschlag bevor sie auf die Kreatur aufschlagen, das krötenhafte Wesen unter ihr zerplatzen oder sie in sich hineinschlingen konnte, gelang es Elsie, sich aus dem Traum herauszureißen, mit irrsinnig klopfendem Herzen, donnerndem Pulsschlag, die grässliche Kreatur immer noch vor ihr, so nah, dass sie ihren Modergestank roch, die Augen gelb und böse funkeln sah.

Daniel drehte das Wasser ab und angelte nach dem Handtuch. Er war so verblüfft, dass er gar nicht gleich wusste, was er zu Elsies Traumerinnerung sagen sollte. Etwas sehr Ähnliches hatte er vor vielen Jahren selbst erlebt – in Wirklichkeit, nicht im Traum. Und eigentlich war es sogar dieses Erlebnis gewesen, das ihn und Elsie zusammengebracht, das sie beide zu einem Paar gemacht hatte. Allerdings hatte er Elsie niemals erzählt, dass er bei den Foto-Collagen in seiner Ausstellung »Primitive Kunst und Verbotener Traum« authentisches Material mitverarbeitet hatte – Schwarzweißfotos von dem Burschen aus dem Wald, den er damals fast zu Tode gehetzt hatte. So viele Jahre war das her und in seiner Erinnerung doch immer noch so lebendig, als ob es gestern passiert wäre.

Als ob es fast das einzig *Reale* wäre, das ihm jemals widerfahren war.

Elsies Lächeln war wieder erloschen. Ihre Augen schimmerten, Tränen bedrohten ihr perfektes Make-up. Sie tupfte mit den Fingerspitzen um ihre Augen herum, während Daniel in seine Boxershorts stieg, das Sockenknäuel mit dem Wongo durch die Badtür auf seine Bettseite schmiss und Elsie zärtlich umarmte.

»Arme, arme Elsie. Aber zum Glück bist du ja rechtzeitig vorher aufgewacht.«

»Und weißt du, was mein erster Gedanke war, während ich da draußen auf dem Bett saß und glaubte, mir würde das Herz in der Brust zerspringen?«
»Was denn, Liebes?«
»Das verrate ich dir gleich – beim Aperitif.«

Im dunklen Anzug, mit weißem Hemd und blutroter Krawatte trabte er wenig später zum Seerestaurant rüber, eine strahlende Elsie in goldener Robe an seinem Arm. Es war immer noch viel zu heiß für all die Takelage, aber Elsie hatte auf dem Anzug bestanden – »den wirst du demnächst öfter brauchen, Danny, besser, du übst schon mal.«
Ihre ausgelassene Stimmung drohte nur einmal noch umzukippen, vor der Bungalowtür, als sie mit der Schulter gegen ihn gestoßen war, seine Herztasche mit dem Wongo drin. »Was hast du da, Danny?« Erneut mit dieser wimmernden Kinderstimme. Und dazu hatte sie ihn angeschaut, als ob sie gleich wieder in Tränen ausbrechen würde, in krampfhaftes Heulen wie am Nachmittag.
»Auch eine Überraschung, Liebes.« Er strahlte sie an und hoffte, dass sie nicht drauf zurückkommen würde.

9

Kerzen auf allen Terrassentischen, weiße Tischtücher, Tafelsilber, Orchideen. Ein Kellner führte sie zu ihrer Romantik-Dinner-Nische – nicht Jean Baptiste, natürlich nicht. Blick über die Holzbrüstung auf das abendliche Meer. Über der Karibik, in einem Schleier aus Dunst schwebend, lag der

bleiche Halbmond in Rückenlage, so dass er wie ein archaisches Kriegerboot aussah, jedenfalls für Daniel.
Elsie bestellte zwei Gläser Veuve Cliquot. Aus den Lautsprechern troff Klangsirup, Panflöte und Piano im Kitschduett. Und Elsie hob ihr Glas, stieß mit Daniel an, lächelte umwerfend, hypnotisierte ihn mit ihrem Minzeblick. »Auf uns beide, Danny. Kannst du dir denn nicht denken, worin meine Überraschung besteht?«
Er hob Schultern und Augenbrauen. »Keine Ahnung, ehrlich nicht.«
»Also dann – willst du mich heiraten, Daniel?«
Zum zweiten Mal an diesem Abend verschlug es ihm die Sprache. Vor Schreck trank er sein Glas in einem Zug leer. »Kannst du … kannst du das bitte noch mal sagen, Elsie?«
»Das ist mir als Erstes nach diesem grässlichen Traum in den Sinn gekommen, Danny.« Sie nahm seine Hand zwischen ihre zartgliedrigen, perfekt manikürten Finger. »Dass ich dich zum Mann haben will. Dass du der Richtige bist für mich – so verschieden wir ja eigentlich in allem sind.« Über die Orchideenvase hinweg lächelte sie ihn an wie die Märchenfee. »Willst du mich zu deiner Frau nehmen, Daniel Messner?«
»Ja – ja, Elsie. Klar will ich das.« Benommen lächelte er zurück. »Ja, Elsie Rohgast – ich will.«
»Mich beschützen und zu mir halten in guten wie in schlechten Tagen?«
Da musste er erst mal schlucken. Elsie war aus ihrem Wongo-Albtraum aufgewacht und hatte als Erstes gedacht, dass er, Daniel, sie retten würde. Ihre Liebe als Gegenzauber zu Ezilie, der reißenden Flut. »Aber ja, Elsie – alles, was du willst, will ich auch.«
Es war die reine, unverfälschte Wahrheit. Niemals hätte er ihr

Übles wünschen oder gar etwas Böses antun können. Niemals hätte er erwartet, dass sie ihm so etwas vorschlagen würde. Aber er brauchte keinen Augenblick lang darüber nachzudenken – ein Leben ohne Elsie konnte er sich sowieso nicht mehr vorstellen. Elsie war die Liebe seines Lebens. Sie beide waren füreinander geschaffen – was immer die Götter mit ihnen noch vorhatten, es würde ihr gemeinsames Schicksal sein.
Sie küssten sich über den Tisch hinweg, mit gierigen Mündern, so wild, dass die Vase umkippte. Das Blumenwasser ergoss sich auf Daniels Schoß. Er fischte eine rote Orchidee aus der Brühe und steckte sie Elsie ins Haar. An den Nebentischen wurde applaudiert und über sie gelacht. Glamour-Girl und Voodoo-Lover. Daniel und Elsie achteten kaum darauf. Der Kellner erschien und servierte den ersten Gang, Shrimp-Cocktails für Elsie, Seeteufel-Carpaccio für ihn. Sie stocherten darin herum, ihre ganze Aufmerksamkeit galt ihnen beiden, ihren Erinnerungen, ihrer Zukunft als Paar.
»Erinnerst du dich noch«, sagte Daniel, »wie du in meine Ausstellung gekommen bist – ›Primitive Kunst und Verbotener Traum‹?«
»Wie könnte ich das jemals vergessen.« Elsie lachte und tat gleichzeitig so, als ob sie schauderte. »Deine Bilder waren ein Schock! Mir war sofort klar, dass das nichts für meine Leserinnen war. Diese abstoßende Kreatur!« Sie hielt einen Moment inne und schien in sich hineinzuhorchen. Ging ihr jetzt die Parallele auf – die Ähnlichkeit zwischen seinen Bildern und ihrem Traum? Sie schüttelte den Kopf, als ob sie mitbekommen hätte, was er sich in Gedanken gefragt hatte. Und als ob sie die Analogie energisch bestreiten wollte. »Aber auch wenn deine Ausstellung nicht gerade ein Publikumsmagnet war – für uns beide war sie trotzdem das große Los.«

Und für ihn selbst jedenfalls mehr als ein bloßer Trostpreis. Immerhin hatten sich damals gleich zwei Galeristen für seine Fotocollagen und Video-Installationen interessiert. Der eine war ein mageres Männchen mit Dalí-Schnauzbart und einer Kellergalerie am Rand von Frankfurt, der andere ein Berliner Kunsthändler mit dem Auftreten eines B-Movie-Zuhälters: Goldkettchen, Nackentolle, betagter Jaguar. Zwischen den beiden war ein regelrechter Wettkampf um Daniels Fotocollagen entbrannt, und am Ende hatte der Dalí-Schnauzer die Fotos bekommen, der Hauptstadt-Pimp die Video-Installation mit den explodierenden Tonskulpturen. Niemand war erstaunter gewesen als Daniel selbst, als er nur ein paar Wochen später erst aus Berlin, dann aus der Frankfurter Vorstadt einigermaßen ansehnliche Beträge überwiesen bekam. Keine Reichtümer, alles andere als das – aber zum ersten Mal war in ihm die Ahnung aufgeflackert, dass er vielleicht wirklich eine Chance hatte, sich als Künstler durchzuschlagen. In einem Magazin für Kunstsammler war wenig später sogar von »Daniel Messner, dem Geheimtipp der Hyperwilden-Szene« die Rede gewesen. Daniel hatte nicht gewusst (und glaubte bis heute nicht), dass es so eine Szene überhaupt gab, aber mit der Bezeichnung »Geheimtipp« war er einverstanden.
Der Kellner schenkte Wein ein, räumte Teller ab, servierte eine Delikatesse nach der anderen. Aber nach wie vor nahmen Elsie und Daniel kaum wahr, was sie da aßen – köstliche Fischfilets, Salate, raffinierte Gemüsekompositionen. Sie schwelgten in Erinnerungen und malten sich eine traumhafte gemeinsame Zukunft aus. Sie würden in der Welt umherreisen. Elsie würde sensationelle Reisereportagen verfassen, und er, Daniel, würde Fotos beisteuern, wie die Welt sie noch nicht gesehen hatte. »Denn das habe ich damals sofort erkannt, als ich deine Foto-

collagen gesehen habe, Danny: Als Fotograf hast du mehr Talent als alle Kameraprofis, die ich kenne.«
Dieses Kompliment verschlug ihm zum dritten Mal an diesem Abend die Sprache. Elsie redete für sie beide zusammen, sie zählte Länder auf, die sie schon immer bereisen wollte, Magazine, die sich um ihre Reportagen reißen würden, Themen, über die sie seit langem schreiben wollte. Daniel hörte ihr mit einem Ohr und einem Lächeln zu. In Gedanken war er bei dem Jungen aus dem Wald.

Ein einziges Mal war er doch noch zur Höhle mit dem Sternenschacht zurückgekehrt, ein gutes Jahr nach dem ersten Mal. Was man so ein gutes Jahr nennt – für ihn war es ein verfluchtes Jahr gewesen, mit ewigen Streitereien zu Hause, zwischen seinen Eltern, zwischen ihm und seinen Eltern, zwischen ihm und ihm selbst. Ein Jahr, in dem er aufrichtig versucht hatte, »wie die anderen Jungs« zu sein oder sich jedenfalls so zu geben. Ihr Verhalten zu imitieren, ihre Interessen vorzutäuschen, ihre Sprechweise nachzuahmen. Versuch misslungen. Das Ergebnis hatte niemanden überzeugt, am allerwenigsten ihn selbst. Immerhin hatte er in diesem Jahr seine Leidenschaft fürs Fotografieren entdeckt. Wenn er durch den Wald lief, hatte er jetzt immer seine Agfa-kompakt dabei.
An einem Samstagnachmittag trabte er wieder den alten Pfad entlang, zum ersten Mal nach vierzehn Monaten. Seinen Traumpfad zum steinernen Ei mit dem Sternenschacht. Er fand den Wurzelweg, die Schlucht, in die er sich unmerklich hinabsenkte, so weit alles problemlos. Endlich stand er wieder vor dem Eingang zur Höhle, kniete sich hin und atmete den eigenartigen Geruch ein. Metall und Moder. Etwas hatte sich verändert, aber was? Das enge Loch, bemoost, finster, klamm,

alles wie damals. Aber etwas war anders, er hockte vor dem Loch, witterte, überlegte, doch er kam einfach nicht drauf.
Obwohl er kein gutes Gefühl dabei hatte, fing er endlich an, in die Höhle hineinzukriechen. Mit dem Kopf, den Armen voran wie damals, aber es war viel mühsamer als vor einem Jahr – seine Schultern waren breiter, sein ganzer Körper war schwerer, männlicher geworden. Er würde stecken bleiben, das wurde ihm immer klarer, je weiter er vorankroch. Er würde es nicht mehr bis ins Zentrum schaffen, ins steinerne Ei, er würde nicht mehr unter dem Sternenschacht liegen können.
Und dann plötzlich ging ihm auf, was sich verändert hatte. Der Geruch, der von der Höhle her durch den Gang drang – fremd, feindlich, der Geruch eines anderen Lebewesens. Er hatte es kaum gedacht, da tauchte das Gesicht vor ihm auf. Ein dunkles Gesicht mit glühenden, viel zu eng beisammenstehenden Augen. Trotz der Finsternis im Gang sah er die Augen funkeln, die gelben Zähne glänzen, den Schimmer von Schweiß auf dunkler Haut. Das Wesen stieß ein Knurren aus, drohend, so elementar wütend, dass ihn Panik befiel. Er konnte sich in dem Gang kaum rühren, der andere schien kleiner und beweglicher zu sein als er. Die Kreatur knurrte und ließ ihre Augen noch drohender funkeln. Daniel robbte rückwärts, das Herz klopfte ihm wie irrsinnig in der Brust. Der andere folgte ihm so dichtauf, dass er ihn praktisch aus dem Gang hinausschob. Endlich war Daniel wieder draußen, fiel vor dem Loch auf den Boden, rappelte sich auf, wankte ein halbes Dutzend Schritte rückwärts und sackte auf einen Steinbrocken am Rand des Wegs. Von der Kreatur waren nur zwei funkelnde Augen im Dunkel des Lochs zu sehen, kurz darauf gar nichts mehr. Offenbar hatte das Wesen sich in seine Höhle zurückgezogen, zufrieden, dass der Eindringling in die Flucht geschlagen war.

Daniel aber legte sich hinter dem Steinbrocken auf die Lauer. Er musste fast bis zur Abenddämmerung warten, dann endlich funkelte da drüben wieder das Augenpaar. In der Zwischenzeit hatte er sich immer wieder ausgemalt, was das für ein Wesen sein mochte – Luchs oder Fuchs, Wolf oder Wiesel. Aber es war ein Mensch, der da aus der Höhle hervorgekrochen kam, jedenfalls eine Kreatur mit Armen und Beinen, brauner Haut, dunklen Augen, schwarzem Haar, das ihm struppig bis über die Schultern fiel. Um die Hüften ein verdreckter Lumpen, ansonsten war er nackt. Er kroch aus dem Loch heraus, witterte nach links und rechts, humpelte dann den Weg entlang, vorgebeugt, bucklig, die Augen wirklich viel zu engstehend, so dass sein Blick stechend wirkte – ein Albtraumbruder von Mogli.

Als er neben dem Steinbrocken war, sprang Daniel aus seinem Versteck hervor. »Hey, warte mal!« Der andere erschrak, er prallte regelrecht zurück, Entsetzen in seinem Gesicht, eine Angst, die ihn auf einmal ganz und gar menschlich erscheinen ließ. Und dann rannte er davon, und Daniel lief hinter ihm her. Keine Ahnung, warum oder wohin – der andere rannte vorneweg, Daniel trabte hinterdrein, mühelos, er hätte stundenlang so rennen können. Der Höhlenbewohner aber fing bald schon an zu keuchen, in immer kürzeren Abständen sah er sich zu seinem Verfolger um. Das zottige Haar wehte hinter ihm her wie ein Umhang, und Daniel holte mühelos auf, beugte sich im Laufen ein wenig vor und hielt den anderen an den Haaren fest. Der Höhlenmensch stöhnte auf, riss sich mit einer wilden Kopfbewegung frei, wankte weiter voran, stöhnend, taumelnd, offenbar am Ende seiner Kräfte, während Daniel sich ganz frisch, ganz leicht fühlte, von der wilden Jagd wie berauscht.

Der andere versuchte eine allerletzte Finte – plötzlich warf er sich zur Seite und rollte sich überschlagend einen steilen

Abhang hinunter. Es war eine schroffe Hügelflanke, mit welkem Laub, Zweigen und Erde tückisch bedeckt. Aber das erkannte Daniel nicht, jedenfalls nicht früh genug – er bremste gleichfalls ab, blieb oben am Abhang stehen, schaute dem anderen hinterher, wie er den Berg runtersauste, stöhnend, dann schreiend, und der Schrei wurde ganz langsam leiser, während der andere weiter und weiter in die Tiefe raste. Und wie Daniel ihm hinterhersah, geriet er auf einmal selbst ins Rutschen, ruderte mit den Armen, suchte vergeblich nach einem Ast, einem Stamm, wo er sich festklammern könnte, glitschte auf den glatten Blättern aus, fiel nach hinten um und rutschte wie auf einem Schlitten hinter dem anderen her. Nur dass der Schlitten einzig aus seinen Klamotten und seinen Knochen bestand.

Die wilde Fahrt ging fünfundzwanzig Meter oder mehr hinab, bis auf den Boden einer engen Schlucht. Da unten lag der andere reglos im Laub. Auf dem Bauch, ein Arm vorgereckt, einer dicht an den Körper gepresst, die Beine an den buckligen Rumpf gezogen. Er lag auf seiner rechten Wange, die Augen geschlossen, als ob er schliefe, Daniel neben ihm im Dreck, auf dem Rücken, keuchend, T-Shirt und Jeans zerfetzt, als hätte er alles durch den Reißwolf gedreht. Seinen linken Turnschuh hatte er unterwegs verloren, aber was spielte das für eine Rolle? Bis auf ein paar Schrammen war er unverletzt. Aber der andere schien nicht mehr am Leben zu sein.

Daniel spürte plötzlich eine wilde Sympathie für diesen dunklen, buckligen Kerl. Den einzigen Seelenbruder, dem er jemals begegnet war, und was hatte er gemacht – ihn zu Tode gehetzt. Er rappelte sich auf, robbte zu dem anderen hin, berührte ihn scheu am Arm. Keine Reaktion. Er kauerte sich neben ihn, tastete nach seiner Gürteltasche – tatsächlich, die Kompaktkamera war noch da. Ein ganz simples Modell, mechanischer Filmtransport, Blitz an oder Blitz aus, hell oder dunkel, Auslöser, Selbstauslöser. Daniel holte das Plastikding aus dem Kunstlederetui und drehte es hin und her – die Agfa-kompakt hatte seinen wilden Rutsch offenbar heil überstanden. Er fing an, den anderen zu fotografieren, wie er reglos, scheinbar leblos im Dreck vor ihm lag. Sein verkrümmter, verwachsener Leib, seine Augen, die plötzlich aufgingen und ihn aus Schmutz und Laub heraus anglühten.

»Hey, du lebst?«, rief Daniel. Der andere gab keine Antwort, trotzdem fühlte sich Daniel glücklich wie noch nie. Er tanzte um den anderen herum, fotografierte unablässig weiter, und als der Höhlenkerl aufstand und humpelnd wegrannte, am Boden der Schlucht entlang, lief Daniel noch ein paar Dutzend Schritte hinter ihm her, knipsend und kurbelnd, bis der ganze Film verschossen war.

Diese Schwarzweißbilder hatte er Jahre später für seine Ausstellung »Primitive Kunst und Verbotener Traum« verwendet – sie zerschnitten, neu zusammengeklebt, mit Herbstlaub aus dem Wald, Voodoo-Nadeln, Draht und Haaren collagiert. Manchmal ärgerte es ihn, dass er die ganze Bildserie über den Dalí-Schnauzer an einen Privatsammler verkauft hatte. Aber die Negative hatte er ja aufbewahrt, und wenn er wollte, konnte er jederzeit neue Collagen mit dem buckligen Burschen aus dem Wald anfertigen.

»Hey, Daniel, hörst du mir überhaupt noch zu?«

»Natürlich, Liebes.« Er prostete ihr mit dem Rotweinglas zu. Das musste Elsie doch allmählich an ihm kennen – er konnte fünf völlig verschiedene Dinge gleichzeitig erledigen, und vor allem konnte er mühelos an etwas denken und von etwas ganz

anderem träumen, so wie wenn man zwei Filme nebeneinander ablaufen ließ. »Am liebsten würdest du mit mir gleich morgen nach China fliegen – eine Reportage über die Untergrundszene in Hongkong. Hört sich großartig an.«
Eigentlich zählte China nicht gerade zu Daniels Traumzielen, aber darüber brauchten sie nicht unbedingt heute zu debattieren. Die Mondbarke segelte über dem Meer dahin, in Richtung Haiti. Glücklicherweise trug ihr Kellner jetzt das Dessert auf – Moussevariationen, ein Ring schwarzer und brauner Tupfer um eine goldgelbe Creme. Und da kam Daniel eine großartige Idee.
»Was hältst du davon, wenn wir gleich heute Nacht unsere erste gemeinsame Reportage machen, Liebes?«
»Heute Nacht?« Ihre Augen wurden schmal, auf einmal wirkte sie hellwach und alarmiert.
»Und gleichzeitig schon mal Hochzeit feiern, Elsie – Voodoo-Hochzeit?« Unwillkürlich fasste er nach dem Wongo und berührte es durch den Anzugstoff hindurch.
»Du meinst, wir beide – Voodoo-Hochzeit?« Wieder mit dieser verängstigten Kinderstimme.
»Eine exklusive Reportage aus einem verbotenen Voodoo-Tempel in der Dominikanischen Republik, mitten im Touristengebiet, ganz in der Nähe des *Paraíso*. Text: Elise Rohgast. Fotos: Daniel Messner.«
Ohne sich irgendwas dabei zu denken, war er in den näselnden Marktschreierton verfallen, in dem Jean Baptiste ihm vorhin die Voodoo-Hochzeit angepriesen hatte. Wie von selbst fuhr seine rechte Hand in seine Brusttasche und tastete über das Wongo, während er seine Linke auf Elsies Hand legte. Die Kühle des Steins, die Wärme ihres Fleischs.
Elsies Blick wirkte immer noch alarmiert, aber jetzt mischte sich ein Ausdruck von Ergebenheit dazu, gepaart mit einer

Spur eigenartiger Entrücktheit. »Ganz in der Nähe? Aber du hast keinen Fotoapparat dabei, oder?«

»Hab ich doch.« Lächelnd zog er seine Fujitsu-Mikrokamera aus der rechten Brusttasche und schwenkte sie an ihrem Tragriemen hin und her.

»Ach, das war also deine Überraschung – du Schurke!«

Er beugte sich über den Tisch und küsste sie so leidenschaftlich, dass sie alle Alarmiertheit, allen Argwohn zumindest für diesen Augenblick zweifellos vergaß. An einem der Nebentische piepste eine Digitaluhr, im Küssen zählte Daniel mit – elf klägliche Töne. »Wir müssen gleich los, Liebes. Sieh zu, dass du deine Mousse aufgelöffelt kriegst. Die goldgelbe in der Mitte sieht besonders köstlich aus.« Behutsam löste er sich von ihr. »Der Mann, der uns zum Voodoo-Tempel bringt, wartet mit seinem Boot um Mitternacht unten am Strand.«

»Zur Geisterstunde? Mit einem Boot? Muss das wirklich sein?«

Er nickte ihr mit sanftem Lächeln zu. »Und wer ist dieser Mann?«, wollte Elsie wissen. »Woher kennst du ihn eigentlich?«

Seine Finger krampften sich um das Wongo. »Jean Baptiste.«

10

Ein Gefühl wie Abschied. Daniel wehrte sich dagegen, protestierte in Gedanken, während Elsie über ihm wie eine goldene Glockenblume an ihrem Stiel auf und nieder schwang. Wieso denn Abschied? Er würde doch ganz bestimmt mit ihr zurückkehren, sie würden der Welt des Voodoo nur einen kleinen Besuch abstatten, er würde nicht für immer die Grenze überschreiten, wie er sich das allerdings schon tausend Mal vorgestellt hatte: Wirf dein altes, erbärmliches Ich aus dem Sattel, Danny, und widme dein verdammtes Leben dem Voodoo, dem Wald, der dunklen Kraft. Dein Leben, hörst du, nicht bloß deine Kunst. Widme es dem Loa, der deiner stärksten verborgenen Kraft am besten entspricht. Ihm weihe deinen Körper, deine Sinne, Gefühle, Energie. Kehre niemals zurück.

Es klang so verführerisch wie immer, wenn diese Stimme in seinem Innern säuselte. Aber etwas Entscheidendes war anders als sonst: Elsie, seine zukünftige Frau, war bei ihm, und er würde dafür sorgen, dass sie beide von diesem kleinen Ausflug sicher zurückkehrten.

Sie hatte darauf bestanden, dass er sich in den Sand setzte, am nachtdunklen Strand des *Paraíso*, in seinem schwarzen Armani-Anzug, neu gekauft und mit Elsies Goldcard bezahlt, eines ihrer ersten Geschenke für ihn. Er erkannte sie kaum wieder, so wild, so leidenschaftlich war sie mit einem Mal. Sie hatte an seinem Gürtel und Reißverschluss hantiert, dann ihren goldenen Rock gehoben, sich über ihn gehockt, ihn in sich aufgenommen. Sanft wie eine Blume, deren Blütenblätter im Wind auf- und zugehen, bewegte sie sich auf ihm, ihre Arme um seinen Nacken geschlungen, ihr Dekolleté vor seinem Gesicht tanzend, so dass er mit jedem Atemzug heißen, süßen Elsie-Duft einsog.

Und trotzdem war es ein Gefühl wie Abschied, das in ihm immer mächtiger wurde. Hinter Elsie glitzerte das Meer, versuchte sich mit tausend grauen Armen und grün-weißen Schaumfingern am Strand festzukrallen, rutschte aber jedes Mal gurgelnd ins Dunkel zurück. Auf einem Schleier aus Nebel darüber lag die Mondsichel, die wirklich ganz genau wie ein uraltes Kriegerboot aussah.

Die weiche, warme Luft, das silbrige Licht. Zu ihrer Linken der Zaun, die östliche Grenze des *Paraíso*, der feuerrot blühende Busch, wo sie auf Jean Baptiste warten sollten. Daniel hatte seine Arme um Elsies Hüften gelegt, seine Lippen liebkosten ihre Brüste, und sie beide summten, sangen, stöhnten in perfektem Gleichklang die immergleichen Tonfolgen aus ihrer magischen Melodie. Es war ein Moment vollkommener Süße, durchrieselt von der Ahnung, dass diese Erde eigentlich ideale Voraussetzungen für ein paradiesisches Leben bot, aber tagtäglich arbeiteten alle daran, sie noch etwas mehr in eine Hölle zu verwandeln.

In seinem Augenwinkel erschien auf einmal das Boot. Grotesk schaukelnd auf den Wellen, unwirklich langsam schob es sich von links in Daniels Sichtfeld, hinter dem Zaun und dem feuerrot blühenden Busch hervor. Ein plumpnasiger Nachen, mit Flickstellen übersät. Die beiden Gestalten darin ruderten mit so übertriebenen Bewegungen, dass es wie eine Parodie aussah, eine Zirkuspantomime. Der eine, lang und hager, im brandroten Anzug, die andere viel kleiner, zierlich, im Totengräber-Outfit, mit speckigem Zylinder und dem Grinsen Gèdès.

»Sie sind da, Elsie.« Sie beide und ein unsichtbarer Dritter: Abschied. Mit dem Geruch von Tränen und Trennung, von Salz und Schmerz. Blödsinn! Er würde mit Elsie zurückkehren, schwor sich Daniel wieder, schließlich fuhren sie ja nicht nach Haiti, sondern nur in ein Nachbardorf.

Mit scharfem Knirschen grub sich das Boot neben ihnen in den Sand. »Madame, M'sieur?«

Zu seiner Verblüffung schnellte Elsie bei diesen heiser hervorgebellten Worten regelrecht empor. Sie zog sich ihr Kleid zurecht, während Daniel, von ihrem Erschrecken angesteckt, genauso hastig an Reißverschluss und Gürtel nestelte.

»Allons, Madame, M'sieur.« Gabrielle war aus dem Boot gesprungen, ins flache Wasser, das ihre Anzughose bis zu den Knien durchnässte. Breitbeinig stand sie vor ihnen im Sand, die Hände in den Taschen ihres übergroßen, selbst im Mondschein schmierig glitzernden Jacketts. Den schäbigen Chapeau claque schief auf dem Kopf, sah sie mit dem Grinsen des grausamen Todes-Loa auf Daniel hinunter. »Steigen Sie ein, die Herrschaften, der Vergnügungsdampfer legt in wenigen Augenblicken ab.«

Elsie hatte keinen Blick für Gabrielle, starr sah sie zu Jean Baptiste hinüber, der im schaukelnden Boot sitzen geblieben war, Zigarette im Mundwinkel, die verspiegelte, übergroße Sonnenbrille vor dem Gesicht, als ob seine Augen nicht einmal Sternenlicht vertrügen.

Werwolf-Augen, dachte Daniel wieder. Da ging Elsie schon mit taumelnden Bewegungen, ähnlich einer Schlafwandlerin, auf das Boot zu, watete ins flache Wasser und wurde von den Wellen beinahe umgerissen.

»Elsie!« Er schrie hinter ihr her, plötzlich bis ins Innerste alarmiert, dabei machte sie ja nur, was er sich mehr als alles andere wünschte.

Sie drehte bloß den Kopf zu ihm zurück. »Du willst das doch so, Danny?«

Er nickte ihr zu, zweimal, dreimal, wie im Krampf. »Aber nur wenn du es auch willst!«

Jean Baptiste beugte sich zur Seite, packte Elsie um ihre Mitte und hob sie ins Boot. Fast im gleichen Augenblick wurde Daniel nach vorn gezerrt, von einer kleinen schwarzen Hand, die sich um seinen Gürtel krallte. »Auf geht's, weißer Typ!«

Hinter Elsie kletterte er unbeholfen an Bord. Seine Hosenbeine trieften vor Wasser, die Schuhe hielt er in der Hand. Das

Boot war im Innern noch viel verrotteter, als es von außen den Anschein hatte. Elsie saß auf einem Plastikkanister am Boden und starrte mit verlorenem Lächeln zu Jean Baptiste empor, ihre Füße in einer Lache aus Brackwasser und Unrat, die goldenen Sandaletten neben dem Haitianer auf der Bank. In diesem Moment spürte Daniel mit fast unerträglicher Klarheit, dass er einen schrecklichen Fehler beging. Aber da sprang schon Gabrielle hinter ihm ins Boot und zog ihn neben sich auf die vordere Bank.

Unsinn, dachte Daniel wieder, wir fahren zu einem Dorf ganz in der Nähe, was soll da schon besonders Gefährliches passieren? Spätestens morgen zum Frühstück waren sie wieder im Club. Schließlich kannte er sich mit Voodoo aus.

Jean Baptiste ließ einen Außenborder an, den Daniel bis dahin überhaupt nicht bemerkt hatte, und das Boot jagte mit höllischem Lärm und einer Kehrtwendung, die ihn in Gabrielles Arme presste, entlang der nachtdunklen Küste davon.

Je länger die Fahrt dauerte, desto höher stieg Daniels Stimmung. Der Motor dröhnte, das Boot pflügte durch die Wellen, starke Bugscheinwerfer frästen eine Lichtschneise in die Dunkelheit. Der Wind ließ Elsies Haare flattern wie eine goldene Fahne. Immer noch war es unglaublich warm.

Elsie hatte die Arme wie Flügel ausgestreckt und hielt sich mit beiden Händen am Bootsrand fest. Gischt spritzte empor, benetzte ihre Haut und ließ ihre Arme in der Dunkelheit noch goldener schimmern. Einmal wandte sie den Kopf und lächelte Daniel zu, nur ganz kurz, vielleicht hatte er sich auch getäuscht, aber das mochte er nicht glauben. Elsie war zufrieden mit ihrem kleinen Abenteuer. Sie hockte auf dem Plastikkanister und sah zu Jean Baptiste empor, der über ihr auf der

Heckbank saß, das Boot steuerte, die Kippe im Mundwinkel wippen ließ. Dass er im Dunkeln mit der Sonnenbrille überhaupt etwas sehen konnte? Na ja, dachte Daniel, sicher kannte er die Strecke im Schlaf. Vom *Paraíso*, wo er aushilfsweise arbeitete, nach Santa Maria Corazon, dem Dorf, wo er und Gabrielle höchstwahrscheinlich wohnten. Jedenfalls wenn sie sich hier in der Dominikanischen Republik aufhielten, denn auch Gabrielle stammte ja wohl aus Haiti.
Gabrielle. Sie saß so dicht neben ihm, dass er bei jeder Welle den Druck ihres Schenkels an seinem Bein und ihrer Schulter an seinem Arm spürte. Wenn er seinen Kopf nur ein wenig nach links wandte, streifte seine Nase fast über ihr krauses Haar. Er atmete ihren Geruch ein, metallisch, wild, scharf. Darüber der Gestank nach Schweiß und Dreck, der aus ihrem grotesken Totengräber-Anzug aufstieg. Es kam Daniel so vor, als ob sie ihn die ganze Zeit von der Seite her anschaute, aber wenn er dann zu ihr hinübersah, blickte sie immer gleichmütig nach vorn. Auch Gabrielle hatte eine Sonnenbrille auf der Nase, verspiegelte Gläser, billiges Plastikgestell. Ihren Zylinder hielt sie jetzt in der rechten Hand, und plötzlich beugte sie sich weit nach vorn und drückte Elsie den Röhrenhut auf den Kopf, so heftig, dass Elsies Gesicht bis zur Nase darin verschwand.
»Nur ein Spaß, Madame, ein kleiner Spaß«, rief sie aus, und während Elsie noch mit dem Zylinder kämpfte, das verdammte Ding fluchend und stöhnend von ihren Augen wegzubekommen versuchte, ging der Bootsmotor mit einem ungesund klingenden Gurgeln aus.
In der plötzlichen Stille war Elsies Seufzen und Ächzen umso lauter zu hören. Ehe Daniel reagieren konnte, riss sie sich den Zylinder vom Kopf und holte schon aus, um ihn mit einer

wütenden Bewegung ins Meer zu schleudern. »Non, Madame«, sagte Jean Baptiste, nur diese drei Silben in scharfem, bellendem Ton. Elsies Arm erstarrte. Sie sah den Zylinder an, als ob sie sich fragte, wie er überhaupt in ihre Hand gelangt war, dann reichte sie ihn Gabrielle mit einem scheuen Lächeln zurück.

Auch Daniel beugte sich jetzt zu Elsie vor. »Sie hat es nicht böse gemeint«, sagte er, »bestimmt nicht«, während Jean Baptiste das Boot an einem Holzsteg entlangschrammen ließ. Elsie reagierte überhaupt nicht auf seine Worte, sie schaute an Daniel vorbei zum Steg hin, der aussah, als ob er im nächsten Moment zusammenbrechen würde. Uralte Planken, zerbrochen, zersplittert, von Salz und Sonne so vollkommen ausgeblichen, dass sie den fahlen Farbton von Knochen angenommen hatten. Wie ruhig es hier draußen war. Totenstill und Furcht einflößend finster, obwohl da drüben, nur wenige Schritte hinter dem Steg, anscheinend so etwas wie ein Dorf begann. Jean Baptiste sprang aus dem Boot und machte es an einem mürben Balken fest. Irgendwo im Dorf schlug ein Hund an, und mindestens ein Dutzend Köter gaben ihm heulend Antwort. Jean Baptiste beugte sich zum Boot herunter, sein roter Anzug schien in der Dunkelheit zu glühen. Mit einer parodistisch übertriebenen Gebärde reichte er Elsie die Hand und half ihr an Land.

Elsies nackter Fuß auf dem knochenbleichen Steg – aus irgendeinem Grund erschreckte dieses Bild Daniel so sehr, dass er einen Moment lang wie gelähmt hocken blieb, ihr einfach nur zusah, wie sie sich von Jean Baptiste auf den Steg hochziehen ließ. Als er selbst hinter Gabrielle aus dem schaukelnden Kahn geklettert war, konnte er eben noch sehen, wie Jean Baptiste das Ende des Stegs erreichte. An seiner Seite Elsie, die sich bei ihm eingehakt hatte und starr zu ihm emporsah. Ihr goldenes Haar, das goldene Kleid, die goldene Bräune ihrer Haut. Neben dem glühend roten Schatten, der zusammen mit ihr in der Dunkelheit verschwand.

Die bittersüßen Gerüche der karibischen Nacht: süß wie Ananas, wie Verwesung, bitter wie Kakao, wie zu spätes Bedauern. An Gabrielles Seite ging Daniel den Steg entlang, dann fühlten seine Füße die schlammige Erde eines unbefestigten Weges. Zu beiden Seiten erkannte er die Umrisse von Hütten und windschiefen Gehöften in der Dunkelheit. Die Hunde bellten jetzt wie tobsüchtig, Hähne krähten, sogar ein Chor hysterischer Schweine stimmte in das Mitternachtskonzert ein.
Gabrielle hatte ihn wieder beim Gürtel gepackt und zog ihn mit sich. Die zerknickte Zigarette im Mundwinkel, den Zylinder auf dem Kopf, die Spiegelbrille auf der Höckernase, ihre speckigen Stiefel neben seinen nackten Füßen. Noch immer trug er seine Schuhe in der Hand. Jean Baptiste und Elsie schwebten irgendwo vor ihnen, ein roter und ein goldener Schatten in der Finsternis.
Ab und zu flüsterte Gabrielle Sätze, die Daniel nur halb und halb verstand. »Die Braut gehört Ezilie, der Bräutigam Gèdè. So war es immer, weißer Typ, so will es Legba. Wirst schon sehen. Dein erster Dansé-loas – vergisst du nie mehr. Wirst dich immer dran erinnern, noch im Sarg.« Sie spuckte ihre Zigarette aus, die Glut erlosch zischend im Schlamm.
Daniel stolperte über ein Bündel, das mit einem Knurren aufsprang und unter einem Busch am Wegrand verschwand. Er blieb stehen, das Herz schlug ihm mit einem Mal bis zum Hals. Aber Gabrielle zog ihn weiter, zerrte mit solcher Wildheit an seinem Hosenbund, dass eine Naht mit ratschendem Geräusch

zuschanden ging. Heiser lachte sie auf, für einen Moment spürte er ihre raue kleine Hand unter seinem Hemd, auf der schweißnassen Haut. »Heiße Nacht, weißer Typ?«
Das Dorf lag jetzt fast schon wieder hinter ihnen, nur ab und zu erkannte er noch den gedrungenen Umriss einer Hütte zwischen Bäumen und wucherndem Gestrüpp. Die Hunde waren endlich wieder verstummt. Ganz andere Geräusche erfüllten hier draußen die Nacht, fremdartiger, unheimlicher – keckernde Vogelschreie, rhythmisches Rascheln im Unterholz, ab und an ein Stöhnen, wie wenn Wind um Hausecken streicht. Dabei war hier, nur ein paar hundert Meter vom Meer weg, die Luft so schwülheiß wie im Reptilienhaus des Frankfurter Zoos. Nicht der schwächste Windhauch und trotzdem immer wieder, in völlig unvorhersehbaren Abständen, dieses Seufzen und Stöhnen, da drüben zwischen den Bäumen, wie von Geistern, Wiedergängern, von denen es in der Voodoo-Welt mehr als genügend gab.
»Wir sind da.« Gabrielles Hand krampfte sich in seine Seite, ihre Fingernägel bohrten sich in sein Fleisch. »Denk immer dran – der Bräutigam gehört Gèdè.«

11

So oft hatte er davon geträumt, auf seinen Trancereisen war er tausend Mal in einem Humfò gewesen, doch als er jetzt vor der wirklichen Tempeltür stand, fühlte er so etwas wie Befremden. Dabei hatte er natürlich gewusst, dass der Humfò von außen wenig hermachen würde – eine Ansammlung schiefer Schuppen und schmuckloser Flachbauten, im Karree um

einen überdachten Innenhof aufgereiht. Drum herum ein paar verwachsene Bäume, in der Luft der Gestank von Vieh.
Jean Baptiste klopfte an ein Holztor, über dem eine finster blickende Geistermaske hing, der einzige Hinweis auf das Heiligtum im Innern. Wie betrunken hing Elsie an seinem Arm, die Haare windzerzaust. Ehe Daniel etwas zu ihr sagen konnte, ging mit einem grotesken Spuk-Knarren das Tor auf, und ein neonbunter Lichtschwall schwappte in die Nacht hinaus.
Geblendet durch die plötzliche Helligkeit, betäubt durch die Flut fremdartiger Gerüche, durch Geschrei und Gelächter und tausend neugierige Blicke, taumelte Daniel hinter den anderen in den Humfò. Nur allmählich gewöhnten sich seine Augen an das Licht aus Dutzenden bunter Neonröhren, die unter der Wellblechdecke hingen und an einem Spinnennetz aus Drähten schwankten. Das Atrium, der eigentliche Tempelraum, war gesteckt voll mit Voodoo-Anhängern. Die Wände entlang hockten, saßen, kauerten sie auf dem Boden, auf Schemeln, Matten, dazwischen lehnten Leute an den Schuppenwänden, alle dunkelhäutig, in schreiend bunter Aufmachung, Männer, Frauen, Kinder, uralte Großmütter und -väter. Das ganze Dorf schien hier versammelt zu sein.
Nur in der Mitte des Innenhofs hielt sich niemand auf, in der kreisrunden Fläche, die durch bunte Kreidestriche markiert war, mit der bemalten, baumdicken Säule im Zentrum, dem Poteau-mitan – der magischen Verbindung zwischen der Menschenwelt und dem Reich der göttlichen Loas. In diesem heiligen Zirkel fanden die Götterbeschwörungen statt, dort malte der Hungan das Vèvè in den Staub, das Zeichen des Loa, dessen Erscheinen man erflehte, und dort tanzten die Gläubigen und die von den Göttern Besessenen, beim Dansé-Loas, dem Tanz der Götter, im Kreis. Wie oft hatte sich Daniel vor-

gestellt, dass er selbst in einem Humfò wäre, an einer Voodoo-Zeremonie teilnehmen würde. Und jetzt, da er tatsächlich über die Schwelle getreten war, kam ihm alles ganz unwirklich vor – die rot-schwarze, mit Vèvès bedeckte Säule, die Hunderte gaffender Leute, sogar er selbst stand irgendwie neben sich, entzweigeteilt. Vielleicht wegen Elsie, dachte er, weil er alles mit seinen und gleichzeitig mit ihren Augen sah. Magie und Vernunft. Aber nein – diese Grenze verlief mitten durch ihn hindurch. Durch ihn, durch Elsie, durch jeden Menschen, die Grenze zwischen Tag und Traum, Wachen und Trance.

Gabrielle deutete auf zwei wacklige Hocker an der Stirnwand, die unbesetzt waren, dabei saßen links und rechts Unmengen von Leuten auf dem Boden oder lehnten an den Schuppenwänden. »Für die Ehrengäste des Hungan.« Dazu grinste sie so dämonisch, dass es fast schon wieder zum Lachen war. Aber nur fast.

Daniel nahm Elsies Hand und ging mit ihr durch die Menge zu ihren Plätzen, nur wenige Schritte neben dem Altar. Er hatte das Gefühl, dass alle im Humfò sie anstarrten – alle außer Jean Baptiste, der in seinem blutroten Anzug an der gegenüberliegenden Stirnseite stand, von finster aussehenden jungen Männern umringt. »Das ist ja irre hier«, flüsterte ihm Elsie zu. »Du musst Fotos machen, Danny.«

Sie setzten sich auf ihre Ehrenschemel, drei Schritte neben dem Voodoo-Altar, einem schwarzen Tisch, der mit heiligen Figuren, Tonkrügen und bunten Bildern überhäuft war. Im Sitzen zog Daniel seine Anzugjacke aus und rollte sie auf seinen Knien so zusammen, dass sich das Wongo nicht durch den dünnen Stoff abzeichnete. Das Wongo und die Fujitsu – irgendwie spiegelten sie seine innere Entzweiung, sein Unbehagen, das immer weiter wuchs.

Während Elsie von der quirligen Atmosphäre im Tempelraum fasziniert schien und sich mit großen Augen und strahlendem Lächeln alles anschaute, beispielsweise die giftgrüne Sperrmüllcouch auf einer wacklig aussehenden Holzplattform gegenüber von ihnen. Oder den Voodoo-Altar zu ihrer Rechten, mit den schreiend bunten Gemälden, die wieder die offenbar wichtigsten Loas dieses Tempels zeigten, Gèdè und Ezilie. Neben einem zersprungenen Handspiegel, der sicherlich zu Ezilie gehörte, lag auf dem Altartisch ein grotesk überdimensionierter Phallus, ein hölzernes Riesentrumm, schreiend rot angemalt, ein Requisit des obszönen Todes-Loa Gèdè.
Elsie beugte sich zu Daniel herüber, ihr Mund öffnete und schloss sich, aber zu verstehen war überhaupt nichts – im gleichen Moment begann ein ohrenbetäubendes Trommelkonzert.

Drei Jungs bedienten die Trommeln – Daniel beobachtete sie, das Lächeln in ihren jungen Gesichtern, ihre gleichmäßigen Bewegungen, die schon nach wenigen Schlägen vollkommen selbstvergessen wirkten. Sie saßen auf der anderen Seite des Altars, er musste sich vorbeugen und nach rechts hin verdrehen, um sie im Blick zu behalten. Die unbequeme Haltung verstärkte sein Unbehagen nur noch mehr, seine Muskeln verkrampften sich, seine Seele verschloss sich, während um ihn herum die ganze Voodoo-Gemeinde im Takt der Trommeln zu schwingen begann – die Seelen, die Körper, die Geister. Dabei trommelten die drei Jungs großartig, einen langsamen, fast unmerklich sich beschleunigenden Rhythmus. Es klang wie der Herzschlag einer riesigen Kreatur, die ganz allmählich aus dem Tiefschlaf erwachte. Die Trommler waren halbwüchsige Burschen, höchstens sechzehn, siebzehn Jahre alt. Der Schweiß lief ihnen nur so über die Gesichter und die sehnigen

Oberkörper. Aber ihr Spiel war so perfekt wie die Bemalung ihrer Trommeln, der riesigen Manman, der etwas kleineren Huntò und der zierlichen Bula.
Urplötzlich verfielen sie in ein wahnwitziges Tremolo – rasender Herzschlag, Panik, Ekstase. Alles blickte erwartungsvoll zur hinteren Tür, zwischen dem Altar und dem klobigen Eisenherd, in dem ein Feuer flackerte. Die Tür flog auf, der Zeremonienmeister erschien, genannt La-place, ein hagerer Mann, tintenschwarz, mit grauem Haar und gewaltigem, eisgrauem Schnauzbart. Ein Zirkusgeneral, den Krummsäbel gezückt, seine Uniform aus Lumpen zusammengewürfelt, verfleckte weiße Jacke mit Litzen in allen erdenklichen Farben, die schwarze Hose mit zerfallenden Nähten und einem malerischen Riss unterm linken Knie. Die Seidenschärpe um seine Mitte, schillernd lila mit labyrinthischen Schlangenmustern, diente wohl hauptsächlich dazu, das bizarre Kostüm zusammenzuhalten, zumal der La-place so zackig in den Humfò marschierte, dass der Boden unter seinen Stiefeln dröhnte. Dicht hinter ihm drängten die Hunsis herein, die blutjungen Gehilfinnen des Hungan. Je größer ihre Schar, desto mächtiger die Voodoo-Gemeinde. Daniel zählte acht Hunsis, für eine verbotene, im Geheimen bestehende Gemeinde ziemlich üppig.
Die Hunsis in ihren leuchtend bunten Gewändern. Die Verzückung in ihren jungen Gesichtern, die blitzenden Zähne, funkelnden Augen, während sie die Flaggen ihres Humfò schwenkten, bunte Lumpenfahnen mit den Vèvès ihrer bevorzugten Götter – Legba, Damballah und immer wieder: Gèdè, Ezilie. Unter markerschütternden Trommelklängen begannen sie rund um den Poteau-mitan zu marschieren, die magische Weltensäule in der Mitte des Humfò. Der La-place schwenkte seinen Säbel, mit feierlichen Bewegungen nach Süden und Osten, nach

Norden und Westen, dann zum nachtdunklen Himmel hin, zuletzt nach unten, zum Boden vor der bunt bemalten Säule – in Richtung »Guinea«, Welt der Geister und Götter unter dem Meer.

Um Elsie herum, auf dem Boden, auf Schemeln, auf Matten zu ihren Füßen, hatte sich ein Ring schwarzer Mädchen gebildet, die andächtig zu der goldenen Frau aufsahen. Elsie schien ihre Verehrerinnen kaum wahrzunehmen. Gebannt vom Sog des Rituals, schaute sie mit verzücktem Lächeln zum Poteau-mitan, wo die Flaggen flatterten und die Hunsis im Kreis marschierten. Ihre Augen glänzten, ihre Haltung wirkte erwartungsvoll und gleichzeitig so entspannt, wie Daniel sie kaum jemals gesehen hatte.

Er selbst fühlte sich eher wie ein Zuschauer im Theater, so distanziert und losgelöst. Er sah zur anderen Seite des Atriums hinüber, und da stand Gabrielle neben Jean Baptiste, beide die Hände in den Jackentaschen, Spiegelbrillen vor ihren Gesichtern.

Daniel hatte immer geglaubt, dass er die Grenze unwiderruflich überschreiten, dass er vom Sog des Voodoo ergriffen, davongerissen würde, sobald er auch nur über die Schwelle eines Humfò trat. Dass alles in ihm bereit wäre, sich nach diesem Übertritt seit langem sehnte. Dass der Hungan nur die Loas anrufen müsste und er, Daniel, der Allererste wäre, von dem ein Dämon Besitz ergreifen würde, dessen Ich aus dem Sattel geschleudert und von der viel stärkeren Macht verjagt werden würde – vielleicht für immer. Jetzt aber wurde ihm bewusst, dass er hierfür überhaupt nicht bereit war, dass er sich innerlich dagegen sträubte, dass er ganz einfach Angst hatte, verdammte, verzweifelte Angst.

Am meisten hatte die Besucher seiner Ausstellung »Primitive

Kunst und Verbotener Traum« die Video-Installation schockiert – explodierende Totempfähle. Ein ganzer Wald aus starren Tonstatuen, die urplötzlich allesamt explodierten. So wie er sich das als kleiner Junge oftmals vorgestellt hatte, wenn er und seine Eltern in völligem Schweigen und totaler Erstarrung am Esstisch saßen. Versteinert unter dem Blick seines Vaters. Wie sie urplötzlich alle drei explodieren würden, in die Luft fliegen, von den urgewaltigen Kräften in ihrem Innern in tausend Stücke gesprengt.

Wie um seine wachsende Panik zu untermalen, trug eine Hunsi jetzt ein lebendiges schwarzes Huhn herbei. Es gackerte, wand sich hysterisch hin und her. Der La-place nahm es entgegen, schwenkte es in die sechs vorgeschriebenen Richtungen – nach Süden und Osten, Norden und Westen, zum Himmel, dann hinab zur Geisterwelt. In diesem Moment erschien der Hungan, der Voodoo-Priester, durch die Tür neben dem Altar. Die Trommler änderten ihren Rhythmus, nun klang es wie die Herzschläge eines erwachenden Riesen. Tatsächlich war der Hungan ein hünenhafter Mann mit breiten Schultern und grimmigem Gesicht. Er trug einen bodenlangen Mantel, gleichfalls aus Lumpen zusammengeflickt, in schreiend bunten Farben. Sein Blick war stechend, finster glitt er über die Menge der Voodoo-Anhänger, richtete sich dann auf den La-place, der vor ihm stand und ihm das Opferhuhn hinhielt. Hinter ihm stellten sich die Hunsis zu einem Spalier auf, und abermals änderte sich der Rhythmus der Trommeln, verebbte zu zaghaftem Trippeln und Trappeln, als das Hochzeitspaar durch das Spalier in den Tempel trat.

Sie kamen Daniel unglaublich jung vor, Kinder fast noch, und sie wirkten vollkommen verängstigt. Noch während sie durch das Spalier gingen, riss der Hungan ein Messer unter seinem

Gewand hervor und durchtrennte mit einem brutalen Hieb den Hals des Opferhuhns. Das Blut schoss hervor, der Kopf fiel auf den Boden und rollte auf den Poteau-mitan zu. Die Voodoo-Gemeinde schrie auf, ein lustvolles Kreischen aus hundert Kehlen, auch aus Elsies Mund. Die Trommler erhöhten nochmals ihre Schlagzahl, schrille Flötentöne mischten sich dazu.
Der Hungan wandte sich um, deutete auf die Braut und den Bräutigam. »Das Glück, die Götter, das Fleisch«, rief er aus, jedenfalls hörte es sich für Daniel so an. Die Hände des Hungan waren mit frischem Blut befleckt, sie trieften förmlich vor Hühnerblut. Scheinbar widerstrebend traten die Brautleute näher, aus dem Spalier heraus in den Kreidekreis. Der Hungan hob seine Hände und legte sie auf die Gesichter des Hochzeitspaars. Seine Finger fuhren über Wangen und Stirnen, dann blitzschnell am Hals der Braut hinunter bis zu ihrem Dekollete. Als er seine Hände wieder wegzog, sahen die beiden aus wie Überlebende eines Massakers, verstörte Kindergesichter, über und über mit Blut beschmiert.
In ihrem weißen Rüschenkleidchen hatte die Braut eben noch rührend ausgesehen, jetzt wirkte ihr Aufzug obszön. Ihr Mund, der Hals, der Ansatz ihrer Mädchenbrüste, alles mit Blut beschmiert. Auch ihr Freier, ein bartloses Bürschlein mit schmalen Schultern, machte den Eindruck, als ob er von den Göttern zu finsterem Scherz missbraucht worden wäre. Seine Augen waren geweitet, krampfhaft hielt er die Hand seiner Braut umklammert, die mit benommenem Lächeln ins Leere sah.
Unter ohrenbetäubendem Trommeln und nervzerrüttenden Flötentönen geleiteten der Hungan und seine Hunsis das Hochzeitspaar zu ihrem Ehrenplatz, der giftig grünen Plüschcouch auf der wackligen Plattform an der Vorderseite des Humfôs. Begleitet von Gelächter und den Zurufen der Voodoo-Gemeinde,

kletterte der Bräutigam über eine ächzende Holzleiter hinauf, kniete sich hin und reichte der Braut seine Hand. Mit einer gezierten Geste raffte sie ihre Brautschleppe, stakste die Leiter hinauf, und während die beiden da oben in ihrem Hochzeitssofa versanken, ging die Zeremonie überhaupt erst richtig los.

Die Hunsis begannen zu tanzen, immer im Kreis um den Poteau-mitan herum, gegen den Uhrzeigersinn. In ihrer Mitte kniete der Hungan am Boden und malte ein Vèvè in den Staub. Daniel bekam eine Gänsehaut, sein Mund wurde strohtrocken, während er zusah, was der Priester da auf den Boden strichelte: das Vèvè von Legba, dem göttlichen Mittler. Im Kreis der tanzenden Hunsis erhob er sich wieder, mit einer fließenden Bewegung, und begann Legba anzurufen. »Heiliger Hüter der Schwelle, öffne die Tür zum Geisterreich.« Sein Ruf zitterte noch in der schwülheißen Luft, da stellte sich der Mittlergott ein, so wild, so ungestüm, wie es seiner dämonischen Natur entsprach – in der Gestalt eines hinfälligen Greises, aber mit der Kraft und Brutalität eines jungen Stiers.
Drei Schritte neben Daniel riss es einen jungen Schwarzen regelrecht aus seiner kauernden Haltung hoch. Legba ergriff Besitz von ihm, er fuhr in seinen Körper, wie eine Hand in einen Handschuh hineinstößt, er verjagte die schwache Menschenseele und schwang sich statt ihrer in den Sattel wie der Reiter auf ein herrenloses Pferd. Der Junge zuckte wie in epileptischen Krämpfen. Sein Körper wurde zu Boden geschleudert, seine Beine und Arme krümmten sich erbarmungslos zusammen. Dabei war es ein junger Mann von athletischer Gestalt, doch nun lag er vor aller Augen auf dem Rücken, keuchend, mit verdrehten Augen, rheumatisch verschobenen Gliedmaßen, bekleidet nur mit einem ärmellosen Hemd und roten Basketball-

shorts, unter denen sich überdeutlich das zweite Zeichen Legbas emporreckte – eine knochenharte Erektion. »*Der metaphysische Witz des Voodoo*«, hatte Daniel in eine seiner Kladden gekritzelt, »*ist tiefgründig und erbarmungslos.*«
Der von Legba Besessene rappelte sich mühsam auf. Sofort sprang eine der Hunsis herbei und überreichte ihm mit tiefer Verbeugung den Wanderstock, ohne den dieser Loa niemals in Erscheinung trat. In jedem Humfò wurden die wichtigsten Requisiten der Loas bereitgehalten, mit deren Auftreten bei einer Zeremonie gerechnet werden musste. Und Legba ergriff den Stock, begann um den Poteau-mitan herumzuhumpeln, selbst sein Gesicht schien auf einmal zerfurcht wie das Antlitz eines uralten Mannes, sein Rücken war tief gebeugt, als ob er das hartnäckige Mysterium unter seinem Nabel bestaunte.
Sowie er die magische Säule einmal umkreist hatte, sank der Hungan abermals in die Knie, malte ein weiteres Vèvè in den Staub. Daniel beugte sich so sehr nach vorn, dass er beinahe von seinem Schemel fiel. Das stilisierte Herz, von einem Pfeil durchbohrt, von sich windenden Schlangen umgeben. Das Zeichen Ezilies. Ein kalter Schrecken durchfuhr ihn – das Wongo, Elsie, Ezilie, was würde nun geschehen?
Sein Blick jagte hinüber zu Jean Baptiste, der im Kreis seiner Bewunderer bei der Eingangstür stand, lauter junge Männer von finsterem Aussehen, alle hager, knochig, mit nervösen Bewegungen – wolfsartig, wie Daniel auf einmal dachte. Bei ihnen stand Gabrielle, und jetzt wandte sie den Kopf und sah zu ihm herüber, mit diesem parodistischen Grinsen – ihr ganzer Körper bewegte sich im Rhythmus der Trommeln, der Schweiß lief ihr nur so übers Gesicht, das schwarze Jackett hatte sie ausgezogen, darunter trug sie ein weites, pinkfarbenes Hemd, bis zur Hälfte aufgeknöpft. Immer wieder sah Daniel

auf ihre Brüste, die im Takt ihres Tanzes, der Trommeln, der Flöten, des humpelnden Legba auf und nieder hüpften.
Auf ihre grelle Art war Gabrielle eine gefährlich schöne Frau. Von einer wilden, aggressiven Sinnlichkeit, die ihn gleichzeitig anzog und abstieß, erregte und erschreckte. Warum nur hatte sie ihr Leben dem Loa Gèdè geweiht? Einer Gottheit der männlichen Begierde.
»Göttliche Ezilie«, rief der Hungan, »verkläre diesen Humfò mit deiner Gegenwart!«
Ein weiterer Aufschrei aus hundert Kehlen, reines Entzücken. Neben Daniels rechtem Ohr erklang ein schreckliches Gurgeln, Stöhnen und Zähneknirschen. Er fuhr herum – Elsie! Die Loa riss sie förmlich von ihrem Schemel und schleuderte sie in den magischen Kreis. Elsie fiel auf den Boden wie ein Lumpensack, blieb auf dem Rücken liegen, die Beine gespreizt, ihr wunderschöner Körper bäumte sich in krampfhaften Zuckungen, sackte wieder zurück, wurde abermals emporgerissen. Und dazu das grässliche Gurgeln aus ihrer Kehle, das Knirschen mit den Zähnen, und ihre Augen waren weit aufgerissen, aber so verdreht, dass nur das Weiße ihrer Augäpfel zu sehen war.
Die Trommler schlugen jetzt einen sanften, langsamen Rhythmus. Elsie setzte sich auf und sah um sich, als müsste sie sich besinnen, wohin sie geraten war. Dann erhob sie sich mit einer anmutigen Bewegung, strich sich das Kleid glatt, fuhr sich geziert durch die Haare. Ihr Lächeln war reine Verzückung.
»Ezilie!«, schrien die Leute ihr zu. Vor allem die Männer starrten sie mit glänzenden Augen an. »Schönste von Guinea!«, riefen sie. »Süße Blume, Aprikose der Nacht!«
Zwei Hunsis eilten zu ihr, eine brachte den Handspiegel, die zweite ein schmieriges Plastiketui. Elsie klappte es auf, nahm

Lippenstift, Lidschatten, Make-up heraus und begann sich, als ob es die größte Selbstverständlichkeit wäre, in den grellen Farben der Liebes-Loa Ezilie zu schminken. Lila Lider, blutrote Lippen, ekstatische Rosenwangen.

»Ezilie *liebt* die Männer«, sagte sie in Patois, mit enthusiastischer Betonung und heller, quietschender Stimme. Die Voodoo-Gemeinde überschüttete sie mit weiteren Beteuerungen ihrer Schönheit und ihres Liebreizes. »Alle Männer«, schrillte sie, »die Liebe, die Lust, den unendlichen Flirt!«

Sie drehte sich im Kreis, so schwungvoll, dass das goldene Kleid um ihre Beine schwang. Auch die Trommler gewannen wieder an Tempo, die Flöten mischten sich dazu, und Ezilie riss sich mit einer einzigen Bewegung den unteren Teil ihres Rocks herunter, der mit Druckknöpfen am restlichen Kleid befestigt war. Dann nahm sie Legba bei der Hand und tanzte mit ihm um den Poteau-mitan, gegen den Uhrzeigersinn, nackt bis auf ihr goldenes Top und eine goldene Schärpe um die Hüften.

»Ezilie, komm zu mir!«, riefen die Männer ihr zu. »Trost aller Junggesellen, Orchidee Haitis, zu mir!«

Schuldgefühl, Reue, vor allem aber – Neid. Wie zerfressen von den widersprüchlichsten Gefühlen saß Daniel auf seinem Schemel und sah Elsie hinterher, wie sie mit Legba um den Poteau-mitan rotierte. Metrès Ezilie. Niemals hatte die Liebes-Loa ein schöneres Menschenpferd geritten, niemals sich strahlender verkörpert.

Würde Elsie ihm verzeihen? Wenn sie aus der Besessenheit erwacht war, wenn sie sich dunkel, fetzenweise erinnerte, was in dieser Nacht geschehen war? Die Seele, das kleine Ich, von der göttlichen Kraft aus dem Sattel geschleudert, bekam doch meistens wie in traumhafter Benommenheit mit, was beim

Dansé-loas mit ihrem Körper geschah. Wie würde Elsie reagieren, wenn ihr nach und nach wieder einfiel, was in dieser Nacht passiert war – wie sie mit Ezilies schriller Stimme, aufgemacht wie ein billiges Flittchen und doch mit einer Aura göttlicher, strahlender Unschuld, um die magische Säule getanzt war, Hand in Hand mit dem von Legba besessenen Jungen, dessen Arme und Beine grotesk verkrümmt waren, sein Gesicht greisenhaft zerfurcht, das Glied unter den Sportlershorts aufgerichtet wie ein Speer. Wie sie die rufenden, sich nach Ezilie verzehrenden Männer erhört hatte, denn auch das würde in dieser Nacht unweigerlich geschehen. Wenn Ezilie sich bei einer Zeremonie zeigte, verschmähte sie keinen Mann, der nach ihrer Liebe schmachtete, nicht den hinfälligsten Greis, nicht den hässlichsten Burschen, den unscheinbarsten Kerl.

Aber sein Gewissen machte Daniel nicht allzu sehr zu schaffen. Elsie konnte beim Dansé-loas nichts passieren, was sie nicht in ihrem Innersten wünschte. Außerdem sorgten der Hungan und seine Hunsis dafür, dass in ihrem Tempel nichts wirklich Handgreifliches passierte – außer in den Nebenräumen des Humfò, den Kay-mystè. In jedem Humfò gab es solche Gemächer für die wichtigsten Loas, wohin Legba, Gèdè oder Ezilie sich während der Zeremonien zurückziehen konnten, und da konnte es allerdings geschehen, dass Ezilie plötzlich mit einem Verehrer in ihrem Kay-mystè verschwand. Aber so weit würde es in dieser Nacht nicht kommen, dachte Daniel, dafür würde er notfalls schon sorgen.

Sehr viel quälender, auch beschämender als seine Gewissensbisse war der Neid, der an ihm nagte. Neid auf Elsie, die sich scheinbar ohne größere Widerstände von der Liebes-Loa hatte ergreifen lassen. Neid auf die ganze bunte Schar, die mittlerweile schreiend und zuckend, im Rhythmus der Trommeln um den Poteau-mitan tanzte. Während er, der sich seit so vielen Jahren bereit und berufen gefühlt hatte, am Rand hocken blieb, verkrampft in Angst, Unbehagen und innerer Gegenwehr. Eine Skulptur, bei der die innere Explosion auszubleiben schien. Eine Steinfigur, zu immerwährender Starre verdammt.

Einer nach dem anderen wurde von einer Gottheit ergriffen, von Schlangengott Damballah, von Legba oder Ezilie. Neben dem Altar hatten die Hunsis eine riesige Blechwanne aufgestellt, mit Wasser gefüllt. Ein von Damballah besessener Mann war von dem mächtigen Loa zu Boden geworfen worden, hatte sich sämtliche Kleidungsstücke vom Leib gerissen und kroch nackt, mit zuckendem, sich windendem Körper auf die Wanne zu, denn Damballah hielt sich immer in Gewässern auf.

Vor allem aber war es die Nacht der Ezilie. Immer mehr Mädchen und Frauen wurden von Ezilie ergriffen, von der Liebes-Loa in ihren verschiedenen Erscheinungsformen – Ezilie die Erbarmende, Ezilie die Unschuldige, Ezilie die Verständnisvolle. Die Macht der Göttin riss sie von ihren Bänken oder Matten empor, schleuderte sie zu Boden, wo sie sich sekunden- oder minutenlang in Zuckungen und Krämpfen wanden. Im nächsten Moment erhoben sie sich, mit dem strahlenden Lächeln Ezilies, und Hunsis eilten herbei und halfen ihnen, sich mit Ezilies typischen Requisiten auszustaffieren – dem kurzen Röckchen, einer gewagten Bluse, grellem Make-up.

Die Trommeln wurden immer lauter, ihr Rhythmus noch drängender, fiebriger. Die Hunsis tanzten um den Poteau-mitan, gegen den Uhrzeigersinn, nahezu nackt. Männer und Frauen, der Hungan, das blutbeschmierte Hochzeitspaar: Kaum jemand saß mehr am Boden oder auf einem der Schemel, der ganze Humfò

tanzte, zuckte, wand sich, von Ekstase geschüttelt, im Takt der Trommeln und Flöten, in heiliger Trance. Daniel schaute nach links und rechts, im Gedränge der Besessenen war Elsie nicht mehr zu sehen. Er wollte aufstehen, nach ihr suchen, er hatte sich geschworen, dass er sie im Auge behalten würde. Aber im selben Moment stürzte direkt vor ihm ein schwarzes Mädchen zu Boden, lag auf dem Rücken vor seinen Füßen, zuckend und stöhnend wie in den wildesten Strudeln der Lust.
Er starrte sie an, und sein Herz fing an wie rasend zu schlagen. Mit hochgerutschtem Kleid lag sie da, die Brüste halb entblößt, die Augen verdreht. Sie war noch ganz jung, vielleicht achtzehn, neunzehn, das schönste schwarze Mädchen, das er jemals gesehen hatte. Jedenfalls kam es ihm so vor – ihre vollen, ein wenig aufgeworfenen Lippen, die zierliche Nase, das zu tausend kleinen Zöpfen geflochtene Kraushaar. Ihre Beine bewegten sich in der Luft hin und her, als ob sie die Hüften ihres Geliebten umschlingen würden. Daniel vergaß zu atmen. In seinen Ohren dröhnte es, so wild rauschte sein Blut.
»Ezilie-la-Vierge!« Die Leute schrien ihr Willkommensgrüße zu, beteuerten ihr Entzücken, ihre Verehrung.
»Unschuldige Ezilie – schenk mir deine Liebe.«
»Reinste der Schönen, komm zu mir!«
Mit einem mädchenhaften Lächeln setzte sich Ezilie die Unschuldige aufrecht hin. Zwei Hunsis eilten herbei, halfen ihr aufzustehen und das Kleid über den Kopf zu streifen. Mehrere Augenblicke lang stand sie vollkommen nackt vor Daniel – ihr schlanker Mädchenkörper, die vollen Brüste, der flache Bauch, die rosige, flaumig behaarte Scham. Dann versperrte der Rücken einer Hunsi ihm den Blick, und als er Ezilie-la-Vierge wieder zu sehen bekam, war sie mit den üblichen Requisiten der Liebes-Loa ausstaffiert – kurzer Rock, halb offene Bluse,

halsbrecherische Stilettos. Auch ihr Gesicht hatten die Hunsis grell geschminkt, mit pinkfarbenem Lidschatten und erdbeerrotem Lippenstift.
Daniel starrte sie an. Unter seiner Jacke, die er immer noch zusammengerollt auf seinem Schoß festhielt, unter dem Wongo, dessen Kühle er durch den Stoff hindurch spürte, hatte er eine gewaltige Erektion. Was hatte Gabrielle ihm über Liebeszauber ins Ohr geraunt? Er schob den Gedanken gleich wieder zur Seite. Und dann dachte und schrie er sowieso nur noch eines: »Unschuldige Ezilie, komm zu mir, lass dich umarmen! Ezilie-la-Vierge!«
Sie schenkte ihm ein magisches Lächeln, und Daniel wollte schon seine Arme ausbreiten, damit sie sich an ihn schmiegen könnte – da stöckelte sie an ihm vorbei, auf einen Mann mittleren Alters zu, der ein paar Schritte weiter auf einer Bank saß. Die Trommeln dröhnten, die Flöten stöhnten. Ezilie-la-Vierge glitt auf den Schoß des Mannes, schmiegte sich an ihn, küsste ihn ganz zart. »Wie schön du bist. So stark. Ah, deine kräftigen Arme. Wo bist du noch stark? Komm, zeig es Ezilie!«
Der Beglückte ließ sich ihre Zärtlichkeit gern gefallen. Daniel starrte sie an, wünschte sich mehr als alles auf der Welt, dass sie zu ihm kommen, ihn umarmen, küssen würde.
Endlich löste sie sich aus der Umarmung des Mannes, erhob sich und sah lächelnd um sich. »Zu mir, unschuldige Ezilie!«, rief es wieder von allen Seiten. »In meine Arme, Göttin!« Und dann stöhnten alle neuerlich auf, als Ezilie die Unschuldige sich einem unscheinbaren Männlein zuwandte, sich vor ihm hinkniete und ihre Hände auf seine Beine legte.
Wann würde sie endlich zu ihm kommen? Daniel durchbohrte sie mit seinen Blicken, beschwor sie in Gedanken – komm schon, Ezilie, komm zu mir. Ich muss dich in meinen Armen

halten, na komm schon, komm zu mir! Alles, alles schien in diesen magischen Momenten aus seinem Kopf gelöscht, alles außer Ezilie. Elsie und das schwarze Mädchen waren ein und dieselbe Person geworden, zwei Erscheinungsformen derselben Göttin, so wie er selbst und der dunkle Bursche aus dem Wald insgeheim zusammengehörten. Zwei Seiten derselben Kraft. Ezilie die Unschuldige tanzte an ihm vorüber, glitt in die Arme eines Mannes zu seiner Linken, erhob sich wieder, tanzte abermals an ihm vorbei. Sie schien mit ihm zu spielen, ihn zu verspotten, und er seufzte und stöhnte wie die anderen Männer, die nicht von ihr erhört worden waren. Gierig folgte er ihr mit seinen Blicken, wie sie um den Poteau-mitan tanzte, mit einem jungen Mann in überweiter schwarzer Hose – nein, nicht Gabrielle. Die beiden machten einen Schritt zur Seite, und da sah er Elsie.

Elsie in Jean Baptistes Armen. Ihr Minirock hochgerutscht, und seine Hände lagen auf ihren Hüften. Sie umklammerte seinen Nacken, hing an ihm wie halb ertrunken, beide glänzten vor Schweiß. Jean Baptiste hatte seine blutrote Jacke ausgezogen, das Hemd war bis zum Nabel aufgeknöpft, eine fette Goldkette schlenkerte vor seiner klapperdürren Brust.

»Elsie!« Daniel schrie zu ihr hinüber, aber in dem Donnern der Trommeln, dem Geschrei der Besessenen und Entfesselten konnte sie ihn unmöglich hören. Und im nächsten Moment schob sich das schwarze Mädchen wieder vor Elsie, er sah nur noch sie, wie sie auf ihn zugetänzelt kam, vor ihm stehen blieb. Ezilie die Unschuldige.

Sie beugte sich zu ihm herunter, heiß strich ihr Atem über sein Ohr. »Die Loa hat dich erwählt – für ihr Kay-mystè.«

12

Er öffnete die Augen und machte sie gleich wieder zu. Mörderische Helligkeit. Sein Kopf fühlte sich an, als ob jemand stundenlang drauf herumgetrampelt wäre. Hey, wo bin ich überhaupt? Am Strand? Kann ja eigentlich gar nicht sein. Jedenfalls keine Ahnung, wie er hierher geraten war. Und doch war es so. Er hörte die Wellen und spürte kratzigen Sand unter Rücken und Beinen.

Vorsichtig hob er noch mal ein Lid. Sah nach links, schielte nach rechts. Der Strand vom *Paraíso*, na klar. Aber niemand war da, und gerade erst ging draußen über dem Wasser die Sonne auf. Oder unter? Nee, Blödsinn, dann wär's hier ja nicht so menschenleer. Also war es jetzt gerade mal sechs Uhr früh? Vor Schreck setzte er sich auf. Schmerzexplosion unter der Schädeldecke. Flutwelle an Übelkeit, die aus seinem Magen hochgeschossen kam. Stöhnend ließ er sich zurückfallen und machte die Augen wieder zu. Kann ja alles überhaupt nicht sein.

Wo zum Teufel war er letzte Nacht gewesen? Und wo um alles in der Welt war Elsie?

Erinnerungsfetzen. Das Boot, das Dorf, der Humfò. Ezilie-la-Vierge. Wie sie seine Hand nimmt, ihn mit sich zieht, quer durch das ekstatische Gedränge im Innenhof. Wie die Schuppentür scharrend und knarrend hinter ihnen zugeht. Die Trommeln, die Schreie so laut wie zuvor. Die Hitze in ihrem Kay-mystè, die schwüle Schwärze, eine Nacht aus dunklem Fleisch. Ihre Hand hält ihn gepackt, zieht ihn tiefer in die Dunkelheit. Dann das Quietschen und Ächzen eines alten Eisenbettes. Er sinkt in die grotesk weichen Kissen, Decken, Matratzen ein. Die Trommeln, die Flöten, und plötzlich Kerzenlicht: Ezilie-la-Vierge, von allen Seiten angestrahlt. Schwarze Unschuld, ihr göttlicher Körper, nackt. Er starrt sie an. Wie sie neben ihm auf dem Bett kniet. Ihm das Hemd abstreift, die Hose, alles. Sie schwingt sich auf ihn, rittlings, die kakaobraune Göttin, wahrhaftig wie der Reiter auf sein Pferd. Da erst merkt er, dass sie leise singt, unablässig singt, Fetzen schräger Liebeslieder in Patois. »Du wirst mich nie vergessen, auch wenn du längst eine andere hast.« Sie fängt an, sich auf ihm zu bewegen. Er spürt ihre Muskeln, wie sie sich zusammenziehen und lockern, im gleichen Rhythmus, in dem sie ihren Gassenhauer singt. »Auch wenn du dein Mädchen küsst, du wirst immer mich in deinen Armen halten.« Sie beugt sich vor und beginnt ihn gierig zu küssen. »Ezilie-la-Vierge!« Er will ihren Namen rufen, den Namen der Göttin, die von ihr Besitz ergriffen hat, und damit auch von ihm. Aber er kann nicht sprechen, ihre Zunge wühlt in seinem Mund. Seltsamer Geschmack, süß wie Mangos, bitter wie Verrat.

Geträumt? Oder wirklich passiert? Er war mit einem Schlag total benebelt gewesen, von einer Sekunde zur anderen, einfach durch den Zauber ihres Kusses, ihrer Zunge, die wild in seinem Mund herumfuhr. Ein Betäubungsgift? Vielleicht, auch so was gab es natürlich im Voodoo. Kussmagie. Aber durch alle Nebelschleier, durch Benommenheit und dröhnenden Kopfschmerz hindurch spürte er trotzdem, dass es wirklich passiert war. Spürte sie auf sich, ihren federnden Körper, ihre Zähne, Zunge, Finger, ihre kugelrunden kleinen Brüste in seinen Händen.

Dann erst fiel ihm Elsie ein. Elsie und Jean Baptiste. Wie sie mit ihm tanzte beim Dansé-loas. Verdammt, Elsie, was haben

wir letzte Nacht nur für einen Mist gemacht? Elsie in ihrem goldenen Nichts, wie sie an Jean Baptistes Hals hing. Elsie, die von Metrès Ezilie besessen war, mit schriller Stimme redete wie Ezilie.
Stöhnend machte Daniel die Augen wieder auf, setzte sich so vorsichtig wie möglich aufrecht hin. Zwei Schritte rechts von ihm war der feuerrot blühende Busch, dahinter der Zaun. Das hieß doch wohl, dass man sie irgendwann in der Nacht auf dem gleichen Weg zurückgeschafft hatte, auf dem sie gekommen waren? Zum Steg geschleppt, ins Boot verfrachtet und hier auf den Strand geworfen wie Treibgut? Mann o Mann, Elsie. Ein Abenteuer, hatte er gestern noch gedacht, eine Voodoo-Hochzeit als krönender Abschluss seines bisherigen Lebens, und dann zurück nach Deutschland, Elsie heiraten, bürgerliches Leben führen. Aber verflucht noch mal, da war ja letzte Nacht wohl doch einiges aus dem Ruder gelaufen.
Er blinzelte ins Morgenlicht. Bestimmt ist Elsie schon reingegangen, dachte er, irgendwann aufgewacht und in den Bungalow geschlichen. Sie hätte ruhig mal versuchen können, mich wach zu kriegen. Na ja, das hatte sie vielleicht sogar versucht. Sein Kopf tat mörderisch weh. Totaler Filmriss, das war ihm seit vielen Jahren nicht passiert. Schon gar nicht, wenn er überhaupt nichts gekifft oder getrunken hatte, außer dem Speichel von der bittersüßen Zunge Ezilies.
Er schaute an sich herunter und konnte kaum glauben, was er zu sehen bekam. Sie hatten ihm eine Lumpenshorts übergestreift, sonst gar nichts. Sein Armani-Anzug, die Schuhe, das weiße Hemd – anscheinend alles im Humfò zurückgeblieben, in Ezilies zerwühltem Bett. Das Ding, das sie ihm stattdessen angezogen hatten, sah unglaublich ekelhaft aus. Giftig grüner Synthetikstoff, mit braunem, rotem, gelbem Zeug ver-

schmiert, von dem er lieber gar nicht wissen wollte, was es war. Außerdem viel zu klein, lächerlich eng, so dass ihn das verdammte Ding überall kniff.

Also los, Danny, rappel dich auf. Höchste Zeit, dass du dich in euren Bungalow schleppst, bevor hier der halbe Club auf den Beinen ist. Paula vorneweg, die ihn mit ihrem trübseligen Grinsen begrüßen würde: »Na, Danny, heute im Voodoo-Outfit?«

Nee, Paula, so sieht der Lover von Ezilie-la-Vierge aus, verflucht noch mal. Ächzend stemmte er sich hoch und machte ein paar Schritte in Richtung Club. Das ging noch viel schlechter, als er befürchtet hatte. Sein Kopf dröhnte, als hätten sie ihm alle drei Trommeln unter der Schädeldecke implantiert. In seinem Bauch wühlte die Übelkeit, und obwohl er sich überhaupt nicht betrunken fühlte, höchstens vergiftet und verkatert, stolperte er andauernd über seine eigenen Füße.

»Verdammt, Elsie, mach endlich auf!« Auch seine Stimme gehorchte ihm nicht so richtig. Er versuchte gedämpft zu rufen, aber das Ergebnis war ein heiseres Brüllen. In den Bungalows rings herum begann es zu rumoren. Jemand schrie: »Ruhe da draußen!« Verflucht, dachte Daniel, wach endlich auf, Elsie, du musst da im Bett liegen!

Der Weg vom Strand bis zum Bungalow hatte ihm das Allerletzte abverlangt. Mehrmals hatte er sich hingekauert, wie er es gestern bei den Voodoo-Leuten gesehen hatte: auf die Unterschenkel gehockt, die Fäuste links und rechts auf den Boden gestemmt, einmal direkt neben einem riesigen Spinnennetz, das in der Morgensonne unwirklich glitzerte. Gegen Brechreiz angekämpft, nicht immer mit Erfolg. Ein Trupp Clubbediensteter mit Putzeimern, Besen, die ihm entgeistert hinterherglotzten, aber ansonsten war alles glatt gegangen. Jedenfalls bis hierher, zu ihrer Bungalowtür. An die er seit mindestens fünf Minuten hämmerte, erst mit dem Fingerknöchel, dann mit der Faust, jetzt mit beiden Fäusten. »Elsie, mach auf, verdammt!«

»Sie ist nicht da drinnen.«

Er hatte Mühe, diese Informationen zu verarbeiten. Aber er brauchte sich nicht umzudrehen, um die Stimme zuzuordnen. Paula.

»Ich verstehe gar nichts mehr.« Daniel ließ sich auf die Steinstufe vor der Bungalowtür fallen. »Mein Kopf, verdammt.« Er rieb sich vorsichtig über Augen und Schläfen. Sowie er die Augen zumachte, hatte er den Eindruck, in ein Erdloch zu fallen, totale Schwärze, bodenlos.

»Um nur den Kopf zu erwähnen.« Ihre Stimme klang mitfühlend. Daniel schämte sich vor sich selbst, aber wozu es leugnen – in seinem Elend war er beinahe dankbar, dass zumindest Paula sich um ihn kümmerte. Beinahe. »Was hast du da überhaupt an, Danny – ist das dein Voodoo-Outfit?«

Beinahe hätte er aufgelacht. Wieder nur beinahe. Magie, dachte er. Entweder ich kann voraussehen, was sie als Nächstes sagen wird, oder ich habe ihr diese Worte suggeriert. Jedenfalls Magie. »Nee«, nuschelte er, »die Kluft von Ezilies Lover.«

»Okay, längst verstanden. Elsies Lover gestern, heute, in alle Ewigkeit. Auch wenn die schöne Elsie mit sonst wem rummacht, der liebe Danny bleibt ihr treu.«

Auch über diese Tirade musste er erst ein paar Augenblicke lang nachdenken. Gar nicht so einfach bei dem Trommellärm in seinem Kopf. »Hast du Elsies Lover gesagt?«

»Hätte ich Paulas Lover sagen sollen?« Daniel sah zu ihr empor, erstaunt über ihre Antwort, die er ihr garantiert nicht suggeriert hatte, und mehr noch über ihren Tonfall, der wirkliches Leiden verriet. Sie stand im weißen Frotteemorgenmantel vor ihm, die Arme unter der Brust verschränkt, die kurzen Haare sorgfältig gekämmt. Der Morgenmantel, unter dem Gürtel ein wenig klaffend, ließ erahnen, was Paula darunter trug: ihren sportlichen Körper, sonst nichts.

»Entschuldige, Paula, mir geht's wirklich nicht gut im Moment. Und ich mache mir Sorgen um Elsie. Könntest du mir einen Gefallen tun?«

Er hatte noch nicht fertig gesprochen, da saß sie neben ihm auf der Stufe und hatte einen Arm um seine Schultern gelegt. »Jeden, Danny, das weißt du ganz genau.«

»Dann geh zur Rezeption und lass dir den Reserveschlüssel für unseren Bungalow geben.«

»Bin in zwei Minuten wieder da. Und du rührst dich nicht vom Fleck, okay?«

»Bestimmt nicht. Höchstens wenn ich umkippe.«

Eine Minute später war Paula zurück, in einer Hand den Schlüssel, mit der anderen fing sie Daniel auf, der tatsächlich dabei war, seitlich wegzukippen. Völlig fertig, dachte er, während Paula die Tür aufschloss. Was war das nur für ein verdammtes Zeug, das sie ihm im Kay-mystè verabreicht hatte? Sie, Ezilie-la-Vierge, mit ihrer unschuldigen rosafarbenen Zunge.

»Elsie?« Paula hatte die Tür geöffnet und knipste das Licht an. »Niemand zu Hause, Danny. Wie ich's dir ja schon gesagt hab.« Sie schob ihm einen Arm unter die Achsel und hievte ihn hoch, erstaunlich kräftig und gleichzeitig so behutsam, als ob sie Angst hätte, ihn zu zerbrechen.

»Zum Bett«, murmelte Daniel, »mir ist so … du glaubst gar nicht, wie mir …«

»Doch, glaub ich dir. Du musst dich nur mal im Spiegel an-

sehen, dann glaubst du's auch selbst. Außerdem würde ich an deiner Stelle erst mal unter die Dusche gehen.«
»Aber ich muss mich hinlegen, sonst fall ich wirklich um.«
Von Paula gestützt, torkelte er auf das Bett zu. Es war tatsächlich vollkommen unberührt, nicht die kleinste Delle in der Decke. Er wollte sich schon drauf fallen lassen, da wurde ihm klar, dass er immer noch diese widerliche Lumpenhose trug. Er zerrte sich das Ding runter, fiel gleichzeitig aufs Bett, blieb einfach auf dem Bauch liegen, wie und wo er lag. »Weck mich in zwei Stunden«, murmelte er, »ich glaub, ich weiß, wo Elsie ist, aber ich muss erst mal …«
Was er erst mal musste, blieb ungesagt, weil Daniel in diesem Augenblick das Bewusstsein verlor. Vage bekam er noch mit, dass Paula sich neben ihm auf den Bettrand setzte, dann erst mal gar nichts mehr.

Später, als er endlich wieder zu sich gekommen war, erzählte ihm Paula, wie sie mindestens einmal pro Stunde versucht hatte, ihn aus dem Schlaf zu rütteln. Weil sie sich Sorgen um ihn machte und weil er ja gesagt hatte, er wollte gleich wieder aufstehen, um Elsie zu holen. Wo auch immer sie sein mochte.
Aber Daniel hatte auf ihre Weckversuche überhaupt nicht reagiert, günstigstenfalls. Er hatte bis acht Uhr am Abend geschlafen, vierzehn Stunden lang. »Wie ein Stein, wie ein Toter, wie eine leblose Puppe hast du dagelegen, Danny – wirklich unheimlich!« Einige Weckversuche waren weniger günstig verlaufen – da war er zwar halbwegs zu sich gekommen, aber als ein ganz anderer, ein schrecklich verwandelter Danny. Die Lider nur einen winzigen Spalt offen, die Augen darunter weiße Bälle, von blutroten Adern durchzogen. Er hatte grässliche Laute ausgestoßen, halb Brüllen, halb Stöh-

nen, und so wild um sich geschlagen, dass die Lampe auf dem Nachttisch zu Bruch gegangen war. Danny der Berserker.

Er selbst, sein funzliges Bewusstsein, hatte von alledem nichts mitbekommen. Im Traum war Daniel wieder bei dem Jungen aus dem Wald, dem dunklen Höhlenbewohner, den er ja nicht lange nach ihrer ersten Begegnung noch einmal getroffen hatte. Damals lief er oft auch nachts durch den Wald. Weil er nicht schlafen konnte und weil nächtlicher Waldlauf sowieso viel besser als Schlafen war. Träumen und Traben zugleich. Nachts sprach der Wald viel klarer zu ihm, mit Hunderten heller Stimmen. Die Bäume sangen, der Wind schrie. Vögel murmelten im Schlaf. Die Gräser unter seinen Füßen wisperten. Er lief mit nackten Füßen, auch das hatte er sich damals angewöhnt. Weg mit den Schuhen, die wie eine Mauer waren zwischen ihm und dem Wald.

Von ihrem Haus bis zum Waldrand waren es nicht mehr als ein paar hundert Meter. Ihre Straße runter, dann rechts in ein Seitensträßchen, das praktisch schon ein Waldweg war, mit riesigen Gründerzeitvillen in verwucherten Parks. Danny trabte die Straße entlang, nicht ganz wach, nicht ganz im Traum, so wie er es am liebsten mochte. Wachtrance. Gehirn und Körper im gleichen Rhythmus schwingend, langsam, gleichmäßig, ganz entspannt und trotzdem aufmerksam, mit geschärften Sinnen, die den schwächsten Geruch, den leisesten Laut, die blassesten Schatten in der Nacht registrierten.

So dass ihm natürlich auch der brandige Geruch nicht entging, der aus einem der Parks mit den alten Villen kam, zuerst nur eine ganz schwache Beimischung von Ruß, von erhitztem Stein, von schmorenden Balken. Dazu leises Fauchen, das sein Herz sofort schneller schlagen ließ – Fauchen von einem Tier, dachte er, einer riesigen Raubkatze, und das war Unsinn – eine Raubkatze im Spessart –, aber es war gleichzeitig wahr. Fauchen von einer Riesenkatze mit lohend roter Mähne, orangerotem Riesenkörper, der unablässig seine Gestalt wechselte, mit tausend gelben Beinen und roten Pfoten nach der alten Villa da hinten zwischen den Bäumen griff. Feuer, ein gigantischer Flammenlöwe, dessen Haupt hoch in den Nachthimmel ragte.

Daniel war über die Mauer geklettert, fast ohne es zu bemerken, trabte schon auf bemoosten Parkwegen auf das riesige Flammentier zu. Immer deutlicher hörte er jetzt das Fauchen des Feuers, und der Brandgeruch nahm ihm fast den Atem. Die tanzenden Flammen, das Knistern und Prasseln, der Wirbel von Asche und Funken, der Gestank nach heißem Stein, nach brennendem Holz, das dumpfe Knallen und kreischende Klirren, mit dem die Fenster eins ums andere zersprangen. Unter einer Tanne blieb er stehen und sah zu dem wütenden Flammentier hinüber.

Das Malmen und Bersten, als in der Villa anscheinend eine Decke einstürzte, der irre Triumph, als die Feuermähne ganz da oben aus dem Dachstuhl loderte. Und die Schreie, die Schreie. Gesichter in den Fensterlöchern, umrahmt von den gezackten Überresten geborstener Scheiben. Wie groß ihre Augen, glasig, die Münder weit aufgerissen. Falls sie etwas schrien, war nichts zu hören – gar nichts mehr außer dem Fauchen des Flammentiers. Und dem irren Malmen, mit dem es seine Beute verschlang.

Auch Daniels Augen nahmen nichts anderes mehr wahr, nur noch den Tanz der Feuerzungen, die umherfliegenden Funken, die aus dem Dachstuhl niederstürzenden Balken, den schmächtigen Mann, der aus dem zweiten Stock sprang, in einen Haufen brennender Balken, den kleinen, wieselflinken Schatten, der da hinten zwischen den Bäumen verschwand.

Einen Holzknüppel in der einen Hand, eine Art Kanister in der anderen. Gebückte Haltung, rudernde Bewegungen. Daniel nahm ihn in den Augenwinkeln wahr und wusste im selben Moment, wer das da drüben sein musste – der dunkle Bursche aus der Höhle.

Wieder lief er hinter ihm her, wieder ohne eine Sekunde zu zögern und sich zu überlegen, was er da eigentlich machte und warum. Nur ein paar Schritte tiefer in den Park hinein, und da sah er ihn lauern. Den Glanz seiner Augen, das Schimmern seiner Zähne hinter dem Eichbaum.

»Hey, komm da raus.« Der andere rührte sich nicht vom Fleck. »Ich weiß genau, wo du dich versteckst.«

Daniel redete so leise, dass beim Prasseln des Feuers, dem Jaulen der Feuerwehr- und Polizeisirenen, dem dumpfen Dröhnen, mit dem nach und nach der ganze Dachstuhl da hinter ihm zusammenkrachte, eigentlich gar nichts zu verstehen war. Und trotzdem hörte er jetzt, wie der andere zischend Atem holte. Dann das Trommeln seiner nackten Füße auf der Wiese, als er davonrannte, ein humpelnder Schatten, der zwischen Büschen und Bäumen auf die Parkmauer zuhielt.

Daniel wollte ihm hinterher, er stürzte um den Eichbaum herum und knallte mit dem Fuß gegen ein Blechding, das ein Dröhnen und Scheppern von sich gab wie ein riesiger Gong. Es tat höllisch weh, und eine Männerstimme schrie: »Da hinten ist wer! Geht mal da rüber und schaut nach!« Daniel biss die Zähne zusammen, ballte die Fäuste, sein Fuß brannte, als ob er in die Flammen geraten wäre, aber er musste trotzdem weiter, dem dunklen Burschen hinterher. Wenn die Feuerwehrleute ihn schnappten, wie er neben dem Kanister hockte und sich den geschwollenen Fuß massierte, würden alle glauben, dass er das Feuer gelegt hätte.

Zumal er genauso wie der Höhlenkerl humpelte, als er auf dessen Spur über die Wiese hetzte, zwei Feuerwehrmänner im Nacken, deren Suchschweinwerfer eine schwankende Lichtschneise in die Nacht fräste. Der Schmerz pumpte ihm jedes Mal Tränen aus den Augen, wenn er mit dem verletzten Fuß auf dem Boden aufkam, aber er rannte trotzdem schneller als jemals vorher in seinem Leben. Gehetzt von seiner eigenen Angst, mehr noch von seinem Zorn. Daniel flog an der Parkmauer hoch, wie eine Katze, wie die gigantische Raubkatze, der Flammenlöwe, den er im Rennen unablässig vor sich sah. Er musste mit dem Höhlenburschen reden, sich irgendwie mit ihm verständigen, das spürte er jetzt deutlicher als jemals vorher.
Die Feuerwehrleute hatte er fast schon vergessen, als er auf der anderen Mauerseite runterkam. Bis die Männer ihre plumpen Körper über die Wand gewuchtet hätten, war er längst über alle Berge. Und hier draußen im Wald könnte ihn sowieso niemand finden, wenn er nicht wollte, dass man ihn aufspürte. Niemand – außer dem dunklen Kerl. Wie er das Flammentier entfesselt hatte, über den Himmel tanzen, mit tausend Feuerpfoten nach der Villa greifen ließ!
Schade nur, dachte Daniel, dass er seine Kamera ausgerechnet in dieser Nacht nicht dabeihatte. Für die Höhle war es heute zu spät. Aber bei nächster Gelegenheit würde er noch einmal dorthin zurückkehren, beschloss er, um mit dem dunklen Burschen zu reden. Falls der überhaupt sprechen konnte, aber wenn nicht, würden sie einen anderen Weg finden. Zeichensprache, in den Dreck gestrichelte Bilder. Oder Telepathie. Ja, auch das schien ihm möglich, während er langsam, um seinen Fuß zu schonen, nach Hause zurückhumpelte, in die elterliche Villa, wo er sich nie zu Hause gefühlt hatte. Das Museum der lebenden Statuen. Nach dieser Nacht, in der er den Tanz des

Flammentiers gesehen hatte, spürte er noch sehr viel deutlicher, dass er auf die andere Seite gehörte. In die Welt der Nacht, der Wildnis, des feuerroten, alles zersprengenden, alles verschlingenden Traums.

»Nee, Danny, tut mir Leid. Elsie ist immer noch nicht zurück.« Paula lächelte ihn trübselig an. Sie hatte sich einen Sessel neben seine Bettseite gerückt, und irgendwie machte sie den Eindruck, als ob sie in ihrem weißen Frotteemantel den ganzen Tag hier bei ihm gewacht hätte. Wie bei einem Kranken – so wie damals Daniels Mutter neben seinem Bett gesessen hatte, als er plötzlich Fieber bekommen hatte, wahnsinnige Kopfschmerzen, alles noch in der Nacht, in der das Flammentier über den Himmel getanzt war.

Elsie noch nicht zurück. Nur langsam drangen Paulas Worte zu ihm durch. Er fühlte sich immer noch benommen, sein Kopf tat höllisch weh, und im Mund hatte er einen Geschmack, als ob er Spinnweben gekaut hätte. »Ich muss irgendwas machen.« Auch seine Zunge gehorchte ihm noch nicht so richtig. Beim Sprechen stieß sie andauernd an die falschen Stellen im Mund. »Zur Polizei gehen oder so was. Ich habe ein verdammt blödes Gefühl«, nuschelte er. »So lange würde Elsie niemals wegbleiben, wenn nicht irgendwas passiert wäre. Von gestern Nacht bis jetzt, das sind …« Er versuchte die Stunden von Mitternacht bis jetzt zusammenzuzählen. »Zwölf, achtzehn …« Sein Gehirn schien neuerdings aus Staubknäueln zu sein. »Also jedenfalls …«

»Vorgestern Nacht«, sagte Paula. Sie hatte ihn anscheinend mit dem Laken zugedeckt, während er wie ein Toter geschlafen hatte. Ihm das Kissen aufgeschüttelt, sogar ein Glas Wasser neben sein Bett gestellt, alles wie seine Mutter es damals auch

für ihn gemacht hatte. Fürsorglich, aber so, dass er sich gleichzeitig überwacht fühlte. »Hörst du nicht, Danny – heute ist Samstag. Das Romantik-Dinner war vorgestern Abend. Und danach wurdet du und Elsie nicht mehr gesehen, bis du heute früh wie eine wandelnde Leiche hier aufgetaucht bist.«
»Zwei Tage? Das kann nicht sein, Paula.« Sie hob nur eine falbe Augenbraue, so als ob es die Mühe nicht wert wäre, ihm zu widersprechen. Und klang sie nicht plötzlich auch eine Spur feindselig? Oder zumindest beleidigt, als hätte er sie mit irgendwas enttäuscht. Alles ganz genauso wie damals bei seiner Mutter, die neben seinem Bett gewacht und ihn von der Seite mit dieser Schmerzensmiene angesehen hatte, wie einen Übeltäter, der nur im Moment noch geschont werden musste. »Könntest du bitte mal das Licht runterdrehen, Paula? Das ist viel zu hell für mich.«
»Gleich, Danny. Aber schau dir erst mal das hier an.« Sie nahm irgendwas von seinem Nachttisch und warf es auf das Laken über seinen Beinen. Widerwillig schielte er hin – anscheinend ein Foto, grelle Farben, überbelichtet und verwackelt. »Du bist heute früh hier reingetorkelt, hast dir diese eklige Hose noch runtergenestelt und bist gleich eingeschlafen. Aus dem Lumpending ist das da rausgefallen.« Ihr Blick klebte auf dem Foto, das er aus irgendeinem Grund am liebsten von sich runtergefegt hätte.
Er musste sich zwingen, seinen Blick auf das Bild zu senken. Das alles ist völlig verrückt, dachte er. Genauso hatte seine Mutter ihm damals die Lokalzeitung aufs Bett geschmissen, mit dem Schwarzweißfoto, das den fliehenden Burschen im Park zeigte, im Hintergrund die großartig brennende Villa. Widerwillig nahm er das Foto in die Hand. »Was soll das darstellen?« Er kniff die Augen zusammen. »Aber das ist gestellt!«, rief er aus.

»Das ist …« Kunst, hätte er fast gesagt, aber das war es ganz sicher nicht. »Es ist ein verdammtes Fake-Bild, Paula.«
Sie lächelte nur trübselig auf das Foto runter. Es zeigte ihn im Kay-mystè, wohin Ezilie-la-Vierge ihn abgeschleppt hatte. Er kniete auf dem grotesken Eisenbett, inmitten bunter Kissen und Laken, und er war vollkommen nackt. Trotz der schummrigen Beleuchtung und der kläglichen Qualität des Fotos war seine Erektion deutlich zu sehen, genauso wie seine glasigen Augen, das verrutschte Grinsen und das kleine Mädchen, das vor ihm auf allen vieren kauerte. Ihr Gesicht zu ihm zurückgedreht, das winzige, kakaofarbene Gesichtchen, das in einem Ausdruck schrecklicher Angst erstarrt war. Ihre Augen glänzten nass, ihr Mund war weit geöffnet, als ob sie ihn anflehen würde, nicht zu tun, was er aber ganz offensichtlich im nächsten Moment tun würde. Seine Hände lagen auf ihren mageren Hüften, und allem Anschein nach war er kurz davor, in sie einzudringen. In den Körper eines weinenden schwarzen Kindes, das höchstens zehn Jahre alt sein konnte, vielleicht noch weniger.
Der Schock war stärker als seine Benommenheit. »Das hier ist nicht passiert!« Er horchte in sich hinein. Und wenn doch? Wenn sie ihm irgendwas verabreicht hatten, das sämtliche Sicherungen durchknallen ließ? Wütend zerknüllte er das Bild in der Faust, glättete es wieder zwischen den Händen und sah es aufs Neue an. »Sag nicht, dass du mir so was zutrauen würdest, Paula.« Sie sah aus, als ob sie gleich losheulen würde. Als sie den Kopf schüttelte, schien es weniger ein Nein als eine Gebärde der Verzweiflung zu sein. »Da ist gestern … vorgestern schon einiges aus dem Ruder gelaufen, aber so was war nicht dabei! Keine kleinen Mädchen, verdammt noch mal.«
Wieder starrte er auf das Bild. »Wenn sie den erwischen …«, hatte damals seine Mutter gesagt, mit düsterem Seitenblick

auf das Zeitungsfoto neben der Schlagzeile »Drei Tote – Brandstifter flüchtig!« Der unvollendete Satz hatte tage- und nächtelang über Daniels Krankenbett geschwebt.

»Was immer da passiert ist«, sagte Paula mit schleppender Stimme, »ich würde an deiner Stelle das Land auf dem schnellsten Weg verlassen.« Er sah sie nur wortlos an. Das Hämmern in seinem Kopf übertönte sekundenlang jeden Gedanken. »Wenn die Familie von der Kleinen dich in die Finger kriegt, schneiden sie dir die Kehle durch. Hab grad neulich erst so etwas in der Zeitung gelesen. Lynchmord nach so einer Pädo-Geschichte – hier in der Dominikanischen …«

Daniel machte die Augen zu, versuchte sich zu erinnern. Was war wirklich in diesem Kay-mystè passiert? Wieder sah er Ezilie-la-Vierge vor sich, in dem quietschenden Eisenbett, sie beide nackt und erregt. Sie hatte sich auf ihn gesetzt wie auf ein wildes Pferd. Ihre flachen Hände auf seine Schultern gestützt, ihr schweißnasses Gesicht so nah über ihm, dass er die Poren ihrer Haut, die hellen Stellen in ihrer Nase sehen konnte. Ihre Brüste in den Schalen seiner Hände, während sie sich auf ihm bewegte. Er sah alles wieder ganz genau vor sich, roch wieder ihren Duft, hörte das Quietschen des Bettgestells, ihr gemeinsames Stöhnen, die Trommeln und Schreie draußen im Humfò. Aber weit und breit war dort im Kay-mystè kein kleines Mädchen gewesen, verdammt noch mal!

Schließlich machte er die Augen wieder auf. »Das hier ist ganz was anderes, Paula. Glaub mir oder lass es bleiben – ich hab dieses kleine Gör nicht angefasst. Das haben die irgendwie arrangiert. Ich war mit einer anderen in diesem Kay-mystè, das ist so ein Nebenraum im Voodoo-Tempel. Mit so einem schwarzen Mädchen, die war auch noch ziemlich jung, aber die war auf jeden Fall mindestens achtzehn, neunzehn, verstehst du? Oder vielleicht auch erst siebzehn, verdammt noch mal, ich hab mir ja nicht ihren Ausweis zeigen lassen – aber sie hatte den Körper einer Frau, okay? Sie war nicht …« Er sah noch einmal auf das Foto in seiner Hand, dann riss er es in winzige Fetzen. »Sie war kein Kind«, sagte er wieder. »Sie hat mich geküsst, und praktisch im selben Moment hab ich mich ganz benommen gefühlt. Sie muss mir irgendwas verabreicht haben – eines der tausend Gifte, die zum Voodoo gehören.«

Er rieb sich mit den Fäusten über die Schläfen, aber das half auch nicht besonders viel. Weder gegen die Kopfschmerzen noch gegen das ekelhafte Gefühl tief in ihm drin. »Bewusstseinstrübend, ohne dass man wirklich das Gedächtnis verliert. Man bleibt wach, körperlich läuft alles wie sonst, aber der Wille ist eingeschränkt und das Gedächtnis wird praktisch auf null gedimmt. So dass du dich nachher an nichts erinnern kannst.«

Er hob seine rechte Faust und ließ die Bilderschnipsel auf sein Laken runterrieseln. »Erpressung, na klar«, sagte er. »Aber hier geht's bestimmt nicht um ein paar hundert oder tausend Dollar.«

Paula sah ihn mit einem Gesichtsausdruck an, in dem Skepsis und Hoffnung miteinander zu kämpfen schienen. »Worum denn sonst«, sagte sie. »Wozu der ganze Aufwand, wenn sie kein Geld damit rausschlagen wollen?«

»Das liegt doch auf der Hand, Paula – sie haben Elsie! Es ist die ganze Zeit nur um Elsie gegangen – das sind Menschenräuber, verstehst du? Und mit dem Fake-Bild wollen sie sicherstellen, dass ich nicht zur Polizei gehe und mich auch nicht mehr in das Dorf wage. Dass ich einfach das mache, was du mir ja eben auch geraten hast – abhauen, außer Landes fliehen, bevor die zornige Sippe von diesem Mädchen oder die Polizei mich schnappen.«

Paula hob die Schultern und ließ sie wieder sinken. »Das da war übrigens auch in dem Lumpending, das du anhattest.« Sie deutete zu seinem Nachttisch. »Erst dachte ich, es wäre einfach noch ein Foto, aber es ist etwas ziemlich Eigenartiges.« Sie nahm es von seinem Nachttisch und ließ es in seinen Schoß segeln, zwischen die Fetzen des ersten Bildes.

Dieses Foto war ein Schwarzweiß-Polaroid, und es war offenbar schon ein paar Tage älter. Es steckte in einer Zellophanhülle, und es sah aus, als wäre es mit Kaffee, Rum, irgendwelchen dunkelfarbigen Flüssigkeiten übergossen und stundenlang zerknickt worden. In der Zellophanhülle steckten außerdem kleine, rattengraue Fellstücke, zerknickte Zweige, Schlammbröckchen, eine riesige, tote Spinne, ein paar lange blonde Haare in Elsies goldenem Ton. Und trotz alledem war gut zu erkennen, wer auf dem Foto abgebildet war. Es zeigte Elsie und Daniel unten am Strand. Elsie in ihrem goldenen Bikini, mit ihrem strahlendsten Lächeln, und neben ihr Danny in der knappen schwarzen Badehose, die er nur zum Sonnenbaden anzog. Sie standen nebeneinander, mit dem Rücken zum Meer, händchenhaltend, und schienen genau in die Kamera zu schauen. Dabei hatte Daniel überhaupt nicht mitbekommen, dass irgendwer dieses Foto von ihnen geschossen hatte. Er selbst grinste auch nicht zu dem Fotografen hin, sondern sah etwas geistesabwesend drein, wie auf den meisten Bildern, die es von ihm überhaupt gab.

Mit unbeholfener Hand und rotem Kuli hatte jemand zwei Pfeile in das Bild gekrakelt. Der eine bohrte sich in Elsies linkes Bikinikörbchen, der zweite vorn in seine Badehose.

»Was soll das darstellen, Danny – ist das so ein komischer Voodoo-Zauber?«

Er hatte Mühe, seinen Blick von dem Gebilde loszureißen. Die Ähnlichkeit mit den Collagen, die er selbst für seine Ausstellung angefertigt hatte, war unheimlich. Aber es war kein künstlerisches Bild, es war jenseits der Kunst. Und eigentlich war auch er selbst immer schon jenseits davon gewesen, dachte Daniel, auch bei seinen Kreationen war es ihm immer nur darum gegangen, die Grenze zu überschreiten, ein für alle Mal aufzusprengen, niederzutrampeln – die Grenze zwischen den Nebelgegenden des Traums oder der Kunst und ihrem machtvollen Mutterland, der Magie.

Er drehte das knisternde Zellophan-Ding zwischen seinen Fingern hin und her. Es ist ein Fenster, dachte er, ein Fenster in eine andere Welt. Aber das sagte er natürlich nicht zu Paula. Plötzlich wusste er, was er jetzt tun würde. Da gab es eigentlich gar nichts zu überlegen, ihm blieb überhaupt keine Wahl.

Paula schaute mindestens so erschrocken drein wie damals seine Mutter, als er das Laken zur Seite warf und seine Beine aus dem Bett schwang. »Aber du musst noch liegen bleiben, Danny«, sagten beide wie aus einem Mund.

Und wie damals zu seiner Mutter antwortete er diesmal in Paulas Richtung: »Keine Zeit.«

Damals war er im Fieberrausch getaumelt, und auch diesmal gehorchten ihm seine Beine nur so halbwegs. Sein Kopf fühlte sich immer noch an, als ob er seine Stirn stundenlang gegen eine Mauer geschlagen hätte. Nackt torkelte er durchs Zimmer, in das winzige Bad, das ihm heute noch viel kleiner vorkam, wie für Liliputaner. Er zwängte sich in die Duschkabine und ließ minutenlang heißes Wasser auf seinen Schädel prasseln. Langsam wurde sein Kopf klarer, seine Lebensgeister kehrten zurück.

Jetzt merkte er auch, wie ausgehungert er war. Und wie tief in ihm der Zorn zu kochen begann. Zorn auf Jean Baptiste. Das Ganze war ein abgekartetes Spiel gewesen, vielleicht vom ersten Tag an. Und er, Daniel, mit seiner blinden Voodoo-Begeisterung hatte Jean Baptiste in die Hände gespielt. Elsie – in Jean Baptistes Hände. Einen qualvollen Augenblick lang sah er sie wieder vor sich, wie sie an Jean Baptistes Hals hing, zwischen den anderen Besessenen, die um den Poteau-mitan tanzten. Er drehte das Wasser ab, stieg aus der Duschwanne, innen und außen glühend vor Zorn.

Heute Abend konnte er nichts mehr ausrichten, es war schon nach zehn Uhr, und er war noch viel zu mitgenommen durch das Voodoo-Gift, das Ezilie-la-Vierge ihm verabreicht hatte. Mit ihrer Zunge? Und hatte sie gewusst, wozu sie benutzt werden sollte? Die Frage versetzte ihm einen Stich. Das würde er alles herausfinden, morgen, wenn er bei der allerersten Dämmerung nach Santa Maria Corazon zurückkehren würde, um Elsie zu befreien. Und um herauszufinden, was wirklich mit dem kleinen Mädchen von dem ersten Foto passiert war.

Er machte die Badtür auf, und da hockte immer noch Paula. In der Hand hielt sie das Polaroid, und ihr Blick glitt an ihm herunter, als ob sie Vergleiche zwischen ihm und seinem Abbild anstellen wollte. Sie ging ihm auf die Nerven. Aber irgendwie fand er sie auch rührend mit ihrer unbeholfenen Anhänglichkeit. Sie hatte sich in ihn vergafft, das ließ sich kaum mehr übersehen. Und die Lage wurde sicher nicht besser, wenn er noch länger nackt vor ihr in der Badezimmertür stehen blieb.

»Gehen wir zusammen eine Kleinigkeit essen, Paula?« Zu seiner Freude traf seine Zunge schon wieder einigermaßen häufig die richtigen Stellen in seinem Mund. Zu Paulas Enttäuschung klaubte er sich ein paar Kleidungsstücke aus dem Schrank und streifte sie sich im Schutz der Schranktür über. Damals hatte seine Mutter ihm zugesehen, wie er seinen immer noch geschwollenen Fuß durch das Jeans-Hosenbein kämpfte, und als ihre Wiedergängerin sagte jetzt Paula:

»Aber du musst dich noch schonen, Danny.«

»Tu ich ja.« Sein Armani-Anzug war im Humfò geblieben, fiel ihm ein. Das war nicht so schlimm, viel ärger war, dass Jean Baptiste auch das Wongo in die Hände gefallen war. Und seine Fujitsu. Verdammt. Diese beiden Dinge musste er unbedingt auch wieder an sich bringen, wenn er morgen loszog, um Elsie zu befreien.

Keinen Augenblick lang überlegte er, wie er das überhaupt anstellen könnte – Elsie befreien, aus einem Dorf, dessen hundert oder zweihundert Einwohner dem Hungan bestimmt blind gehorchten. Allein gegen ein ganzes Dorf, in dem offensichtlich auch Jean Baptiste größten Respekt genoss und wo bestimmt niemand irgendwelche Skrupel haben würde, einen lästigen weißen Eindringling zu beseitigen, durch Voodoo-Gift, Dämonenzauber oder durch nackte Gewalt. Zumal wenn dieser weiße junge Mann das Gastrecht missbraucht und ein kleines Mädchen aus dem Dorf vergewaltigt hatte.

Aber das habe ich nicht gemacht, ganz bestimmt nicht, dachte Daniel wieder und horchte angespannt in sich hinein. Im Park bei der Villa, die der Flammenlöwe verschlungen hatte, waren damals Fußspuren gefunden worden – von den nackten Füßen eines halbwüchsigen Burschen, dessen einer Fuß anscheinend verletzt oder verwachsen war. Beunruhigt hatte sich Daniel immer wieder gefragt, weshalb die Polizisten zwischen seinen Fußspuren und denen des dunklen Kerls überhaupt nicht zu unterscheiden schienen. Wahrscheinlich hatten der Löschschaum der Feuerwehr und ein Platzregen im Morgengrauen die meisten brauchbaren Spuren vernichtet, aber eigenartig hatte Daniel es trotzdem gefunden. Und aus irgendeinem

Grund wurde diese Unruhe auch jetzt wieder in ihm wach, während er angespannt in sich hineinhorchte und sich fragte: Ganz bestimmt nicht, Danny?
Nein, verdammt noch mal!

13

Gegen vier Uhr früh war er draußen, im samtweichen Dunkel der Nacht. Am Himmel noch nicht mal eine Ahnung von Morgengrauen, aber das hatte er vorher gewusst – dass in dieser Gegend die Tage begannen, als ob ein schwarzes Tuch vom Himmel weggerissen würde. Zack, Tag, und genauso begannen allerdings auch die Nächte – indem es schlagartig, fast von einer Minute auf die andere, vollkommen schwarz wurde.
Die Sterne funkelten. Die Mondbarke gleißte. Wie Totempfähle standen die Palmen am Wegrand, wie Parodien böser Zauberer, deren Krallenhände hoch über den Köpfen ihrer ahnungslosen Opfer schwebten. Nachtvögel flogen mit rauschenden Flügeln vorüber. Daniel setzte sich in Trab.
Er lief den Hauptweg des *Paraíso* entlang, nahm die Abzweigung zum Strand runter, zwischen den Restaurants, Bars, Boutiquen hindurch. Alles noch wie ersoffen in Nacht und Schlaf. Der federnde Sandboden unter seinen nackten Sohlen, das regelmäßige leise Dröhnen, wenn seine Füße aufkamen, sich wieder abstießen, auf, ab, auf, ab. Wie das Meer, als er den Strand erreichte und gleich bis zur Wasserlinie lief, dann nach rechts abbog, auf das östliche Ende des *Paraíso* zu. Immer an der Wassergrenze entlang, im Rhythmus der See, die mit

ihren grünen Wellenarmen nach ihm griff, abrutschte und gurgelnd neuen Anlauf nahm. Auf, ab, auf, ab, wie sein Atem, wie die Bewegung seiner Beine, wie Ezilie-la-Vierge auf seinen Hüften, im grotesk quietschenden Eisenbett. Auf, ab. Längst hatte Daniel die beiden Schatten registriert, die hinter ihm hertrotteten, keuchend, stolpernd und von seinem kleinen Nachtlauf offenbar übel überrascht.

Schon am Bungalow hatte er sie bemerkt, diesen Klumpen Dunkelheit hinter der Hecke und den Geruch von Erde und Eisen, mit einem ganz leisen Beiklang von verwesendem Fleisch. Während er die Tür lautlos hinter sich geschlossen hatte, in seinem Innern ein klares Gefühl von Endgültigkeit. Er würde nicht mehr zurückkommen, jedenfalls nicht als derjenige, für den sie alle ihn immer gehalten hatten. Daniel Messner, adieu. Und tschüs, Paula, die drinnen in seinem Bungalow weiterschlief, gar nicht auf die Idee gekommen war, dass er mitten in der Nacht auf und davon gehen könnte. So wie Paula auch überhaupt nicht verstanden hatte, warum er zwar einverstanden war, dass sie die Nacht mit ihm verbrachte, dann aber kalt wie ein Fisch neben ihr lag.

Sie hatte seine Hand genommen und energisch auf ihren Sportlerbusen gelegt. Dann hatte sie sich an ihm zu schaffen gemacht, mit der Zielstrebigkeit einer Turnierturnerin, die ihr Arbeitsgerät präpariert. »Findest du mich so hässlich, Danny?«

»Was soll das jetzt, Paula – wie kommst du denn darauf?«

»Na, wie komm ich wohl drauf.« Sie hatte an ihm gezogen wie an einer Hampelmannschnur. »Das sagt ja wohl genug, oder?«

»Du verstehst das falsch, Paula.« Er hatte die Hand wieder von ihrer Brust genommen und sich gewünscht, dass sie seinem Beispiel folgen würde. »Du hast doch das Zellophanding auch gesehen – Ezilie hat mich verzaubert.«

»Mach dich nicht auch noch über mich lustig, Danny.«
»Nein, ich meine das ernst, Paula. Die Voodoo-Göttin der Liebe. Psst, hörst du das?«
»Ich hör das Gleiche wie immer – einen Mann, der mich anlügt.«
»Leise, Paula, jetzt mach doch mal die Ohren auf – und lass mich endlich mal los!«
Schleichende Schritte um den Bungalow herum, heiseres Flüstern ungefähr ab Mitternacht, immer wieder, in unvorhersehbaren Abständen. Aber Paula hatte nichts gehört, und er hatte es auf sich beruhen lassen, um sie nicht zu ängstigen. Endlich war sie eingeschlafen, und Daniel hatte eine Weile lang auf ihre Atemzüge gelauscht, ehe er sich sacht aus ihrer Umarmung löste.
Er erreichte den Zaun am östlichen Ende und den wilden Busch, dessen Blüten selbst bei Nacht feuerrot zu schimmern schienen. Er krempelte sich die Beine seiner grauen Leinenjeans bis zu den Knien hoch, watete ins Wasser und mit feierlichen Reiherschritten am Zaun vorbei. Keine Wächterengel, die den Zutritt zum Vier-Sterne-Paradies bewachten, überhaupt niemand weit und breit. Nur er und die beiden keuchenden Schatten vielleicht hundert Meter hinter ihm. Schwarze Totengräberanzüge, Sonnenbrillen, klobige schwarze Schuhe. Der eine lang, hager, mit einer eher grauen als schwarzen Haut, so als ob er sich in Asche gewälzt hätte. Der andere ein riesenhafter Brocken tintenschwarzes Fleisch. Der Geruch schien von ihm auszugehen. Erde, Eisen, Aas.
Hinter dem Zaun watete Daniel zurück zum Strand, der auf dieser Seite mit Unrat aller Art übersät war. Treibholz, Fastfood-Tüten, Tierknochen, verrottete Kokosnüsse. Die Müllkippe des Paradieses. Hoch über ihm segelte der liegende Halb-

mond dahin und überflutete den Strand mit geisterhaftem Licht.

Daniel trabte an der Wasserlinie entlang, er fühlte sich stark, klar, mit sich selbst im Reinen. Was er vorhatte, war vollkommener Wahnsinn, und die beiden hinter ihm glaubten wahrscheinlich immer noch nicht, was doch auch für sie immer offensichtlicher werden musste. Dass er tatsächlich bis nach Santa Maria Corazon laufen würde. Allein, bei Nacht, mitten in die Löwengrube hinein. Bestimmt hatte Jean Baptiste sie nur angewiesen, für alle Fälle noch ein paar Tage im Club herumzulungern und ein Auge auf ihn zu haben. Bloß damit er es rechtzeitig mitbekam, falls der weiße Mann sich nicht wie vorgesehen verhielt. Also vielleicht doch zur Polizei rannte, anstatt auf schnellstem Weg nach Deutschland zurückzureisen oder zumindest im *Paraíso* mucksmäuschenstill zu warten, ob Elsie doch noch zurückkam. Aber damit, dass dieser weiße Typ wie ein durchgeknallter Rächer den nächtlichen Strand entlangtraben würde, um seine Braut auf eigene Faust zu befreien, damit hatte Jean Baptiste offenbar nicht gerechnet. Sonst hätte er ihm wohl nicht ausgerechnet diese beiden Aufpasser geschickt, die schon jetzt, nach ein paar Kilometern in der frischen Nachtluft, schlappzumachen schienen.

Der Strand machte eine scharfe Rechtsbiegung, die Hürden aus Treibholz, Tierschädeln und undefinierbaren Lumpenbündeln wurden weniger. Hinter der Kurve begann ein schnurgerades Strandstück, fast makellos weiß im Mondlicht, von einer Reihe junger Palmen gesäumt. Daniel nahm an, dass hier ein weiterer Ferienclub entstehen sollte, im Grunde war es ihm vollkommen egal. Jedenfalls kam ihm dieser Abschnitt wie gerufen.

Unvermittelt zog er das Lauftempo an, seine Füße stampften im Sand, seine Knie und Schenkel hoben und senkten sich wie

Pleuel. In diesem Tempo konnte er notfalls zehn Kilometer weit laufen, vielleicht nicht in diesem karibischen Klima, aber das Strandstück war sowieso höchstens einen Kilometer lang. Am anderen Ende begann ein Mangrovenwald. Ohne zu zögern, ohne sich irgendwas zu überlegen, hielt Daniel in scharfem Tempo auf den Wald zu. Dort war er zu Hause, im Wald war er jedem anderen gegenüber im Vorteil. Ausgenommen der dunkle Kerl aus dem steinernen Ei, aber der würde ihm hier bestimmt nicht in die Quere kommen.

Der Geruch des karibischen Waldes. Feucht, pilzig, süß. Daniel bahnte sich einen Weg zwischen Ästen, Lianen und fleischigen Blättern hindurch.

Im ersten Moment war alles so schwarz, dass er genauso gut mit geschlossenen Augen weitergehen könnte. Aber schon nach wenigen Sekunden nahm er Schattierungen, Konturen, Einzelheiten wahr. Waldläufer-Augen, in tausend Spessartnächten geschult. Ein schmaler Weg, der sich schnurgerade durchs Dickicht zog. Daniel schlich den Tierpfad entlang, so leise wie irgend möglich. Unter seinen nackten Sohlen spürte er den federnden Boden, feuchtes Laub, Moos, auch Dornen, die sich in sein Fleisch zu bohren versuchten. Die Hornhaut unter seinen Füßen war wie ein Panzer aus Drachenhaut.

Erst als er stehen blieb und angestrengt hinter sich lauschte, hörte er die Schritte der beiden draußen am Strand. Der eine holte gurgelnd Luft, der andere schimpfte heiser auf ihn ein. Mehr oder weniger lautlos kroch Daniel unter einen Dornbusch, kauerte sich in die Erdmulde darunter und lauschte noch angestrengter. Was zum Teufel machte er hier überhaupt? Nicht drüber nachdenken, sonst geht sowieso alles schief. Vertrau nur der dunklen Macht in dir. Ganz kurz sah er seinen Vater vor sich, das graue Gesicht, den versteinernden Blick, dann seine Mutter, wie sie die chronisch verheulten Augen verdrehte. Und dann hörte er, wie Äste brachen und der Boden unter dem Gewicht eines schweren Körpers dröhnte, der da vorne, vom Strand her, in den Wald eindrang.

Der Kerl kam stampfend näher. Daniel zwang sich, in seinem Versteck auszuharren. Es musste der Brocken sein, der nachtschwarze Fleischklumpen, von dem der seltsame Geruch ausging. Und der andere, der Hagere mit der grauen Haut? Eine Falle, dachte Daniel, aber da war der Brocken schon herangekommen und blieb vor seinem Versteck stehen. Durch Dornen und Zweige hindurch sah er die Beine in den Hochwasser-Hosen aufragen, zwei schwarze Säulen, zum Greifen nah. Er hörte den Kerl keuchen, dazu ein leises Knirschen, als ob er mit den Zähnen malmte, oder als ob er kleine Knochen zwischen den Händen zerdrücken würde. Und dazu der Gestank, aus dieser Nähe kaum zu ertragen – Schlamm, Metall, Fäulnis.

Der Zorn begann in Daniel zu brodeln. Über den Himmel zuckten Blitze, mehr zu erahnen als zu sehen unter dem Dschungeldach – eines der karibischen Gewitter, die aus dem Nichts herbeizogen und sich entluden. Donner dröhnte wie ein gewaltiger Gong. Daniels Arme schnellten aus dem Busch hervor, packten die Fußknöchel da draußen und rissen den Kerl mit einem einzigen Ruck zu Boden. Der Aufprall ließ den Wald erzittern. Dazu wieder Donner, Blitzkaskaden. Der Kerl stieß ein Röcheln aus, wollte sich aufrappeln, aber da war Daniel schon draußen, brach aus dem Dickicht hervor, warf sich auf den Brocken und stieß ihm ein Knie zwischen die Schultern. Seine Hand ertastete einen Stein, faustgroß, voll Erde und Moos. Der Kerl unter ihm bäumte sich auf, Daniel ließ den Steinbrocken runterkrachen, und da wurde der unter ihm ganz plötzlich schlaff. Ein Zittern lief durch seinen Körper, dann lag er da wie ein Fels.

Daniel stand auf; seine Brust dröhnte wie eine Trommel, so wild klopfte ihm das Herz. Schwindelgefühl, flackernde Schleier vor seinen Augen, und als er wieder halbwegs klar sehen konnte, stand dieser andere vor ihm. Lang, hager, grau. Eine Wolfsgestalt, vielleicht einer von diesen Burschen, die Jean Baptiste umringt hatten im Humfò. Zwischen ihnen lag sein Kumpan am Boden, auf dem Bauch, immer noch reglos. Obwohl durch das dichte Laubdach kaum ein Mondschimmer durchkam, sah Daniel auf einmal jeden Umriss, jede Einzelheit mit einer Klarheit, die beinahe wehtat. Das Blut, das aus dem Hinterkopf des gefällten Riesen lief, seinen kahl geschorenen Schädel runter, der schimmerte wie polierter Marmor. Die Käfer, die überall auf ihm rumkrabbelten, auf seinem Rücken, der Hinterseite seiner Beine. Erst glaubte Daniel, dass sie aus dem Waldboden herbeigekraucht wären, aber das stimmte nicht. Sie kamen aus seinem Kragen, aus den Taschen seiner schmierigen schwarzen Anzugjacke, sogar unter seinen Hosenbeinen hervor. Aaskäfer, schillernd grün und rot und braun. Verwesungsgeruch, in der Kehle würgend. Ein Zombie cadavre? Oder spielten sie wieder mal Voodoo-Theater? Oder beides – Wirklichkeit und Parodie zugleich? Wieder zuckte ein Blitz, gefolgt von metallischem Donnerschlag. Während der andere, der Hagere, Graue, mit glühenden Augen von Daniel zu seinem Kumpan am Boden sah. Dann wieder zu Daniel und seinen Blick in Daniels Augen bohrte.

Daniel wollte schreien, die Fäuste ballen, davonrennen, irgendwas, aber er konnte nicht. Keinen Finger, keine Fußzehe konnte er bewegen, kein Gedanke regte sich mehr in seinem Kopf. Versteinert durch seinen Blick. Verwunschen zum Baum, zu einem Totempfahl. Außer Stande, sich jemals wie-

der von der Stelle zu bewegen. Die Erstarrung von innen her aufzusprengen.
Der Hagere hob einen Fuß und stieß den liegenden Körper an, mit unbekümmerter Gewalt, als ob er gegen eine Teppichrolle treten würde. Der Kerl kollerte herum und kam auf dem Rücken zu liegen. Seine Augen, weit geöffnet, starrten milchig ins Leere. Seitlich in seinem Hals steckte so eine Schlangennadel, genau wie bei den beiden Kerlen, die Daniel neulich im Club den Weg versperrt hatten. Der Aschgraue zog ein längliches Ding aus seiner Jacke hervor, eine Lumpenpuppe, handtellergroß, aus bunten Flicken, mit waagerecht abstehenden Armen, gespreizten Beinen, dazwischen die Geschlechtsteile, grotesk überdimensioniert. Mit einer Hand hielt er die Puppe vor sich in die Höhe, mit Zeigefinger und Mittelfinger der anderen fing er an, ihr Backpfeifen zu geben. Links, rechts. Blitz, Donner. Links, rechts. Der Kerl am Boden stöhnte. Sein Kumpan stieß der Puppe seinen Daumen in die Lumpenbrust, und der Kerl fing an zu husten.
»Lève, lève – hoch, hoch. Lève, lève – hoch, hoch.« Monoton murmelte der Hagere immer wieder dieselben Silben, und im gleichen Rhythmus riss er wieder und wieder denselben Puppenarm hoch. »Lève, lève – hoch, hoch.«
Der rechte Arm des Kerls am Boden begann zu zucken. Auch sein Mund fing an zu zittern, seine Lippen gingen auf, und ein dumpfer Laut drang heraus. »Ho, ho.« Gleichzeitig begann sich sein rechter Arm in Zeitlupe zu heben, so als würde er an unsichtbaren Drähten emporgezogen. »Lève, lève.« Der Hagere stellte die Puppe auf seinen flachen Handteller, und der Kerl da unten fing tatsächlich an, sich aufzurappeln. Seine Beine zuckten, seine Brust hob und senkte sich, sein Kopf flog hin und her wie im Krampf.

Daniel wollte sich auf den Hageren werfen, ihm die verdammte Puppe aus der Hand schlagen, aber er stand immer noch da wie aus Stein. Der Zombie cadavre und sein Mètre? Nur der Zorn kochte immer heißer, immer wilder in ihm empor. Das lass ich mir nicht gefallen, dachte er, schon gar nicht hier draußen im Wald! Mich versteinern, das hab ich mir geschworen – niemals mehr! Sogar seine Gedanken fühlten sich an wie Steinbrocken, die unbeholfen in seinem Schädel herumrollten. Blitzlicht, Donnergong. »Lève, lève.« Mich erstarren zu lassen, Träume aus Stein, Körper aus Stein, Gefühle aus Stein – niemals mehr! Die stärkste mir innewohnende Kraft, sie ist tausendmal stärker als Stein! Blitz, Blitz. »Ho, ho!« Donnergong. Er ballte die Fäuste, Steinfinger, die sich knirschend zusammenlegten. Mich versteinern, nein! Schrei, Danny. Du musst schreien, jetzt, oder du bist für immer Stein. Wie der da unten, der Brocken am Boden. »Hoch, hoch.« Donnergong. »Ho, ho.«

Er machte die Augen zu, Steinlider, pumpte sich die Steinbrust voll Luft, klappte den Mund auf, Steinlippen, Felszunge, Staubspucke. Und pumpte den Schrei aus sich heraus, aber es war kein Schrei, es war ein Fauchen, Zischen, Knurren, und es fühlte sich an wie nichts, was er jemals vorher gespürt hatte. Als ob etwas aus seinem Mund hervorgeschossen wäre.

Daniel machte die Augen wieder auf. Der riesige Kerl lag reglos vor ihm am Boden. Der Hagere rannte auf dem Pfad davon, tiefer in den Wald hinein. Es kam Daniel so vor, als ob ein Schatten hinter ihm herhastete, humpelnd, geduckt, aber das konnte ja überhaupt nicht sein. Um ihn herum stand alles in Flammen. Ein Blitz musste direkt neben ihnen eingeschlagen sein. Die Bäume, Büsche, auch der Dornbusch, in dem er sich eben versteckt hatte, alles brannte. Blitz, Donnergong. Die bunte Lumpenpuppe lag direkt vor seinen Füßen. Daniel bückte sich, nahm sie auf, und im gleichen Moment kam der Brocken wieder zu sich. Ein Zittern überlief ihn, sein Mund ging auf und zu. »Ho, ho.« Daniel schmiss die Puppe auf ihn und machte, dass er wegkam. Zwischen brennenden Bäumen und funkensprühenden Büschen auf dem schmalen Pfad zurück zum Strand. Schon sah er das Meer wieder vor sich, seine Füße drückten sich in den feuchten Sand vor der Wasserlinie, und im selben Moment begann es zu regnen.

14

Der knochenbleiche Steg von Santa Maria Corazon. Im Licht der Morgensonne sahen die Bretter und Balken noch viel hinfälliger aus. Zerfressen und zermürbt. Mitten auf dem Steg, unter einem verrotteten Strohdach, mit dem Rücken ans morsche Geländer gelehnt, saß Gabrielle.

Spiegelbrille, Totengräberkluft. Und das höhnische Grinsen von Gèdè. Sie stand auf, die Hände in den Taschen ihrer viel zu großen Jacke, die Bluse darunter aufgeknöpft, so dass er den Ansatz ihrer Brüste sah. Kakaohaut, schimmernd vor Schweiß. »Na, weißer Typ – Lust auf den nächsten heißen Ritt?« Sie sprang vom Steg herunter in den Sand, direkt vor Daniels Füße. Wieder atmete er ihren Geruch ein – metallisch, erdig, wild.

Eine Frau, die ihr Leben einem männlichen Loa weiht? Wie empfand sie sich eigentlich – als Mann, als Frau? Als männlicher Dämon in einem weiblichen Körper? Als ob er keine anderen Sorgen hätte!

»Wo ist Elsie?« Er packte sie bei den Aufschlägen ihrer Jacke, wie unlängst im *Paraíso*. »Bring mich zu ihr, Gabrielle, sonst –«

»Sonst steckst du das ganze Dorf in Brand, weißer Typ?«

Ihre Frage erstaunte ihn so sehr, dass er sie wieder losließ. Das hatte sich also schon bis hierher rumgesprochen? Und sie glaubten, dass er das Feuer entfacht hätte, um seine beiden Verfolger in die Flucht zu schlagen? Na, umso besser. »Bring mich zu Elsie«, wiederholte er.

Sie hob Augenbrauen und Schultern und ließ sie in Zeitlupe wieder sinken. »Warum hast du nicht auf mich gehört?«

»Auf dich?«

Sie schob die Hände in die Jackentaschen und ging los, runter vom Strand und den schlammigen Dorfweg entlang. Daniel blieb nichts anderes übrig, als hinter ihr herzulaufen. Gabrielle ging breitbeinig wie ein Kerl, aber es war Parodie, oder? Die Kippe im Mundwinkel, der schmierige Anzug, die ganze Aufmachung als Theater-Sensenmann.

»Was meinst du damit – auf dich gehört, Gabrielle?«

»Wirklich schon vergessen, weißer Typ?« Dazu sah sie ihn von der Seite an, mit einem so hasserfüllten Blick, dass er zusammenfuhr. Warum sollte sie ihn hassen? »Ich hab dich gewarnt.« Sie setzte wieder ihr finsteres Grinsen auf. »Die Braut gehört Ezilie – der Bräutigam Gèdè.«

Beinahe hätte er aufgelacht. Aber wirklich nur beinahe. Eifersucht? Dieser grimmige kleine Todesclown war eifersüchtig, weil er Ezilie-la-Vierge in ihr Kay-mystè begleitet hatte, anstatt … tja, anstatt was? Anstatt mit Gèdè ins Bett zu gehen? Nicht, dass ihm der Gedanke vollkommen missfallen hätte. Nicht, dass er sich absolut nicht vorstellen könnte, mit Gabrielle durch den Voodoo-Himmel zu tanzen, wie es in jenem haitianischen Gedicht beschrieben wurde. Aber er hätte nie-

mals gedacht, dass ihre Worte auch nur halbwegs ernst gemeint waren – »der Bräutigam gehört Gèdè«.
Sie trotteten den schlammigen Dorfweg rauf, der ihm heute noch viel löchriger und verdreckter vorkam als neulich nachts. Zwischen den ärmlichen Hütten hindurch, die aus Wellblech, Brettern, Plastikplanen zusammengeschustert waren. Schreiend buntes Elend. Hühner pickten im Abfall, Hunde und Schweine wälzten sich einträchtig in Pfützen. Und in allen Fensterluken, hinter sämtlichen Bretterverschlägen, Büschen, Gatterzäunen lauerten Augenpaare.
Irgendwo hier musste auch das kleine Mädchen wohnen. Daniel sah ihr erschrockenes Gesicht wieder vor sich und zog die Schultern hoch. Und wenn jetzt ihre zornige Sippe auf ihn losstürmen würde – Vater, Onkel, Brüder, um ihn für sein angebliches Verbrechen zu massakrieren? Nicht drüber nachdenken, Danny, vertrau auf die dunkle Kraft in dir. Schlaue Pläne nützen jetzt rein gar nichts mehr. Haben aber noch nie was genützt. »Du weißt doch, wo Elsie ist?« Er gab sich Mühe, mindestens so finster zu Gabrielle runterzuschauen, wie sie ihn eben angesehen hatte.
»Na klar, weißer Typ.«
»Und wenn du schon alles weißt, kennst du bestimmt auch dieses beschissene Fake-Foto, das sie von mir gemacht haben?«
»Wenn ich alles weiß – klar.« Sie grinste von der Seite her zu ihm hoch. »Ezilie ist gefährlich – hättest du wissen müssen, weißer Typ.«
»Und Gèdè?«
Sie hob wieder die Schultern und ließ sie in Zeitlupe sinken. »Gierig auf Menschenfleisch – wie alle. Loas, Menschen, Tiere, Daniel.«
Ausgerechnet jetzt hatte sie ihn bei seinem Namen genannt

und nicht einfach »weißer Typ«. Er fragte sich, ob das Absicht war. Jedenfalls hatte es geklungen, als ob sie ihn in der Stufenleiter der Lebewesen auf den untersten Platz verwiesen hätte. Noch hinter den Tieren.

»Hier geht's lang, mon Blanc.« Gabrielle packte ihn am Arm, zerrte ihn mit unerwarteter Kraft auf ein schrottreifes Garagentor zu. Sie zog die Schiebetür auf, was ein blechernes Hallen hervorrief, wie vorhin der Donnergong oder wie damals, als Daniel mit seinem Fuß gegen den Blechkanister geknallt war.

»Alle sind schon da, weißer Typ.« Sie schubste ihn über die Schwelle, trat hinter ihm ein und zog das Rolltor wieder zu.

Ein fensterloser Raum von der Größe einer geräumigen Doppelgarage. Neonröhren an der Decke, grün und rot. Ganz hinten in einer Ecke gab es ein kleines Fenster, aber das schien verrammelt zu sein. Die Luft jedenfalls war zum Schneiden dick. Mindestens zwanzig Leute hielten sich in der kleinen Halle auf, die normalerweise wohl als Werkstatt diente. Verschiedene Werkzeuge hingen an den Wänden, rostige Sägen, schartige Beile. Zusammen mit den drohenden Mienen der Leute, die Daniel entgegenstarrten, wirkte es eher wie die Albtraumversion eines heruntergekommenen Schlachthofs. Oder wie eine Hinterhofbühne für experimentelle Psychodramen.

Gabrielle schob ihn weiter in den Raum hinein. Jetzt erst bemerkte er die junge Frau, die unter dem Fenster an einem kleinen Tisch saß. Auf einem Schemel, in sich zusammengesunken, gekleidet wie das allerbilligste Flittchen. Durchsichtige Bluse, erdbeerroter Minirock, zerrissene Seidenstrümpfe, abgelatschte Stöckelschuhe in verblasstem Gold. Daniel erkannte sie eigentlich nur an dem, was am wenigsten charakteristisch für sie war, oder jedenfalls bis vor kurzem gewesen war – an dem wilden Knäuel ihrer Haare, das wie ein Bündel aus Lumpen und Fetzen auf ihrem Kopf saß. Zwischen ihren Händen drehte sie ein halb leeres Sektglas, mehrere Fuselflaschen, leer oder halb voll, standen vor ihr auf dem Tisch. Sie wandte ihm ihr Profil zu, anscheinend hatte sie noch gar nicht gemerkt, dass er gekommen war.

»Elsie.« Auch der Klang ihres eigenen Namens rief bei ihr keinerlei Reaktion hervor. Daniel schüttelte Gabrielles Hand von seinem Arm ab und versuchte die Blicke der Männer zu ignorieren, die links und rechts an den Wänden lehnten und ihn finster anstarrten. Diese beiden hünenhaften Schwarzen da drüben, mit den Schlangennadeln am Hals, das waren doch die zwei Kerle, die ihm im Club nachgestellt hatten? Egal jetzt, verdammt noch mal!

»Elsie, hey, ich bin's – Daniel.«

Ihr gegenüber an dem kleinen Tisch, die Arme vor der Brust verschränkt, saß Jean Baptiste. Spiegelbrille, giftig gelber Anzug, und wieder diese fette Goldkette vor der nackten Brust. Auch der Haitianer schien keinerlei Notiz von Daniel zu nehmen, so als gehörten er und Elsie einer anderen Dimension an, die von der gewöhnlichen Welt aus zwar sichtbar, aber trotzdem vollkommen unerreichbar war.

»Elsie, Liebes.« Sachte legte er seine Hand auf ihre Schulter, und da schaute sie auf, sah ihm ins Gesicht, und Daniel prallte regelrecht zurück.

»Ezilie *hasst* die Männer!« Wieder mit dieser schrillen Stimme, quietschend und pfeifend, als ob irgendein grässliches Wesen in ihr drinnen säße und durch ihre Kehle, mit ihren Lippen redete. Mit deinem geliebten Mund, Elsie.

»Eure stinkenden Schwänze sollte man euch abhacken, einen nach dem anderen!«

Das Schlimmste war gar nicht diese kreischende Stimme, auch

nicht die hässlichen Verwünschungen, die Elsie ausstieß – in einem grotesken Mischmasch aus Deutsch, Englisch, Spanisch und sogar einigen Brocken Patois.

»Die Eier sollte man euch durch den Fleischwolf drehen – aber während sie noch an euch dran sind!«

Das Schlimmste war auch nicht, dass ihr ganzes Gesicht verrutscht schien und immer wieder von unkontrolliertem Zucken überlaufen wurde, als ob das scheußliche Wesen in ihrem Innern sie zu den absurdesten Grimassen zwingen würde.

»Und dann sollte man euch eure eigenen Schwänze auffressen lassen, zusammen mit dem Eierpüree!«

Das Schlimmste war auch nicht ihre nuttenhafte Aufmachung, mit der durchsichtigen Bluse, unter der jeder Mann hier im Raum ihre Brüste sehen konnte. Nein, das Allerschlimmste waren Elsies Augen. Die gar nicht mehr ihre Augen waren. Die plötzlich wundrot waren, so rot, dass es ausgeschlossen schien, dass diese Augen jemals minzegrün gewesen waren. Das gleiche chronisch verheulte Augenrot, das ein halbes Leben lang auf Daniel runtergeglüht hatte, nur ins vollkommen Groteske, Zirkushafte übersteigert. Und dazu der grässlich verfilzte Haarturm auf ihrem Kopf. Und der Geruch nach Zigarettenrauch und billigem Sekt. Und vor allem aber, am ärgsten von allem, ihre wundroten Augen.

»Ezilie *hasst* die Männer!«

Daniel war neben ihr in die Hocke gegangen. »Elsie, ich bin's doch. Liebes.« Er versuchte beruhigend auf sie einzureden. Aber ihm war ganz und gar flau zumute. Seit er ihre Augen gesehen hatte, wusste er Bescheid. Solange Elsie in diesem Zustand war, hatte er keine Chance.

Elsie war immer noch von der Liebes-Loa besessen. Jetzt aber von der Göttin in ihrer depressiven, ganz und gar destruktiven

Phase, von Ezilie-Ge-Rouge. Von Ezilie mit den roten Augen, die genauso zu der Loa gehörte wie ihre vielen hellen, männerlieben den Seiten – Ezilie Metrès, Ezilie die Erbarmende, Ezilie die Verständnisvolle. Und Ezilie-la-Vierge.

Er versuchte es trotzdem, er musste es ja probieren. »Komm, Elsie, wir gehen nach Hause.« Er schob seine Hand unter ihre Achsel, richtete sich auf und versuchte sie mit sich hochzuziehen.

»Du widerlicher Kinderficker!« Ezilie-Ge-Rouge richtete ihre wundroten Augen auf ihn. »Wag es, mich anzurühren, und ich beiß dir alles ab!«

»M'sieur sieht, seine Gegenwart ist hier unerwünscht.« Jean Baptiste machte sich nicht die Mühe, Daniel anzusehen. Sein Blick war auf Elsie gerichtet, die ihm gegenüber am Tisch saß, in angespannter Haltung und aufmerksam zu Jean Baptiste hinüberschaute. Wieder mit diesem Gesichtsausdruck, den Daniel schon bei ihrer ersten Begegnung mit dem Haitianer beobachtet hatte – alarmiert, aber so, als ob sie wüsste, dass sie längst in der Falle saß.

»Madame scheint ganz einfach genug von M'sieur zu haben. Oder was sagen Sie, Ezilie?«

Anstelle einer Antwort brach Elsie in Tränen aus. Sie erhob sich von ihrem Stuhl, schwankte auf den grotesken Stöckelschuhen um den Tisch herum und warf sich Jean Baptiste an die Brust. »Alle, alle Männer sind Betrüger! Lügner, Verräter!«, kreischte sie. »Alle außer Ihnen, Mètre Jean Baptiste!«

Jean Baptiste legte einen Arm um ihre Schultern. Er nahm die Sonnenbrille ab, und seine Augen waren so giftig gelb wie sein grotesker Anzug. Wolfsaugengelb, ein so glühendes, unwirkliches Gelb, dass Daniels Augen zu tränen begannen.

»Lass sie los! Ich werde Elsie jetzt mitnehmen! Loslassen, hab ich gesagt!« Er wollte sich auf den Haitianer stürzen und Elsie aus seinen Armen reißen, aber er kam nicht weit. Hinter ihm flog eine Tür auf, jemand trat in den Raum, und es war, als ob eine eiskalte Hand nach Daniel greifen würde. Er erstarrte in der Vorwärtsbewegung. Seine Hände erschlafften, seine Arme fielen herunter, Jean Baptiste und Elsie verschwammen vor ihm wie ein Spiegelbild im Wasser, wenn plötzlicher Wind die Oberfläche wellt. Er wandte sich um, sogar diese Bewegung fiel ihm mit einem Mal schwer. Und da drüben, im Rahmen einer Tür, den seine hünenhafte Gestalt beinahe sprengte, stand der Hungan.

»Kriech hierher – nackt!«

Daniel war überhaupt nicht sicher, ob der Voodoo-Priester diese Worte tatsächlich ausgesprochen hatte oder auf magischem Weg direkt in sein Bewusstsein gefunkt.

»Zieh dich aus. Auf alle viere wie ein Hund. Kriech hierher zu mir.« Der Blick des Hungan bohrte sich in Daniels Augen, dann beschrieb er auf dem schmutzigen Betonboden eine imaginäre Linie, die Daniel auf alle vieren entlangkriechen sollte. Längs der hinteren Stirnwand, vom Fenster, wo Elsie und Jean Baptiste saßen, zu der Seitentür, die er überhaupt erst in dem Moment bemerkt hatte, als der Hungan eingetreten war. So als ob der Priester mit dem stechenden Blick und dem grotesken Flickenmantel alles mit seiner Magie manipulieren könnte, menschlichen Willen, Betonmauern, Fotobeweise. Alles.

»Alles aus. Kriech hierher.« Auch der Hungan hielt jetzt eine Lumpenpuppe in der Hand, so wie vorhin der Hagere im Wald. Handtellergroß, die Arme waagerecht weggestreckt, die Beine gespreizt, dazwischen die grotesk überdimensionierten Genitalien.

Der Hungan bewegte mit Daumen und Zeigefinger die Puppenarme, und Daniel zog sich sein T-Shirt über den Kopf. Ich will das nicht, verdammt, dachte er, doch er war zu einer zweiten, größeren Puppe geworden, die der ersten willenlos alles nachturnte. So wie wenn er als Junge von seinem Vater gerufen worden war. »Komm hierher, du Scheusal, was hast du wieder getan.« So wie damals kämpften in ihm Stolz und Unterwürfigkeit, Hass und Angst, und so wie damals wusste er im Voraus, welche Seite gewinnen würde. Das Gummigefühl in seinen Gliedern. Das Puppengefühl. Das Gefühl, von einer anderen, fremden, tausendfach stärkeren Macht übernommen zu werden.

Das Hemd fiel ihm aus der Hand, flatterte neben ihm auf den Boden. Der Priester tippte auf die Beine der Lumpenpuppe, und Daniel nestelte eifrig an Knopf und Reißverschluss seiner Jeans. Ich mache das nicht mit, verflucht noch mal! Während er das dachte, riss er sich die Hose auch schon runter, stieg aus seinen Boxershorts und stand vollkommen nackt zwischen all diesen Voodoo-Leuten.

»In ihrem Innern enthält die Voodoo-Puppe das so genannte Ouanga«, hatte er in einem der Begleittexte zu seiner Ausstellung geschrieben, *»Papierfetzen mit Zeichen und Formeln zur Dämonenbeschwörung sowie ein zusammengerolltes Abbild desjenigen, der gebannt werden soll. Außen auf der Lumpenhaut werden ein paar Haare der betreffenden Person oder sonstige biologische Substanzen angebracht. Ähnlich wie bei der asiatischen Heilkunst (Akupunktur und Akupressur) kann der Hungan oder Bokor die Person dann zielgenau manipulieren, indem er bestimmte Druckpunkte berührt oder in bestimmte Energiepunkte Nadeln bohrt.«*

Zwanzig Augenpaare, mindestens, starrten ihn reglos, ausdruckslos an. Damals, als sein Vater ihn immer zu stunden-

langem Stillstehen im Hof verdonnert hatte, zur Strafe, weil er nicht ruhig sitzen geblieben war, zur Strafe, weil er ohne Erlaubnis geredet hatte, zur Strafe, weil er mit schmutzigen Händen, befleckten Hosenknien vom Spielen zurückgekommen war – damals hatte er wenigstens seine Kleidungsstücke anbehalten dürfen, dachte Daniel, und trotzdem war es nicht weniger schrecklich gewesen als das hier.
Wie ein Zirkuspantomime hielt der riesige Priester die flache Hand hoch in die Luft gereckt und machte langsame, übertrieben deutliche Bewegungen. Er ließ die Lumpenpuppe in der Hüfte einknicken und hockte sie in Hundestellung auf seinen Handteller. Daniel sackte in sich zusammen, auf Hände und Knie. Äußerlich so ergeben wie ein dressiertes Hündchen, weil die Kraft in seinem Innern, die glühende Lava, von seinem Willen abgeschnitten war. Dabei hatte er sich geschworen, dass niemand mehr diese Macht über ihn erlangen sollte – die Macht, ihn mit sich selbst zu entzweien, die Macht, ihn zu versteinern, die Macht, ihn in sich selbst einzusperren, in seinen eigenen Körper, der von einem anderen kontrolliert wurde.
Er begann auf dem Betonboden voranzukriechen. Bestimmt saßen Jean Baptiste und Elsie immer noch direkt neben ihm an dem wackligen Tisch, aber aus irgendeinem Grund schaffte es Daniel nicht, seinen Kopf auch nur einen Fingerbreit nach links zu drehen. Mechanisch kroch er an einer langen Reihe schmutziger Schuhe, verdreckter Füße in schmierigen Sandalen entlang, auf den Hungan zu, dessen schwarze Schuhe er unter dem bunten Flickenmantel undeutlich vor sich sah.
»Mein Urteil ist so hart, wie es die Loas verlangen.« Der Hungan beugte sich über ihn und hängte ihm irgendetwas um den Hals. Ein Seil mit etwas Buntem, Unförmigem dran, das zwischen seinen aufgestützten Armen hin und her schwang. Da-

niel sah es nur in den Augenwinkeln, sein Kopf war so weit wie möglich zum Hungan erhoben. »Du hast Ezilie beleidigt, ihren Kay-mystè entweiht, das von den Loas dir gewährte Gastrecht missbraucht. Krieche in meinen Humfò, dort wartet der Kerker auf dich, weißer Hund. Ich verurteile dich zu zwei Tagen und Nächten im Sep.«

15

Versteinerung bedeutet völlige Schutzlosigkeit. Du glaubst vielleicht, dass du dich vor Angriffen schützen könntest, indem du dich äußerlich gefühllos machst. Indem du einfach keine Reaktion mehr zeigst. Keine Angst, keine Schmerzen, nichts. Aber damit täuschst du dich gleich zweifach. Denn erstens warst es gar nicht du selbst, der die Versteinerung herbeigeführt hat – du stehst einfach unter Schockstarre, das hat mit Verteidigung überhaupt nichts zu tun. Und zweitens bist du durch die Versteinerung nur ungefähr so gut geschützt wie eine Auster, die jeder im Vorbeigehen abpflücken und ausschlürfen kann. Dieser totalen Schutzlosigkeit des Versteinerten entspricht im Voodoo die Einrichtung des Sep.«

Diese Sätze und vieles andere huschten Daniel durch den Kopf, während er tatsächlich auf allen vieren durch das halbe Dorf kroch, vollkommen nackt. Wenn er sich nicht irrte, stammten sie aus seinen privaten Voodoo-Notizen, die er seit Jahren nebenher in eine Kladde kritzelte.

Was da zwischen seinen Armen schlenkerte, war ein giftig grünes Wongo, ein wulstiger Schlauch, vollgestopft mit Erde, Würmern, ein paar Haaren von ihm, die aus tausend Rissen

im Gummi quollen. Es sah aus wie ein halb vermodertes Kondom, mitsamt dem bereits wieder zu Schlamm gewordenen Schwanz, dem es mal übergestreift worden war, aber anscheinend funktionierte es wie eine Art magische Fernsteuerung. Daniel kroch voran, über Steine, Wurzeln und halb verfaulte Lebensmitteltüten. Wenn er zwischen seinen Armen hindurch nach hinten sah, konnte er Unmengen von Füßen unterscheiden, kleinen, braunen Füßen, die ihm nackt oder in Gummilatschen folgten, und Erwachsenenfüßen, größtenteils in schwarzen Totengräberschuhen. Das ganze Dorf schien hinter ihm herzutrotten, während er auf morastigen Wegen zu ihrem Humfò kroch, und obwohl er den Weg natürlich nicht kannte, zog das Wongo ihn anscheinend direkt dorthin.
Jetzt ließ er den schmalen Seitenweg hinter sich und bog in den breiten Hauptweg des Dorfes ein, über den er und Elsie vor zwei Tagen vom Meer her gekommen waren. Er sah die Steine, die sich in seine Handflächen, seine Knie bohrten, aber er empfand keinerlei Schmerzen. Er sah Elsie vor sich, die schrecklich verwandelte Elsie, aber er empfand nichts. Weder Reue noch Sorge. Er hörte das hämische Lachen in seinem Rücken, aber er spürte weder Beschämung noch Angst. In ihm war schon fast gar kein Gefühl mehr, nicht mal mehr dieses Gummigefühl, das sich immer einstellte, wenn man die Herrschaft über seinen eigenen Körper verlor. Dieses Gefühl plötzlichen Erschlaffens. Ganzkörperimpotenz. Seine Beine und Arme fühlten sich wie gar nichts an, was zu ihm gehörte, wie überhaupt nichts Lebendiges mehr. Er, Daniel, war nur noch ein glühender Punkt im tiefsten Innern eines schlagartig vergletscherten Berges. Das Sep konnte ihm eigentlich gar nichts anhaben, dachte er plötzlich, nichts, was er nicht schon tausend Mal durchgestanden hätte.

Hunde sprangen bellend neben ihm her, jemand trat ihm in die Seite, und er hätte nicht mal sagen können, ob es ein heftiger oder ein spielerischer Tritt gewesen war. Das Wongo zog ihn vom Hauptweg herunter, auf ein heruntergekommenes Schuppentor zu. Er hob den Kopf so hoch wie nur möglich und sah die geschnitzte Geisterfratze über den Torflügeln. Hinter ihm drängten sich die Leute von Santa Maria Corazon, riefen und lärmten, jemand trat ihm in den Hintern, dann schwang vor ihm das Tor auf.

Sofort kroch er weiter, ohne nachzudenken, ohne selbst irgendwas zu entscheiden, so wie ganz früher, wenn sein Vater zu ihm gesagt hatte: »Zur Strafe bleibst du zwei Stunden lang an der Hofmauer stehen, mit dem Gesicht zur Wand.« Zur Strafe, weil er wieder im Wald gewesen war. Zur Strafe, weil er wieder den Höhlenkerl erwähnt hatte. Zur Strafe, weil er zu seiner Mutter gesagt hatte: »Ich verstehe das nicht – warum musst du denn immer *weinen*, Mami?«

Das Wongo zog ihn in den Innenhof des Voodoo-Tempels. Aus dieser Perspektive und im hellen Tageslicht sah alles so verändert aus, dass er Mühe hatte, sich zu orientieren. Da drüben stand der Altar, da vorn ragte der Poteau-mitan zum Wellblechhimmel auf. Und da hinten – für einen winzigen Moment hätte er fast doch noch etwas empfunden. Begierde, Glück, Hoffnung. Aber nur fast. Da hinten die schmale Schuppentür führte zu Ezilies Kay-mystè.

Das Wongo zog ihn zur gegenüberliegenden Seite des Innenhofs. Schon von weitem erkannte er das Sep, ein schmuckloses Gebilde aus grauem Stein oder Beton, geformt wie ein etwas zu breit und entschieden zu kurz geratener Sarg. An der vorderen Schmalseite war es offen, dafür lag der steinerne Deckel schon unverrückbar fest darauf.

Daniel kroch bis vor den Einschlupf des Sep, dort verharrte er auf allen vieren, wie der Hund vor seiner Hütte. Die Sonne brannte vom Himmel, aber auch die Hitze oder den Gestank, der zweifellos von dem morastigen Boden aufstieg, nahm er in diesem Zustand kaum mehr wahr. Weit fortgeschrittene Versteinerung. Immer mehr Leute drängten in den Innenhof, versammelten sich um ihn herum, riefen ihm obszöne oder hämische Ermunterungen zu.

»Sieh nur zu, dass du deinen Arsch mit in das Sep zwängst, weißer Hund!«

»Und pass ja hübsch auf, dass dein Schwanz nicht draußen bleibt!«

»Wär ja zu schade drum, und um die Eier auch!«

Wer zum Sep verurteilt wurde, musste auf genau vorgeschriebene Weise hineinkriechen und während der gesamten Strafzeit in dieser Haltung ausharren. Ihm blieb überhaupt keine andere Wahl, denn der Bannfluch des Hungan und das Wongo um seinen Hals zwangen ihn, alles genauso auszuführen, wie der Priester es ihm befohlen hatte.

Das giftig grüne Wongo. Plötzlich fiel ihm wieder ein, wo er zuletzt ein Ding von so ziemlich der gleichen Farbe gesehen hatte. Zwei Dinge, genauer gesagt – zwei senfgelbe Netzstrümpfe, auf der Schlafcouch in dem Kellerloch unterm *Paraíso* zusammengeknüllt. Daniel ließ sich flach auf den Boden fallen und wälzte sich auf den Rücken. Er spürte nicht mal Durst, aber er wusste natürlich, dass er zwei Tage und Nächte im Sep kaum überstehen könnte, wenn sie ihm nicht vorher noch was zu trinken gaben. Der Betonsarg lag ungeschützt unter der Sonne.

Seine Augen jagten über die Gesichter, die wie ein Kranz schwarzer Blütenblätter über ihm aufgereiht waren. Ausdruckslose oder hämisch grinsende Gesichter, auch Gabrielle war darunter, der feixende Todesclown. »Na, weißer Typ, schon mal probeliegen im Sarg?« Aber dann hob sie die Schultern, ließ sie wieder fallen und kauerte sich neben ihm hin. Sie hielt ihm eine Flasche an die Lippen, er trank hastig, sich verschluckend, hustend und spuckend, und merkte viel zu spät, was sie ihm da eingeflößt hatte – Clairin, den ätzenden haitianischen Rum.

Immer noch hustend und keuchend schob er sich in das Sep hinein, mit dem Kopf zuerst, die Arme an den Seiten seines Körpers. Im Betonsarg roch es staubig, die Hitze war erstickend, trotzdem robbte er so weit wie überhaupt möglich hinein. Drückte sich mit dem Kopf gegen die Hinterwand, aber es half nichts, es war ganz genau so, wie er es in allen Berichten über das Sep gelesen hatte: Man bekam seinen Hintern, seinen Schwanz einfach nicht mit hinein, egal wie sehr man sich klein zu machen versuchte.

Geschützt wie eine Auster. Jeder der vorbeikam, konnte mit einem machen, was er gerade wollte. Nur schwerwiegende Verletzungen zuzufügen war verboten, bleibende Verstümmelungen, Verwundungen mit Todesfolge, aber praktisch alles andere war erlaubt. Oder sogar erwünscht, denn es gehörte zur Strafe – Demütigung, Stigmatisierung, Psychoterror. Wer keinen Freund oder Angehörigen hatte, der während der Strafzeit neben dem Sep ausharrte, musste mit dem Schlimmsten rechnen – Schlägen, Peinigung und Erniedrigung aller Art. Mädchen oder Frauen im Sep, die keinen kräftigen Wächter aufbieten konnten, wurden unweigerlich vergewaltigt. Ratten oder wilde Hunde konnten sich über den Liegenden hermachen. Fast immer nutzten auch die Frauen ihre Chance, wenn ein männlicher Delinquent im Sep lag. Es gehörte einfach dazu. »*Versetze dem Kerl im Sep einen Tritt, das gefällt den*

Loas«, hatte Daniel irgendwo mal hingekritzelt, und auch dieser Satz kam ihm jetzt wieder in den Sinn.
Während er spürte, wie die Sonne auf seine Beine und seinen Unterleib brannte. Während da draußen die Stimmen durcheinander schwirrten, Gelächter, Gesänge, Hundebellen. Während Hände sich an ihm zu schaffen machten, ihn kniffen, schlugen, quetschten.
Daniel stellte sich vor, dass auch sein Körper aus Stein war, ganz genauso wie der Betonsarg, der ihn abwärts bis zum Nabel umschloss. Dass seine Füße, Beine, sein Hintern, seine Geschlechtsteile aus Stein wären, steinerne Nachbildungen, die diese Leute da draußen mit seinem wirklichen, lebendigen Körper verwechselten. Er empfand nichts mehr, gar nichts mehr, weder Beschämung noch Entsetzen, weder Schmerzen noch Angst. Er war wieder in jener Höhle, im tiefsten Innern des Berges, und diese Leute da draußen, die ihn zu schlagen und zu quälen glaubten, schlugen tatsächlich nur auf die Bergwand ein.

Als Daniel dem Höhlenkerl zum dritten Mal begegnete, war er schon fünfzehn, und wieder war es tief in der Nacht. Nur dass er diesmal nicht draußen im Wald oder in den Straßen herumlief, sondern in seinem Bett lag und schlief.
Er kam zu sich, als er etwas Raues, Kratziges auf seinem Gesicht spürte – ein Tier, dachte er noch im Aufwachen, eine Tierpfote, aber als er dann seine Augen endlich aufbekommen hatte, hockte der dunkle Kerl auf seinem Bett. Der Mond schien durch sein Fenster ins Zimmer, und Daniel hätte am liebsten das Licht angeknipst, aber aus irgendeinem Grund traute er sich nicht, auch nur einen Finger zu bewegen. Er lag auf dem Rücken, der Kerl kauerte neben ihm, halb über ihn ge-

beugt, und seine rechte Hand lag völlig reglos auf Daniels Wange. So als ob sie dort hingehörte oder als ob der Höhlenkerl sie dort vergessen hätte. Er tätschelte ihn nicht oder so etwas, schlug ihn nicht, kniff ihn nicht, betastete ihn nicht – gar nichts. Seine Haut war so dunkel, dass im dämmrigen Licht von seinem Gesicht fast nur die Augen zu sehen waren, umgeben von einem kakaofarbenen Schimmer. Die glühenden Augen.

Er hatte wieder nur so eine Art Lumpenschurz um die Hüften, ansonsten war er nackt. Und er stank – nach Erde, Schweiß, Eisen, mit jenem Beiklang von Verwesung, den Daniel für alle Zeiten mit der Höhle verband. Auch wenn Daniel seine Rückseite nicht sehen konnte, war seine zusammengekrümmte, vornübergesunkene Haltung eigentlich nur damit zu erklären, dass zwischen seinen Schultern ein gewaltiger Buckel saß.

»Verschwinde«, sagte Daniel zu ihm. »Wenn mein Vater dich sieht, schlägt er dich tot.«

Da blitzten zwei gelbe Zahnreihen im Dunkeln auf – der Höhlenkerl grinste! Und dann fing er auch noch an zu reden oder jedenfalls zu brabbeln. »Tot? Occo?«

Seine Hand fuhr über Daniels Augen, ganz langsam, so als ob ein dunkles Tuch von rechts nach links vor ihm vorbeigezogen würde. Und als er wieder etwas sehen konnte, da war er überhaupt nicht mehr in seinem Bett, sondern hockte in der Höhle, und durch den Sternenschacht drang ein dünner Faden Licht zu ihm herein. Es war kein Traum, das merkte Daniel ganz genau, dazu fühlte es sich viel zu echt an. Er spürte den unebenen Boden unter seinem Hintern, roch die modrige Höhlenluft, fühlte die Nachtkühle an seiner Haut. Denn er war vollkommen nackt, aus irgendeinem Grund trug er keinen Fetzen am Leib.

Dabei war der Höhlenkerl immer noch irgendwo um ihn herum,

auch das spürte Daniel ganz deutlich. »Occo?« Er war nicht sicher, ob das der Name des Kerls war, ob es überhaupt ein Wort war, das der andere vorhin absichtlich hervorgestoßen hatte, oder einfach ein bedeutungsloses Gurgeln. »Occo?«

Der andere gab keine Antwort, gab nicht zu erkennen, dass er überhaupt in der Höhle war. Aber Daniel spürte seine Präsenz doch, Täuschung unmöglich, der andere war um ihn herum wie die Moderluft, wie die Dunkelheit, wie der dünne Faden Sternenlicht, der vor ihm im Dunkeln schwebte.

Wenn er mit dem Höhlenkerl nicht reden konnte, das hatte er sich ja öfter schon überlegt, dann musste er sich auf andere Art mit ihm verständigen. Bilder kritzeln, Handzeichen versuchen, Telepathie. Plötzlich hatte Daniel eine Erleuchtung. Diese Zeichnungen an den Höhlenwänden, die stammten überhaupt nicht von irgendwelchen prähistorischen Jägern, die vor zwanzigtausend Jahren vielleicht mal in diesem Loch gehaust hatten. Nein, es war die Art Schrift, mit der sich Occo – der Höhlenkerl – ausdrückte. Bilderschrift.

Dummerweise hatte er ausgerechnet heute sein Feuerzeug nicht dabei, so wenig wie seine Taschenlampe, aber dann musste es eben anders gehen. In dieser Situation erschien ihm das alles ganz und gar schlüssig – er tastete auf dem Boden herum, fand einen dürren Zweig, riss sich ein Büschel Haare aus und band es an ein Ende des Stöckchens. Dieses Gebilde hielt er in das fadendünne Licht des Sterns, drehte es hin und her, und tatsächlich fing es gleich schon an zu glimmen. Und Daniel begann die Höhlenwände zu bemalen, er überlegte keinen Augenblick lang, was er malen sollte, er überließ sich seinen Eingebungen, dem Willen seines Arms, des glimmenden Pinsels, und im Dunkeln konnte er sowieso nicht erkennen, höchstens ahnen, was da an den Wänden ringsherum entstand.

Schrille Schreie rissen ihn aus seiner Versunkenheit. Er fuhr hoch, und da war er nicht mehr in der Höhle – er stand auf seinem Bett, nackt, in der Hand einen brennenden Stock, mit dessen rußiger, glimmender Spitze er auf der weißen Zimmerwand herumkrakelte.

In der offenen Tür standen seine Eltern in Schlafanzug und Nachthemd. An den Wänden waren die Umrisse wilder Kampfszenen – ein Krieger auf einem Riesenvogel, mit dem Speer auf einen gigantischen Wolf zielend, der sich ihm von unten entgegenwarf. Ein dunkler, verwachsener Bursche, der aus einer Höhle hervorschoss, offenbar um sich gleichfalls auf den Wolf zu stürzen. Alles in kühnen Krakeln an die Wand gekritzelt, obwohl Daniel bis dahin nie auch nur das geringste Zeichentalent an den Tag gelegt hatte. Und doch waren diese Bilder in ihrer Art vollkommen, das erkannte er auf den ersten Blick.

»Dieser Irre«, tobte sein Vater, »verkriecht sich in Waldhöhlen, verschmiert die Wände, zündet uns das Haus an! Und was kommt als Nächstes? Dass er nackt auf dem Dach tanzt?«

Während die Mutter heulte und sich die wundroten Augen wischte, stürzte der Vater ins Zimmer. Er versuchte Daniel den brennenden Stock aus der Hand zu reißen und schlug ihm gleichzeitig mit der Faust aus voller Kraft gegen die Brust.

Und da schoss eine Glutwelle in Daniel empor, so reißend und heiß, wie er es niemals vorher erlebt hatte, auch im wildesten Jähzorn nicht. Das Bett unter ihm musste vorher schon unbemerkt Feuer gefangen haben, und die Flammen mussten sich unsichtbar unter der Bettdecke vorangefressen haben, denn anders war nicht zu erklären, weshalb im gleichen Moment, in dem Daniel seine Wut aus sich herausschrie, Feuerzungen aus seiner Matratze fuhren. »Verschwindet!«, schrie Daniel. »Ihr seid die Irren!«, brüllte er, während er nackt auf seinem Bett herumtanzte, seinen Flammenpinsel schwenkte, unter dem atavistischen Rußgekrakel, und aus seiner Matratze meterhohe Flammen schlugen.

Die Flammen waren so heiß, sie durchdrangen sogar seine Versteinerung. Er hatte sich so fest vorgenommen, nichts zu spüren, gar nichts, keine Angst und keinen Schmerz. Aber das Feuer war stärker. Die Glut versengte ihn. Die Flammen fraßen an seiner Haut. Der Rauch drohte ihn zu ersticken. Aber irgendetwas stimmte hier ganz und gar nicht, dachte Daniel – es war ja nur ein erinnertes Feuer, nur Gedächtnisglut, wie konnte er sich an solchen Flammen verbrennen? Und doch war es so – er hustete schon, so viel Qualm war in der Luft, und er musste die Zähne zusammenbeißen, so glühend war der Schmerz, der jetzt über seinen Rücken jagte. Er warf seinen Kopf hin und her, die Helligkeit des Feuerscheins blendete ihn durch seine geschlossenen Lider hindurch. Er strampelte mit den Beinen, er musste weg von hier, raus aus dem Feuer, sofort!

»Hey, hey, nur ruhig, weißer Typ.«

Die Stimme kam ihm vertraut vor, und er sah auch gleich wieder das Gesicht vor sich, das zu der heiseren Stimme ganz genau passte, die schwarze Haut, die hohen Wangenknochen, die aufgestülpte Nase. Gabrielle, der Todesclown. Aber was hatte sie in seinem Zimmer, zu Hause bei seinen Eltern, verloren?

Er machte die Augen auf und gleich wieder zu. Senkrecht knallte die Sonne auf ihn runter, daher die blendende Helligkeit. Also kein Feuer? Aber er roch doch den Schmorgestank, den Rauch, den vertrauten Geruch von heißem Stein. Und seine Haut fühlte sich wund an, auf dem Rücken, an seinen Händen, so als ob er in Feuer gefasst hätte.

»Steh auf, weißer Hund. Ich befehle es dir.« Wieder öffnete Daniel die Augen. Über ihm, riesenhaft aufragend, stand der Hungan in seinem bunten Flickenmantel, die stechenden Augen bohrten sich in sein Gesicht. »Das Feuer im Sep – wie hast du das angestellt?«

Daniel schüttelte nur den Kopf. Er lag mitten im Innenhof des Humfò. Über ihm war ein Gewirr aus Drähten, Neonlampen unter dem Wellblechdach. Er verdrehte den Hals nach hinten, und da sah er, dass der Ausschlupf aus dem Sep tatsächlich rußgeschwärzt war. Schwarzer Qualm waberte aus dem Betonsarg, und mit den Rußbröckchen stoben immer noch Funken ins Freie.

»Ich habe ... gar nichts ...« Seine Stimme klang wie Krähenkrächzen. Er räusperte sich, aber das half überhaupt nichts, im Gegenteil – er musste fürchterlich husten, und danach fühlte sich sein Hals an, als ob er tatsächlich Feuer geschluckt hätte. Gabrielle kauerte sich neben ihm in den Dreck. Sie hielt ihm eine Flasche an die Lippen. Er wollte seinen Mund wegdrehen, aber sie grinste auf ihn herunter. »Einfach Wasser, weißer Typ.«

Er ließ das Zeug in seine Kehle laufen. Es war wirklich Wasser, warmes, schlammiges Wasser, das wahrscheinlich von Wurmlarven wimmelte. Nie hatte ihm irgendein Getränk besser geschmeckt. Erst als die Flasche bis auf den letzten Tropfen in seinen Hals umgefüllt war, setzte er sie ab und richtete sich auf. Gabrielle kauerte neben ihm und grinste ihn an. Seine Haut war von den Füßen bis zum Nabel von der Sonne verbrannt. Auch sein Rücken fühlte sich wund an – anscheinend hatten sie ihn an den Füßen aus dem Sep gezerrt, als es da drinnen plötzlich angefangen hatte zu brennen. Doch die Wunden an seinen Händen, die Blasen, der Ruß, das freigefressene Fleisch – das alles kam ohne Zweifel von wirklichem Feuer. Aber wie war das möglich, dachte Daniel – nur weil er sich an die Flammen in jener Nacht erinnert hatte, als der Höhlenkerl auf seinem Bett gekauert hatte? Eine Nacht vor zehn Jahren, ein Feuer, das vor zehn Jahren erloschen war. Und dessen Entstehen eigentlich schon damals ziemlich rätselhaft gewesen war. Aber das eine hatte mit dem anderen bestimmt nicht das Geringste zu tun.

Um seinen Hals hing immer noch das Wongo von der Form eines vermoderten Kondoms. Daniel löste das Seil um seinen Hals und wollte das verdammte Ding von sich schleudern, aber der Hungan beugte sich zu ihm herab und nahm es ihm aus der Hand. »Erzürne nicht die Götter, weißer Hund. Was auch da drin passiert ist« – er deutete mit der Schläfe auf das Sep hinunter –, »die Strafe, die ich dir auferlegt habe, war gerecht. Denn du hast gegen Ezilie gefrevelt.«

Was auch da drin passiert ist? Daniel verstand immer weniger, worauf der Priester mit seinen Andeutungen hinauswollte. Eine Glasscherbe, die Sonnenstrahlen bündelte, sogar eine gewisse Staubkonzentration in der Luft oder natürlich ein Racheakt, verübt von der zornigen Sippe jenes kleinen Mädchens – es gab eine Menge Möglichkeiten, wodurch plötzlich ein Feuer in einem Betonkasten ausbrechen konnte, in dem ein nackter Mann im Wongo-Bann lag. Aber der Hungan schien keine dieser Möglichkeiten in Betracht zu ziehen – oder warum sonst wirkte er derart beeindruckt, ja geradezu verstört?

Daniel versuchte aufzustehen, aber er kam nur bis in die Hocke. Seine Beine fühlten sich an wie mit Schlamm gefüllt. Gabrielle musste ihn stützen. Sie half ihm, sich auf den qualmenden Sep zu setzen, und sie zerrte sogar ein paar Lumpenfetzen unter ihrem übergroßen Anzug hervor. Fürsorglicher Todesclown.

»Hier – für deinen Arsch, weißer Typ.«

Daniel wendete die Fetzen mit spitzen Fingern hin und her. Ein zerlöchertes T-Shirt, Ursprungsfarbe unbekannt, jetzt schillerte es in einem Regenbogenfächer aus Schimmelgrün, Rostrot, Geifergelb. Dazu eine Art Dreivierteljeans, ehemals wahrscheinlich weiß, jetzt mit Schlamm und Dreck in allen erdenklichen Grau- und Braunschattierungen getränkt. Dankbar war er Gabrielle trotzdem. Alles besser, als noch länger mit nacktem Hintern in diesem Humfò herumzuhängen. »Wo sind meine Sachen?«, fragte er, während er sich mühsam in die Hose hineinkämpfte.
Gabrielle hob die Schultern bis zu den Sonnenbrillenbügeln und ließ sie in Zeitlupe wieder sinken. »Bei Typen wie dir kommt es sowieso nicht so drauf an, was ihr am Arsch tragt.«
Darüber musste Daniel erst mal nachdenken. Er nestelte sich das Lumpenhemd über den Kopf. Die Brandblasen auf seinen Fingerspitzen taten höllisch weh. Auf seinem Handrücken war die Haut aufgeplatzt, auch seine rechte Wange fühlte sich wund an – da wo damals in der Nacht die Hand des Höhlenkerls gelegen hatte. »Du meinst – weil Typen wie ich keinen Loa mèt-tèt haben?« Dessen Vorlieben auch den Lebensstil des Besessenen prägten – bis in die Kleideretikette hinein. Wie bei Gabrielle, der Frau mit dem Auftreten von Todesgott Gèdè.
»Na klar, weißer Typ.«
»Nicht mehr ganz so klar.« Der Hungan stand immer noch bei ihnen, in seinem grellfarbenen Flickenmantel, den brennenden Blick auf Daniel gerichtet. »Ich gebe dich frei, weißer Mann. Ich will nicht, dass sich die Loas gegen meinen Humfò wenden – nicht wegen einem …« Er brummte etwas Unverständliches, Gabrielle sah zu ihm empor – mit einem Erschrecken, das für einen Sekundenbruchteil ihr Gèdè-Grinsen durchlöcherte. »Verschwinde aus Santa Maria Corazon, weißer Mann –

sofort«, fuhr der Hungan fort. »Heute Abend, wenn unsere Leute merken, dass du nicht mehr im Sep bist, solltest du zu deinem eigenen Besten weit weg von hier sein.«
»Aber ich hab keinem von euch irgendwas getan.« Der ganze Humfò, mitsamt Gabrielle und dem Hungan, schien vor Daniel leise hin und her zu schwanken. »Falls du auf dieses Foto anspielst – das war gefälscht, und das wisst ihr beide ganz genau! Ich hab diese Kleine nicht –«
»So wie du auch das Feuer da drinnen nicht angezündet hast, weißer Mann?« Der Hungan schüttelte den Kopf. »Verschwinde aus meinem Humfò. Aus meinem Dorf. Sofort.« Er deutete auf ein verrammeltes Tor direkt neben dem Sep. »Nimm diesen Ausgang – damit dich niemand sieht. Er führt direkt in den Wald.«

16

Gabrielle sagte: »Du warst noch nicht ganz im Sep, da ist Jean Baptiste auf und davon, weißer Typ.«
Und sie sagte: »Mit deiner Elsie, na klar, weißer Typ – die war auch dabei. Das kostbarste Tierchen in seiner Karawane.«
Und Gabrielle sagte: »Wohin? Tja, das wird nicht ganz so leicht. Aber wir finden es heraus.«
Und sie sagte auch: »Vermutlich geht's wieder mal ums Tanzknochenhaus. Ganz großer Kunde von Jean Baptiste. Aber das weiß höchstens Joseph – mon oncle Joseph. Der Hungan im nächsten Dorf – San Miguel, nur ein paar Fußstunden von hier.«
Daniel trottete neben ihr her, am Rand der löchrigen Straße

entlang, die sich zwischen Wald und Hügeln in die Berge hochschlängelte. Er war immer noch völlig durcheinander, eigentlich verstand er sogar immer weniger, je länger er das Durcheinander in seinem Kopf zu ordnen versuchte. Schrottreife Busse keuchten hupend und gigantische Dieselrußwolken ausstoßend an ihnen vorbei. Dann wieder kam ihnen ein Eselskarren in Steinzeittempo entgegen. Und dann wieder: nichts als karibische Hitze, die allerdings immer erträglicher wurde, je höher sie in die Berge hinaufkamen. Waldgeruch. Und an seiner Seite Gabrielle, der dämonisch grinsende Todesclown.
Gabrielle, die unvermittelt sagte: »Vielleicht hat der Hungan ja Recht?« Dazu sah sie ihn von der Seite lauernd an, aber Daniel reagierte nicht darauf. Natürlich ahnte er, worauf sie hinauswollte, er selbst strich ja mit seinen Gedanken auch immer wieder um diesen wunden Punkt herum. Die Feuerwunde in seinem Innern. Die flammende Frage, den heißen Punkt, wie die Bokore des Voodoo, die Schwarzmagier in einem anderen Zusammenhang tatsächlich sagten – »le point chaud«, die Verbindung mit einem Dämon.
Das Feuer im Sep – wie hatte er das angestellt? Aber wieso ich?, dachte Daniel dann wieder. Denn jedes Mal, wenn ihm diese Frage in den Sinn kam, musste er unweigerlich auch an diese Worte des Hungan denken: »Ich will nicht, dass sich die Loas gegen meinen Humfò wenden.«
Mittag war vorüber. Seit wenigstens einer Stunde folgten sie der bröckligen Bergstraße. Der Hungan hatte ihn zu zwei Tagen und Nächten im Sep verurteilt, ihn dann aber schon zur Mitte des zweiten Tages freigelassen. Warum? Was hatte seinen Sinneswandel bewirkt – das läppische Feuer im Sep, das aus einem Dutzend Gründen ausgebrochen sein konnte? Und weshalb hatte er überhaupt mit Jean Baptiste gemeinsame Sache gemacht –

dem Haitianer einen Vorsprung von achtundvierzig Stunden verschafft, der nun allerdings, durch das Feuer im Sep, auf dreißig Stunden zusammengeschmolzen war.
Dreißig Stunden! Der Magen krampfte sich Daniel zusammen. Was zum Teufel sollte er jetzt machen? Er musste doch nach Elsie suchen! Wie kam er denn überhaupt dazu, mit Gabrielle in dieses Bergdorf zu traben – nur weil sie behauptet hatte, dass ihr Onkel dort über Jean Baptistes Pläne Bescheid wüsste! Und wenn sie ihn wieder nur anlog, wie sie ihn alle hier von vorn bis hinten betrogen hatten – Jean Baptiste, Gabrielle, sogar Ezilie-la-Vierge? An die er jetzt besser nicht denken sollte, denn das steigerte seine Verwirrung nur noch mehr. Deine süße Verräterzunge, unschuldige Ezilie.
»Ich muss zurück, Gabrielle.« Er blieb stehen. »Das hat doch so alles keinen Sinn – ich muss mit der Familie von diesem kleinen Mädchen reden. Diese Sache aus der Welt schaffen und dann zur Polizei, damit sie nach Elsie fahnden. Das ist doch alles ein Wahnsinn sonst!«
»Aus der Welt schaffen, weißer Typ? Dafür ist es längst zu spät.« Sie feixte ihn an, zog eine Hundeleine aus der Tasche und wirbelte sie durch die Luft. »Die Bilder sind da, und das Mädchen ist weg.«
Er sah sie nur wortlos an. Wieder keuchte ein Schrottbus vorbei, so überladen, dass die Leute aus den Fenstern heraushingen und das Dach sich unter den Massen an Gepäck durchzubiegen schien. Der Fahrer drückte auf die Fünfton-Hupe, schaltete vor der Kurve zurück, und ein Schwall Dieselruß hüllte Daniel und Gabrielle ein.
»Die Kleine ist natürlich auch bei Jean Baptiste, weißer Typ.« Gabrielle schrie gegen das Brüllen des uralten Motors an. »Du verstehst gar nichts, oder?«

Nein, gar nichts, dachte Daniel. Und eigentlich wollte er auch nichts von alledem verstehen. »Nicht mal, warum du mir hilfst.«
Und Gabrielle sagte: »Weil ich immer schon mal einen weißen Sklaven piesacken wollte.« Sie fasste ihm zwischen die Beine, ließ aber sofort wieder los. Und Gabrielle sagte: »Das wünsche ich mir, seit ich dich im *Paraíso* gesehen hab, Daniel.«
Und dann warf sie ihm die Hundeleine über den Kopf und zog ihn lachend hinter sich her. »Nur ein kleiner Spaß, M'sieur, nur ein Spaß!«

San Miguel war ein malerisches Bergdorf, siebenhundert Meter über dem Meer. Am Nachmittag, als sie ankamen, war es glühend heiß, aber diese trockene Hitze war viel besser zu ertragen als die modrige Schwüle unten an der Küste. Von den dicht bewaldeten Bergen her wehte beständig ein leichter Wind, der die Luft mit einem würzigen Geruch auffrischte. Nachts konnte es hier sogar frostig kalt werden, wie Joseph erklärte. *»Mon oncle Joseph«*, so stellte Gabrielle den schnauzbärtigen Hungan tatsächlich vor, aber wieder mit diesem parodistischen Grinsen, das alles, was sie sagte, gleichzeitig zurückzunehmen, durch Übertreibung auszuhöhlen schien.
San Miguel gefiel Daniel auf Anhieb. Auch in diesem Dorf gab es schäbig aussehende Hütten aus Beton und Wellblech, aber die meisten Häuser waren sorgfältig aus Holz erbaut, und dazwischen standen sogar einige kunstvoll verschnörkelte kleine Villen mit Türmchen und Veranda, gleichfalls aus Holz. Die Fassaden waren schreiend bunt bemalt, in ungebrochenen Rot- oder Gelbtönen, so dass das Dorf aus der Ferne wie ein riesiger Papagei ausgesehen hatte, der auf dem höchsten Hügel in der ganzen Gegend gelandet war. Und die farbenprächtigste Feder im Gefieder des Ortes war der Humfò von Joseph.

Auf den ersten Blick war auch dieser Tempel einfach ein Bauernhof – das übliche Geviert aus bunten Holzgebäuden, in der Mitte der überdachte Innenhof. Auf den zweiten Blick war es die Voodoo-Version eines christlichen Klosters. Mit dem Altarraum, heiligen Nebengemächern und sogar einem hölzernen Kreuzgang, der sich rund um das Atrium zog.

»Berichte mir, Gabrielle«, sagte Joseph. Sie saßen auf der Veranda vor dem Haupthaus seines Humfò. Eine junge Hunsi stellte eine Karaffe schäumenden Obstsaft auf den Tisch, eine zweite trug eine Platte mit Enchiladas herbei.

»Jean Baptiste spielt falsch«, sagte Gabrielle. »Er hat mich benutzt und hintergangen.« Sie saß in einem gewaltigen Schaukelstuhl und schwang unter lautem Knarren hin und her.

»Er benutzt und hintergeht alle, ma petite.« Joseph strich sich den eisgrauen Schnauzbart. Mit seiner gedrungenen Gestalt im dunkelroten, knöchellangen Mantel sah er beinahe wie der Abt eines Klosters aus. Aber nur beinahe – der Mantel schien bei näherem Hinsehen eine Art Hausrock zu sein, wie ihn alte Mütterchen in Europa vor zwanzig Jahren oder mehr getragen hatten. »Er benutzt Menschen und Bakas, aber was erwartest du, Gabrielle – Jean Baptiste ist ein Bokor.«

Die Worte hallten wie Gongschläge in Daniels Kopf. Bakas, übelwollende Dämonen. Jean Baptiste manipulierte sie, denn er war ein Bokor. Ein Schwarzmagier.

»Er ist sogar der erfahrenste und geschickteste Bokor, der mir jemals untergekommen ist«, fuhr Joseph fort. »Und einer der rücksichtslosesten dazu – und diese Kombination macht nicht nur mir immer mehr Sorgen. Die Bakas sind gierig – er muss ihnen immer größere Opfer bringen, damit sie ihre Seite des Pakts erfüllen. Damit sie sich in den Köpfen der Leute einnisten, die er für seine Zwecke lenken will. Es heißt, dass er sich

auch mit Menschenfresser-Bakas eingelassen hat. Und das ist eine Grenze, die niemand überschreiten sollte, ma petite.«
Gabrielle schwang immer wilder hin und her. Obwohl sie ihre Spiegelbrille ausnahmsweise nicht auf der Nase trug, wirkte ihr Gesicht maskiert. In ihrem Mundwinkel wippte, wie beinahe immer, eine qualmende Kippe. »Er muss unschädlich gemacht werden«, sagte sie.
Joseph lächelte sie dünnlippig an. Er saß auf einem schwarzen Holzstuhl mit hoher, senkrechter Lehne und aufwändigen Schnitzereien, die tatsächlich San Miguel darstellten – den heiligen Michael, wie er im Himmel mit Luzifer kämpfte, dem abtrünnigen Lieblingsengel Gottes. »Wir alle haben zu lange zugesehen – auch du, Gabrielle«, sagte er, und sein Blick ging zwischen Gabrielle und Daniel hindurch, zu den Wäldern hinüber, die sich nach Süden hin unendlich zu erstrecken schienen. »Inzwischen ist Jean Baptiste viel zu mächtig geworden – ich sehe weit und breit niemanden, der einem so machtvollen Bokor entgegentreten könnte.«
»Vielleicht sitzt er vor dir, *mon oncle.*«
Gabrielle deutete mit dem ausgestreckten Arm auf Daniel. Der saß tief eingesunken in einem türkisfarbenen Polstersessel und hatte Mühe, dem Zwiegespräch der beiden halbwegs zu folgen. Das Feuer im Sep – wie hatte er das angestellt? Immer wieder irrten seine Gedanken zu diesem Punkt zurück. Gabrielle und der Hungan redeten in einer verwirrenden Mischung aus Spanisch und Patois, und sowieso fühlte er sich völlig erschöpft und durcheinander. Die Enchiladas und der köstliche Obstsaft schienen nur für ihn auf dem Tisch zu stehen, jedenfalls war er der Einzige, der sich immer wieder davon bediente.
Und Gabrielle sagte: »Deshalb sind wir zu dir gekommen,

Joseph. Deshalb habe ich ihn hierher gebracht – weil er der Einzige ist, der Jean Baptiste besiegen kann.«
»Aber wieso er? Ein weißer Mann mit verbrannten Händen?«
Der Hungan schüttelte den Kopf. Die Arme vor der Brust mit dem roten Mantel verschränkt, der auf den ersten Blick so ungemein würdig wirkte und auf den zweiten ein lächerlicher Lumpen war. Und der auf den dritten keines von beiden war, sondern ein Teil der Voodoo-Wirklichkeit, für die ganz eigene Maßstäbe galten.
Und Gabrielle sagte: »Weil er *Feuer* machen kann, mon oncle – darum.«
Und sie sagte: »Weil du ihn nackt in deinen Sep einsperren und mit deinem stärksten Wongo bannen kannst – und er lässt es im Sep brennen, einfach so.«
Und Gabrielle sagte auch: »Weil er Ogu um Hilfe gerufen hat, und der Feuer- und Krieger-Loa ist tatsächlich gekommen.«
»Ogu?«, wiederholte der Hungan. Zum ersten Mal schien er Daniel mehr als nur beiläufig anzusehen. »Bist du sicher, ma petite? Weißt du, wie lange Ogu sich in keinem Humfò mehr hat blicken lassen?«
Occo, dachte Daniel. Aber er fühlte sich viel zu müde und durcheinander, um über diesen Punkt mit irgendjemandem zu debattieren. Und hatte er wirklich laut gerufen, während er in Wachtrance im Sep lag? Laut den Namen Occo gerufen – woraufhin ihm der Feuer-Loa zu Hilfe geeilt war?
Gabrielle schwang mit ihrem knarrenden Schaukelstuhl weit nach vorn, beugte den Oberkörper vor und legte ihre Hand auf Daniels linke Wange. »Er braucht ein Canzo, Joseph, eine Voodoo-Initiation«, sagte sie. »Mit Ogu als seinem Loa mèt-tèt wäre er ein Gegner, vor dem sogar Jean Baptiste Angst hätte.«
»So sehr hasst du ihn, Gabrielle?«

Sie begnügte sich mit einer Clownsgrimasse – parodistisch übertriebene Zerknirschung.
»Lass uns nichts übereilen, ma petite«, fuhr der Hungan fort. »Für dieses Canzo müsstet ihr sowieso über die Grenze nach Haiti – eine Ogu-Zeremonie wäre für uns hier wirklich etwas zu groß. Und entschieden zu heiß«, fügte er mit einem erschrockenen Lächeln hinzu. »Aber gib mir erst noch ein paar Stunden Zeit, um herauszufinden, was Jean Baptiste vorhat. Wo er jetzt ist und wo er hinwill – mit all diesen Leuten, die er bei sich hat.«

17

An diesem Abend fand im Humfò von San Miguel eine Zeremonie zu Ehren von Gèdè statt. Daniel hatte den ganzen Nachmittag in einem Zustand fiebriger Erwartung verbracht. Stundenlang war er im Wald umhergerannt, auf schmalen, verwucherten Pfaden um San Miguel herum. Alle Zweifel waren von ihm abgefallen, seit er die zwei magischen Silben aus den Mündern Gabrielles und des Hungan gehört hatte.
Ogu.
Warum hatte er das alles nicht selbst schon vor langer Zeit erkannt? Die stärkste ihm innewohnende Kraft: Ogu, die Feuersbrunst, der Lavastrom. Es klärte alles, sein ganzes Leben, mit einem einzigen Schlag. Er war tatsächlich schon vor zehn Jahren und mehr auf dem Weg des Voodoo gewesen. Denn Voodoo war keine regionale Verrücktheit, keine pervertierte Inselreligion, das wusste er ja seit langem – Voodoo war ritualisierte Weisheit zur Entfesselung von Kräften, die in allen

Menschen schlummerten. In allen Lebewesen, in allem, was lebendige Energie enthielt. Und der Höhlenkerl war also niemand anderes als eine Erscheinungsform des Feuer-Loa – jetzt im Nachhinein lag alles wasserklar zutage, was ihm damals ganz und gar rätselhaft vorgekommen war. Und was in den Augen seiner Eltern immer nur eines bedeutet hatte: dass ihr Sohn wahnsinnig war.

Aber er war nicht verrückt, er war auf dem Weg des Voodoo, schon mit zwölf, dreizehn Jahren war er auf seinem magischen Weg gewesen. Dreimal war ihm der Höhlenkerl erschienen, und bei zwei dieser Ereignisse war es zum Ausbruch von Feuer gekommen. Und beim dritten Mal hatte er ihm sogar seinen Namen genannt – nicht »Occo«, wie er verstanden hatte, nein, er war der Feuer-Loa, die stärkste Daniel innewohnende Kraft. Ogu. Der Gott der Krieger und des Zorns, der Schmiede und der Feuersbrunst. Schon die Erinnerung an ihn hatte heute genügt, um das Sep in Flammen aufgehen zu lassen.

Er würde den Weg des Voodoo bis zu Ende gehen, dachte Daniel, er würde alles in seinen Kräften Stehende tun, damit Ogu als sein Loa mèt-tèt dauerhaft von ihm Besitz ergreifen würde. Und dann würde er Elsie befreien und endlich mit sich selbst eins geworden sein. Mit der stärksten ihm innewohnenden Kraft.

Der Humfò war zum Bersten gefüllt mit Voodoo-Anhängern. Wieder saß Daniel auf einem Schemel neben dem Altar, auf dem ein monströser Holzphallus prangte, das Lieblingsrequisit des Todes-Loa Gèdè. Und doch war diesmal fast alles anders als vor knapp einer Woche im Humfò von Santa Maria Corazon.

Neben ihm saß nicht Elsie im goldenen Kleid, sondern Gabrielle in ihrem schmierigen schwarzen Anzug. Vor allem aber fürchtete er sich diesmal nicht davor, dass ein Loa ihn wirklich packen, dass er Besitz von ihm ergreifen, die stärkste ihm innewohnende Kraft entfesseln könnte. Nein, diesmal konnte Daniel diesen Augenblick kaum mehr erwarten. Er sehnte ihn herbei. In seinem Innern spürte er ein elektrisches Kribbeln und Knistern, das mit jeder Minute stärker wurde, quälender, auf eine fast unerträgliche Weise euphorisierend.

Ogu. Er kündigte sich schon in Daniel an. Und diesmal würde er sich nicht gegen den Loa verkrampfen und versteinern, diesmal würde er ihm bereitwillig alle Tore öffnen. Auch wenn Joseph eingewandt hatte, dass eine Ogu-Zeremonie für seinen Humfò zu groß und zu »heiß« sei – heute würde der Feuer-Loa sie mit seiner Präsenz beehren, das spürte Daniel mit einer so peinigenden, so lustvollen Deutlichkeit wie niemals irgendetwas zuvor.

Gabrielle schaukelte auf ihrem Schemel hin und her. Auch sie wirkte heute noch aufgekratzter, noch überdrehter, als sie sowieso schon meistens zu sein schien. Unablässig murmelte sie obszöne Sprüche und zynische Totengräber-Weisheiten vor sich hin, zweifellos, um sich für ihren Loa mèt-tèt bereit zu machen. »Morgen sind wir alle Morast.«

Und bis dahin?, dachte Daniel. So euphorisch, so hoffnungs- und erwartungsvoll er sich auch fühlte – wenn er an Gabrielle dachte, hatte er jedes Mal ein mehr als unbehagliches Gefühl. Sie schien zu sprühen vor ungebändigter Energie, nie war sie ihm anziehender, aber auch niemals wilder, gefährlicher erschienen. Was spielte sie für ein Spiel? Wofür versuchte sie ihn zu benutzen? Bis vor kurzem hatte sie ja allem Anschein nach noch gemeinsame Sache mit Jean Baptiste gemacht, hatte ihn, Daniel, im Auftrag des Haitianers in dieses Kellerloch unter dem *Paraíso* gebracht oder Elsie und ihn zusammen mit Jean Baptiste nach Santa Maria Corazon verfrachtet. Dann aber musste irgendetwas passiert sein, das die beiden auseinander getrieben hatte – Liebe? Sex? Hatte der kleine Todesclown sich in den Bokor vergafft und war abgewiesen worden? Oder ging es um etwas ganz anderes? Aber welcher Art waren Jean Baptistes Geschäfte eigentlich?

Von Gabrielle hatte er auch hierzu nur vage Auskünfte bekommen. Menschenhandel, so viel hatte er sich aus ihren Andeutungen zusammenreimen können, aber er spürte ja, dass das noch nicht alles war. Joseph hatte angekündigt, dass er ihnen nach der Zeremonie berichten würde, was er über Jean Baptistes Absichten und Aufenthaltsort herausgefunden hätte. Er warte noch auf eine Nachricht, hatte er ihnen erklärt, und Daniel fragte sich, auf welchem Weg den Hungan diese Nachricht wohl erreichen würde. Mobiltelefon? Oder übermittelt durch einen der Geisterboten, die nach Anschauung des Voodoo in unabsehbaren Heerscharen durch die Lüfte jagten?

Ogu wird auch mein inneres Auge öffnen, dachte Daniel. Der Feuer-Gott war auch der Loa der Visionen, des glühenden Strahls der Intuition. Auch der Lichtfaden in seiner Spessarthöhle, sagte sich Daniel, war schon ein Vorzeichen Ogus gewesen.

Der La-place erschien, der Zeremonienmeister des Humfò, und präsentierte seinen Säbel. Hintendrein drängten die Hunsis, nicht weniger als zwölf, marschierend und Fahnen schwenkend zur zeremoniellen Flaggenparade – Parodie auf den militärischen Pomp der einstigen Eroberermächte, Spanien und Frankreich. »*Aber mit den Augen des Voodoo-Anhängers betrachtet*«, hatte Daniel in eine seiner Voodoo-Kladden geschrieben, »*haben die westlichen Kulturen insgesamt etwas Soldatisches, Roboterhaftes, eine Tendenz zum Mechanischen, Seelenlosen –*

zu einem Leben, das in mancherlei Hinsicht einem vorweggenommenen Tod gleicht.« Manchmal hatte er sich mitten in den Ausstellungssaal gestellt und den Besuchern mit monotoner Stimme aus seiner Kladde vorgelesen, und während sich Daniel daran erinnerte, wie entgeistert ihn die Leute bei diesen Lesungen meistens angestarrt hatten, erschien Joseph in seinem dunkelroten Mönchsmantel und ging neben dem Poteau-mitan in die Knie.

Feierlich malte er das Zeichen Legbas, des göttlichen Mittlers, auf den Boden. Die Trommeln dröhnten. Die Hunsis begannen wild zu tanzen, ein heiliges Ballett zu Ehren Legbas, des Öffners der Schleuse zur Götterwelt. Die Haare grau gefärbt, tiefe Furchen auf ihre Gesichter geschminkt, die Augen verdreht, sprangen sie so kraftvoll und geschmeidig umher, mit irrsinnig zuckenden Gliedern, wie es für Legba charakteristisch war, den Loa mit der Greisengestalt und der Kraft eines jungen Stiers. Nicht lange, und auf der anderen Seite des Humfò wurde ein junger Schwarzer aus der Hocke emporgezogen und mit schrecklicher Gewalt gleich wieder zu Boden geworfen. Einen Augenblick lang lag er starr auf dem Rücken, dann fuhr der Loa in ihn, wie Gas in einen Ballon strömt oder wie eine Flutwelle durch ein Schotttor bricht. Der Junge stieß einen Schrei aus, Lust, Schmerz, Angst in unentwirrbarer Vermischung. Seine Glieder krümmten sich, und seine Kiefer knackten, seine Zähne knirschten so laut, dass es durch das Tosen der Trommeln, die Rufe der Voodoo-Anhänger, den Gesang der Hunsis hindurch bis zu Daniel herüber zu hören war. Und für einen Moment schrecklicher Ernüchterung fragte sich Daniel, ob die Wissenschaftler der westlichen Welt nicht vielleicht doch Recht hatten, wenn sie den Besessenheitskult des Voodoo ganz einfach als rituell verankerte Geistesstörung erklärten.

Angst. Da war sie zurück, die verkrampfende, entzweiende, versteinernde Angst.
Aber wie kann es Verrücktheit sein, dachte Daniel, wenn das Sep wirklich gebrannt hat? Die Trommeln dröhnten. Die Hunsis tanzten. Wie kann es Wahnsinn sein, wenn der Wald unten am Meer wirklich gebrannt hat? Der von Legba Besessene erhob sich mit einem Sprung, der seiner verkrümmten Greisengestalt hohnzusprechen schien. Eine Hunsi eilte herbei, um ihm seinen Spazierstock zu überreichen, und Legba legte einen rheumatischen Arm um sie, presste die Tempeldienerin an sich, zog sie mit sich, seinen Stock in der Luft schwenkend.
Wie kann es Psychose sein, wenn ich wirkliche Brandblasen an den Händen habe, wenn mein Handrücken eine einzige Feuerwunde ist? Wenn aus dem Sep Qualm gewabert ist, Ruß und Funken gequollen sind, wenn Gedankenkraft ein wirkliches Feuer entfacht hat? Nein, irrsinnig sind nur diejenigen, die sich gegen die stärkste ihnen innewohnende Kraft versteinern.
Und der Krampf in Daniels Innerem löste sich wieder, wich aufs Neue dem elektrischen Kribbeln und Knistern, das sich immer weiter in ihm auszubreiten schien.
Ogu. Sein Blick verschleierte sich. Das Herz klopfte ihm wie rasend in der Brust, während Legba und die Hunsi gegen den Uhrzeigersinn um den Poteau-mitan tanzten und der Hungan sich abermals niederkniete. Eine Hunsi überreichte dem von Legba Besessenen ein schwarzes Huhn, und der schmächtige junge Mann packte es am Hals und riss ihm ohne sichtbare Anstrengung den Kopf ab. In hohem Bogen spritzte das Blut hervor. Der Rhythmus der Trommeln wechselte schlagartig, und genauso schnell änderten die Hunsis ihre Maskerade – im nächsten Moment hatten sie alle hölzerne, schreiend bunt bemalte Penisse umgeschnallt und trugen allesamt Spiegelbril-

len auf der Nase und speckige Zylinder auf den Köpfen. Denn der Hungan malte nun das Vèvè des Todes-Loa in den Staub – ein gleichschenkliges Kreuz mit zwei spiegelnd ineinander gewinkelten V. Zeichen der Zwiespältigkeit, auch der Zweigeschlechtlichkeit von Gèdè.

Der Hungan hatte das Vèvè kaum beendet, da riss es Gabrielle neben Daniel empor. Der Loa schleuderte sie durch den halben Humfò, sie schlingerte mit den Armen, vollführte eine groteske Pantomime, halb halsbrecherischer Ernst, halb zirkusreife Parodie. Neben dem Poteau-mitan kam sie zum Stehen, dann warf der Dämon sie buchstäblich in die Luft, und sie fiel krachend auf den Rücken. Die Augen verdreht, blieb sie zuckend liegen, ihre Zähne begannen zu knirschen, und zwischen den zusammengepressten Lippen quoll Schaum hervor. Die Trommler bearbeiteten wie rasend ihre Instrumente. Die Hunsis klapperten mit den schreiend bunten Holzschwänzen, wiegten sich in den Hüften, der ganze Humfò stimmte einen näselnden Gesang an: »Gèdè, Herr der Leichensäcke, Baron Samedi, der die heißen Leiber liebt, der seinen Schwanz in alle Löcher schiebt, bei Mädchen wie bei Knaben. Denn morgen sind wir alle Schlamm, sei uns gegrüßt, Gèdè, Meister der Gräber.«

Als Gabrielle sich erhob, wurde es für einen Moment totenstill im Humfò. Sie sah aus wie immer und schien doch vollkommen verwandelt, von einer Kraft erfüllt, die ihren Gang federnd machte, jede ihrer Gesten zugleich lässig und bedrohlich wirken ließ. Mit wiegenden Hüften näherte sie sich einem jungen Mann, der am Boden kauerte und erschrocken zu ihr aufsah. Sie nahm seine Hand, zerrte ihn empor, riss ihm mit der anderen Hand die Hose herunter und begann mit dem Überrumpelten, dem die Hosen auf den Fußknöcheln hingen, um den Poteau-mitan zu tanzen. Seine Lippen zitterten vor Angst, seine Augen waren weit aufgerissen, Daniel sah es ganz deutlich, als die beiden dicht an ihm vorübertanzten. Gabrielle hatte ihre Spiegelbrille ins Haar hochgestreift, daher konnte er ausnahmsweise ihre Augen sehen, die auf ganz und gar unnatürliche Weise glänzten. So als ob ein Lichtstrahl von innen aus ihren Augenhöhlen hervorbrechen würde, während ihre eine Hand auf dem Rücken des Jungen lag und die andere sich zwischen seinen Beinen zu schaffen machte. Dabei sah sie Daniel einen Moment lang mit diesen brennenden Augen an, dann war sie vorbei, stieß den Jungen von sich und trat neben den Hungan.

»Test gefällig, Mètre Joseph?«, näselte sie mit der Stimme Gèdès.

Weitere Voodoo-Anhänger wurden von Manifestationen des Todes-Loa ergriffen – von dem zwielichtigen Baron Samedi, dem unheimlichen Baron La-croix oder von Madame Brigitte, einer knochigen Alten, der die leeren Brustsäcke vor dem fleischlosen Rumpf herunterbaumelten. Aber Daniel hatte nur noch Augen für Gabrielle, die jetzt eine junge Frau an sich zog, ihr mit einem Ratsch die Bluse aufriss und ungeniert ihre Brüste zu kneten begann. Das Mädchen wand sich, verlegen und geschmeichelt zugleich, weil der mächtige Loa ihr seine Aufmerksamkeit schenkte. Währenddessen bereitete Joseph bereits den Test vor, zu dem Gabrielle-Gèdè ihn so siegesgewiss aufgefordert hatte. Den berüchtigten Gèdè-Test, mit dem man unfehlbar herausfinden konnte, ob eine Person tatsächlich vom Todes-Loa besessen war – oder ob sie das nur vortäuschte, um sich auf diese Weise die Privilegien zu erschleichen, auf die einzig und allein Gèdè ein Anrecht besaß. Das Privileg einer schrankenlosen sexuellen Freizügigkeit, das Recht auf großzügige Bewirtung und nicht zuletzt die Freiheit, jedem ungestraft die gröbsten Beleidigungen ins Gesicht zu sagen.

Eine Hunsi hielt eine leere Konservendose vor den Hungan, und der schüttete nacheinander die abscheulichsten Zutaten hinein, begleitet von erregten Zurufen der Voodoo-Gemeinde. »Clairin! Er soll besoffen umfallen, wenn er nicht Gèdè ist! Pfeffer! Sein Magen soll sich auflösen, wenn er ein Betrüger ist!« Es folgte ein halbes Dutzend Gewürze, eines schärfer und ätzender als das andere. Der Hungan nahm jeweils großzügige Prisen aus verschiedenen Behältern und streute sie in die Konservendose. »Leichensaft von dem Hund, den wir gestern geopfert haben! Der Kerl soll innerlich verfaulen, wenn Gèdè ihn nicht beschützt! Schießpulver! Der Kerl soll in die Luft fliegen, wenn er uns belogen hat! Glassplitter! Er soll von innen verbluten, wenn er nicht Gèdè ist!«

Als Gabrielle wieder an der Stelle vorbeikam, wo Joseph wie ein ekstatischer Barmixer den Teufelsdrink im verrosteten Blechbecher durchrührte, stieß sie das Mädchen von sich und stellte sich feixend vor Joseph auf. »Nun, Mètre?«

Der Hungan strich sich den Schnauzbart, als ob er über irgendetwas nachdenken wollte, dann holte er aus und klatschte Gabrielle einen Schwall des ätzenden Gebräus ins Gesicht. »Wenn Gèdè nicht die Hand über dich hält, bist du jetzt blind!«, schrie er, die Trommler spielten eine kurze Einlage, und Gabrielle stand immer noch genauso da, wie sie sich eben vor Joseph aufgestellt hatte. Feixend, eine Hand auf die Hüfte gestützt, die Sonnenbrille im Kraushaar. Nur dass jetzt eine Brühe aus beißendem Clairin, den schärfsten Gewürzen, tödlichsten Pulvern, aus Glassplittern und Leichensaft über ihr Gesicht lief.

Sie nahm dem Hungan die halb volle Dose aus der Hand. Die

Trommeln verstummten. Daniels Herz setzte für mehrere Schläge aus – Gabrielle hob die Dose an die Lippen und leerte sie in einem Zug. »Heute Wurm, morgen Schlamm«, näselte sie. »Und solange er kann, will der Wurm im Schlamm wühlen.« Die Hände in den Taschen ihres speckigen Jacketts, das von dem Teufelstrunk durchnässt war, schlenderte sie mit wiegenden Hüften auf Daniel zu. »Also zeig her, weißer Wurm, wie gut du wühlen kannst.«

Sie hatte ihre Hände in seinen Hintern gekrallt, und das sollte sie besser nicht tun. »Lass das, Gabrielle.« Sie tanzte mit ihm um den Poteau-mitan, die Gesichter wirbelten an ihm vorbei, die Trommler mit ihrem Trance-Grinsen, den schweißnassen Oberkörpern, der Hungan, der am Altar stand und eben einem schwarzen Köter die Kehle durchschnitt, als er mit Gabrielle vorübertanzte. Die Hunsis hüpften und schrien, ließen ihre Holzschwänze wie Kastagnetten gegeneinander klappern, und Gabrielle schob ihre Hand zwischen seine Beine, aber das sollte sie auf keinen Fall tun. »Lass das, verflucht noch mal.« Ihre Augen waren verdreht, ihr Gesicht zuckte immer noch so grotesk, als ob jemand mit ihren Muskeln Banjo spielte, und sie war so stark, wie eine junge Frau von ihrer zarten Gestalt unmöglich sein konnte. Sie war so stark wie Gèdè, erfüllt von übernatürlichen Kräften, aber was sie da mit ihm machte, sollte sie nicht tun. »Zur Hölle mit dir, Gabrielle, lass das sein!« Sie lachte ihr Clownslachen, packte ihn mit einer Hand beim Hosenbund und hob ihn mühelos hoch. Die Trommeln verstummten, alle starrten sie an, Gèdè und sein Opfer, den weißen Hund. Sie wollte ihn vor aller Augen demütigen, unterwerfen, »den weißen Sklaven piesacken«, wie sie das selbst umschrieben hatte, aber das sollte sie wirklich nicht tun. Er würde es nicht dulden, er hatte sich geschworen, dass er so etwas nie mehr zulassen würde, die Sache mit dem Sep war das allerletzte Mal. Dass jemand die Kontrolle über seinen Körper übernahm, dass man ihn zwang, Dinge zu tun, die er selbst nicht gutheißen konnte. Niemals mehr, niemals mehr. Aber sie war Gèdè, von den Kräften des Loa erfüllt, und wenn sie wollte, konnte sie ihn mit ihren kleinen Händen zerquetschen. Gegen die Wand werfen, seine Knochen zerdrücken.

Sie öffnete ihre Hand, und er fiel wie ein Lumpensack auf den Boden. Die Trommeln setzten wieder ein, als er sich auf alle viere hochstemmte und Gabrielle ihm wieder ihre verdammte Hundeleine um den Hals schlang. Mit einem Halsband, das sich umso enger zuzog, je fester man an der Leine zerrte. Die Trommeln donnerten, die Hunsis tanzten, der ganze Humfò hatte wieder das Gèdè-Lied zu singen begonnen: »Herr der Leichensäcke, Baron Samedi, der die heißen Leiber liebt, der seinen Schwanz in alle Löcher schiebt, bei Mädchen wie bei Knaben. Denn morgen sind wir alle Schlamm, sei uns gegrüßt, Gèdè, Meister der Gräber.«

Und Gabrielle hielt Daniel mit ihrer einen Hand an der Leine, zerrte ihm mit der anderen die Hose vom Hintern, aber das sollte sie auf keinen Fall tun! Glühendheiß kochte der Zorn in ihm hoch, und das elektrische Kribbeln unter seinem Nabel fühlte sich an wie eine riesige Eisenkugel, die mit Starkstrom aufgeladen war. Er spürte, wie Gabrielle sich von hinten zwischen seine Beine drängte, fühlte etwas Hartes, das sich eben in seinen Arsch schieben wollte, ein Dildo, dachte er, einer dieser Holzschwänze, wie sie massenhaft an den Wänden des Voodoo-Tempels hingen, und der Zorn brodelte immer heißer, immer reißender in ihm empor.

»Zum Donnerwetter!«, schrie Daniel, mit einer dunklen Stimme, die mit seiner gewöhnlichen Stimme überhaupt keine Ähnlichkeit hatte. »Zum Donnerwetter!«, dröhnte es aus ihm heraus, er fuhr herum zu Gabrielle, und gleichzeitig krachte die Starkstromkugel in seinem Bauch auseinander, mit einem gewaltigen Donnertosen und einem irrsinnigen Funkenwirbel, und ein glühender Strom schoss aus seinem Unterleib hervor.

Es fühlte sich an, als ob in seinem Innern wirklich ein Vulkan wäre, der sich mit einer gigantischen Ejakulation entlud. Das Donnern dröhnte ihm in den Ohren, die glühende Lava blendete seine Augen, es war, als ob sein ganzer Körper ein riesiger erigierter Phallus wäre, der Lava aus sich herausschleuderte, Feuerschlangen, Glutwürmer, ein groteskes kosmisches Feuerwerk. Während unablässig diese metallische Stimme aus ihm herausdröhnte: »Blitz und Donnerkeil, ein Mann ist so viel wert wie seine Eier, verdammt noch mal! Zur Hölle mit allen Schlappschwänzen, Tod und Untergang jedem, der Ogu die Stirn zu bieten wagt!«

Dann ein Geräusch wie von niederklatschendem Wasser, wie von Eimern voller Wasser, die auf Steinboden ausgeschüttet werden. Er kam zu sich, machte die Augen auf, konnte sich gar nicht erinnern, dass er sie zugemacht hatte, was überhaupt passiert war, wie er hierher geraten war. Im Innenhof des Humfò auf dem Boden kauernd, aber niemand schien mehr hier zu sein. Qualm waberte um den Poteau-mitan, und er kniete in einer Pfütze aus Wasser und Asche, und aus einem der Schuppen, die den Innenhof säumten, schlugen Flammen, obwohl die Hunsis da drüben unablässig Eimer voll Wasser ins Feuer gossen. Eine senkrechte Rauchsäule schwebte über der Schuppenruine, von den Flammen brandrot eingefärbt. Um die Säule herum trieben kleinere Rauchwolken von der Form ausgebreiteter Vogelschwingen oder schwebender Damballah-

Schlangen, und ganz oben auf der Spitze schien sich ein Stern aus Qualm zu kräuseln, gleichfalls feuerrot.
Daniel kauerte inmitten der Verwüstung, die das Feuer im Voodoo-Tempel angerichtet hatte, und starrte ungläubig zu dem Rauchzeichen über dem brennenden Schuppen hinauf. Er fühlte sich so ausgelaugt wie niemals vorher in seinem Leben. Total ausgebrannt, ganz und gar leergepumpt. Erst als hinter ihm jemand zu sprechen begann, merkte er, dass doch noch jemand hier im Innenhof war.
»Das Vèvè von Ogu«, sagte Joseph leise.
Daniel drehte sich auf den Knien zu ihm herum. Der Hungan saß auf einer hölzernen Bank am Rand seines Atriums. Gabrielle lag halb auf seinem Schoß, die linke Wange auf seine Beine gebettet. Es sah aus wie eine Parodie auf die christliche Pietà, mit dem Hungan im roten Hausrock als Mater Maria und Gabrielle im schwarzen Anzug als ihr ermordeter Sohn. Aber Gabrielle war am Leben. Ihre Augen waren weit offen, mit brennendem Blick sah sie zu Daniel herüber.
»Als es zuletzt am Himmel stand«, sagte Joseph, »sammelten sich kurz darauf die Sklaven Haitis zur Voodoo-Revolution.«
»Ich weiß«, sagte Daniel. Aus irgendeinem Grund begannen seine Augen zu tränen. »Aber ich bin nicht Toussaint.« Der berühmte Führer der Voodoo-Revolution, die im Sommer 1791 begann und mit der panischen Flucht der französischen Kolonialherren endete.
»Nicht Toussaint hat das Wunder bewirkt. Den Sieg der nackten Hände gegen Gewehre und Kanonen.« Joseph blickte starr zu dem Vèvè aus Rauch empor. »Toussaint war nur Ogus Pferd.«
»Ich weiß«, sagte Daniel wieder. Er wischte sich mit der Hand über die Augen. Jetzt erst bemerkte er, dass Gabrielles rechte

Wange mit einer eigenartigen weißen Paste bedeckt war, und er begriff noch im selben Moment, was diese bizarre Schminke zu bedeuten hatte.
Eine Wundsalbe. Ogus glühender Zorn hatte Gabrielle gestreift und für immer versehrt.

18

Jean Baptiste ist seit zwei Tagen wieder in Haiti. Er hat alle dabei, die er an sich gebunden hat. Dreizehn oder vierzehn Leute, fast alles Frauen. Außerdem mindestens fünf Gehilfen.«
Auch Elsie? Daniel fragte es, ohne den Mund zu öffnen, einfach mit seinen Augen.
Joseph nickte. »Ja, sie ist auch dabei. Ich habe mich mit den Hungans aus fünf Gemeinden ausgetauscht. Zwei auf dieser, drei auf der anderen Seite der Grenze. Das Ergebnis ist eindeutig. Sie kommen nicht sehr schnell voran, einige Frauen und Mädchen sind in keinem besonders guten Zustand.«
Ich weiß, dachte Daniel. Letzte Nacht hatte er Elsie gesehen. Sie *gesehen*. Während er hier auf der Holzveranda des Hungan in der Hängematte lag. Plötzlich war er von Schmerz und Angst überflutet worden – und auf einmal war sie so klar, so lebendig vor ihm, als ob er durch ein starkes Fernglas schauen würde. Oder als ob in seinem Kopf auf einen anderen Kanal umgeschaltet worden wäre.
Elsie, die in einem Holzverschlag hockte, zwischen Mengen anderer Frauen und Mädchen, alle auf Strohmatten am Boden. Immer noch mit diesen Flittchensachen am Leib, die Haare ein

wildes Knäuel auf ihrem Kopf, mehr staubgrau als golden. Und ihre Augen, ihre schrecklich verwandelten Augen – wundrot, schmerzensrot. Ezilie-Ge-Rouge.

In Gedanken hatte er nach ihr gerufen – Elsie, Elsie, ich bin's, Daniel, hörst du mich? Aber keine Reaktion, nicht die geringste, sie hatte nicht mal den Kopf gehoben und um sich geschaut, war nicht mal zusammengezuckt, gar nichts. So wie manchmal im Fernsehen, wenn man bei einer Live-Schaltung den Reporter sehen konnte, wie er sprechbereit vor der Kamera stand, aber die Tonspur blieb tot.

»Wir wissen nicht ganz genau, was er vorhat«, sagte Joseph, »aber höchstwahrscheinlich wird Jean Baptiste versuchen, sich auf dem schnellsten Weg nach Legoine durchzuschlagen. Das ist ein Dorf in den Bergen über Port-au-Prince. Das Dorf gehört praktisch ihm. Alle Leute dort arbeiten für ihn, sind in seinem Dienst, in seiner Gewalt. Seine Bokor-Gehilfen, die er selbst über Jahre hinweg ausgebildet hat. Ein Hungan, der mit beiden Händen dient, wie es bei uns heißt – der den Loas dient, aber auch den Bakas, den übelwollenden Dämonen. In seinem Humfò sollen schon mehrfach Zeremonien der schrecklichsten Art abgehalten worden sein. Für Marinette-bois-chec zum Beispiel, die gierige Todes-Loa, und für andere Menschenfresser-Geister. Seit Jahren verschwinden in der Gegend um Legoine immer wieder kleine Kinder. Werden aus der Wiege geraubt, den Müttern von der Brust gerissen, gehen einfach verloren. Jeder Hungan in Haiti oder auf dieser Seite der Grenze weiß, was mit diesen Kindern geschieht. Dass Jean Baptiste sie für Marinette und andere Geister schlachten lässt. Dass er sie den Bakas zum Opfer bringt. Aber niemand hat es bis heute gewagt, Jean Baptiste das Handwerk zu legen.« Joseph verstummte, strich sich den eisgrauen Schnauzbart und schaute

Daniel an, als rechnete er mit einer Antwort, einer Nachfrage, irgendeiner Reaktion. Aber Daniel sah auf seine Hände herab und schwieg.

Seine Hände, die der Hungan gestern noch mit der gleichen weißen Paste eingeschmiert hatte, die auch Gabrielles Wange bedeckte. Wundsalbe gegen Brandverletzungen. Ein uraltes Rezept, das Entzündungen verhinderte, die Heilung beschleunigte, viel wirkungsvoller als alle chemischen Arzneien. Aber natürlich konnte auch Josephs Zaubersalbe das verbrannte Gewebe in Gabrielles Gesicht nicht in unversehrte Haut verwandeln. Das Spinnennetz aus roten und rosafarbenen Striemen, das sie für immer entstellen würde.

»Außerdem liegt Legoine in einer Schlucht«, sagte Joseph. In seinem Tonfall schienen sich Hoffnung und Sorge die Waage zu halten. »Es gibt nur einen Zugang – einen Hohlweg in die Schlucht hinein, der sich auch mit konventionellen Mitteln leicht verteidigen lässt. Ein paar Bewaffnete hinter den Felsen, mehr braucht es dafür nicht. Aber mit den üblichen – sagen wir – Polizeimethoden ist dort sowieso nicht weiterzukommen. Denn Jean Baptiste hat den ganzen Berg, auf dem Legoine liegt, mit einem magischen Netz belegt.«

Der Hungan saß wieder auf seinem feierlichen schwarzen Stuhl mit den christlichen Schnitzereien. Michael kämpft gegen Luzifer. Gabrielle hockte im knarrenden Schaukelstuhl, lauerte hinter der Spiegelbrille, schaukelte hin und her. Und Daniel saß wieder auf dem orangeroten Polstersessel mit dem viel zu weichen Sitzkissen, in dem man wie in einem feuerfarbenen Sumpfloch versank. Alles wie gestern, als Joseph sie hier auf der Holzveranda empfangen hatte. Nur dass am Abend Ogu nach Daniel gegriffen, den halben Humfò in Brand gesteckt und Gabrielle für immer versehrt hatte. Ihre Wange mit seinen Flammen, ihr Herz mit Hass. Daniel sah es an ihren Augen, durch ihre spiegelnde Brille hindurch. Auch das war sehr eigenartig – manchmal konnte er jetzt mit dem Blick Hindernisse durchdringen, die für das Auge eigentlich unüberwindlich waren. Die dicke Pastenschicht auf Gabrielles Wange. Oder das Spiegelglas vor ihrem Gesicht. Er wusste, dass es eigentlich unmöglich war, aber er sah ihre Augen, den vor Hass brennenden Blick. Und er sah die roten und rosafarbenen Striemen auf ihrer Wange und ahnte, dass ihr Hass niemals erlöschen würde. Oder erst dann, wenn sie ihn vernichtet, zu Staub zertreten hätte.

»Es ist nicht das erste Mal«, sagte Joseph, »dass Jean Baptiste eine Karawane wie diese nach Legoine bringt. Aber es ist das erste Mal, dass er eine weiße Frau verschleppt hat. Er muss sich Unmengen von Leuten gefügig gemacht haben – sie gebannt, erpresst oder bestochen haben – in eurem Hotel, die Polizei, die Grenzsoldaten.«

Elsie, wie sie in dem Holzverschlag hockte, Spinnweben im Haar, mit wundrot verheulten Augen. Zwischen all den schwarzen Frauen, Mädchen, auch ein paar jungen Burschen, alle mit hängenden Köpfen, wie in Trance. Ganz unvermittelt kamen Daniel die senfgelben Netzstrümpfe wieder in den Sinn, die zusammengeknüllt im Kellerraum unterm *Paraíso* gelegen hatten. Das Mal davor, als er genau dieselben Strümpfe gesehen hatte, hatten die Beine von Carola Schmitz darin gesteckt.

Was bedeutete das – dass auch die schwäbelnde Event-Managerin von Jean Baptiste gefügig gemacht worden war? Bestochen, bezirzt, gebannt, wie auch immer. Aber zu welchem Zweck? Damit sie ihm half, passende Opfer zu verzaubern, aus dem Club rauszuschleusen, nach Haiti zu verschleppen, so weit

war die Sache ja halbwegs klar. Aber was zum Teufel hatte Jean Baptiste mit seinen Gefangenen vor?
»Was hat er vor?« Jetzt hatte Daniel sein Schweigen doch noch gebrochen, und er bereute es sofort.
»Was er vorhat, weißer Typ?« Gabrielle schwang so wild nach vorn, dass sie fast vom Schaukelstuhl katapultiert wurde. »Typen wie du legen jede Summe hin für einen solchen Fick.«
Daniel sah von ihr zu Joseph. Er war auf alles Mögliche gefasst, nur nicht auf das, was Gabrielle ihm jetzt entgegenschleuderte.
»Für einen Fick im Tanzknochenhaus, mit einer weißen Leichen-Nutte. Für den schlammigsten Fick deines Lebens, weißer Schwanz – im *House of Zombies*.«
Elsie als Zombie-Nutte. Daniel biss die Zähne zusammen. Elsie als lebender Leichnam im morbidesten Bordell auf der ganzen Erde. Grauenvolle Bilder stiegen in ihm auf, er zwang sich, nicht auf sie zu achten. Nicht jetzt, nicht jetzt. Tief in ihm drinnen ballte sich ein Schrei, und er wusste, wenn er diesen Schrei jetzt herauslassen würde, wenn er seinen Zorn nicht auf der Stelle bändigen würde – diesmal würde der ganze Tempel in Flammen aufgehen. Der Humfò, Joseph, seine Hunsis, das ganze Dorf.
Joseph hob eine Hand, ehe Daniel etwas erwidern oder Gabrielle weitersprechen konnte. »Lasst uns das hier in Ruhe zu Ende führen«, sagte er. »Jean Baptistes Gehilfen in Legoine haben vermutlich schon alles vorbereitet. Das Zombiegift, die Särge, die Gräber. Die ganze Karawane soll höchstwahrscheinlich in Zombies cadavres verwandelt werden. Jedenfalls wissen wir, dass heute in vierzehn Tagen ein Frachtschiff im Hafen der Ile de la Tortue erwartet wird, mit einem steinreichen US-Amerikaner an Bord, der in Nordamerika und Osteuropa etliche solcher Häuser betreiben soll.«

»Deine Elsie als Zombie-Nutte, wie gefällt dir das, weißer Typ? Wirst dich ganz schön hetzen müssen, wenn du in Legoine sein willst, bevor ihr die Aaskäfer aus dem goldenen Höschen kriechen.«
Daniel sah sie an, schaute durch die Spiegelbrille in ihre Augen, die vor Hass brannten, durch ihre angeschmorte Totengräberjacke in ihr von Hass zerfressenes Herz. Wieder zog er es vor zu schweigen. Was hätte er sagen sollen? Er hatte ihr schon mehrfach beteuert, dass ihm furchtbar Leid tue, was gestern passiert war. Es stimmte ja auch, wie es allerdings ganz genauso stimmte, dass er niemals etwas auch nur annähernd so Befriedigendes erlebt hatte wie diese Explosion glühend heißen Zorns. Gabrielle würde versuchen, mit seiner Hilfe Jean Baptiste zu vernichten, und dann würde sie versuchen, auch ihn zu zerstören.
»Um Jean Baptiste das Handwerk zu legen, müsst ihr beide zusammenarbeiten«, fuhr der Hungan in eindringlichem Tonfall fort. »Was gestern passiert ist, war der Wille der Loas, so schwer es auch sein mag, das zu akzeptieren. Jean Baptiste missbraucht die Kraft des Voodoo. Er wendet die Macht der Geister gegen unser Volk. Er ist nicht besser als die Sklavenschinder vor zweihundert Jahren. Bokore wie er tragen die Schuld daran, dass die Nachfahren der siegreichen Voodoo-Revolutionäre aufs Neue in Abhängigkeit geraten sind. Dass so viele von unseren Leuten wieder in Armut, Entwürdigung und Elend leben. Deshalb ist es der Wille der Loas, dass Jean Baptiste unschädlich gemacht wird, und ihr beide seid ihre Werkzeuge bei diesem Plan.«
Der Hungan sah Gabrielle an, aber sie wandte sich demonstrativ ab und schaute auf die Berge hinaus. »Ihr habt sehr wenig Zeit«, fuhr Joseph fort. »Ihr müsst so schnell wie möglich nach

Haiti hinüber, ich habe schon alles vorbereitet, soweit das von hier aus überhaupt geht. In Saint Brasside, einem Dorf nicht weit hinter der Grenze, gibt es einen erfahrenen Hungan, der bereit ist, das Canzo zu wagen. Sein Name ist Liquor, ihm vertraue dich an, Daniel. Seit vielen Jahren hat es das nicht mehr gegeben – Ogu als Loa mèt-tèt eines Voodoo-Novizen. Und dann auch noch ein weißer Mann – das hat es überhaupt noch nie gegeben, soweit ich weiß. Es ist jedenfalls mehr als gefährlich, es ist ein Risiko, das ich selbst niemals auf mich nehmen würde. Und nach dem, was gestern Abend in meinem Humfò passiert ist, schon gar nicht.«

Wieder unterbrach er sich, diesmal um Daniel mit ernster Miene anzusehen. »Ogu – das ist elementare kosmische Energie. Wenn es dir gelingt, sie mit Hilfe eines kundigen Hungan zu zähmen, kannst du anschließend praktisch alles erreichen – deine stärksten Feinde besiegen, dich zum Herrscher aufschwingen, jeden irdischen Widerstand brechen. Wenn Ogu aber deiner Kontrolle entgleitet, bewirkt sein Feuer einfach blindwütige Zerstörung.«

Daniel nickte. »Ich weiß«, sagte er wieder. Er hatte das seltsame Gefühl, zwei Handbreit über seinem Sessel zu schweben, obwohl er gleichzeitig deutlich spürte, dass er tief in das weiche Polster eingesunken saß. Nicht an Elsie denken, an das *House of Zombies*, nicht jetzt. Er wagte kaum, sich zu bewegen, einen Gedanken in seinem Kopf anzutippen, aus Angst, dass Ogus Zorn wieder in ihm emporschießen würde. »Nach einem Vorfall wie gestern Abend würde ich in Europa für immer hinter den Mauern eines Irrenhauses verschwinden. Mit Psychopharmaka vollgepumpt.« Wieder sah er auf seine Hände hinab, ein Spinnennetz aus Feuerspuren.

»Man sagt, dass eure Irrenhäuser voll sind mit Leuten wie

dir.« Joseph ließ erneut dieses dünne Lächeln unter dem eisgrauen Schnauzbart sehen. »Leute, in denen Kräfte zum Ausbruch gekommen sind, die es nach Ansicht eurer Wissenschaftler gar nicht geben kann. Also sperrt man sie ein und verabreicht ihnen Gifte, die ihre übernatürlichen Fähigkeiten zerstören.«

Daniel nickte, gleichzeitig spürte er, wie es ihm kalt die Wirbelsäule herunterlief. Ganz deutlich sah er Dr. Helen Bergkamm vor sich, seine Peinigerin im weißen Kittel, wie sie ihn in ihrem Kinderirrenhaus mit Fragen gelöchert, mit Tests genervt, zu Zimmerarrest verdonnert hatte, um sein Schweigen zu brechen. Er schloss die Augen, öffnete sie wieder, und die Vision zerfiel. »Wie lange wird das Canzo dauern?«

Josephs Blick schien durch ihn hindurchzugehen. »Zeit ist eine Illusion. Ich dachte, das hättest du längst verstanden. Wie lange es dauert, liegt bei dir. Und bei Ogu.«

Normalerweise zog sich das Canzo mehrere Wochen lang hin – normalerweise. Der Novize bereitete sich durch Meditation, Askese und Abgeschiedenheit vor, danach musste er eine Reihe komplizierter Zeremonien durchlaufen. Aber das schien zumindest keine starre Regel zu sein, dachte Daniel, sonst bräuchte er gar nicht erst versuchen, die Grenze nach Haiti zu überwinden und sich nach Saint Brasside durchzuschlagen. In zwei Wochen sollte der perverse Menschenhandel schon über die Bühne gehen, und das hieß doch wohl, dass Jean Baptiste anfangen würde, seine Opfer in Zombies zu verwandeln, sobald er mit seiner Karawane in dem Bergdorf Legoine angekommen war. Also in spätestens drei, vier Tagen.

Elsie – wieder musste er seine gesamte Willenskraft aufwenden, um sich *nicht* vorzustellen, was sie erleiden musste, was Jean Baptiste mit ihr vorhatte. Seine gesamte Willenskraft, um nicht zu fühlen, was diese Gedanken in ihm auslösten, Schmerz, Reue, rasenden Zorn. *Noch nicht.*

Und Gabrielle sagte: »Also meinetwegen, mon oncle, ich nehme den weißen Typ mit rüber nach Haiti, ich schleuse ihn schon durch, wenn es unbedingt sein muss. Aber vorher muss er hier in deinem Humfò schwören, dass er mir gehorchen und sich nach meinem Anweisungen richten wird.« Sie sah zu Daniel, und aus ihrem Blick konnte er mühelos ablesen, was sie alles mit ihm anstellen würde, wenn er ihrer Gnade unterworfen wäre.

»Kommt überhaupt nicht in Frage.« Daniel stand auf und lehnte sich gegen die hölzerne Brüstung der Veranda. »Ich bin bereit, die Anweisungen auszuführen, die mir der Hungan in Saint Brasside für das Canzo gibt. Aber ansonsten werde ich nie mehr irgendwem auf dieser Welt gehorchen. Das schwöre ich hiermit – dir, Gabrielle, und jedem, der es hören will und kann.«

Er lauschte in sich hinein, und es kam ihm so vor, als ob die Kraft allmählich zu ihm zurückkehrte. Als ob seine inneren Energiespeicher sich langsam wieder auffüllten, so wie sich in einem Vulkan nach dem Ausbruch ganz allmählich neue Lava ansammelt. Er sah auf Gabrielle hinunter, und die Verstümmelung ihres halben Gesichts kam ihm auf einmal geradezu folgerichtig vor. So als ob Gabrielle jetzt eine tiefgründige Wahrheit verkörperte – mit ihrem halb weiß geschminkten, halb schwarzen Gesicht, mit ihrer unversehrten linken Gesichtshälfte, die ihm umso schöner, umso strahlender erschien, im Kontrast zu ihrer rechten Wange, die nur noch ein roter Fleischklumpen war, von einem Netz aus Striemen und Narben bedeckt.

»Wenn wir eine Feuerspur hinter uns herziehen«, fuhr sie ihn

an, »haben wir keine Chance, Jean Baptiste in Legoine zu überraschen.«
»Keine Sorge, das wird nicht geschehen. Beziehungsweise – das liegt ja auch an dir. Außerdem kann ich allein über die Grenze gehen, dafür brauche ich deine Hilfe überhaupt nicht, Gabrielle.« Die Idee war ihm ganz plötzlich gekommen, eine Sekunde vorher hätte er nicht einmal sagen können, welchen Wochentag sie heute überhaupt hatten. Freitag, natürlich. »Morgen früh fährt vom *Paraíso* ein Bus nach Haiti«, fuhr er fort, »eine seit langem geplante Touristen-Exkursion nach Port-au-Prince. Ich brauche also nur rechtzeitig dort zu sein, dann komme ich ganz legal mit dem Eintages-Visum auf die andere Seite. Ohne irgendein Risiko, dass sie mich an der Grenze zurückweisen oder gar in den Knast stecken. Drüben können wir uns ja irgendwo wieder treffen, Gabrielle.«
»Das ist ein Scheißplan, weißer Typ.« Gabrielle sprang von ihrem Schaukelstuhl auf und fing an, auf der knarrenden Holzveranda auf und ab zu marschieren, die Fäuste in den Jackentaschen. »Du gehst mit mir zusammen rüber, sonst wird aus der ganzen Sache nichts. Dann kannst du zusehen, wie du deine Kleine allein aus dem Grab scharrst, weißer Typ.«
Joseph strich sich den Schnauzbart. »Falls Daniel nicht zufällig einen Haufen Geld bei sich hat, muss er sowieso noch mal in sein Hotel zurück, ma petite. Für das Canzo verlangt der Hungan von Saint Brasside dreitausend Dollar – ein sehr bescheidener Preis, wenn man bedenkt, was für ein Risiko er eingeht.«
Dreitausend Dollar? Ganz kurz flackerte in Daniel wieder der Argwohn auf. Vielleicht war doch alles anders, als sie ihn glauben machen wollten? Vielleicht arbeitete Gabrielle in Wahrheit immer noch mit Jean Baptiste zusammen, vielleicht

spielten sie ihm nur etwas vor? Aber wie kann es Täuschung sein, sagte er sich dann wieder, wenn der Humfò wirklich gebrannt hat? Wenn Gabrielles halbes Gesicht ein blutiges Spinnennetz ist? Und was waren schon dreitausend Dollar? Für einen Geheimtipp-Künstler wie ihn ein Vermögen. Aber wenn Zeit eine Illusion war, was war dann das Geld – die Illusion einer Illusion, die faule Frucht eines kollektiven Wahns?

»Okay, einverstanden«, sagte er und sah von Joseph zu Gabrielle. »Dann brauchen wir gar nicht weiter zu debattieren – ich gehe jetzt sofort zurück ins *Paraíso,* sehe nach, ob ich auch wirklich für die Exkursion gebucht bin, hole Geld und Reisepass aus dem Hotelsafe und bin morgen Vormittag in Haiti.«

Gabrielle blieb so dicht vor ihm stehen, dass er den beißenden Geruch ihrer Wundsalbe roch. »Also meinetwegen, weißer Typ. Der Bus wird die Straße in Richtung Hinche nehmen – eine andere gibt es da gar nicht, wenn man nach Port-au-Prince will. Direkt hinter der Grenze ist ein Parkplatz mit Imbissbuden und Souvenirständen – sorg dafür, dass euer Bus dort anhält. Ich warte da auf dich, allerdings nur bis morgen Mittag. Wenn du dann nicht da bist …«

Sie sprach ihren Satz nicht zu Ende, aber das war auch wirklich nicht nötig.

Er schaute auf sie hinunter, sah sich selbst im schwarzen Spiegel ihrer Brille, sah ihre Augen hinter den Spiegeln, dunkel wie Verliese, sah Elsie, wie sie in dem Holzverschlag hockte, als ob sie in Gabrielles Augen eingekerkert wäre.

»Keine Sorge«, sagte er. »Ich bin noch vor dir dort.«

19

Es war stickig heiß unter der Plane des Eselskarrens, der Daniel zum Meer zurückbrachte. Wenn es nach ihm gegangen wäre, er hätte sich nicht unter dieser Lumpenplane versteckt, nicht auf der löchrigen Straße aus den Bergen hinunter und auch nicht in Santa Maria Corazon, auf dessen holprigem Hauptweg sie gerade entlangrumpelten. Daniel sah es nur durch ein paar Risse in der Plane, graues Plastik, das so schmierig war, als ob eben erst ein Frittenfettkübel damit ausgewischt worden wäre. Es gab überhaupt keinen Grund, sich zu verstecken – weder der Hungan im Flickenmantel noch die wütende Sippe des kleinen Mädchens würden es wagen, ihn auch nur schief anzusehen. Und falls sich doch irgendwer an ihm zu vergreifen versuchte, würde er es schrecklich bereuen. Aber Joseph hatte Daniel beschworen, sich so unauffällig wie irgend möglich zu verhalten. Auf keinen Fall durfte er riskieren, dass er im Nachbardorf von den Leuten entdeckt, aus dem Wagen gezerrt und womöglich gleich auf die landesübliche Weise gelyncht würde – indem sie ihn nackt auszogen, an den Handgelenken aufhängten und von oben bis unten mit Nadeln spickten. So viele Dorfbewohner, so viele Nadeln. Und an jeder Nadelspitze klebte nur eine Ahnung von atemlähmenden Giften, so dass es Stunden dauerte, eine Nacht, einen Tag, bis man tatsächlich erstickt war. Davor spürte man erst mal nur leichte Atemnot, dann Beklemmungen, dann fing man an, verschleiert zu sehen, man begann zu keuchen, man spürte Stiche in der Herzgegend, die Lunge fing an zu rasseln, man versuchte den Mund noch weiter aufzureißen, damit wenigstens ein bisschen Luft noch durchkam, eine Faust schloss sich immer fester um das immer verzweifelter pumpende Herz, und so steigerten sich die Qualen fast unmerklich, über Stunden und Tage, mit jeder Nadel, jeder Minute wurde es noch etwas grässlicher, noch etwas unerträglicher, bis man am Ende dankbar und glücklich war, wenn der Herzmuskel endlich schlappmachte und das schwarze Tuch zum letzten Mal vor einem runterflatterte.

»Du bist von Ogu auserwählt, um den Bokor zu vernichten. Du musst alles unterlassen, was diesen Plan gefährden kann.«

Schon jetzt, mit ein paar Kilometern Abstand von Joseph im roten Morgenrock, von seinem papageienbunten Humfò, kam ihm das ziemlich unwirklich vor. Nicht seine Verwandlung, nicht die Präsenz von Ogu – das war tausend Mal wirklicher als alles, was er jemals erlebt und empfunden hatte. Wie sein ganzer Körper nur noch ein riesiger Phallus gewesen war, der Glutschlangen, Feuerzungen aus sich herausschleuderte im gewaltigsten Orgasmus seines Lebens.

Aber von den Loas auserwählt?

Vorn auf dem Eselskarren saß Gabrielle, eine Peitsche in der Hand, und wie Jean Baptistes Gehilfe im Wald »Lève, lève!« gerufen hatte, so rief sie dem Esel unablässig »Marche, marche!« zu und ließ dabei die Peitsche über seinem Rücken tanzen.

Auch mich würde sie am liebsten auf diese Weise kommandieren, dachte Daniel. Mit der Peitsche gefügig machen, mich vor ihr im Dreck kriechen lassen – jetzt, nach dem, was gestern passiert ist, noch lieber als vorher sowieso schon. Warum? Weil es zu den Vorlieben Gèdès gehört, Menschen zu verstören, zu demütigen, zu verhöhnen? Das sicherlich auch, aber da steckte noch mehr dahinter, etwas Persönliches, eine Seite von Gabrielle, die er von Anfang an gespürt hatte und die ihm

immer noch rätselhaft war. Die ihm sogar immer rätselhafter wurde, je genauer er sie kennen lernte. Den Todesclown.
Trotz allem fühlte sich irgendetwas in ihm noch immer zu Gabrielle hingezogen. Nicht einmal ihr Hass, nicht einmal ihre grässliche Entstellung konnte verhindern, dass er sich von ihr angezogen fühlte, von ihrer wilden Schönheit und aggressiven Sinnlichkeit.
Plötzlich blieb der Karren stehen, jemand heulte auf, und eine Frauenstimme schrie in fast unverständlichem Spanisch: »Wo ist er, Gabrielle? Du weißt es, gib's zu!«
»Mais non!« Gabrielle ließ die Peitsche schnalzen. »Nichts weiß ich, geh aus dem Weg!«
»Meine Kleine! Mein allerliebstes Mädchen! Erst fickt er sie, dann nimmt er sie mir auch noch weg! Dieser Hund! Mein Mann und meine Brüder haben geschworen, ihn mit Nadeln zu spicken, wenn sie ihn erwischen! Und wir werden ihn bekommen, das schwöre ich dir!«
»Ihr werdet ihn erwischen, ja? Mais c'est ridicule, ma chouchou! Aus dem Weg!« Die Peitsche knallte, das Zetern der Frau ging in ein schmerzvolles Jaulen über, dann fuhr der Wagen knarrend und ruckend an, und genau in diesem Moment hatte Daniel eine Erleuchtung.
Ich bin gar kein Einzelfall, dachte er – die ganze westliche Zivilisation basiert ja auf diesem versteinernden Blick. Auf dem Verbot, sich zu verwandeln. Auf der jedem von uns auferlegten Verpflichtung, lebenslänglich er selbst zu sein. Morgen derselbe, der man heute ist und der man gestern war. Lebenslänglich vermauert in einer erbärmlichen Lüge: Identität. Lebenslänglich verschnürt in eine herzabdrückende Zwangsjacke: Ich bin ich bin ich bin ich. Bin nicht. Tagtäglich aufs Neue verkrüppelt durch die ehernen Gebote: Dein Ideal sei die

Leblosigkeit. Dein Vorbild in jeder Lebenslage der roboterhaft durch alle Strudel staksende Tod.

Er ärgerte sich, dass er seine Kladde nicht bei sich hatte – ausgerechnet jetzt nicht, wo er sie dringender als alles andere bräuchte. Denn erklärte es nicht alles – eine Welt, die auf dem Verbot, sich zu verwandeln, beruhte? In jedem von uns schlummern solche Kräfte, dachte Daniel – Ogu, die emporschießende Glut, oder Ezilie, die reißende Flut. Gäbe es nicht das Verbot, diese Kräfte sich entfesseln zu lassen, ein Verbot, das jedem Einzelnen von Geburt an durch Abrichtung, Lenkung, Strafen eingetrichtert wurde, dann sähe unsere Welt ja vollkommen anders aus. Nicht auszudenken, wie es dann um diese Erde und die Menschen bestellt wäre! Es wäre eine Welt ohne Irrenhäuser – damit müsste alles anfangen, dachte Daniel. Dass die Irrenhaustore geöffnet würden, dass die so genannten Irren freigelassen würden. Die so genannten Irren in uns drin und die so genannten Irren da draußen. Dass man aufhörte, sie mit Betäubungsmitteln vollzupumpen, die den einzigen Zweck hatten, die ihnen innewohnenden Kräfte zu zerstören. Dämonische Mächte, wie wir alle sie besitzen – nein, von denen wir alle immer wieder besessen würden, wenn die kollektive Hirnwäsche, genannt Zivilisation, genannt Erziehung, Gesetz und Ordnung, Moral und Ethik, Angst vor Strafe, Stigmatisierung, Isolierung – wenn die permanente kollektive Verstümmelung diesen natürlichen Dämonismus nicht unablässig lahm legen würde.

Wir alle leben im Irrenhaus, genannt die westliche Welt, dachte Daniel, im Irrenhaus, genannt Gesellschaft, Staat, wir alle sind zweibeinige Irrenhäuser, in denen unsere stärksten, lebendigsten, großartigsten Kräfte eingekerkert sind.

Durch Ritzen in der Plastikplane schaute er nach draußen, und es sah so aus, als ob sie mit dem Eselskarren über die Meeresoberfläche fahren würden. Links die rollende Karibik, rechts auch. Aber die Räder rumpelten über Holzbohlen, und jetzt blieb der Karren mitten auf dem Steg von Santa Maria Corazon stehen.

»Raus mit dir, weißer Typ.«

Er kroch unter der Plane hervor. Die Helligkeit war überwältigend, das Meer gleißte, der Sand blendete, die Sonne starrte vom Himmel wie ein riesiges glühendes Auge. Ogu. Alles ist Ogu, wenn du erst mal angefangen hast, die Mauern einzureißen. Alles Ogu, alles Ezilie, alles Gèdè. Alles ist Damballah, der mächtigste Loa hinter allen anderen, die kosmische Energie.

Daniel ging um den Eselskarren herum und sah zu Gabrielle hinauf, die auf einer Art Kutschbock thronte, die Peitsche wie drohend erhoben. Spiegelbrille, Totengräber-Outfit. Und ihre eine Gesichtshälfte ein Brei aus zerlaufener Paste, Schweiß und Blut. Die gleiche Wange, auf die damals der Höhlenkerl bei mir seine Hand gelegt hat, Gabrielle.

»Nimm da unten das Boot und mach es hinterm Zaun von eurem Scheiß-*Paraíso* fest, weißer Schwanz.« Sie fing schon an, den Karren zu wenden, was auf dem schmalen Steg die Geschicklichkeit eines Zirkusartisten erforderte, aber Daniel griff in die Zügel, und der Esel blieb wieder stehen.

»Wozu brauchst du das Boot drüben beim *Paraíso?*«, fragte er.

»Für das nächste Mal, wenn du mit Jean Baptiste menschliche Beute aus dem Club rausschleusen willst?« An ihrem Blick, der hinter der Spiegelbrille starr wurde, erkannte er, dass er nicht so ganz danebengetippt hatte. »Wer hat euch eigentlich geholfen – ich meine, wer waren eure Helfershelfer im Club? Wer hat Jean Baptiste die Stellung als Kellner verschafft?« Ohne das hätte er Elsie nicht aussuchen, das Wongo nicht

unter ihrem Bett verstecken können. »Vielleicht diese Carola Schmitz aus dem Management? Also sag schon – nur spaßeshalber, wer war's?«
Gabrielle hatte sich anscheinend wieder gefangen. Das alte Clownsgrinsen zog ihren Mund in die Breite – eine üppige rote Spalte durch die zwei ungleichen Hälften ihres Gesichts. »Vergiss es, weißer Typ. Denk immer dran, was Joseph gesagt hat – du hast die Pflicht, alles zu vermeiden, was die Pläne der Loas gefährden kann.«

Es war später Nachmittag, als Daniel das Boot an einer Felsnase vor dem *Paraíso*-Strand festmachte. Einen Moment lang war er versucht, ein Loch in den Rumpf zu schlagen, den Kahn einfach zu versenken, damit er Jean Baptiste und seinen Spießgesellen nie mehr zur Verfügung stand. Aber vielleicht würde er selbst das Boot noch mal brauchen, also begnügte er sich damit, den Deckel über dem Außenborder aufzuklappen, die Zündkerze rauszuschrauben und in einen Lumpen zu wickeln, den er unter die Heckbank schob.
Dann wieder ins Wasser waten, mit Pelikanschritten, die er absichtlich übertrieb, um den Zaun herum und auf der *Paraíso*-Seite erneut ans Ufer. Um diese Zeit war der Strand erwartungsgemäß fast menschenleer, die meisten dösten oben an den Pools, schon ziemlich angeschlagen nach dem vierten Caribbean Sunrise oder der fünften Piña Colada. Von einem Drink namens Zombie mal lieber zu schweigen. Die Salsa-Beats dröhnten bis zum Meer runter. Die Animateure schrien, wie herrlich das karibische Leben sei, die Clubgäste johlten, dann erzitterte die Luft unter der Techno-Version eines alten Bob-Marley-Hits. »Revolution is no solution«.
Daniel lief an der Wasserlinie entlang. Damit beginnen, die

Irrenhaustore zu öffnen, die inneren und die äußeren – der Gedanke ließ ihn nicht mehr los. So wie ihm klar geworden war, dass der dunkle Höhlenkerl, Occo, Ogu, wie auch immer – dass der dunkle Bursche in ihm selbst eingekerkert gewesen war, jahrelang, jahrzehntelang, genauso verhielt es sich natürlich auch bei allen anderen Menschen, die im Zustand der Versteinerung lebten. Das steinerne Ei, der Sternenschacht – alles das war schon immer in uns selbst. Denn da ist noch jemand, niemand ist nur einer allein, in jedem haust noch jemand, etwas, mindestens eine dieser dunklen, verborgenen Kräfte. Dunkel, weil verborgen. Nicht etwa: dunkel, weil böse, höllisch, Verderben bringend.

In jedem, dachte Daniel, es sei denn, man war über den Zustand der Versteinerung schon hinaus – in der Phase fortschreitender Selbstauflösung. »Warum musst du denn immer weinen, Mami?« Tja, mein Junge, weil alles, was ich mal war oder hätte sein können, sich in einem Brei aus Angst und Scham und Depression zerläppert hat. Vielleicht hätte sie ihm ja so oder ähnlich geantwortet, aber sie kam nie dazu – sofort war immer sein Vater da und befahl ihm, drei oder fünf Stunden vor der Hofmauer zu stehen, mit dem Gesicht zur Wand, oder drei Stunden oder fünf im Hof auf und ab zu marschieren, mit gleichmäßigen Schritten und ohne dabei mürrisch zu gucken, denn es war doch alles nur zu seinem Besten, das sah er doch ein, oder?

Ein paar Sonnenanbeter hingen da drüben am Strand herum, räkelten sich auf Badetüchern, lagen wie erschlagen in Sonnenliegen, und weiter hinten spielten ein paar Sportfreaks Beach-Volleyball.

Das war auch nur ein Stein in der Irrenhausmauer: Sport. Fitnesswahn. Muskelexhibitionismus. Daniel lief an der Wasserlinie entlang, rechts hörte er das Rauschen der Wellen, links

das Gemurmel der Gruppe da drüben, die ihn anscheinend bemerkt hatte.
Auch das war eigenartig – wie sich sein Gehörsinn gesteigert hatte, seit er von Ogu besessen gewesen war. Er hatte immer schon sehr feine Sinne gehabt, scharfe Augen, eine empfindliche Nase, Ohren, die auf den zartesten Laut ansprachen. Aber seit gestern Abend schienen diese Fähigkeiten seiner Sinnesorgane regelrecht explodiert zu sein.
»Der Kerl da unten – ist das nicht der Verrückte, dem das Beauty-Girl weggelaufen ist?«
»Klar ist er das. Die Kleine ist mit 'nem Kellner durchgebrannt.«
»Na, der Schwarze wird die bessere Performance haben.« Die Typen da oben lachten hämisch. »Schaut mal, wie der überhaupt aussieht – wie aus dem Schlamm gezogen.«
»Hey, kommt, wir fragen ihn, ob er sie gefunden hat.«
»Okay, ich bin dabei – hab sowieso noch eine kleine Rechnung mit der Type offen.«
Daniel ging weiter und weiter, auch als er im Augenwinkel sah, wie zwei Gestalten sich aus der Gruppe lösten und auf ihn zuliefen, mit steifen Bewegungen, als ob sie unter ihren Bermudashorts immer noch die Angestelltenanzüge von zu Hause tragen würden.
»He, Typ, du bist doch der, dem die scharfe Blonde weggelaufen ist?« Vor ihm baute sich ein breitschultriger Kerl auf, den Daniel sofort wiedererkannte – der blonde Bursche, der ihn schon im Flieger genervt und der ihn am Ankunftstag in der Clubhalle angemacht hatte, weil Daniel nach der Haiti-Tour gefragt hatte. Und der Typ an seiner Seite war natürlich niemand anderes als Erdkunde-Moritz, sein wabbliger Körper nackt bis auf lila getüpfelte Bermuda-Shorts.

»Mann, du stinkst ja nach Scheiße – bist du in 'ne Kläranlage gefallen?« Moritz stellte sich neben seinen Kumpel und versenkte die Fäuste in seinen Hüften. »Und er hat überall rote Beulen, siehst du, Hansi – scheint sich als Feuerschlucker versucht zu haben.«
»Lasst mich zufrieden, okay?« Daniel spürte ein ganz leises Brodeln in seinem Innern, aber sie waren es einfach nicht wert. »Ich will keinen Streit. Aber ich will auch nicht mit euch reden.«
»Er will keinen Streit. Na, da bin ich aber froh.« Der Blonde, Hansi also, feixte. Er trug nur eine knappe weiße Badehose, und seine Schultern waren so grotesk in die Breite gezogen, dass seine Arme neben ihm herunterhingen wie bei einer Trauerweide. Er sah aus wie mit seinem eigenen Körper gekreuzigt. »Aber vielleicht änderst du deine Meinung, wenn ich dir diese beiden Burschen in den Wanst haue, wie?« Er zeigte Daniel seine Fäuste, drehte sie vor seiner Nase hin und her. »Willst du dann immer noch keinen Streit, Freundchen?«
Daniel schüttelte den Kopf. Er wollte sich wirklich nicht mit den beiden Typen prügeln, er spürte ja, wie der Zorn in seinem Innern immer heißer, immer brodelnder emporstieg. Und natürlich hatte Joseph Recht – wenn sie eine Chance haben wollten, Jean Baptiste zu überraschen, musste er sich in den nächsten Tagen so unauffällig wie überhaupt möglich verhalten.
Hansi und Moritz wechselten Blicke. Daniel spürte, wie plötzlich irgendetwas mit seinen Augen passierte – sie begannen zu brennen, und er dachte schon, dass sie gleich anfangen würden zu tränen, keine Ahnung aus welchem Grund. Aber anstelle von Tränen schoss etwas Heißes aus seinen Augen hervor, erstaunt sah er von dem Breitschultrigen zu Erdkunde-Moritz, und die beiden Typen gaben erstickte Schreie von sich, eher so etwas wie ein schmerzliches Röcheln. Beide rissen die Hände

zum Gesicht hoch, und als sie die Arme wieder sinken ließen, sah Daniel, dass sie jeder einen schwarzen Doppelfleck auf der Wange hatten, als ob man ihnen einen Stempel ins Gesicht gedrückt hätte, wie zwei Augen geformt.

In der Luft war auf einmal ein Geruch von schmorendem Fleisch und kokelndem Menschenhaar. Die beiden Kerle sahen völlig entgeistert von Daniel zu ihrem Kumpel und wieder zurück.

»Der ist irre«, flüsterte Hansi.

Als ob es ein Zeichen von Irrsinn wäre, dass man schwärzliche Brandflecken in Gesichter brennen kann durch reine Augenkraft. Dass aus den Augen plötzlich ein sengender Strahl schießt. Daniel ging weiter, einfach zwischen den beiden hindurch, die nach links und rechts wegsprangen wie auffliegende Türflügel. Immer an der Wasserlinie entlang, bis er linker Hand die Treppe hinauf zur Clubanlage sah. Immer noch dieses Brennen in den Augen, und wenn er seinen Blick nur ganz kurz auf irgendetwas richtete, zum Beispiel auf diese Palme da drüben, fing der Baumstamm an zu qualmen. Zwei kleine, ovale Brandflecken auf der Borke, wie Augen geformt.

Er ging die Treppe hinauf, es war ein mehr als eigenartiges Gefühl – jeden Moment konnte alles um ihn herum in die Luft fliegen, Feuer fangen, in Flammen aufgehen, wie damals, vor so vielen Jahren, sein Bett, auf dem er nackt herumgetanzt war, seinen glimmenden Pinsel in der Hand.

Und sein Vater hatte geschrien: »Was kommt als Nächstes – dass er nackt auf dem Dach tanzt?« Und er hatte sich allen Ernstes bei befreundeten Nervenärzten erkundigt, ob für seinen Sohn nicht eine Elektroschockbehandlung angezeigt wäre. Aber die befreundeten Nervenärzte hatten abgewinkt, also hatte sein Vater weiterhin auf die Behandlungsmethoden für

Irre zurückgreifen müssen, die ihm als Laien zur Verfügung standen. Erzwungenes Stillstehen, stundenlanges Auf-und-ab-Gehen, bei schwereren Vergehen auch eiskaltes Abspritzen oder Prügel. Noch ein paar Wochen vor seinem sechzehnten Geburtstag war Daniel von seinem Vater verprügelt worden, allerdings zum letzten Mal.

Er erinnerte sich, wie sein Vater plötzlich vor ihm am Boden gelegen hatte, zuckend und winselnd, während Geifer aus seinen Mundwinkeln geronnen war. »Entschuldigt, Martha, Daniel – bitte verzeiht mir, ich wollte nur …« Den Gürtel noch in der Hand, der sich wie eine Schlange in seinen krampfhaft auf- und zuspringenden Fingern wand.

Keine Ahnung, Papa, was du eigentlich von uns wolltest, dachte Daniel damals und sah seiner Mutter zu, wie sie neben ihrem Mann in die Hocke ging. Wie seltsam, dass sie ausgerechnet da überhaupt nicht geheult hatte, keine Träne, kein einziges Salzwassermolekül. Wie sie rotäugig neben ihm gekauert und auf ihn runtergeglüht hatte, während ihr Mann vor ihren staubtrockenen Augen starb.

»Hey, Danny, das gibt's ja nicht. Aber wie siehst du denn aus, um Gottes willen?« Vor ihm stand Paula, im schwarz-weißen Einteiler, als ob sie für ihren nächsten Wettkampf gleich ins Turnierschwimmbecken springen wollte.

»Hi, Paula.« Er hatte Angst, sie anzusehen. Angst, sie mit seinem Augenstrahl anzukokeln. Und eine verdammte Scheißangst auch, dass sie ihn für einen Irren halten würden. Für übergeschnappt, vielleicht durch irgendwelche Drogen durchgeknallt. Und dass sie ihn ins Irrenhaus schaffen, mit Betäubungszeug vollpumpen und Ogu zerstören würden. Denn natürlich hatte Joseph auch in diesem Punkt Recht – die europäischen Irrenhäuser waren voll mit Leuten wie ihm.

»Dreckig seh ich aus – und müde, das ist alles, Paula.« Er sah immer noch zu Boden, riskierte einen hastigen Blick in ihr Gesicht und erschrak nur noch mehr. Sie schaute ihn so vollkommen entgeistert an, als ob er vor ihr aus einem Grab gekrochen wäre.

»Das ist überhaupt nicht alles«, sagte sie so leise wie im Selbstgespräch. »Du siehst aus, als ob du gebrannt hättest, Danny! Deine Hände, dein Gesicht – schau dich doch nur mal an!«

»Leise, Paula, bitte.« Ihre Stimme war immer schriller geworden, gleich würde wieder irgendwer auf sie aufmerksam werden. Sie standen am Ende des Pfades, der zum Hauptweg des *Paraíso* führte und mit diversen Clubrestaurants gesäumt war. Links die Pagode, rechts das mexikanische Restaurant mit dem Sombrerodach. »Gehen wir einfach zu meinem Bungalow, ja?« Er ließ es zu, dass sie sich bei ihm unterhakte, er war sogar froh, dass sie sich wieder mal um ihn kümmerte. »Du hast doch bestimmt noch den Schlüssel?«

»Klar, hab ich. Also gehen wir. Aber verrate mir wenigstens eins – warum schaffst du es nicht, mich länger als eine Nanosekunde anzusehen?«

»Gleich, Paula – erkläre ich dir alles nachher. Wenn wir erst mal in diesem Scheißbungalow sind.«

Das Problem war auch, dass alles wie überbelichtet aussah, mit einem Stich ins gleißend Weiße. Das Brennen in seinen Augen wollte einfach nicht mehr aufhören. Es kam ihm so vor, als ob sogar der Sandweg vor ihm, überall dort, wo er mit seinem Blick entlangfuhr, zu qualmen anfing. Als ob sie in einer Wolke aus Rauch, Brandgeruch, winzigen Funken gingen, die nur bisher niemand außer ihm wahrzunehmen schien.

Sie bogen in den Hauptweg ein, auf dem Unmengen von Leuten unterwegs waren. Clubgäste in Badezeug, andere schon aufgedonnert mit Abendanzügen oder Abendkleidern für eines der unzähligen Wellness-Dinner oder Erlebnis-Abendessen oder Überraschungs-Büfetts, mit denen die Clubleitung die Leute bei Laune hielt.

Sie glotzten ihn an, wechselten Blicke, tuschelten. Mit der gleißenden Aura um ihre Köpfe und Körper herum sahen sie wirklich aus wie mit einem zu empfindlichen Film geknipst. Mit seinen Lumpen, den Brandblasen, dem gesenkten Kopf musste er ihnen wirklich wie ein Verrückter erscheinen. Wie jemand, der vergessen hatte, wer er eigentlich war. Was sie peinlich berühren musste, schließlich gaben sie sich tagtäglich die allergrößte Mühe, nicht aus der Rolle zu fallen. Da konnte man von ihm doch auch ein wenig Anstrengung in diese Richtung erwarten? In Richtung Leblosigkeit zu Lebzeiten. Das war doch nicht zu viel verlangt, oder?

»Verbrennen«, hatte damals seine Mutter gesagt, mit erstaunlich fester Stimme und ohne eine Sekunde lang nachzudenken. Auf die Frage des Bestatters, was sie mit den sterblichen Überresten ihres so tragisch am Herzinfarkt verstorbenen Gatten anzustellen gedenke. »Verbrennen, Herr Baron.« Hieß er wirklich Baron? So wie Baron Samedi, eine der majestätischsten Erscheinungsformen von Gèdè? Daniel grübelte darüber nach, während er mit gesenktem Kopf an Paulas Arm durchs *Paraíso* stolperte.

»Hey, Danny, hier geht's lang. Schon vergessen?« Sie zog ihn in den Pfad zu seinem Bungalow.

Wieder sah er ganz kurz zu ihr rüber, sah die Entgeisterung in ihrem Gesicht. Mitleid? Wie mit ihren schwermütigen Senioren? »Warum versuchst du das eigentlich, Paula – ich meine, diese depressiven alten Leute aufzuheitern?«

»Warum?« Sie wiederholte es in so verblüfftem Ton, als ob sie darüber noch niemals nachgedacht hätte. Als ob es die

abwegigste Frage von der Welt wäre. »Warte hier kurz, Danny, ich geh nur rasch rüber in meinen Bungalow und hol den Schlüssel.«
Er ließ sich auf die oberste Stufe vor der Tür fallen. Auch nur ein Stein in der Irrenhausmauer: Der Eine Gott. Die Unsterbliche Seele. Das Jenseits-Paradies. Der Glaube, dass ausgerechnet dieses erbärmliche kleine Ich überleben wird. Während alles andere untergeht, zu Staub und Schlamm zerfällt. Plötzlich war alles ganz und gar klar.
Seine Augen brannten stärker. So als ob all die nie geweinten Tränen endlich hervorstürzen wollten. Aber zwischenzeitlich waren sie umgewandelt worden in flüssige Glut. Ogu. Lava.
»Rück zur Seite, Danny. Sonst krieg ich die Tür nicht auf. Na auf, komm rein, die paar Schritte schaffst du schon noch. Aber diesmal musst du wirklich erst unter die Dusche. Du hast unglaublich dreckiges Zeug an. Ich glaube tatsächlich, dass da auf deinem T-Shirt sogar irgendwas rumwimmelt. Und wenn du im Bad in den Spiegel guckst – erschrick nicht zu sehr, Danny. Entschuldige, dass ich das so sage, aber du siehst zum Fürchten aus.«

Vor dem Spiegel: Er erkannte sich selbst nicht mehr. Erschrecken, aber nur im ersten Moment. Viel stärker war das Triumphgefühl, sich selbst entkommen zu sein, dem falschen Ich. Von Ogu gezeichnet war auch er. Auf seiner rechten Wange befand sich ein Feuermal von der ungefähren Form einer Hand mit gespreizten Fingern. Genau dort, wo der Höhlenkerl ihn vor einem halben Leben berührt hatte. Jetzt war das Zeichen sichtbar geworden.
Seine Hände waren voller Brandblasen, und seine Beine, seine ganze untere Körperhälfte leuchtete immer noch feuerrot. Das

kam vom Sep, von der Sonne, die im Atrium auf ihn runtergeknallt war, aber seltsamerweise spürte er überhaupt keine Schmerzen. Kein Frösteln, keine Fieberschauer, nicht mal ein Brennen oder Stechen, wenn er auf eine der Brandblasen an seinem Handrücken drückte. Nichts.

War es nicht ein typisches Kennzeichen bestimmter Geisteskrankheiten, dass man keinen Schmerz mehr spürte? Dass man mit der Hand in Flammen griff, sich eigenhändig den Fuß abhackte – mit verrutschtem Grinsen, aber so kaltblütig, als ob man Koteletts schnitt? Schizophrenie? Multiple Persönlichkeitsspaltung?

Aber wie konnte es Verrücktheit sein, wenn die beiden Typen wirklich aufgeschrien und ihre Hände zu den Gesichtern hochgerissen hatten? Wenn auf ihren Wangen zwei schwarze Brandflecken waren, wie seine Augen geformt?

Hinter ihm, im Türrahmen, stand Paula. Sie sah ihm zu, wie er sich im Spiegel betrachtete, wie er unter die Dusche ging, sich mit heißem Wasser abduschte. Genauso hatte Elsie in der Tür gestanden, vor ein paar Tagen erst, in einem anderen Leben.

Elsie – er stand unter der Wasserfontäne, durch den Schleier aus Tropfen, durch die gläserne Kabinenwand sah er Paula in der Tür stehen, und doch sah er gleichzeitig Elsie, wie sie in der Karawane eine staubige Straße entlangtrottete. Es war eher ein Waldweg, links Schlucht, rechts ein schroff aufragender Berg. Die Leute in der Karawane waren alle mit Riemen aneinander gebunden, von Gürtel zu Gürtel, und trotteten mit gesenkten Köpfen einer hinter dem anderen her. Vorneweg Jean Baptiste im brandroten Anzug, an den Seiten und am Ende der Karawane ein halbes Dutzend dieser hageren Typen im schmierigen schwarzen Frack. Witternde Wolfsschnauzen, unruhige Wolfsbewegungen, während die Gefangenen völlig stumpf-

sinnig dahintrotteten, mit gesenkten Köpfen, als wären sie schon ihres Willens beraubt.
Eisiges Entsetzen durchfuhr Daniel. Aber das konnte ja überhaupt nicht sein. Erst in seiner Bergfestung, in diesem Legoine, konnte Jean Baptiste damit beginnen, seine Beute zu zombifizieren.
Er drehte das Duschwasser aus, trat aus der Kabine heraus und ließ es zu, dass Paula ihn abfrottierte. Ganz behutsam, weil sie zu glauben schien, dass seine Brandwunden wehtaten. Er beließ es dabei. Während alles um ihn herum immer noch eine Spur überbelichtet wirkte, mit einem flimmernden Hof um jeden Gegenstand herum, sah er Elsie und den Wald, die Wolfskerle, die anderen Gefangenen, in völliger Klarheit vor sich. Gestochen scharf, die Farben, Konturen, Kontraste vollkommen echt, nur eben alles stark verkleinert, als ob er durch ein Fernglas sähe oder auf einen winzigen Monitor.
Paula frottierte ihn ab, dirigierte ihn zu seinem Bett, ließ ihn sich hinlegen, und er sah zur gleichen Zeit immer noch Elsie vor sich, wie sie hinter einer jungen Schwarzen den Waldweg entlangging. Vage spürte er, wie Paula ihm ein nasses Tuch über die Augen legte und »das wird dir gut tun« flüsterte. Mit dem Tuch vor seinen Augen sah er Elsie und die schwarze junge Frau vor ihr nur noch deutlicher.
Plötzlich wurde ihm klar, dass es Ezilie-la-Vierge war, und im gleichen Moment bekam er eine knochenharte Erektion. Das war überhaupt nicht zu vermeiden, und das war auch überhaupt nicht rätselhaft, es war einfach die Wirkung des Wangas, wie Gabrielle sie ihm beschrieben hatte, heiser in sein Ohr flüsternd: »Jetzt aber geht ihm der Zeiger hoch, sowie nur irgendwer ihren Namen nuschelt?« Oder wenn der Verzauberte nur an sie dachte, sie in seiner Vorstellung schattenhaft vor sich sah.

Daniel aber sah sie so deutlich vor sich, als ob sie wirklich bei ihm wäre, hier auf seinem Bett. Und er hätte jetzt beinahe ihren Namen geflüstert, »Ezilie-la-Vierge«, um zu sehen, ob sie ihn vielleicht diesmal dort hören konnten, ob er vielleicht mit der jungen Schwarzen irgendwie in Verbindung treten könnte, auch wenn Elsie beim letzten Mal überhaupt nicht reagiert hatte.

Aber das konnte er jetzt wirklich nicht ausprobieren, Paula war bei ihm, Paula hatte das Handtuch beiseite gelegt und schmierte seine Brandwunden mit irgendeiner Salbe ein. Mittlerweile war sie bei seinen Beinen angekommen, arbeitete sich von seinen Knien aufwärts, und natürlich musste sie missverstehen, was sie da ein Stück weiter oben zu sehen bekommen würde. Beziehungsweise, was sie längst bemerkt hatte. Denn jetzt legte sie ihre Hand um ihn, begann Salbe zu verreiben, ohne ein Wort, er hörte nur ihren Atem und das leise Schmatzen der Salbe. Und dann allerdings auch sein Herz, das auf einmal wie verrückt in seiner Brust zu trommeln begann.

Als Ogu von ihm Besitz ergriffen hatte, hatte es sich angefühlt wie der gigantischste Orgasmus seines Lebens. Würde jetzt umgekehrt, wenn er unter Paulas Hand kommen würde, auch Ogu wieder erscheinen, mit Feuer, Lava und Glut? Beim letzten Mal war der halbe Humfò in Flammen aufgegangen, die Leute waren schreiend weggerannt, und er selbst und vor allem Gabrielle hatten erhebliche Brandverletzungen davongetragen. Würde diesmal der Bungalow Feuer fangen, Paulas Hand sich mit Brandblasen bedecken, ihr Gesicht mit Feuermalen überziehen?

Oder drehe ich jetzt wirklich durch?, fragte sich Daniel. Er verspürte Panik – als ob Paula eine Bombe mit ihrer Hand bearbeiten würde. Als ob sie unbekümmert am Zündmechanismus herumschrammeln würde, nicht ahnend, dass sie über kurz oder lang beide in die Luft fliegen würden, wenn sie nicht endlich damit aufhörte.

Aber er brachte es nicht über sich, zu ihr zu sagen: Bitte hör auf. Er war schon zu weit dafür. Die Glut brodelte schon zu heiß in ihm. Das Einzige, was er noch tun konnte, war, die Sache hinauszuzögern. Die Explosion, falls es wirklich wieder dazu kommen sollte. Das Einzige, was er tun konnte, war, nicht an Ezilie-la-Vierge zu denken, aber das war gar nicht so leicht. Versuch mal, an jemanden nicht zu denken, denn dafür musst du ja an sie denken – an Ezilie-la-Vierge, wie sie auf ihm gesessen hatte in dem grotesk quietschenden Eisenbett, wie sie auf ihm hoch und runter gesprungen war mit hüpfenden Brüsten, wie ihre Muskeln sich um ihn gekrampft hatten, wieder geöffnet hatten – halt, nicht an sie denken, nein!

Dann lieber an seine Mutter denken, wie sie neben ihrem toten Mann gekauert, trockenäugig auf ihn runtergeglüht hatte. »Verbrennen, Herr Baron!« Wie der billige Fichtensarg in den Krematoriumsofen runtergelassen worden war, wie die Flammen aus dem unterirdischen Ofen emporgeschlagen waren, gefaucht hatten, nach dem Sarg gegriffen hatten, wie das Feuer immer höher emporgelodert war – halt, nicht daran denken, nein! Zumal Paula jetzt mit der einen Hand seine Eier, mit der anderen seinen Schwanz bearbeitete, obwohl sie bestimmt schon ein Pfund Wundsalbe da unten verstrichen hatte, also lieber an was anderes denken, zum Beispiel an …

Ezilie. Auf einmal war sie wieder ganz klar, bedrängend nah bei ihm. Ezilie-la-Vierge. Sie trottete in der Karawane, und plötzlich wandte sie den Kopf nach links, so als ob sie in eine Kamera schaute, sie flüsterte seinen Namen, schnell, leidenschaftlich, heiser, »Daniel, Daniel, Daniel!«, er sah ihre Zunge, ihre feucht schimmernde rosa Zunge und spürte im gleichen Moment die Explosion. Die Glutschlange, den Lavawurm, wie er aus seinem tiefsten Innern hervorschoss, sein Becken hochriss, sich aus seinem Körper herausschleuderte, und hörte, wie auch Paula seinen Namen rief, »Danny, Danny!«, aber es klang nicht nach Schmerzen, nicht nach Panik oder nach Feueralarm.

Er fegte sich das Tuch von den Augen, schaute an sich herunter, und da unten schwamm alles wie in einem Meer aus Spermien. Es sah völlig unwirklich aus, viel weniger real, als wenn da alles in Flammen gestanden und Paula geschrien hätte, ihr Gesicht eine einzige Brandwunde gewesen wäre.

Das meiste ging natürlich auf das Konto der weißen Wundsalbe, die Paula so großzügig auf ihm verstrichen hatte. Aber es sah trotzdem sehr eigenartig aus – als ob jemand da unten vorsorglich einen Teppich mit Löschschaum ausgelegt hätte.

»Aber diesmal haust du nicht wieder mitten in der Nacht ab, ohne mir vorher was zu sagen – versprichst du mir das, Danny?«

»Na klar, ich versprech's dir. Diese Nacht fahren wir nämlich zusammen nach Haiti, Paula. Du hast doch auch für die Exkursion nach Port-au-Prince gebucht?«

»Ja, hab ich.«

»Und tust du mir einen Gefallen, Paula?«

»Weißt du doch, Danny – jeden.«

»Dann lauf bitte mal vor zur Clubhalle, da haben sie einen Geldautomaten. Wenn ich da draußen rumrenne, gibt es nur wieder Gerede.«

»Und wenn ich zurück bin, erzählst du mir, was überhaupt passiert ist?«

»Versprochen. Und … Paula?«

»Hm?«

»Danke für … na ja, für alles.« Einen Moment lang wusste er nicht so richtig, wo er hinschauen sollte. »Da drüben auf Elsies Nachttisch steht ihr Schönheitsköfferchen. Da drin müsste ihre Goldcard sein, die Geheimzahl ist ganz einfach: drei – zwo – eins – null.«
»Wie beim Countdown.«
»Ganz genau. Wie bei einem Zeitzünder kurz vor der Explosion.«

20

Der Bus fuhr zwei Stunden vor Sonnenaufgang ab, tatsächlich in Richtung Hinche, der nächsten größeren Stadt hinter der Grenze. Eigentlich war es nur ein etwas zu lang geratener Van, vier Sitzbänke, auf denen acht Leute saßen. Daniel und Paula und drei Pärchen, die sich wie die Weltentdecker zu fühlen schienen, nur weil sie im klimatisierten Shuttle-Bus für ein paar Stunden nach Haiti fuhren, begleitet von Carola Schmitz, der schwäbelnden Event-Managerin des *Paraíso*.
Wie sie Daniel angesehen hatte, als er an ihr vorbeiging und hinten in den Bus einstieg. Befremdet, erschrocken, aber auch seltsam verlegen. Plötzlich war er sich sicher, dass diese Carola mit der blonden Sportfrisur gemeinsame Sache mit Jean Baptiste gemacht hatte. Dass sie von ihm gekauft oder gebannt worden war, damit sie ihn als Aushilfskellner in den Club einschleuste und zuließ, dass er Elsie mit dem Wongo-Zauber bestrickte. Wen hatte Tina von der Rezeption aus wohl angerufen, als er nach Jean Baptiste gefragt hatte? Genau diese Carola Schmitz mit den senfgelben Netzstrümpfen, dachte Daniel, jede Wette.

Spinnennetzstrümpfe. Der Zorn begann schon wieder in ihm zu kochen, aber er atmete tief durch und griff nach Paulas Hand. »Komm, wir setzen uns ganz nach hinten.«

Er hatte immer noch dieses Brennen in den Augen, nicht mehr so krass wie gestern, aber alles sah weiterhin reichlich überbelichtet aus. Die ganze Nacht hatte er keine einzige Minute geschlafen. Nicht nur, weil Paula ihn mit Fragen gelöchert hatte, mit Ungläubigkeit, unpassendem Mitleid, unbrauchbaren Ratschlägen. Er fühlte sich, als ob er innerlich permanent brennen würde.

Daniel schob sich auf die Rückbank und kniff die Augen zu Schlitzen zusammen. Im Spiegel hatte es vorhin ausgesehen, als ob seine Augen glühen würden. Oder besser gesagt, strahlen, so ähnlich, wie er es bei Gabrielle gesehen hatte, als sie von Gèdè besessen war. Nur dass es bei ihm nicht mehr aufzuhören schien.

Neben ihm war Paula in Shorts und schwarz-weißem Seidentop, schläfrig und trotzdem voller Anteilnahme. An ihn geschmiegt saß sie da und schaute ihn immer wieder verstohlen an. Paula, die letzte Nacht zu ihm gesagt hatte: »Das ist doch klar, dass dich das aus dem Gleichgewicht gebracht hat, Danny. Aber spiel nicht damit – du musst aufpassen, dass du keinen seelischen Knacks zurückbehältst.«

Draußen die Morgendämmerung, Hüttendörfer hinter Palmen, dann nur noch Wald.

Die drei Pärchen auf den Vorderbänken protzten mit ihrem angelesenen Achtelwissen über Voodoo, Haiti, Tancerituale. Daniels Ethnologieprofessor hätte seine Freude an ihnen gehabt, denn für jeden von ihnen schien völlig klar zu sein, dass Voodoo einfach ein Sammelsurium aus Psychoterror und Aberglaube war. Die Priester übten eine Schreckensherrschaft über eine Horde geistesgestörter Idioten aus, die ihnen noch die unsinnigsten Gruselgeschichten aufs Wort glaubten. Von Werwölfen, Zombies, menschenfressenden Dämonen, die es in Wirklichkeit allesamt gar nicht gab.

Wenn Daniel seine Augen ganz zumachte, wurden schon nach kürzester Zeit seine Lider auf der Innenseite glühend heiß. Wenn er sie dann wieder aufmachte, beispielsweise auf die Rückenlehne der Bank vor ihm schaute, begann sich das Polster dort nach ein paar Momenten zu verfärben. Zwei schwärzliche Ränder, oval geformt wie seine Augen. Glücklicherweise waren Moritz und der andere Typ, die ihn gestern am Strand angemacht hatten, nicht mit im Van.

Ihm blieb gar nichts anderes übrig, als seine Blicke ruhelos schweifen zu lassen – vom Fenster zur Lehne vor ihm, über die Köpfe der anderen hinweg bis zu Carola Schmitz, die ganz vorn neben dem einheimischen Fahrer saß, sich alle paar Minuten umdrehte und aufmunternde Belanglosigkeiten schwäbelte. Ein frisches Lüftle wehe hier in den Bergen. Und hinter der Grenze, im grusligen Zauberländle, sei alles so richtig urig.

Paulas Hand lag auf seinem Schenkel, Paulas Kopf an seiner Schulter, und ihre Haare kitzelten an seinem nackten Arm. Paula, die in der Nacht zu ihm gesagt hatte: »Dass du vorhin einen Ständer gekriegt hast, Danny – das heißt doch, dass du mich auch ein bisschen magst?«

Na klar mag ich dich, Paula. Aber wenn du wüsstest, was es wirklich heißt, würdest du schreiend weglaufen.

Er hatte ihr so wenig wie möglich erzählt, weil praktisch alles, was er in den letzten Tagen erlebt hatte, in ihren Ohren klingen musste, als ob er vollkommen den Verstand verloren hätte. Schon die paar Andeutungen, die sie ihm entlockt hatte, bewiesen für Paula nur eines – er war seelisch aus der Balance geraten. Zeitweise entwickelte er Wahnvorstellungen, alles nur, um sich selbst vor einer schrecklichen Erkenntnis zu bewahren, der er sich noch nicht gewachsen fühlte. Elsie hatte ihn verlassen. That's the point, damned fool. Den ganzen fieberbunten Rest der Geschichte hatte er nur zusammenfantasiert, um den Schmerz des Verlusts und die Kränkung seines Egos abzumildern. Und blablabla.

Aber wie konnten es Wahnvorstellungen sein, wenn in seinem ganzen Leben immer schon alles auf diesen einen Moment zugelaufen war – den Augenblick, in dem die Ogu-Kraft in ihm explodiert war, er Feuerwürmer und Glutschlangen aus sich herausgeschleudert hatte, ein groteskes, kosmisch-orgiastisches Feuerwerk?

Und Paula hatte letzte Nacht zu ihm gesagt: »Warum ich versuche, die alten Leute aufzuheitern, hast du mich vorhin gefragt. Na, du hast vielleicht seltsame Ideen. Soll ich sie einfach ihrem Trübsinn überlassen? Soll ich sie einfach von früh bis spät heulen lassen? Da ist es doch wirklich besser, wenn sie bei uns in der Gruppe Spiele machen oder singen oder mal mit jemandem reden können.«

Er war drauf und dran gewesen, ihr sein Herz auszuschütten. Sie um Hilfe zu bitten, ihr diese Sache zu beichten, die er seit so vielen Jahren tief in sich drin vermauert hatte, obwohl er ja eigentlich längst etwas dagegen hätte unternehmen können. Aber er hatte nichts gemacht, gar nichts.

Würdest du mir da vielleicht mal helfen, Paula? Weißt du, ich konnte ja gar nichts dafür – es hat sich damals einfach herausgestellt, dass meine Mutter schon seit Ewigkeiten entmündigt war, verstehst du? Sie hatte ihren Mund nur noch zum Heulen, aber dafür hatte sie einen Vormund: meinen Vater. Und noch vor der Verbrennung stand eines Tages so ein Anzugtyp

in Eschburg vor unserer Tür: »Ich bin Ihr neuer Vormund, Frau Messner.« Irgend so ein Gerichtstyp, weißt du? »Wenn Sie mich bitte begleiten würden. Packen Sie ruhig ein paar hübsche Sachen ein – tun Sie einfach so, als ob es in den Urlaub gehen würde.« Der große Vergangenheits-Abenteuerurlaub auf der Ritterburg für alte Irre.
All das hatte er Paula nicht erzählt, sie nicht um Hilfe gebeten, gar nichts.
Vor dem Van-Fenster stieg die Sonne aus dem Wald empor, und die drei Pärchen vor ihnen wetteiferten mittlerweile darum, wer von ihnen noch mehr Bücher über Voodoo gelesen hatte. Métraux, Deren, Gößling.
»Wie fühlst du dich, Danny?«, fragte Paula im Tonfall einer Krankenschwester.
»Kann ich dir nicht sagen, Paula – es ist einfach noch zu neu für mich. Es fühlt sich wie nichts an, was mir jemals passiert ist.«
Das Brennen wurde schon wieder stärker. Er traute sich kaum mehr, Paula einen Moment lang anzusehen. Ihre Hand auf seinem Schenkel. Auf seiner abgeschnittenen Jeans, in der er sich verkleidet vorkam, genauso wie in dem weißen T-Shirt mit der schwarzen Aufschrift *It's magic.*
Ogus Stil war vollkommen anders. Theatralisch, auftrumpfend, natürlich auch mit einer parodistischen Note, wie alles im Voodoo.
Alles außer Gabrielles Hass. Nicht dran denken, nicht jetzt.
Mit dem Canzo würde er auch den Kleidungsstil seines Loa mèt-tèt übernehmen – mit kniehohen Stiefeln und einer brandroten Schärpe, unter der Ogu sein wichtigstes Requisit verbarg. Einen Kampfhammer, der schwer genug war, um damit den Schädel eines Stiers einzuschlagen.

»Würdest du mir helfen, Paula – ich meine, wenn ich meine Mutter aus dem Irrenhaus rausholen will?«
Er hatte gar nicht gewusst, dass er sie das jetzt doch noch fragen würde. Und er verstand überhaupt nicht, warum sie ihn plötzlich so erschrocken ansah. Warum sie flüsternd wiederholte: »Aus dem Irrenhaus?«
So als ob damit bewiesen wäre, dass er genauso verrückt wie seine Mutter war. So als ob das nicht sowieso alles nur lügnerische Leerformeln wären: schizophren, depressiv, manisch.
»Vergiss es, Paula.« Er machte die Augen wieder zu, hörte nur noch vage, wie Paula irgendwas zu ihm sagte. Im selben Moment sah er eine Szenerie vor sich, die er überhaupt nicht zuordnen konnte, denn alles dort kam ihm völlig fremd vor. Ein Straßenstück vor einem heruntergekommenen Hochhaus in irgendeiner karibischen Stadt. Staubige Palmen am Straßenrand, dazwischen geparkte Schrottkarren, uralte Ami-Kisten, unglaublich verrostet, mit Aufklebern, Beulen und Lackflicken in allen erdenklichen Farben übersät. Drei bullige schwarze Männer standen vor der Drehtür zum Hochhaus, das wirklich aussah, als ob es im nächsten Moment zusammenbrechen würde, mit zersprungener Spiegelglasfassade und den Betonelementen dahinter, die von Rost und Smog durchlöchert und zerfressen waren.
Die Männer hatten alle drei solche schwarzen Methodistenanzüge an, wie Daniel sie im Club tausend Mal bei den Typen gesehen hatten, die ständig durchs *Paraíso* schlichen, um Ahnungslose für die Immobilien-Köderveranstaltungen einzufangen. Hochwasser-Hosen und auch die Jacken eine Nummer zu klein, so dass ihre makellosen Manschetten aus den Ärmeln ragten. Sie machten einen unruhigen und gleichzeitig irgendwie tranigen Eindruck, in Zeitlupe schauten sie andauernd

nach links und rechts, die Straße runter und wieder rauf, wo sich auf sechs Spuren eine Albtraumversion von Rush-hour-Verkehr entlangwälzte. Holpernde Fünfziger-Jahre-Chevys, dazwischen Eselskarren und aus Schrott zusammengebastelte Motorräder. Zu hören war überhaupt nichts, es war wie ein Stummfilm, der mitten in der Handlung urplötzlich in Daniels Kopf eingeblendet worden war. Keine Ahnung, wo das da sich abspielen sollte, wann und warum.

Bis dieser ockerfarbene Cadillac vor dem Hochhaus vorfuhr, die drei Typen hinstapften, einer die Fondtür aufriss und ein Mann ausstieg, der Daniel übel bekannt vorkam. Hagere Gestalt, die Haut eher grau als schwarz, so als ob er sich jeden Morgen in Asche wälzen würde.

Der Mann aus dem Mangrovenwald, dachte Daniel. Der Mann, der seinen Begleiter, den nach Aas stinkenden Brocken, hinter ihm hergehetzt hatte, als Daniel vor Santa Maria Corazon in den Wald gerannt war. Der Mann mit der Voodoo-Puppe, mit der hohlen Stimme, die unablässig »Lève, lève« gerufen hatte.

Verflucht noch mal, was ist das für ein Haus? Wo steht dieser halb zusammengekrachte Wolkenkratzer, wo? Der Aschgraue knöpfte sich ganz formell das Jackett zu, nickte den drei Kerlen zu, die ihn so dringend erwartet hatten, und kurbelte sich durch die Drehtür ins Haus.

Daniel konnte ihm bis zur Tür folgen, aber weiter nicht, es war, als ob der Film plötzlich stehen geblieben, als ob die Übertragung mit dem Standbild der halb zertrümmerten Drehtür urplötzlich eingefroren wäre. Ohne seine Augen zu öffnen, schwenkte Daniel seinen Kopf ein wenig nach rechts, und da kam eine Art Schautafel in sein Blickfeld, ein flacher gläserner Kasten, der mit Draht vergittert und direkt neben der Tür an der Hochhauswand befestigt war.

House of Zombies stand in riesigen Lettern ganz oben in dem Kasten, mit solchen blutroten Schnörkeln wie auf alten Kinoplakaten, die für Horrorschocker warben – die Buchstaben wie aus abgefetzten Gliedmaßen zusammengestückelt, aus denen unten Blut raustropfte. *House of Zombies – Caribbean Headquarter*, las Daniel, und dann nichts mehr. Die Schautafel verschwamm vor seinen Augen, trudelte nach links aus dem Blickfeld, als ob eine Kamera um hundertachtzig Grad gedreht würde. Jetzt war die Hochhausruine hinter ihm, sein Blick wieder auf die Straße gerichtet, zwischen staubigen Palmen hindurch auf die ineinander verkeilten Rostlauben, Eselskarren und Dieselruß ausstoßenden Uraltlastwagen.
»Wir sind an der Grenze, Danny.«
Ich bin schon drüber hinaus, Paula. Das sagte er nicht. Er sagte überhaupt nichts, er hatte mehr als genug damit zu tun, alles im Blick zu behalten. Die beiden haitianischen Grenzsoldaten, die gerade mit Maschinenpistolen in ihren Bus einstiegen, einer vorne, einer hinten, und sich mit finsteren Mienen vor ihnen aufbauten. »Les passeports!«
Carola Schmitz, die gerade mit angespannt klingender Stimme und völlig künstlichem Grinsen sagte: »Lächeln, immer lächeln, Leute. Und ganz locker bleiben. Wenn denen irgendwas stinkt, nehmen die das ganze Wägele auseinander.«
Die drei schwarzen Typen, die gerade wieder am Straßenrand Aufstellung nahmen und die Straße wieder mit glasigen Augen beobachteten, so als ob sie das Eintreffen weiterer Persönlichkeiten erwarteten. Weiterer Verbrecherpersönlichkeiten, weiterer Zombiehändler-Persönlichkeiten, denn was sonst sollte sich in dem Wolkenkratzer verbergen?
Aber wie konnte es sein, dass sie sich nicht als irgendeine harmlose Handelsfirma tarnten, als Gesellschaft für Toten-

gräber-Berufskleidung oder Sarg-Import oder als Labor für Nervengifte auf der Basis von Krötensekreten? In welchem karibischen Land konnte man ganz offen ein Schild mit der Aufschrift *House of Zombies – Caribbean Headquarter* neben der Haustür aufhängen? Unmöglich, dachte Daniel, so was ging nicht mal in Haiti.

Wo sonst konnte das verdammte Hochhaus aber stehen? Es war doch ganz offenkundig eine Spur, die er da durch Ogus Visionskraft gefunden hatte, eine Fährte, die zu Jean Baptistes Verbrecherorganisation führte. Er spürte ja ganz deutlich, dass es nicht einfach *wishful thinking* war, wie Paula das genannt hatte, kein Produkt seiner überreizten Fantasie. Aber er hatte keinerlei Anhaltspunkte, wo sich dieses Haus in Raum und Zeit verorten ließe – auf der Insel hier oder vielleicht in Mexiko, in Guatemala oder Kolumbien – ja, ein Land wie Kolumbien kam am ehesten in Frage, dachte Daniel, ein Staat, der vollkommen unter der Kontrolle der Mafia war. Und die Szene, die er da gesehen hatte, wann hatte sie sich abgespielt? Die Ankunft des Aschgrauen, der ins Haus geeilt war, anscheinend schon sehnsüchtig erwartet von den Headquarter-Leuten drinnen – war das eben gerade passiert, als er sie beobachtet hatte, oder vielleicht gestern, vor einem Monat, vor einem Jahr? Oder war es etwa eine Szene, die sich in der Zukunft erst noch abspielen würde, die ihm quasi als Prophezeiung in den Kopf gespielt worden war mit Hilfe seiner Ogu-Kraft?

»Danny – deinen Pass!«

Seine Augen taten weh. Er bekam die Lider kaum mehr hoch, konnte die Augäpfel nur mühsam in ihren Höhlen rollen. Und als er dann endlich seinen Blick zu dem Soldaten gehoben hatte, prallte der regelrecht zurück. Sein kakaobraunes Gesicht wurde grau. Die Maschinenpistole zuckte in seiner Hand, wie unter einem heftigen Rückstoß. »Allez!« Er deutete mit dem Kinn zur hinteren Van-Tür, die weit offen stand. Davor ein Grenzerhäuschen, eine Holzhütte mit weitgehend abgeblättertem grünen Lack. »Allez vite!«

»Meint der mich?« Daniel sah Paula an, und sie zuckte genauso zusammen wie eben der Soldat.

»Ja, ich glaube schon. Aber was ist denn mit deinen Augen, Danny?«

»Nur ein bisschen entzündet.« Überlastet, wäre vielleicht das richtigere Wort. An Paula vorbei schob er sich aus der hintersten Sitzbank, stakste hinter dem Soldaten die Stufe runter und raus auf die Straße.

Grenzschranke, ein halbes Dutzend Soldaten mit Maschinenpistolen. Außer ihnen schien niemand nach Haiti einreisen zu wollen, während sich in Gegenrichtung die Schrott-Cadillacs, rostzerfressenen Uraltbusse, Eselskarren, urtümlichen Lastwagen nur so drängten. Alles überbelichtet, mit einer schreiend weißen Aura. Während die drei Methodisten-Typen auf einen schwarzen Chrysler zutaumelten, der eben vor dem halb zusammengebrochenen Hochhaus vorfuhr. Während so ein schmächtiger Typ aus der Weltentdecker-Riege durch die Busscheibe auf Daniel runtersah, als ob er sagen wollte: Wusste ich doch gleich, dass der Typ uns Schwierigkeiten macht. Der Kerl mit dem Feuermal in der Fresse, mit den Brandblasen an den Händen, mit den Augen eines Irren, entzündet, lodernd, als ob sein Kopf ein ausgehöhlter Kürbis wäre, mit brennenden Kerzen in den Augenhöhlen.

»Votre passeport, Monsieur!«

Daniel gab ihm seine Papiere. Er gab sich Mühe, nicht zu lang an ein und dieselbe Stelle zu sehen. Gab sich den Anschein, als

ob er ganz locker wäre, überhaupt nicht angespannt, überhaupt nicht kurz davor, diese Zollstation einzuäschern.
Wohin er reisen wolle, fragte der Grenzer, und beinahe hätte Daniel ihm die Wahrheit gesagt. Nach Saint Brasside, Monsieur, zu einem Canzo, wissen Sie, bevor Ogu mich von innen her zerreißt. Verbrennt. Verludern und verlodern lässt, Monsieur. Aber ehe er den Mund geöffnet hatte, stand Carola Schmitz neben ihm. »Nach Port-au-Prince«, rief sie in schwäbisch zerquetschtem Französisch, »wie die anderen auch! Monsieur Messner gehört zu unserer Reisegruppe. Eintagestour, wie im Visum vermerkt.«
Der Grenzsoldat sah argwöhnisch von Daniel zu Carola. Es war offensichtlich, dass er diesem Touristen mit den entzündeten Augen, dem brennenden Blick und dem fünffingrigen Feuermal im Gesicht nicht über den Weg traute.
Und die winzigen, gestochen scharfen Bilder vor Daniels Augen wollten einfach nicht verblassen. Wie man diese Fenster wieder zukriegte, das musste er auch bald einmal herausbekommen. Wie sie sich öffnen und wie sie sich wieder schließen ließen, damit er nicht jedes Mal derart überrumpelt, beansprucht und im falschen Moment abgelenkt wurde. Zum Beispiel durch dieses magere schwarze Männchen, das jetzt aus dem Chrysler ausstieg und vor dem die drei Wächter so demütig katzbuckelten, als ob Gottvater persönlich vor ihnen stünde. Der zerfurchte kleine Kerl trippelte zum Eingang, und wieder schaffte es Daniel nicht, sich mit dem Neuankömmling durch die Drehtür zu bewegen. Sein Blick schwenkte nach rechts weg, flackerte über die Schautafel, erneut konnte er nur den Schriftzug *House of Zombies – Caribbean Headquarter* entziffern, dann drehte sich die Perspektive zur Straße zurück. Unter den blutigen Lettern hatte noch irgendwas gestanden, keine Ahnung was, und der restliche

Inhalt der Schautafel schien aus Bildern zu bestehen, kleinen quadratischen Hochglanzfotos, aber was sie darstellten, hatte er nicht mitbekommen.
Endlich klappte der Soldat seinen Pass zu und reichte ihm das rote Büchlein zurück. Daniel steckte es weg, kletterte in den Van, setzte sich wieder neben Paula, die ihm anteilnehmende Blicke schenkte und ihre Hand gleich wieder auf seinen Schenkel legte.
Woran erkenne ich, Paula, ob es eine Vision oder eine Wahnvorstellung ist? Das fragte er nicht, während Paulas Hand an seinem Bein höher krabbelte. Während die drei Männer vor dem Hochhaus zu Statuen erstarrten und Daniel plötzlich die Damballah-Schlange im Hals des rechten Wächters bemerkte, eine gewundene Silbernadel neben seiner Halsschlagader. Während der einheimische Chauffeur den Van-Motor startete, anfuhr, Carola Schmitz ihr beruhigendes Lächeln nach hinten schickte, aber trotzdem drehte sich dieser schmächtige Weltentdecker-Typ aus der vorderen Reihe zu Daniel um.
»Wusste ich doch, dass wir wegen dir Schwierigkeiten kriegen würden.«
»Wusste ich doch, dass du genau das sagen würdest, du kümmerlicher Schwanz.« Absichtlich starrte Daniel ihn mehrere Sekunden lang aus weit geöffneten Augen an. Auf die Stirn dieses Kerls, auf der sich gleich schon zwei schwarze Flecken bildeten, genau nebeneinander und oval wie ein Augenpaar.
Der Mann riss die Hände hoch, schrie auf, ließ die Arme wieder sinken, und zwei dünne Rauchfäden stiegen von den Brandflecken auf. »Was ist das denn, was ist das denn?« Er quiekte wie ein Schwein. »Was hat der Psycho gemacht, Hilde, was hat er gemacht?« Seine Freundin wollte mit einem Tempotuch über seine Stirn wienern, aber er stieß sie weg. »An-

halten, sofort anhalten! Der Verrückte da hinten hat mit irgendwas auf mich geschossen!«

Carola Schmitz machte dem Chauffeur ein Zeichen – da vorne rechts tauchte eben ein riesiger Parkplatz auf. Schrottlimousinen, verrostete Pick-ups, dazwischen auch ein paar Reisebusse aus dem reicheren Teil der Insel. An den Rändern des Platzes standen Buden mit schreiend buntem Plunder sowie Imbissstände, von denen grau-gelber Qualm aufstieg.

Daniel hatte überhaupt nicht mehr daran gedacht, dass er ja irgendwas deichseln musste, damit sie hier anhielten und er sich heimlich verdrücken konnte. Trotzdem erstaunte es ihn kein bisschen, dass alles genauso gekommen war wie von den Loas geplant.

Da hinten, zwischen Trödel und Palmen, stand Gabrielle. Spiegelbrille, schwarzer Anzug und ihr halbes Gesicht ein blutiger Brei.

21

Paula, um Himmels willen, sag ihm, dass er mich in Ruhe lassen soll!« Es fühlte sich wirklich an, als ob er verbrennen würde. Als ob er gleich in die Luft fliegen würde wie anderthalb Zentner Dynamit. Seine Augen waren so entzündet, dass er kaum noch etwas erkennen konnte. Alles überbelichtet, verwackelt, und jede Bewegung der Augäpfel tat höllisch weh. Und das alles wurde immer schlimmer, weil der schmächtige Weltentdecker einfach keine Ruhe gab.

Weil er an ihm dranhing, obwohl Daniel versuchte, sich einen Weg zur anderen Seite dieses Riesenplatzes zu bahnen. Durch das Chaos der kreuz und quer geparkten Schrottautos, qualmenden Imbissbuden, knöcheltiefen Schlammpfützen, durch Trauben zerlumpter Leute, die ihm Bettlerhände entgegenstreckten, irgendwelchen Kram in schmierigen Plastiktüten verhökern wollten, anzügliche Tänze aufführten, durch Rudel wilder Hunde, die kläffend an ihm hochsprangen, an seinen Händen schnüffelten, durch eine Kakophonie von Schreien, Gelächter, Zurufen, scheppernden Autoradiobeats.

An seiner Seite Paula, die ununterbrochen auf ihn einschrie.

»Danny, Danny, bitte! Du kannst doch nicht einfach so … was machst du denn, wohin willst du denn, Danny, du weißt gar nicht, was du da machst!«

Und zwei Schritte hinter ihm der Weltentdecker. »Du hast auf mich geschossen, du Psycho, dich mach ich fertig, dich zeig ich bei der Polizei an, du gehörst doch ins Irrenhaus!«

Und die Glut, die in ihm immer höher kochte, und die Wächter vor dem abgewrackten Hochhaus, die wie Steinstatuen neben der Drehtür standen, alle drei mit solchen Damballah-Schlangen im Hals. Und er kam einfach nicht von der Stelle, nicht solange der Typ an ihm dranhing, aber wenn er nicht bald bei Gabrielle war und wenn Gabrielle ihn nicht auf dem allerschnellsten Weg nach Saint Brasside brachte, dann war es aus mit ihm. Dann würde die ungezähmte Ogu-Kraft ihn zerreißen, verbrennen, einäschern, dann würde er auf diesem beschissenen Rast- und Trödel- und Tanzplatz hinter der Grenze von Haiti ganz einfach verrecken. »Verbrennen, Herr Baron!«

Er blieb stehen. Bossale, so hieß das im Voodoo, wenn die Loa-Kraft in einem entfesselt, aber noch ungezähmt war. Dein Loa bossale kann dich umbringen, wenn du ihn nicht rechtzeitig mit einem Canzo zähmst. Und wenn Ogu dein Loa ist, dann frisst Ogu bossale dich ganz einfach auf wie ein Flammenlöwe,

der in deinem Innern auf einmal zu sich kommt und sich durch dein Fleisch, deine Knochen, dein Gewebe hindurchschmilzt, dich ganz einfach von innen heraus verbrennt.
Paula hatte beide Arme um ihn gelegt und presste sich gegen ihn. Mühsam drehte er sich im Ring ihrer Arme um und versuchte zu ihrem Bus zurückzusehen. Strahlend weiß stand der *Paraíso*-Van ganz da drüben am äußersten Rand des Platzes, und alle restlichen Weltentdecker, Carola Schmitz und der Chauffeur standen und hockten zehn Meter weiter unter einer Palme, deren Stamm zu einer grotesken Wendelform verdreht war. Jedenfalls kam es ihm so vor, aber vielleicht war es auch die innere Struktur des Baums, die er mit seinem vollkommen durchgeknallten Sehsinn wahrnahm. Und dieser schmächtige Kerl hing immer noch an ihm dran, und jetzt fing er schon wieder an loszuzetern: »Wie hast du das gemacht, du Idiot, wie hast du das gemacht? Was war das – eine Pumpgun?« Er tippte sich auf die Stirn. »Womit hast du auf mich geschossen, du Wichser?«
»Lass mich, Paula.« Er wollte sich aus dem Ring ihrer Arme herausreißen, aber sie ließ ihn einfach nicht los. Der Zorn, die Lava, die Ogu-Hitze kochte in ihm hoch und immer höher, und er spürte, dass er schon nichts mehr aufhalten konnte. Schon lange nicht mehr.
Er sah ganz kurz den Schmächtigen an, aber er hatte Mühe, überhaupt noch irgendwelche Einzelheiten wahrzunehmen. Jedenfalls auf der Oberfläche, da war alles so weiß, so in sich vibrierend, dass er nicht mal hätte sagen können, hatte der Typ jetzt blonde oder braune Haare und stand der ganz ruhig vor ihm oder zitterte der vor Angst.
Dafür konnte Daniel in den Kopf des Schmächtigen hineinsehen, er sah Funken, Lichtbahnen, ein Spinnennetz aus glim-

menden Fäden, in dem Lichtpunkte herumflogen und ab und zu Lichtpfeile vorbeischossen. Der Typ schrie irgendwas, und in seinem Kopf entstand ein Gewitter aus Blitzen und Funkenfontänen. Und Daniels Augen taten so höllisch weh, dass er am liebsten auch geschrien hätte, aber wenn er jetzt anfangen würde zu schreien, dann würde dieser ganze Platz mit ein paar hundert Leuten drauf in Flammen aufgehen.

Der Weltentdecker ballte eine Faust und bewegte sie auf Daniels Schulter zu. Daniel sah die Lichterkaskaden in seinem Schädel, und er sah die Faust, die wie in Zeitlupe auf ihn zukam. Er drehte sich mitsamt Paula minimal zur Seite, und der Schlag ging an ihm vorbei. Und dann richtete Daniel seinen Blick auf den *Paraíso*-Van, der immer noch leer war, er machte seine Augen weit auf und starrte auf die Motorhaube, so gut sich das mit Augen, die wie Feuerbälle brannten, noch machen ließ. Und im nächsten Moment schoss eine Stichflamme unter dem Blech hervor, eine schwarze Wolke stieg auf, und dann stand die ganze vordere Hälfte des Vans in Flammen.

Der schmächtige Kerl glotzte vollkommen entgeistert zu dem brennenden Bus rüber, dann wieder zu Daniel, und so ein paar Mal immer hektischer hin und her.

»Lässt du uns jetzt endlich in Ruhe, ja?« Paula wirkte so wütend wie noch nie. »Der Bus ist kaputt, das siehst du doch, aber was hat denn Danny damit zu tun?«

Der Typ warf die Arme hoch und rannte zurück zum Van, zu seiner Freundin, zurück in sein gutes, altes Leben, in dem es keine Kerle mit Feueraugen gab. Und Paula drückte ihre Lippen auf Daniels Mund und flüsterte: »Du darfst nicht weggehen, Danny, du darfst nicht!«

»Ich muss, Paula. Da hinten wartet Gabrielle. Ich bin hier mit ihr verabredet.« Irgendwie schaffte er es, sich halbwegs von ihr zu lösen und weiter über den Platz zu trotten, die widerstrebende Paula an seinem Arm.

»Wie kannst du hier mit irgendwem verabredet sein! Du konntest doch gar nicht wissen, dass wir hier halten würden. Das bildest du dir doch alles nur ein!«

Immer weiter durch das Albtraumlabyrinth der Trödelbuden, Schrottkarren, Schlammlöcher. Am ganzen Körper glühend, sein ganzer Körper eine einzige Säule brodelnder Glut. Die ganze Zeit spürte er Gabrielles Blick auf sich, durch die Spiegelbrille hindurch. Mit ihren zwei ungleichen Gesichtshälften wirkte sie selbst in dieser Umgebung vollkommen bizarr. Wie eine Kreatur, die höchstens zur Hälfte dieser Welt angehörte.

»Und wer soll das denn überhaupt sein – Gabrielle? Doch nicht etwa dieser grässliche Clown da drüben? Danny, bitte, bleib doch stehen!«

Wieder zog sie ihn an sich, und wieder hätte er beinahe aufgeschrien. Seine Haut fühlte sich an wie verbrannt, sein Fleisch darunter schien zu kochen, ihm war zum Kotzen schlecht, und gleichzeitig hatte er wieder so eine mörderische Erektion. Wenn er sich jetzt entladen könnte, dachte Daniel, die Lava aus sich rauskotzen, rausejakulieren, irgendwie diese Glut aus sich rauspumpen, dann würde es ihm schlagartig besser gehen. Aber jede Bewegung, jede Berührung tat so unglaublich weh.

»Ja, Paula, das ist sie – der Todesclown.«

Sie erstarrte für einen Sekundenbruchteil, dann schien sie aus irgendeinem Grund zu resignieren. Da hinten brannte der Van immer noch, aber der Chauffeur sprang mit einem Feuerlöscher um den Motor herum und schoss weiße Schaumsalven auf die Flammen ab. »Bitte komm wieder, Danny, versprich's mir.«

»Bestimmt, Paula.« Obwohl er gleichzeitig gedacht hatte, dass

das doch gar nicht möglich war. Dass es für ihn doch gar kein Zurück mehr gab, schon lange nicht mehr.
Paula schob ihre Zunge in seinen Mund, und er ließ es geschehen. Paula streichelte mit wilden, verzweifelten Bewegungen über seinen Rücken, der so wehtat, so glühend heiß war, als ob dort unter seiner Haut alles schon brennen würde, als ob gleich Flammenflügel aus seinen Schulterblättern hervorbrechen würden. Paula drückte ihr Becken gegen seinen Schwanz, der so steil aufgerichtet war wie eine Rakete zur Abwehr von Killerengeln. Paula flüsterte in seinen Mund hinein: »Wenn du zurück bist, helf ich dir mit deiner Mutter – ich schwör's, Danny.« Sie heulte auf sein Gesicht, er bekam seine Augen überhaupt nicht mehr auf, sie waren vollkommen zugeschwollen, oder vielleicht auch schon weggeschmolzen, er sah nur noch, was in ihrem Kopf war, überhaupt nicht mehr, wie sie außen aussah. Lichtpfeile und Funkenfontänen, die in ihrem Schädel herumjagten, auf- und niederschwebten.
Sie glaubt, dass ich verrückt bin, dachte Daniel, und wenn ich vor kurzem so einem Typen wie mir begegnet wäre, vielleicht hätte ich das Gleiche gedacht. Ein Irrer.
Er drehte sich um und ging rüber zu Gabrielle.

»Na, von wegen, du bist als Erster hier, weißer Schwanz.« Gabrielle feixte ihn an, und er sah überhaupt nichts von ihr – nur den Hass in ihrem Kopf. »Gib mal fünfhundert Dollar rüber, ich hab ne Karre für uns gekauft.«
Ganz kurz war da wieder der Argwohn, aber das war doch einfach idiotisch – dieser ganze Zauber für eine Hand voll dreckiges Geld? Hey, und wenn schon – Ogu war jede beliebige Summe wert.
»Irgendwo hier in der Jeans«, sagte er mühsam. »Fünftausend

Dollar – drei davon für das Canzo.« In seinen Fingern war viel zu viel Gefühl. Er konnte es nicht ertragen, irgendwas damit anzurühren, geschweige denn, sie in die enge Vordertasche seiner Jeans zu schieben. »Mach du, Gabrielle.«

Er ließ es zu, dass sie sich ganz dicht vor ihn stellte, ihre Hände in seine beiden Jeanstaschen schob und absichtlich lange da unten an ihm rummachte, während er ihren Körper roch – wild, erdig, verdreckt. »Nicht, Gabrielle, es tut alles so scheißweh.«

Der Hass in ihrem Kopf, giftgelbe Funken. Sie zerrte das Geldbündel aus seiner Jeans und legte ihm die Hand auf den Arm. »Hock dich da hin, weißer Typ, ich bin gleich mit der Karre wieder da.«

Sie drückte ihn auf irgendeine Sitzgelegenheit runter, es fühlte sich an wie ein modriger Baumstumpf. Er wollte ihr hinterherschauen, sich vergewissern, wohin sie ging, ob sie nicht einfach mit seinem ganzen Geld abhauen würde, denn dann wäre er wirklich verloren. Ohne das Canzo würde er ganz einfach verglühen.

Aber er konnte sie nicht sehen, konnte überhaupt nichts mehr sehen, jedenfalls nichts von dem, was um ihn herum geschah. Stattdessen sah er sich selbst, als zwölf-, dreizehnjährigen Jungen, wie er in ihrem Hof stillstehen oder stundenlang auf und ab marschieren musste, während sein Vater ihm mit Wächtergesicht dabei zusah. Mit einem so angespannten Gesichtsausdruck, als ob er eine Bombe beobachtete, die jeden Augenblick hochgehen könnte, einen Selbstmordattentäter, der sich im nächsten Moment in die Luft sprengen könnte, eine maskierte Gestalt, die gleich ihr wahres Gesicht zeigen würde, wenn er in seiner Aufmerksamkeit nur eine Sekunde lang nachließ.

Hat er wirklich geglaubt, dass ich kurz davor wäre, wahnsinnig zu werden? Dass mein Irrsinn kurz vor dem Ausbruch wäre, wie

bei einem Haufen Glut, aus dem sofort wieder Flammen schlagen würden, wenn man sie nicht immer wieder aufs Neue löschte? Irrsinnig wie Martha, seine Frau – so als ob wir eine Art Spessarthabsburger wären, mit Verrückten in jeder Generation, und Papa hat seine Aufgabe darin gesehen, Mama und mich vor dem Irrenhaus zu bewahren. Uns zumindest auf der Kippkante zu halten, den offenen, vollkommen unkontrollierten, nie mehr zurückzudrehenden Ausbruch unseres Irrsinns zu verhindern, und diesem Lebenszweck hat er alles und jeden unterworfen. Seine Anwaltskanzlei hatte er erst immer mehr verkleinert, dann ganz aufgegeben, um sich vollkommen seiner großen Aufgabe widmen zu können. Strenge Programme für Mama und für mich entworfen – Isolation für seine Frau, keine Aufregung, keine anderen Menschen, keine Medikamente, kein Garnichts. Versteinerung für mich, notfalls eiskalt abspritzen, notfalls Prügel. Methoden aus den Irrenarzthandbüchern des 19. Jahrhunderts, das Papa überhaupt mehr als jede andere Epoche schätzte. Ein Romantiker am Gartenschlauch.
Denn bei alledem, in all den Jahren und Jahrzehnten schien ihm ja niemals aufgegangen zu sein, wer von ihnen dreien eigentlich der Irre war. Oder hatte er es ganz am Schluss zumindest geahnt? Als er schon auf dem Boden lag, sein Herz schon zerfetzt war, der Gürtel sich in seiner Hand schon wie eine Damballah-Schlange wand? Als er seine Frau und seinen Sohn um Entschuldigung anwinselte – »Martha, Daniel, verzeiht mir, ich wollte nur …«
Was ihr für Verrücktheit gehalten habt, war immer nur der Funken Ogu, der immer schon in mir war.
Erst als es ihm auf die Hand tropfte, merkte Daniel, dass er heulte. Oder kam das nur von der Entzündung, die seine Augen tränen ließ? Er konnte sich nicht erinnern, wann er

zuletzt geheult hatte. Aber die Tränen kühlten tatsächlich seine wunden Augen, schwemmten irgendwas aus ihm raus, und plötzlich war sein Blick wieder ziemlich klar.
»Rein mit dir, weißer Schwanz.«
Er schaute auf, und da stand Gabrielle vor ihm, an die unglaublichste Schrottkarre gelehnt, die er jemals gesehen hatte. Ein uralter Chevrolet, mindestens fünfzig Jahre alt, mit Haifischflossen aus rostigem Chrom, faustgroßen Rostlöchern in den Kotflügeln, mit Stoßstange und Auspuff, die praktisch auf dem Boden schleiften.
Daniel stand auf und machte mühsam die zwei Schritte zu dem Ungeheuer aus Metall und Rost. Der Lack war irgendwann wahrscheinlich mal blutrot gewesen, jetzt war die Grundfarbe eher so etwas wie Schorfschwarz. Darüber gepinselt waren ein paar Dutzend verschiedene Farben, hier ein grelles Gelb, dort ein giftiges Türkis. Die Seitenfenster, zu zwei Dritteln runtergedreht, hingen so schief in den Rahmen, als ob sie seit dem letzten Einmarsch der Amis nicht mehr hochgekurbelt worden wären. Stahlfedern so groß wie Klobrillen ragten hinten aus der völlig zerfetzten Sitzbank. Als Daniel die Beifahrertür aufzog, gab sie mit einem grotesken Spukquietschen nach.
In seinem Gesichtsfeld, fast genau in der Mitte, nur einen Hauch nach links oben verschoben, sah er das halb zusammengekrachte Hochhaus, vor dem immer noch die drei Wächter standen. Mit der Straße davor, auf der jetzt viel weniger Schrottkarren, Eselswagen und zusammengebastelte Mopeds vorbeikrochen.
Daniel setzte sich vorsichtig auf den Sitz, der unter ihm nachgab wie mit Schlamm gefüllt. Die Rücklehne sackte gleich nach hinten, aber das war ihm nur recht. Er würde sich hinlegen. Er fühlte sich einfach schrecklich. Glutheiß, überempfindlich bei der leisesten Berührung. Irgendwie schaffte er es, Jeans

und T-Shirt auszuziehen. Überall waren Brandblasen, auf seinem Bauch, auf Brust, Beinen. Auch dort, wo er in San Miguel garantiert nicht verbrannt worden war. Es kam von innen heraus. Es fraß sich immer weiter voran. Ogu.

Nur die Boxershorts über seinem steil aufwärts ragenden Schwanz behielt er an. Dann legte er sich ganz vorsichtig hin, der Länge nach auf den Rücken, während Gabrielle den Motor startete.

Es klang wie Hohnlachen, begleitet von einem Dutzend rostiger Gongs. Aber die Karre fuhr. Mit quietschenden Stoßdämpfern, dröhnendem Motor und auf dem Boden schleifender Stoßstange rumpelten sie über den riesigen Platz, im Zickzack zwischen Trödelbuden, Imbissständen, hundert anderen Schrottautos zur Straße.

Der Van stand noch genau dort, wo er in Flammen aufgegangen war, seine eine Hälfte weiß, die andere rußgeschwärzt. Die Leute vom Club standen daneben und sahen mit ungläubigen Mienen hinter ihrer Gespensterkarre her. Paula redete gestikulierend auf Carola Schmitz ein, die mit routiniertem Lächeln wegzuhören schien.

Daniel machte die Augen zu. Zumindest für ein paar Minuten, dachte er, bis er die Lider wieder heben musste, damit sie ihm nicht einfach vor den Augen verbrannten. Mit geschlossenen Augen sah er den kaputten Wolkenkratzer nur umso deutlicher. *House of Zombies – Caribbean Headquarter*. Und dann tauchte, wie in einem zweiten Display, das in sein Gesichtsfeld eingeblendet wurde, direkt daneben auch noch Elsie auf.

Ein Pfad hoch in den Bergen. So schmal, dass sie nur hintereinander gehen konnten. Elsie in ihrer zerfetzten Flittchenbluse, vor ihr Ezilie-la-Vierge, hinter ihr eine kleine Gestalt, die er

nicht genau erkennen konnte. Anscheinend waren sie alle ziemlich erschöpft. Sie trotteten mit gesenkten Köpfen, alle keuchten, niemand redete ein Wort. Und wieder waren sie mit diesen Lederschnüren aneinander gefesselt, von Gürtel zu Gürtel, wieder von diesen Wolfstypen bewacht und angetrieben, während Jean Baptiste mit großen Schritten vorausging. Der lange Haitianer im giftgelben Anzug, das Hemd weit geöffnet, die fette Goldkette vor seiner mageren Brust. Der Pfad führte steil aufwärts, übersät mit Steinen, durchflochten von Wurzeln, und immer wieder stolperte da hinten eine der entkräfteten Gestalten, richtete sich mühsam wieder auf.
Ab und zu spähte Daniel zu Gabrielle rüber, sah, wie sie lässig hinter dem Steuer saß, den Ellbogen im Fenster, die Spiegelbrille auf der Nase, ihre zerstörte Gesichtshälfte ihm zugewandt. Der Hass hinter ihren Schädelknochen sah aus wie giftgelbe Funkengewitter. Draußen Siedlungen hinter Bäumen, alles unglaublich grün, wuchernd, die Hütten ungeheuerlich elend, geradezu maßlos verwahrlost. Kreischend bunte Lumpen, auf den Bäumen zum Trocknen aufgehängt. Unmengen nackter Kinder, die auf der Straße in Schlammlöchern spielten und erst im letzten Moment zur Seite gingen, wenn ein Auto angeschlingert kam.
Er machte die Augen wieder zu, und sofort sah er wieder Elsie, wie sie den Pfad hochkeuchte. Elsie, dachte er, Elsie, kannst du mich hören? Er konzentrierte sich mit aller Kraft auf sie. Weißt du noch, Elsie, wie wir am Strand vom *Paraíso* gesessen haben, ich im feinen Anzug, du in deinem goldenen Abendkleid? Wie du dich auf mich gesetzt hast, wie eine Glockenblume auf mir hoch und nieder geschwebt bist, was für ein unglaublicher Glücksmoment das war? Irgendwie beinahe der großartigste Augenblick, den ich jemals mit dir erlebt habe, Elsie. Und ich weiß auch nicht, warum ich jetzt schon wieder heulen muss,

aber ich hab's wirklich damals schon so empfunden – dass es schöner eigentlich gar nicht sein kann. Dass sogar dieses beschissene Fake-*Paraíso* für so einen Glücksmoment zu einem echten Paradies werden kann. Dass eigentlich das ganze Leben so sein könnte, wenn nicht alle immer wieder daran arbeiten würden, es immer noch mehr zur Hölle zu machen.
Und da kam Elsie ins Straucheln. Sie fuhr zusammen, sah erschrocken um sich, und für eine halbe Sekunde schienen ihre wundroten Augen Daniel direkt anzusehen. Sie ruderte mit den Armen, stolperte über einen Steinbrocken und fiel hin.
Die Wolfskerle in ihren schmierigen schwarzen Fräcken fingen an rumzufluchen. Jean Baptiste blieb stehen, drehte sich ganz langsam um und steckte sich eine filterlose Zigarette an. Elsie lag immer noch auf dem Boden; sie schien so schwach, dass sie gar nicht mehr aus eigener Kraft hochkommen würde. Neben ihr kniete sich Ezilie-la-Vierge auf den Pfad. Sie strich Elsie über das staubgraue Spinnwebknäuel, in das ihr goldenes Haar sich verwandelt hatte. Plötzlich tauchte an Elsies anderer Seite noch eine weitere schwarze Gestalt auf. Ein Mädchen, ein Kind noch, dachte Daniel, und da wurde ihm noch viel heißer als sowieso schon. Schamheiß.
Es war die Kleine von dem gefälschten Bild, die Kleine, die sie ihm damals im Kay-mystè untergeschoben hatten. Er starrte sie an, die rosa Lippen, die großen Augen, das üppige Kraushaar, sie war einfach ein kleines Mädchen, ein Kind, und er war sich vollkommen sicher, dass damals nichts mit ihr passiert war. Dass er so etwas einfach nicht machen würde, auch nicht, wenn Ezilie-la-Vierge ihn noch so sehr mit ihrem Zungengift verzaubert hatte. Auch nicht, wenn seine sämtlichen Sicherungen durchknallen würden.
Aber trotzdem war ihm jetzt noch viel heißer als vorher schon,

heiß vor Beschämung, Mitleid, Schuldgefühl. So als ob all das niemals passiert wäre ohne ihn. Er sah zu, wie Ezilie-la-Vierge und die Kleine Elsie bei den Armen nahmen, behutsam aufrichteten und ihr zulächelten, aber Elsie lächelte überhaupt nicht zurück. Sie strich sich den Flittchenrock glatt, richtete sich die wüste Staubfrisur, sah mit glasig roten Augen von einer zur anderen. Und Daniel dachte: Ich muss mit der Kleinen Kontakt bekommen. Ich muss ihr irgendwie klar machen, dass alles ganz anders war. Dass nicht ich ihr damals Gewalt angetan habe – wer immer es war, sie haben mich nur als Sündenbock genommen, auf dieses Foto gebannt, zusammen mit der Kleinen, wie sie auf allen vieren nackt vor mir kauert, und mein Schwanz scheint kurz davor zu sein, in ihren kleinen Kinderkörper einzudringen. Aber so etwas würde ich niemals tun! Hörst du? Du musst mich anhören, dachte er, und dann musst du den Frauen dort sagen, wie es wirklich war. Elsie und Ezilie-la-Vierge. Vor allem aber Elsie. Nur so können wir den Bann brechen. Du musst mich hören, Kleine. Sonst wird Elsie für immer von Ezilie-Ge-Rouge besessen sein.
Aber sie hörte ihn nicht, sie gab ihm nicht das geringste Zeichen, dass sie ihn überhaupt bemerkt hatte. Längst trotteten sie wieder alle hintereinanderher, den steilen Pfad hinauf, und als Daniel weiter nach oben schaute, an Jean Baptiste vorbei, die schroffe Bergflanke empor, da sah er ganz oben auf dem Gipfel Umrisse wie von Häusern, einem Turm, einem mächtigen Spitzdach, die wie ein Spuk aus dem dichten Wald aufragten. Legoine. Jean Baptistes Bergdorf, wo schon alles vorbereitet war. Wo die Gräber und Särge schon auf die Karawane warteten.

22

Wie weit ist es noch, Gabrielle? Mir geht's dreckig – ich verbrenne. Kannst du nicht mal schneller fahren?«

»Vielleicht mit diesem Schaltknüppel, weißer Typ?«

Sie packte nach ihm, hielt ihn fest, ließ ihn hin und her schnellen, aber das sollte sie nicht tun. »Lass das, bitte, Gabrielle. Du weißt doch, letztes Mal ...«

»Jetzt geht's im Gegenteil erst mal viel langsamer – Port-au-Prince.« Ihre Hand ließ ihn wieder los. Er spürte ihren Hass wie eine Welle aus tödlichem Gift. »Da müssen wir durch, gibt keine andere Route. Und dahinter noch ne Stunde weit in die Berge.«

»Aber ich verglühe, Gabrielle.«

»Wenn Ogu dich wirklich als seinen Menschenschimmel erwählt hat, dann kommt dein Arsch und alles andere auch lebend in Saint Brasside an.«

Als er wieder nach draußen schaute, rollten sie auf einer sechsspurigen Straße durch die heruntergekommenste Vorstadt, die er jemals gesehen hatte. Die Häuser sahen ganz genauso aus wie europäische Betongaragen, nur dass sie hier zu fünf oder mehr Stockwerken übereinander gestapelt waren. Ein Wirrwarr von Stromleitungen. Betontreppen oder auch einfach Holzleitern führten an den Fassaden nach oben. An den Straßenrändern türmte sich Müll zu kniehohen Hügeln. Hunderte wilder Hunde rannten im Unrat herum, kämpften knurrend und kläffend um Knochen oder ölig glänzendes Junkfood-Papier.

Die Straßen waren vollgestopft mit Schrottkarren wie ihrer, uralten Omnibussen, knatternden Motorrädern, dazwischen

Pferde- und Eselskarren. Alles schrie, hupte, brüllte, lachte durcheinander. Noch überwältigender als der Lärm waren die tausend Gerüche, die in der Luft durcheinander gewirbelt wurden – Dreck, Ananas, Dieselruß, Clairin, frisch gebratenes Hühnchenfleisch, dann wieder ein würgender Gestank wie von einem Tier, das da irgendwo zwischen den Bruchbuden verweste. Immer wieder trat Gabrielle fluchend auf die Bremse und raste im nächsten Moment halsbrecherisch los. Das Autofahren schien ihr einen teuflischen Spaß zu machen, andauernd hupte sie oder steckte ihren Kopf durch das Seitenfenster und schrie irgendjemandem ungeheuerliche Verwünschungen zu.

»Dein Schwanz soll verfaulen und deiner Mutter im Mund anwachsen, du verfickter Madensack!« Falls Daniel sich nicht verhört oder ihr Patois wieder mal völlig missverstanden hatte. »Deine Fotze soll sich mit Eiter füllen, den dein Vater dir mit seiner halb verwesten Zunge wieder rausleckt, du Pestbeule!«

Während am Straßenrand ganze Familien eng beisammenkauerten und über einem offenen Feuer irgendwas brieten, das günstigstenfalls wie eine gehäutete Ratte aussah.

Während Elsie zwischen Ezilie-la-Vierge und der Kleinen den Bergpfad hochkroch und Daniel ganz plötzlich begriff, wozu Jean Baptiste das Kind überhaupt mitgenommen hatte. »Jeder Hungan weiß«, hatte Joseph gesagt, »was mit diesen Kindern geschieht. Dass Jean Baptiste sie für Marinette und andere Geister schlachten lässt. Dass er sie den Bakas zum Opfer bringt. Aber niemand hat es bis heute gewagt, Jean Baptiste das Handwerk zu legen.«

Während die Garagenwohnungen sich immer höher neben der Straße türmten, dazwischen auch richtige Hochhäuser, mit Beton- und Glasfassaden, die aussahen, als ob sie im nächsten

Moment zusammenkrachen würden. Während die drei Wächter vor ihrem abgekratzten Wolkenkratzer mit tranigen Augen auf die Straße starrten – »Halt!«, schrie Daniel. »Fahr da rüber, Gabrielle!«

Er hatte es nicht gleich kapiert, zuerst hatte er geglaubt, dass einfach das Fenster in seinem Blickfeld, das die Wächter vor der Hochhausruine zeigte, urplötzlich gezoomt worden war. Dass es auf einmal sein ganzes Sichtfeld einnahm, so dass alles, was sich gerade in Wirklichkeit um ihn herum abspielte, von der Zombiehaus-Szene überblendet wurde. Aber so war es nicht, verdammt, so war es ganz und gar nicht.

»Halt an, Gabrielle, verfluchte Scheiße, fahr zurück!« Mühsam richtete er sich zum Sitzen auf, klammerte sich an irgendwas fest, fiel nach hinten zurück, den Deckel vom Handschuhfach in der Hand. »Zurück, Gabrielle – zu diesem Hochhaus da drüben, na mach schon!«

»Lust auf ne Zombie-Lachnummer, weißer Schwanz?« Sie grinste ihn an und stieg im nächsten Moment auf die Bremse, dass Daniel fast durch die Frontscheibe flog. Mit übertriebenen Bewegungen kurbelte sie den Lenker nach links, schlingerte über drei Spuren hinweg, ohne sich um wütendes Hupen, hysterisches Reifenquietschen oder Höllenchöre obszöner Beschimpfungen zu kümmern. Sie schoss über die mörderische Betonschwelle zwischen den Straßenhälften hinweg, dass der runterhängende Auspuff schepperte und die halb abgerissene Stoßstange kreischte, gab plötzlich wieder Gas, spuckte ihre Kippe aus dem Fenster, stieg genauso unvermittelt wieder in die Eisen und brachte ihre Albtraumkarre haargenau vor dem sterbenskranken Wolkenkratzer zum Stehen.

Haargenau an der Stelle, wo vorhin der schwarze Chrysler geparkt hatte, der runzlige kleine Schwarze ausgestiegen und von den Wächtern wie ein Gottkönig empfangen worden war. Vorhin oder vor einer Ewigkeit. Morgen oder in ein paar Äonen. Von den Wächtern jedenfalls war weit und breit nichts zu sehen.

»Und was jetzt, weißer Typ?« Sie steckte sich die nächste Kippe an, filterlos, der Tabak mit einem Geruch wie brennender Torf. »Der Laden macht nur abends auf, mon Blanc.«

Daniel hielt immer noch den abgefetzten Handschuhfachdeckel in der Hand, jetzt warf er ihn hinter sich auf die Rückbank. Er fragte sich, ob er im Stande sein würde, auszusteigen und die paar Schritte bis zum Eingang des Wolkenkratzers zu gehen. Und er fragte sich, was Gabrielle machen würde, wenn er ausgestiegen wäre – ob sie abhauen und ihn hier zurücklassen würde oder ob sie befolgen würde, was Joseph ihr aufgetragen hatte.

Er musste es riskieren, entschied Daniel. Er musste sich da rüberschleppen, er musste herausfinden, was es mit diesem *House of Zombies* auf sich hatte. In seinem Magen war ein mehr als übles Gefühl, während er die Tür aufdrückte, die Scharniere mit heiserem Knarren nachgaben und er seine Füße nach draußen hievte. Und seine Beine fühlten sich an wie kochender Kautschuk, so dass er sich erst mal am Wagendach aufstützen musste, als er draußen auf der Straße stand. Nackt bis auf seine Boxershorts und immer noch mit dieser knüppelharten Erektion, mit diesen glühenden Augen, mit dieser irren Hitze überall in seinem Körper, als ob er in einem Teufelstopf überm Höllenfeuer gebraten würde.

Er stieß sich von der Karre ab und wankte die paar Schritte rüber zum Haus. In der zersprungenen Spiegelglasfassade sah alles wie in einem riesigen Spinnennetz verfangen aus, die Straße, der Chevy, er selbst. Auch die Drehtür sah genauso aus wie in seiner Vision, trübes Panzerglas, mit einem Wirrwarr von

Sprüngen und Rissen überzogen. Dahinter Dunkelheit. Neben der Tür befand sich ein Fallgitter, dahinter eine Rampe in die Tiefe, gleichfalls in Dunkelheit getaucht. Er legte den Kopf in den Nacken und wäre beinahe hintenübergefallen. Auch die unzähligen Etagen über der Halle wirkten verlassen, soweit er das mit seinen brennenden Augen feststellen konnte. Die Fensterlöcher leer, zersprungene Scheiben, nur hier und dort schiefe Jalousien davor.

Und doch stand auf der Schautafel, hinter gesprungenem Glas und rostigem Gitterdraht, genau der gleiche Schriftzug, den Daniel vorhin schon gesehen hatte. *House of Zombies – Caribbean Headquarter.* In parodistischen Horror-Blutlettern und darunter, so schwarz und klobig wie aus Erdbrocken zusammengebacken: *Cabaret des Cadavres.* Geöffnet täglich von 23 Uhr bis 4 Uhr nachts.

Ein Varieté. Wieder brauchte er ein paar Augenblicke, um zu begreifen, was er da vor sich sah. Was die Tafel ihn glauben machen wollte, auch durch die bunten Fotos, die in wildem Durcheinander unter den Schriftzeichen angepinnt worden waren.

Eine klaustrophisch enge Kleinkunstbühne, mit Darstellern vollgestopft. Junge Frauen, Burschen, alle schwarz, alle nackt bis auf einen schlammfarbenen Schurz. Ihre Augen stierten mit glasiger Starre aus dem Schaukasten heraus. Ihre Gesichter wirkten leblos, steinern, wie Totenmasken. Mit hängenden Armen standen sie nebeneinander aufgereiht, und Daniel konnte sich mühelos vorstellen, wie ihre Tanzdarbietung aussehen würde. Taumelnde Bewegungen, stampfende Schritte, alles in Zeitlupe, wie im Halbschlaf – so wie in seiner Vision die drei Typen mit den Damballah-Halsnadeln hier draußen umhergetaumelt waren.

»Wie lang willst du hier noch rumtrödeln, weißer Typ?« Gabrielle stand plötzlich neben ihm und tippte mit dem Zeigefinger gegen den Schaukasten. »Das hier ist Fake, Daniel – die echten Zombies werden gerade oben in Legoine gemacht.« Sie deutete mit dem Daumen über ihre Schulter, zum Auto hin, zu den Bergen hin, die sich hinter dem Smog nur undeutlich nach Norden hin abhoben.
»Glaube ich nicht, Gabrielle.« Er schaute sie an, aber diesmal konnte er von ihr überhaupt nichts erkennen. Nicht ihre Augen hinter der Spiegelbrille, nicht den Funkenflug der Gedanken in ihrem Kopf. Seine Augen fühlten sich an, als würden sie im nächsten Moment explodieren. Er sah überhaupt nichts mehr, nur eine unerträglich gleißende Helligkeit, die sich von Gabrielles Spiegelgläsern aus nach überallhin auszubreiten schien. »Glaube ich nicht«, wiederholte er mühsam, »dass das hier einfach nur Fake ist. Ich hab diesen Laden hier gesehen, verstehst du, Gabrielle. Ihn *gesehen* – Ogu hat mir das hier in einer Vision gezeigt. Das Theater ist Tarnung, verstehst du nicht?«
Er machte die Augen mehrmals hintereinander auf und wieder zu, aber das half überhaupt nichts – das Brennen wurde immer ärger, die gleißende Helligkeit. »Eine ziemlich perfekte Tarnung«, fuhr er trotzdem fort, »wenn hier Zombies cadavres rumstolpern, können die Typen einfach behaupten, dass es Varieté-Schauspieler wären. Während sie hinter dieser Fassade einen schwunghaften Handel mit ihren Opfern treiben! Während sie in diesem Scheißladen hier vielleicht sogar eins ihrer perversen Bordelle laufen haben!« Jetzt erst fiel ihm auf, dass er wie ein Tobsüchtiger brüllte. Dass er mit seiner Faust gegen den Gitterdraht schlug, sich die Hand blutig hämmerte, dass er mit dem nackten Fuß gegen das Panzerglas der Drehtür kickte, aber das alles half überhaupt nichts – nicht gegen die Glut in

seinem Innern, die sich immer schneller, immer mörderischer voranfraß. »Wie hast du diese Zombie-Bordelle genannt, Gabrielle –Tanzknochenhaus?«

»Verdammt, Daniel, lass uns gehen.« Ihre Hand an seinem Arm. Ihre Stimme verriet ihm, wie wenig geheuer ihr sein Auftritt war.

Also hatte er doch Recht? Und Gabrielle wusste, dass das *Cabaret des Cadavres* nur die Tarnfassade der Zombie-Händler war? Dass sie die parodistische Seite des Voodoo für ihre finsteren Zwecke einsetzten und einfach so taten, als ob *House of Zombies – Caribbean Headquarter* so etwas wie der Titel oder Slogan ihres Theaterprogramms wäre. Während es in Wirklichkeit genau das darstellte, was dort auch geschrieben stand – das Hauptquartier eines Rings vom Zombie-Händlern?

»Du willst doch deine Elsie retten, oder plötzlich doch nicht mehr?« Gabrielle zog ihn zurück zum Auto und drückte ihn auf den Beifahrersitz. Im nächsten Moment saß sie neben ihm, startete den Motor, der mit einem Röcheln zu sich kam, und drückte Daniel etwas Kühles in die Hand. »Hier, trink. Oder gieß es dir über den Grind, mir scheißegal – aber mach irgendwas gegen diese Ogu-Sache. Weißt du eigentlich, dass dir schon Qualm aus den Ohren wabert?«

Er hatte es nicht gewusst, aber es wunderte ihn auch nicht allzu sehr. Die Flasche war schon aufgeschraubt, und ohne lange nachzudenken, goss sich Daniel ihren Inhalt über den Kopf. Er hörte tatsächlich ein Zischen, wie wenn man einen Dampfkochtopf unter den kalten Wasserstrahl hält. Das Zeug spülte seine Augen frei, und gleich darauf konnte er wieder sehen. Jedenfalls mehr als nur diese gleißende Helligkeit. Mehr als nur ein paar Silhouetten, überbelichtet, verwackelt, zitternd vor innerer Energie.

Mit rostigem Dröhnen rasselte neben der Drehtür das Fallgitter hoch, dahinter kam die Rampe zum Vorschein, die zweifellos in eine Parkgarage führte. Rotes Warnlicht drehte sich flackernd über der Einfahrt, und im nächsten Moment schossen drei Motorräder aus dem dunklen Loch hervor. Die drei Wächter, verdammt. Mit Augen wie gelbes Glas, mit Damballah-Schlangen, die auf der schwarzen Haut an ihren Hälsen nur desto silbriger glitzerten.

»Fahr los, mach schon, Gabrielle!«

Aber sie war bereits losgefahren, mit kreischenden Reifen, das Gaspedal bis zum Anschlag durchgedrückt. »War eine Scheißidee, weißer Schwanz!« Sie musste schreien, so grässlich röhrte und rasselte der Motor. »Wenn die Typen wirklich zu Jean Baptistes Laden gehören, weiß er spätestens jetzt Bescheid!«

Daniel zuckte nur mit den Schultern. Wenn Jean Baptiste wirklich der war, als den Joseph ihn bezeichnet hatte, wusste er sowieso über jeden Fetzen ihres verzweifelten Plans längst Bescheid.

Gabrielle raste die löchrige Straße entlang, die drei Typen auf den Motorrädern so dicht hinter ihnen, dass er das Gelbe in ihren Augen sehen konnte. Ihren glasigen Blick, ihre vollkommen leblosen Gesichter, die sich nur dann ein wenig bewegten, wenn der Fahrtwind an ihren Backen und Lippen zerrte. Daniel konzentrierte sich auf die Damballah-Schlange am Hals des mittleren Fahrers. Die Silbernadel war in die Haut des schwarzen Mannes gesteckt worden, wie man eine Anstecknadel an einem Jackenrevers befestigt – zweimal durch das Gewebe hindurch, den Schlangenkopf mit der gespaltenen Zunge nach oben. Daniel starrte den Silberkopf an, und er begann zu qualmen, sich zu verformen. Die Nadel zerschmolz sekundenschnell, tropfte silbrig auf die Jacke herunter, und an ihrer Stelle erschien ein kleiner grauer Krater im Hals des Kerls. Grau, nicht rot. Kein einziger Tropfen Blut quoll hervor, und während Daniel noch auf den kleinen grauen Krater schaute, sackte der Mann ohne Damballah-Nadel in sich zusammen, rutschte wie ein Leichensack nach rechts von seiner Maschine, rollte auf die Straße und riss seinen rechten Nebenmann mitsamt Motorrad um.

Alles ist Damballah. Und ohne Damballah ist nichts.

Aber da war noch dieser Dritte, den der Ausfall seiner Kumpanen nur noch mehr anzustacheln schien. Plötzlich war er neben Daniel am offenen Seitenfenster, seine linke Hand schob sich in den Wagen und krampfte sich um Daniels Hals.

Die Hand war so kalt wie nichts, was Daniel jemals berührt hatte. Aber das Motorrad war zu nah bei ihnen, viel zu nah neben ihnen – wenn er es jetzt durch einen Feuerstrahl explodieren ließe, würden sie mit in die Luft fliegen. Und die Damballah-Schlange steckte an der anderen Seite des Fahrers – um sie zu zerstören, müsste er sich mit Ogus Glut durch den Hals des Mannes hindurchschmelzen.

»Verdammt, Gabrielle, mach was!« Er konnte nur noch gurgelnd atmen, röchelnd schreien, die Hand an seinem Hals war wie ein Band aus gletscherkaltem Stahl, das sich immer enger zuzog. Er zerrte an der Eishand, aber das brachte überhaupt nichts, die Hand war wie an ihn drangeschweißt. Gabrielle fuhr Schlangenlinien, trat auf die Bremse, aber anstatt ihn loszulassen, riss der Kerl nur noch mörderischer an Daniels Kehle.

Die Hand fing an, ihn aus dem Auto herauszuziehen, aus dem Seitenfenster herauszuzerren, wie verzweifelt er sich auch wehrte. Schon war er mit seinem Kopf, dem Hals, mit den Schultern draußen, schon hing er mit dem Oberkörper quer

über dem Motorrad, seine Brust auf die Schenkel des Aaskerls gedrückt.
Seine Atemluft war alle. Unendlich mühsam drehte er seinen Kopf in der Zwinge der schwarzen Finger, bis er die Damballah-Nadel in seinem äußersten rechten Augenwinkel sah.
Er starrte sie an. »Zum Donnerwetter, das lässt Ogu nicht zu!« Ein Glutstrahl schoss aus seinen Augen, die Schlange zerstob zu einer silbrigen Tropfenkaskade, und im selben Moment wurden die Finger um Daniels Hals weich wie Lehm im Sommerregen. Mit der gesamten verbliebenen Kraft seiner Hände stieß er das Motorrad und den schwarzen Kerl von sich und sich selbst mit der gleichen Bewegung in den Wagen zurück.
Maden und Aaskäfer wimmelten auf dem Mann ohne Damballah-Nadel herum, noch bevor er mit seiner Maschine im Straßengraben aufgeschlagen war. Daniel rieb sich keuchend den Hals, während Gabrielle zu ihm rüberfeixte, während draußen die Häuser wieder flacher wurden, die Straße schmaler, der Verkehrslärm allmählich verebbte. Während aber das Brennen in Daniels Augen, auf seiner Haut, überall in seinem Körper stärker, immer stärker wurde und er immer wieder mal ganz kurz das Bewusstsein verlor.
Zack, schwarz – und im nächsten Moment sah er wieder Elsie auf dem Bergpfad und links davon das halb zusammengebrochene Hochhaus, die Rampe, das hochrasselnde Fallgitter, unter dem drei weitere schwarze Männer mit Schlangenhalsnadeln auf schweren Motorrädern auf die Straße gedonnert kamen.
Und sein Hals fühlte sich immer noch an, als ob er eine Schlinge aus schierem Eis um die Kehle trüge, während alles andere an und in ihm sich immer schneller in brodelnde Glut zu verwandeln schien.

Zack, schwarz – und im nächsten Augenblick fuhren sie auf einer ungepflasterten Straße, steil bergauf durch einen Wald, der so dicht und hoch war, dass es im Wagen dunkel wurde.
Und Daniel dachte, dass die Zombies cadavres offenbar durch diese Damballah-Nadeln in ihren Hälsen am Leben gehalten oder jedenfalls von ihrem Bokor gesteuert wurden.
Zack, schwarz – und gleich darauf latschte Gabrielle wieder voll in die Bremse und fluchte »Dreckiges Wegelagererpack, die Eier sollen euch abfallen«, lenkte dann aber den Wagen lammbrav an den Straßenrand. Vor der Windschutzscheibe stand ein Typ mit automatischem Gewehr, eine Strumpfmaske über dem Kopf, und um ihr Auto herum waren noch drei weitere solcher Kerle.
O verflucht, nicht schon wieder, dachte Daniel, nicht noch ein Kampf, nicht noch ein Feuerstoß aus meinem Innern, das halt ich einfach nicht aus. Bis Gabrielle in Saint Brasside ist, hockt neben ihr auf dem Beifahrersitz nur noch ein qualmender Aschehaufen.
Der Motor ging mit einem letzten Hohnlachen aus. »Raus mit euch, ihr traurigen Zombies«, näselte einer durch seine Strumpfmaske, »eure Gräber warten schon.«
Ein anderer Räuber kam zu Daniels Fenster und hielt seine Knarre in den Wagen, aber das sollte er nicht tun. »Raus, hab ich gesagt.«
Gabrielle feixte zu Daniel rüber, drückte ihre Tür auf und schob sich nach draußen. Ein Hinterhalt, dachte Daniel, aber wer konnte wissen, dass sie auf dieser einsamen Bergstraße entlangkommen würden? Wer außer Gabrielle und höchstens noch Jean Baptiste? Oder waren es einfach nur Wegelagerer, auf nichts anderes als ihre Schrottkarre und ihr Bargeld aus?
Er richtete sich mühevoll auf. Sein ganzer Körper glühte, auch

die Eisschlinge um seinen Hals war in Ogus Glut längst wieder geschmolzen. Alles da draußen sah wieder völlig verwackelt und überbelichtet aus. Der undurchdringliche Wald neben der Straße, die vier Kerle mit ihren Strumpfmasken, Automatikknarren und nervösen Bewegungen.
Der Typ neben ihm riss seine Tür auf. Das Quietschen der Türangeln klang wie ein Todesschrei. Als Daniel ausstieg, starrten die Wegelagerer ihn alle vier an. Mit entgeisterten Gesichtern, weit aufgerissenen Augen, denn tatsächlich konnte er ihre Gesichter unter den Strumpfmasken ganz genau sehen.
»Du hast eine Narbe auf der Stirn«, teilte er dem Kerl mit, der seine Tür aufgerissen hatte. »Dein Kumpel da drüben hat ein Muttermal über der Oberlippe.« Er zeigte auf einen schmalen Burschen, der neben Gabrielle stand und so nervös rumzuckte, dass sein Gewehrlauf komplizierte Schnörkel in der Luft beschrieb. »Ich kann euch alle sehen, durch eure lächerlichen Masken durch.« Und keiner von ihnen hatte eine Silbernadel im Hals stecken, keiner Augen wie aus gelbem Glas, keiner einen Geruch wie von halb verwestem Leichnam. Es waren einfach vier Wegelagerer, und das fand Daniel für einen Moment fast tröstlich. Besser von jungen Desperados mit wilden Herzen gekillt zu werden als von Zombies cadavres mit einem Herzen aus kaltem Schlamm.
Ihm war schrecklich heiß, aber die Hitze kam aus seinem Innern. Er war von Kopf bis Fuß mit Brandblasen bedeckt, seine Haut wellte sich wie Backpapier, und die Straße unter seinen Füßen fühlte sich geradezu kühl an.
Die Kerle wechselten Blicke. »Pech für dich, weißer Scheißer«, sagte einer von ihnen. »Eigentlich wollen wir nur euren Zaster. Aber wenn du uns gesehen hast, müssen wir euch abknallen.«
»Mir vollkommen egal. Ich verbrenne, verstehst du das, du

hirntoter Typ? Ich verglühe. Ogu zerschmilzt mich von innen her, weil ihr verrotteten Leichensäcke uns aufhaltet.« Er machte einen Schritt auf den Burschen zu, der seine Tür aufgerissen hatte.

»Ogu«, hörte er einen von ihnen flüstern. Wieder wechselten sie Blicke. Starrten auf seinen Körper, der mit Feuermalen bedeckt war, auf die mörderische Erektion unter seinen Boxershorts und auf seine glühend roten Augen, die er ruhelos wandern lassen musste, damit er nicht den ganzen Wald in Brand steckte.

»Bossale«, sagte einer der Typen.

»Scheißegal! Er hat uns gesehen!«

»Wir knallen sie ab«, entschied der neben Daniel, richtete seine Knarre wieder auf ihn, und das sollte er wirklich nicht tun! Daniel starrte das Gewehr an, und es begann zu qualmen. Der Lauf verformte sich, knickte einfach nach unten weg, das ganze Gewehr fiel in sich zusammen, war im nächsten Moment nur noch ein glühend flüssiger Metallklumpen, den der Kerl jetzt schreiend wegzuschmeißen versuchte, aber es ging nicht. Seine Hände klebten an dem Metallklumpen fest. Er schrie »Merde! Merde! Merde!«, in immer schrillerem Ton, während die Luft nach brennendem Fleisch stank und Daniel seinen Blick schon auf das zweite Gewehr richtete, das dritte, vierte. Es ging so gedankenschnell, dass alle Wegelagerer bloß noch glühende Eisenklumpen in Händen hielten, bevor sie auch nur den Sicherungshebel an ihrer Waffe umlegen konnten.

Flüssiges Metall tropfte auf die Straße und erstarrte zu glitzernden Kügelchen auf dem rissigen Asphalt. Daniel schaffte es gerade noch zurück auf seinen Autositz und konnte gerade noch sehen, wie Gabrielle ihn anschaute – offenbar zum ersten Mal wirklich beeindruckt. Er bekam gerade noch mit, wie sie die Karre wieder startete, der Motor mit einem Hohnlachen ansprang, die vier Typen am Straßenrand auf den Knien lagen, ihre mit glühendem Eisen verbackenen Hände auf den Boden schlugen, dann fiel ein feuerroter Vorhang vor seinen Augen runter, und er sah nichts mehr, sah, spürte, dachte, war nichts anderes mehr, nur noch Ogus Glut.

23

Sie legten ihn auf eine Bahre und trugen ihn in einen Raum, in dem es dämmrig und angenehm kühl war. Er war höchstens drei Minuten vorher wieder zu sich gekommen, und er musste durch einen dünnen Rauchschleier hindurchsehen, der ihn wie eine Wolke umgab.

Ein Dorf in den Bergen, ähnlich wie San Miguel, nur dass auf dieser Seite der Grenze offenbar alles tausend Mal heruntergekommener war. Holzhäuser im Kolonialstil, aber mit zusammengebrochenen Balustraden, zersplitterten Brettern, löchrigen Dächern, aus denen die vermoderten Balken hervorsahen. Gabrielle war bis vor eine Seitentür des Humfò gefahren. Vier Hunsis waren herbeigeeilt, eine schöner als die nächste, jedenfalls kam es ihm in seinem Feuerrausch so vor. Er schaute von einer zur anderen, während sie ihn auf der wackligen Bahre in den Tempel hineinschleppten. Sie lächelten auf ihn herunter, offenbar nicht im Mindesten bestürzt über den Anblick, den er bot.

Er traute sich nicht mehr, seine Lippen aufeinander zu legen, aus Angst, dass sie sich ineinander brennen, miteinander verschmelzen würden, so wie es den Wegelagerern mit ihren

Händen passiert war. Wenn er die Stirn runzelte, fühlte es sich an wie zerknicktes Pergamentpapier. Wenn er seine Finger bewegte, entstanden leise Knacklaute, wie wenn man trockene Zweige zerbricht. Bei jeder kleinen Bewegung hatte er Angst, dass seine Haut reißen und durch die Risse Flammen schießen würden.

Sie setzten ihn mitsamt seiner Trage auf einem großen Tisch ab, in der Mitte des dämmrigen, kühlen Raumes. Mit einem Messer schnitt eine Hunsi seine Boxershorts ganz vorsichtig von ihm herunter. Es fühlte sich an, als wäre der Stoff tatsächlich schon in seine Haut gebrannt, als ob sich mit der Hose auch Fetzen verbrannter Haut von seinem Fleisch lösten.

Zwei Hunsis tauchten ihre Hände in einen Bottich, der neben dem Tisch auf einem Schemel stand, schöpften eine milchige Flüssigkeit heraus und begannen sie unendlich zart auf seinem Körper zu verteilen. Wo immer ihre Hände mit der Tinktur ihn berührten, hörte es augenblicklich auf zu brennen. Die Flammen in seiner Haut erloschen, das Feuer in seinem Gewebe erstarb. Es fühlte sich so unglaublich gut an, dass er am liebsten geschrien hätte vor Erleichterung, Freude und Dankbarkeit. Aber er lag einfach nur da und überließ sich den kühlenden, heilenden, streichelnden Händen der Hunsis, lag da wie eine Tempelanlage aus Fleisch, mit dem glühenden Poteau-mitan in seiner Mitte.

Die dritte Hunsi hob seinen Kopf an und flößte ihm schluckweise ein Getränk ein, das ihm überirdisch wohlschmeckend schien. Es löschte seinen Durst, kühlte seine Kehle, linderte die Wunden, die Ogu in seinem Rachen, Hals und Magen geschlagen hatte.

Solange sie ihm den Trunk einflößten, ihn hin und her wendeten und mit der milchigen Tinktur einrieben, würde er

überleben. Aber tief in ihm drinnen loderte weiterhin das Feuer. Ogu. Gegen diese Macht konnten die Hunsis so wenig wie er selbst irgendetwas ausrichten. Nur Liquor, der Hungan, konnte den Ogu bossale zähmen. Aber bis es so weit war, bis Daniel bereit war, wieder genügend bei Kräften war, um das Canzo-Ritual zu überstehen, würden die Hunsis sich um ihn kümmern wie eine magische Feuerwehr.
Bisher hatte Daniel den Hungan von Saint Brasside noch nicht zu sehen bekommen. Aber er spürte seine Präsenz, in diesem Ruheraum und im ganzen Humfò. Der Hungan, der das Canzo durchführte, erlangte hierdurch große Macht über den Novizen. Daniel würde ihm buchstäblich seine Seele anvertrauen müssen, seinen Gros-bon-ange. Wenn der Hungan seine Seele an einen Bokor verkaufte, war er dessen Macht unterworfen. Und der Hungan würde der Einzige außer ihm selbst sein, der seinen geheimen Voodoo-Namen kannte. Aber Daniel spürte ganz deutlich, dass er Liquor vertrauen konnte.
Die vierte Hunsi tränkte ein Tuch mit der kühlenden Tinktur und legte es auf seine Augen. Sofort sah er wieder Elsie vor sich, die Karawane, die gerade eben das Bergdorf Legoine erreichte. Aneinander gefesselt wankten sie durch den engen Schluchtweg, alle schleppten sich nur noch wie mit letzter Kraft dahin. Elsie, Ezilie-la-Vierge, die Kleine. Hinter ihnen ein halbes Dutzend weiterer junger Frauen und ein paar Burschen, die genauso ausgelaugt wirkten und gleichfalls mit gesenkten Köpfen dahintrotteten.
Am Eingang von Legoine, an der engsten Stelle der Schlucht, standen zwei Bäume mit verzweigten Wipfeln, wuchtig wie Torsäulen, die den Weg noch mehr verengten. In einem der Bäume hockte irgendetwas, ein dunkler Klumpen, und Daniel versuchte verzweifelt zu erkennen, was das da oben für ein

Wesen war. Er spürte die Gefahr, die von dieser Kreatur ausging, und in Gedanken schrie er Elsie, Ezilie-la-Vierge und der Kleinen zu, dass sie aufpassen sollten.

Die Glut in seinem Innern begann wieder heißer zu lodern. Er spürte die Hände der Hunsis überall auf seinem Körper, wie sie die kühlende Tinktur auf ihm verteilten. Eine Hunsi legte ihre Hand um die Feuersäule in seiner Mitte, während die Karawane auf die Engstelle in der Schlucht zuwankte und die Kreatur im Baumwipfel sich noch mehr zusammenzukrümmen, wie zum Sprung zu spannen schien. Ezilie!, schrie Daniel in Gedanken, ihr müsst aufpassen! Zum ersten Mal schien er tatsächlich zu ihnen durchzudringen. Ezilie-la-Vierge hob ihren Kopf, sah wie suchend nach links und rechts. »Ezilie!« Daniel schrie jetzt mit aller Kraft ihren Namen. Während das Feuer in ihm wieder loderte, die Hunsis Unmengen der kühlenden Tinktur auf ihn schaufelten, die Hand um seine brennende Mitte sich im Rhythmus seiner Schreie auf und ab bewegte. »Ezilie, Ezilie, Ezilie!«

Seine Haut brannte, sein Fleisch kochte wieder. Die europäischen Irrenhäuser, dachte Daniel auf einmal, sind voll mit Leuten, die sich für den wiederauferstandenen Jesus halten – und deren Körper tatsächlich die Wundmale Christi aufweisen. Aber bevor einer dieser Besessenen die Wunder Jesu wiederholen, wie der Sohn Gottes übers Wasser laufen, Lahme heilen, Blinde sehend machen kann, wird er weggesperrt, die dämonische Kraft in seinem Innern mit Medikamenten zerstört.

Jean Baptiste ging zwischen den Bäumen hindurch, und es geschah überhaupt nichts. Die beiden jungen Frauen an der Spitze der Karawane trotteten hinter ihm her, ebenso zwei der Wolfsgestalten, und es passierte nichts.

Nicht, dass ich mich für Jesus Christus halten würde, aber ob man ein Heiliger oder ein Irrer, ein Gott oder ein sabbernder Idiot ist, hängt letztlich nur vom Blickwinkel des Betrachters ab. Davon, was wir sehen, zulassen und ertragen können. Und was nicht.

Als Nächstes folgte Ezilie-la-Vierge, die Daniel jetzt direkt in die Augen zu sehen schien – Ezilie, Elsie, die Kleine, und in diesem Moment löste sich der dunkle Klumpen da oben aus dem Baum.

»Achtung – da oben! Elsie, Ezilie – *Ezilie!*«

Ezilie-la-Vierge warf ihren Kopf zurück und sah nach oben, sie schaute tatsächlich nach oben, zu dem unförmigen Klumpen, der wie eine verrottete Riesenkokosnuss auf sie runtersauste. Das Ding krachte auf die Kleine drauf, die lautlos zu schreien anfing, mit den Armen fuchtelte, hinfiel und Ezilie und Elsie halb mit umriss, da sie alle aneinander gefesselt waren.

Der dunkle Klumpen entfaltete sich irgendwie, und plötzlich war es eine uralte Frau, eine vollkommen fleischlose, knochenhagere Alte im unförmigen grauen Kleid. Sie hockte auf der Kleinen, drückte ihr mit einer Hand das Gesicht auf den Boden, nestelte mit der anderen ihre Fesseln auf.

»Elsie, Ezilie, lasst es nicht zu!« Die Hände der Hunsis auf seinem Körper. Elsie reagierte nach wie vor nicht auf seine Schreie, aber Ezilie-la-Vierge sah sich wieder wie suchend um. Dann schaute sie erneut auf die Alte runter, die ein knochiges Knie zwischen die Schultern der Kleinen drückte, mit einer Hand in ihr Haar packte und ihren Kopf rhythmisch gegen den Schlammboden knallte.

Im gleichen Rhythmus, in dem Daniel immer noch schrie. »Ezilie, Ezilie, Ezilie!« Im gleichen Rhythmus, in dem die Hand der Hunsi ihn bearbeitete. Im gleichen Rhythmus, in dem die Alte plötzlich aufsprang, die Kleine hinter sich herzerrte und so schnell wie der Wind davonlief, den Weg entlang, der zwischen den himmelhohen Schluchtwänden weiter nach Legoine hineinführte.

»Elsie, Ezilie!«, schrie Daniel wieder. »Die Kleine – lasst es nicht zu!« Dabei wusste er ja, dass sie überhaupt nichts machen konnten, um die Kleine zu retten. Jean Baptiste und seine Wolfskerle hatten alles in tödlicher Ruhe mit angesehen.

Ezilie-la-Vierge wandte den Kopf und schien Daniel wieder direkt in die Augen zu schauen. Er sah ihre Lippen, die rosa Spitze ihrer Zunge, und er spürte, wie die Glut in ihm hoch und immer höher loderte, während Ezilie lautlos ein Wort zu formen schien. Drei Silben. Er bewegte die Lippen auf die gleiche Weise, um herauszufinden, was sie gesagt hatte. Sie wiederholte es noch einmal, die Glut schoss aus ihm heraus, die Feuersäule explodierte, und im gleichen Moment wusste er, was Ezilie-la-Vierge gesagt hatte. Wusste, wer die fleischlose Alte war und warum sie die Kleine weggeschleppt hatte.

Marinette.

Es war Marinette-bois-chec, die Baka »mit den trockenen Knochen«, eine menschenfressende Dämonin und eine der scheußlichsten Erscheinungsformen von Gèdè.

Ein todeskalter Schauer überlief Daniel, während die Hunsis die Binde von seinen Augen nahmen und seinen Körper mit trockenen Tüchern abzureiben begannen. Das Feuer in ihm schien gelöscht, zumindest für den Augenblick. Die Brandblasen auf seiner Haut waren verschwunden, die Feuermale, die Wellungen, die schwarz verbrannten Stellen – wo er auch hinschaute, er sah nur noch tief gebräunte Haut.

Für die westliche Wissenschaft ein klarer Fall psychotischer Produktion von Symptomen, deren organische Grundlage komplett fehlte. Für den Voodoo-Kundigen ein noch viel klarerer Fall von übernatürlicher Besessenheit. Die Zeit ist Illusion. Das Fleisch ist Ausdrucksform, Symbol – nichts, was von sich aus bestünde, nichts, was von sich aus irgendeine Bedeutung besäße.

Die Hunsis schnitten eine Strähne von Daniels Haaren, ein Stück Zehennagel vom linken Fuß und ein Stück Fingernagel von seiner rechten Hand ab. Das alles gaben sie in eine Tonschale, mischten ein wenig von seinem Schweiß, seinem Speichel und seinem Sperma hinzu. Dann deckten sie ihn mit einem Leinentuch zu. »Jetzt schlafe«, flüsterte eine Hunsi.

»Dein Loa bossale wird dich einige Stunden ruhen lassen«, flüsterte die zweite Hunsi.

»Dann wird dich der Hungan aufsuchen und dir alles erklären, was du für das Opferritual wissen musst.« Ganz kurz sah er wieder die Kleine vor sich, wie sie von Marinette in den Dreck gedrückt, hochgerissen, davongezerrt wurde. Aber dieses Opfer hatte die Hunsi natürlich nicht gemeint.

Ich werde euch alle retten und befreien, ich werde rechtzeitig da oben sein, Elsie, Ezilie, kleines Mädchen – ich schwör's euch. Die Augen fielen ihm zu. Die Kühle in seinem Körper war unglaublich angenehm.

»Der Stier wartet schon auf dich«, flüsterte die vierte Hunsi. »Ein junger, kräftiger roter Stier. Wenn Ogu mit dir ist, wirst du ihn besiegen.«

Und wenn nicht?

Bevor er die Frage auch nur zu Ende gedacht hatte, war Daniel eingeschlafen.

»Ich habe gehört, was geschehen ist.« Liquor, der Hungan von Saint Brasside, war ein unauffälliger Mann mittleren Alters.

Man hätte ihn für den Dorflehrer halten können oder für den Betreiber eines Gemischtwarenladens irgendwo an der Straße zwischen Hinche und Port-au-Prince. Er trug keinen bunten Flickenmantel, sondern ausgeblichene Jeans und ein krokodilgrünes T-Shirt. Er war weder dick noch hager, weder hoch gewachsen noch auffällig klein. Man hätte sich eine Stunde lang mit ihm unterhalten können und schon kurz danach nicht mehr gewusst, wie er überhaupt aussah. Nur seine Augen würde man nie mehr vergessen. Diese schwarzen, etwas zu eng stehenden Augen, deren Blick sich in einen hineinzubrennen schien. »Ich weiß, dass du den halben Humfò von San Miguel abgefackelt hast. Und ich weiß auch, was mit den Wegelagerern passiert ist – vier dumme Burschen aus dem Nachbarort.«

»Das war nicht ich«, sagte Daniel. »Das war Ogu.«

Liquors Blick brannte sich in Daniels Augen. »Damit fängt es an«, sagte er. »Du musst mit Ogu verschmelzen, sonst zerschmilzt er dich.«

Daniel lag mitsamt seiner Trage auf dem Tisch, in das Leintuch gehüllt, wie die Hunsis ihn gebettet hatten. Er fühlte sich matt, ein wenig unwirklich, und in seinem Innern kochte die magmatische Glut. Ogu. Aber er hatte keine Schmerzen, und er spürte in sich eine starke Zuversicht. Liquor stand neben ihm, sah ihn aufmerksam an. Wenn man seine Augen einmal auf sich gespürt hatte, wusste man sofort, warum er der mehr oder weniger einzige Hungan im ganzen Land war, der sich zutraute, einen Ogu bossale zu zähmen.

»Er ist schon lange bei mir«, sagte Daniel. »Beinahe so lange, wie ich zurückdenken kann.« Er erzählte dem Hungan von der Höhle, von Occo und ihren Begegnungen, als er ein Junge gewesen war.

»Ihr seid eins«, sagte Liquor. Auch seine Stimme war unauffällig, fast tonlos. Widerstandslos ließ der Zuhörer sie ein, als ob es seine eigene innere Stimme wäre. »Ogu ist draußen und drinnen, er ist in der Erde, in der Luft, in dir. Du bist nur die Membran.« Sein Blick bohrte sich in Daniels Augen. »Stell dir vor, dass dein Körper aus einem elastischen spiegelnden Material wäre. Nicht ganz undurchsichtig, so dass du alles, was drinnen ist, sehen kannst, und alles, was draußen ist, im Spiegel einfängst. So ist Ogu. In dir drin und draußen zugleich.«

Plötzlich zog er das Tuch weg, so dass Daniel nackt vor ihm lag. »Steh auf. Stell dich vor mich, mit dem Rücken zu mir.« Daniel gehorchte. Durch das plötzliche Aufrichten wurde ihm ziemlich schwindlig, aber er zwang sich, frei und ohne zu schwanken vor Liquor zu stehen. »Stell dir vor, dass in dir ein Alligator ist.« Seine Hand fuhr an Daniels Wirbelsäule hoch. Vom Hintern bis hinauf zum Hals. »Eine Schlange, eine Echse, ein uraltes, mächtiges Tier. Nur auf diese Echse kommt es an. Sie ist Damballah, die Schlangenkraft. Sie kann Ogu in dir entzünden, Ezilie in dir entfesseln, Gèdè in dir erwecken – jeden Loa, aber nur auf sie kommt es an. Alles ist Damballah. Vergiss das nie. Sonst wird Ogu dich in Feuer und Asche verwandeln.«

Seine kühlen Finger drückten auf Daniels Wirbelsäule herum, spielten darauf wie auf einer atavistischen Klaviatur. Wo immer er ihn berührte, spürte Daniel einen glühenden Stich, wie von einer Nadel aus kochend heißem Licht. »Ich spreche mit dem Damballah in dir, mit deiner Echsenkraft«, erklärte Liquor, »ich vermittle Damballah, dass Ogu dein Loa mèt-tèt werden soll.«

Ein Gefühl, als ob sich in ihm tatsächlich etwas regen und ringeln würde, als ob da wirklich eine Schlange in seinem Innern hausen würde. Ein riesiges, mächtiges Tier, das in seinem Nacken begann und seinen Körper durchzog, bis runter zu seinem Becken. Eine Schlange aus Glut und Magma, aus reiner, pulsierender Energie.

»Und jetzt dreh dich um zu mir.« Daniel gehorchte wieder. Liquor betrachtete aufmerksam das Feuermal in seinem Gesicht, die fünffingrige Hand, die auf Daniels rechter Wange lag, mit den gespreizten Fingern über seinem Auge. »Du musst mit ihm verschmelzen«, wiederholte er, »sonst zerschmilzt Ogu dich. Das ist das Erste. Und du musst lernen, die Glut zu lenken, damit sie nicht unkontrolliert in dir herumfließt oder plötzlich aus dir herausschießt, wenn du es gar nicht willst.« Er griff in die Tasche seiner Jeans und zog einen Ring hervor, einen breiten Silberreif, wie eine Schlange geformt, deren Schwanzende in ihrem Maul steckte. »Das älteste Zeichen der Welt«, sagte Liquor. »Die gebundene Schlangenkraft. Schiebe diesen Ring auf dein Geschlecht.« Er überreichte Daniel den Schlangenreif. »Damit die Glut nicht zur falschen Zeit und am falschen Ort aus dir hervorbricht.«

War da nicht doch ganz kurz ein Lächeln über Liquors glattes Gesicht gehuscht? Daniel sah ihn argwöhnisch an. Aber der Hungan schaute so maskenhaft drein wie die ganze Zeit schon. Daniel wandte sich zur Seite, schob sich den Ring über, fühlte die Kühle und Schwere der Schlange an seinem Schwanz.

»Da drüben liegt Ogus Schurz. Binde ihn um.« Der Hungan deutete auf ein brandrotes Tuch, das neben der Tür auf einem Schemel lag. »Wenn du gegen den Stier kämpfst, wirst du nichts als diesen Schurz tragen. Ogus Tuch und die Schlangenzeichen, um die Kraft zu lenken.«

Daniel gehorchte wieder. Nackt ging er zum Schemel, band

sich das Tuch um und kehrte in Ogus Schurz zu Liquor zurück. Da erst fiel ihm auf, dass er sich das Tuch angelegt hatte, ohne über seine Handbewegungen nachzudenken. Aber es saß perfekt. Es schnürte ihn nicht ein, und es würde ihm nicht vom Hintern rutschen, wenn er sich plötzlich ruckartig bewegte. Zum Beispiel, weil der Stier mit gesenktem Kopf auf ihn zustürmte. Zum Beispiel, weil der Stier ihn aufspießte und in die Luft warf. Zum Beispiel, weil er auf den Boden knallte, sein Bauch von den dolchspitzen Hörnern des Ungeheuers aufgeschlitzt.

Liquor sah ihn aufmerksam an. »Besser, du stellst dir jetzt vor, was der Stier alles mit dir machen kann. Besser so, als wenn er dich nachher überrumpelt.« Der Hungan konnte Gedanken lesen. Es überraschte Daniel nicht allzu sehr. Im Gegenteil, es stärkte seine Zuversicht nur noch mehr. »Aber wenn du dann vor dem Stier stehst, kommt es nur noch auf die Schlangenkraft in dir an. Welche ist deine Kampfhand? Lass sehen.« Er nahm Daniels Hände in seine kleineren Hände, drehte sie hin und her. »Beide? Das ist gut, es ist sogar sehr gut, wenn ein Mann mit beiden Händen kämpfen kann. Aber es kann auch ein Nachteil sein, denn manchmal ist es nötig, die Kraft in einem Punkt zu konzentrieren.«

»Dann links«, sagte Daniel.

Der Hungan zog einen weiteren Schlangenreif aus der Tasche und steckte ihn an den Ringfinger von Daniels rechter Hand. Eine beruhigende Kühle ging von dem Reif aus, die sich von seinem Finger in seiner ganzen Hand verbreitete und den Arm hinauf, so als ob er seine Hand und seinen Arm ganz langsam immer tiefer in kaltes Wasser tauchen würde. »Wenn du Ogus Hammer auf den Schädel des Stiers schlägst, nimm deine linke Hand. In deiner rechten ist die Kraft gebunden. Wenn aber

deine linke Hand verletzt werden sollte, dann nimm den Ring herunter und kämpfe mit rechts.«
Er legte seine Hände auf Daniels Schultern und sah ihm erneut aufmerksam ins Gesicht. Wieder das Gefühl, als ob Liquor in seinen Gedanken lesen könnte. »Deine Augen mussten in den letzten Tagen einiges mitmachen. Aber es wird schon gehen – zumal du den Stier ohne Ogus Flammenkraft besiegen musst. Kein Feuer darf aus deinen Augen schießen, oder aus irgendeiner deiner Körperöffnungen. Du musst Ogus Kraft in deiner Kampfhand und in seinem Hammer bündeln. So fordern es die Loas, so verlangt es das Ritual.«
Er führte Daniel zu einem kleinen Tisch im Hintergrund des Raumes. Die Glutschlange in ihm, die Energieechse oder wie immer man dieses urtümliche Wesen in seinem Innern nennen wollte, schien sich im gleichen Rhythmus wie er selbst zu bewegen, oder vielmehr – sie war es, die den Takt seiner Schritte, seines Pulsschlags, seiner Gedanken vorgab. Verschiedene Schminkutensilien lagen auf dem Tisch, und der Hungan sagte: »Ich zeichne die gebundene Schlange um deine Augen, um deine Nase und um deinen Mund.« Er nahm einen Kreidestift und malte vier Schlangenringe in Daniels Gesicht, um jedes Auge einen, den dritten um die Nase herum und den vierten um seinen Mund.
Daniel beugte sich über den Tisch, schaute sich in dem kleinen Wandspiegel an. Er sah einen ganz und gar Fremden, mit sengendem Blick und mit wilden Zeichnungen im Gesicht – dem Feuermal und einem ganzen Nest silberfarbener Schlangen, die ihre Schwanzenden im Maul festhielten.
Die Schlangenbänder zerteilten ihn in Zonen der Glut und Sphären der Kühle. Ogu war immer noch in ihm, aber Daniel spürte ihn nur noch in seinem Rückgrat – ein vibrierendes

Band aus Hitze, Glut, Energie – und in seinem linken Arm bis hinab in jeden einzelnen Finger.
»Nur in der größten Not«, sagte der Hungan, »darfst du beim Stierkampf eine dieser Schlangen entfernen. Aber bedenke immer, was Ogu bossale anrichten kann, wenn er unkontrolliert aus dir hervorbricht.«
Sein Tonfall war immer noch ganz beiläufig, als ob er die belanglosesten Nebensächlichkeiten ansprechen würde – und nicht die Gefahr, dass ein Feuerball aus Daniel hervorschießen und sein ganzes Dorf einäschern könnte. Aber Daniel spürte, dass auch Liquor unter großer Anspannung stand. Der Hungan konnte sich nur besser beherrschen als jeder Mensch, den Daniel kannte.
»Werde ich den Stier besiegen?«, fragte er.
»Wenn Ogu will, dass du mit ihm eins wirst – dann ja. Wenn er will, dass du Jean bestial zur Strecke bringst, wird dein Hammer den Stier fällen.«
Und wenn nicht? Daniel spürte den Blick des Hungan auf seinem Gesicht. Aber er schaffte es nicht, seinen Blick zu erwidern. In diesem Moment schien aller Mut, alle Zuversicht, alle Kraft aus ihm herausgeflossen zu sein wie aus einem löchrigen Gefäß.
»Komm jetzt«, sagte Liquor. »Die Hunsis haben alles vorbereitet. Der Stier wartet auf dich. Du kannst diesem Kampf nicht ausweichen, dafür bist du schon viel zu weit. Wenn du den Stier nicht besiegst, wird Ogu dich von innen heraus verbrennen.«

24

Zu diesem Humfò gehörte ein riesiges Atrium, das umso weitläufiger wirkte, als nur eine Hand voll Leute anwesend waren. Wahrscheinlich aus Sicherheitsgründen, dachte Daniel – damit nicht die gesamte örtliche Voodoo-Gemeinde ausgerottet würde, falls dieser Ogu bossale außer Kontrolle geriet. Der Hungan führte ihn am Poteau-mitan vorbei, an einem Altar mit Requisiten von Damballah und Gèdè in den hinteren Teil des Innenhofs, wo fünf Hunsis auf sie warteten. Und der Stier.

Das hintere Drittel des Atriums war durch ein massiv wirkendes Gatter abgetrennt. Der Boden bestand aus gestampftem Lehm, der sich von allen Seiten zu einer Mulde senkte. Das machte es besonders schwierig, mit dem Stier zu kämpfen, wie der Hungan ihm erklärte. Es erschwerte die Bedingungen allerdings auch für das riesige Tier, das hinter dem Gatter auf und ab lief, wütend schnaubte, mit den Füßen stampfte und mit bösem Blick zu ihnen herüberstarrte.

»*Beim Stieropferritual*«, hatte Daniel in einer seiner Voodoo-Kladden geschrieben, »*kämpft Ogu bossale im Grunde mit sich selbst. Tritt sich selbst in zweifacher Gestalt entgegen – als feuriger Stier mit brandrotem Fell und als Voodoo-Novize, der den ungezähmten Loa in sich trägt. Das Ritual symbolisiert also beides – den Kampf gegen deine innere und gegen die äußere Natur.*«

Daniel erinnerte sich, wie er diese Sätze geschrieben hatte, und wünschte sich zur gleichen Zeit so weit wie möglich von hier fort. Der Stier sah ihn lauernd an. Seine Beine fühlten sich schlammig an. Der Hungan kam von links heran und reichte ihm ein klobiges Ding – Ogus Kampfhammer. Ein scharfkantiger Eisenquader, dreißig Kilo oder mehr, mit einem lächerlich kurzen Griff daran.

Eben noch hatte er die Glutschlange in seinem Innern ganz deutlich gespürt – eine zitternde Linie aus feuerrotem Licht, aus pulsierender Hitze, die sich von seinem Becken bis hinauf zu den Schultern und von dort in seinen linken Arm erstreckte, bis hinab in seine Hand. Seine Kampfhand – die aber auf einmal nur noch zitterte und den monströsen Eisenhammer kaum festhalten konnte.

Er würde sich dem Stier auf die Länge eines halben Armes nähern müssen, um überhaupt zuschlagen zu können. Der Griff des Hammers war nicht viel länger als die Hörner dieses Ungeheuers, aus dessen Nüstern tatsächlich Qualm zu wabern schien.

Aber er wollte hier nicht verrecken. Wie unglaublich schön diese Hunsis sind, dachte er. Junge Frauen in bunten Gewändern, eine hübscher als die andere. Er wollte hier nicht sein Leben verröcheln, nicht von dieser grässlichen Bestie zerfetzt, aufgeschlitzt, ausgeweidet, durch den Schlamm gezerrt werden. Aber er wusste ja, dass der Hungan Recht hatte – entweder er würde diesen Stier besiegen, oder Ogu würde ihn von innen her auffressen.

Ogus Glut, die Feuerechse, würde sein Fleisch aufzehren, wenn es ihm nicht gelang, den Bossale zu zähmen. Er musste Ogu werden, oder er würde aufhören zu sein.

Er wog den Hammer in der linken Hand. Unvorstellbar, dieses Trumm schnell genug emporzuschwingen, genau genug niedersausen zu lassen, exakt zwischen die Hörner des Stiers.

»Bist du bereit?«, fragte Liquor.

Eigentlich nicht, dachte Daniel. Eigentlich würde er nichts lieber machen, als einfach von hier abzuhauen, aber das ging nicht. Schon lange nicht mehr.

Also packte er den Hammer fester, spürte die Kühle der Schlangenringe und nickte. Zwei Hunsis zogen das Tor im Gatter auf, und Daniel trat hindurch.

Sofort stürmte der Stier los. Eine halbe Tonne Muskelfleisch, die wie vom Katapult abgeschossen auf ihn zujagte. Daniel machte einen unbeholfenen Sprung zur Seite. Der Stier bremste ab, korrigierte seine Richtung und donnerte schon wieder auf ihn los, mit stampfenden Hufen, schnaubendem Atem, den Kopf gesenkt. Daniel hob seinen Hammer, aber bevor er den auch nur bis zu seinen Schultern hochgestemmt hatte, war der Stier schon da. Wieder musste er einen Satz zur Seite machen, wieder preschte die Bestie hinter ihm her, und das sollte sie nicht tun. Der Zorn begann in ihm zu kochen. Er riss den Hammer hoch und ließ ihn runterkrachen, aber der Stier drehte sich einfach weg, mit einer beinahe eleganten Bewegung, die Daniel nur noch wütender machte.

Sein Schlag ging ins Leere. Der Stier beobachtete ihn, seine Augen schienen vor Tücke zu funkeln. Daniel stand mit dem Rücken zur Wand.

Als der Stier erneut angriff, wich er wieder aus, rannte an der Bestie vorbei, zur Mitte des Kampfplatzes. Hier konnte ihn das Ungeheuer nicht so leicht in die Enge treiben. Hier war allerdings auch die verfluchte Mulde, warum fiel ihm das jetzt erst wieder ein? Er blieb am Rand der Grube stehen und wirbelte herum. Schon war der Stier wieder da, senkte den Kopf, ließ seine Hörner vorschnellen, auf Daniels Unterleib zu. Daniel wich zurück, kam ins Stolpern und fiel rücklings in die Mulde hinab.

Kaum begonnen, schon vorbei. Riesenhaft stand der Stier über ihm. Gleich würde er ihn mit seinen Hufen zertrampeln oder mit seinen Hörnern aufschlitzen, im allernächsten Moment. Daniel schloss die Augen, und da sah er einen gigantischen Flammendrachen, der über ihm am Rand der Grube stand. Und er selbst war gleichfalls ein Feuerwesen, eine Kreatur ganz aus Flammen und Glut, mit einem langen Schlangenkörper, einer lang gezogenen Schnauze wie ein urtümliches Reptil. Die Krokodilschnauze lief in einen monströsen Klumpen aus, der aus reiner Glut zu bestehen schien. Es war die Echse, die er vorhin in seinem Innern gespürt hatte – jetzt aber sah er sie, *sah* sie ganz und gar deutlich. Ihren Feuerleib in seinem Rücken, ihren Flammenhals in seinem Arm, ihre Glutschnauze mit dem monströsen Brocken, den sie auszuspeien oder der aus ihr hervorzulodern schien – seine Hand, die den Hammer umkrampft hielt.

Das Ungeheuer über ihm senkte seinen Kopf, um ihn mit seinen Feuerhörnern zu durchbohren. Und die Feuerechse sprang auf, riss ihn mit sich, mit einer unwirklich schnellen Bewegung – eine Schlange, die sich explosionsartig auseinander ringelte und in die Höhe katapultierte –, warf sich auf die Bestie über ihm und ließ den glühenden Klumpen auf den Riesenschädel krachen, genau zwischen die Feuerhörner, und dann donnerte das ganze Ungeheuer auf ihn herunter. Daniel stürzte in die Grube zurück, fiel wieder auf den Rücken, und um ihm herum war es auf einmal ganz dunkel, eine dunkelrote, glühende Finsternis.

Er machte die Augen wieder auf und merkte da erst, dass er mit geschlossenen Augen gekämpft hatte, dass der Stier über ihm lag, auf den Rändern der Grube hingestreckt, dass der Hungan neben dem gefällten Stier stand, einen Dolch in der Hand.

»Ogus Blut ist Feuer!« Liquor rammte seinen Dolch in den

Hals des Opfertiers, und das Blut spritzte auf Daniel herunter. »Ogus Glut ist Blut!« Brandrote Strahlen pumpten sich aus dem Hals des Stiers, schossen auf Daniel herab, im gleichen Rhythmus, in dem sein eigenes Herz schlug, in seiner Brust donnerte, sein Blut durch seine Adern wälzte, Ogus Feuer, ihrer beider Blut und Glut.

Die Hunsis halfen ihm aus der Grube heraus, die bis zum Rand mit dem Blut des Opferstiers gefüllt war. Bluttriefend kroch er aus dem Erdloch hervor, wie ein Neugeborenes aus dem Uterus einer Riesin. Dann ließ er sich wieder auf den Rücken fallen, so ausgepumpt wie niemals zuvor in seinem Leben.

Niemals hatte er etwas auch nur annähernd Vergleichbares erlebt. Es war, als wäre er bisher auf einem Traktor durchs Leben gefahren – und plötzlich hätte er den Startknopf für eine intergalaktische Rakete entdeckt, die unter dem braven Blech verborgen war. Als wären in ihm auf einmal eine Milliarde Lichter angemacht worden, in seinem Kopf, in seinem Körper, überall. Als wäre er für einen Wimpernschlag wirklich von der Schwerkraft befreit, sein Fleisch in reine Energie verwandelt gewesen, ehe er in seinen Körper zurückgefallen war. In das Erdloch, unter den pumpenden Strahl aus warmem, stinkendem Blut.

Es war das Gefühl, dass er tatsächlich etwas zu Ende gebracht hatte, das in jener Nacht vor so vielen Jahren begonnen hatte, als er in Eschburg hinaus in ihre Straße gelaufen und dem Brandgeruch gefolgt war – als er zum ersten Mal das riesige Flammentier gesehen hatte, wie seine Mähne aus dem Dachstuhl des brennenden Hauses loderte, wie seine mächtige Gestalt sich bis zu den Sternen hinauf erhob. Das Gefühl, dass er diese gigantische Macht heute tatsächlich besiegt hatte,

gezähmt, seiner Kontrolle unterworfen, indem er eins mit ihr geworden war. Ogu, das Urtier aus Feuer, Licht, Glut.
»Nun erschaffe ich deinen Gros-bon-ange, deine Seele. Komm zu mir.« Zwei Hunsis halfen Daniel aufzustehen und führten ihn zum Hungan. Liquor stand vor dem Altar, einem schwarzen Holztisch, auf dem unzählige Requisiten lagen, der bunte Holzphallus von Gèdè, Damballahs Schlange, ein Handspiegel für Ezilie, außerdem ein bauchiger Tonkrug, den er jetzt in die Hand nahm.
Zwei Kinder standen neben dem Altar, ungefähr zehn Jahre alt. Ein Junge und ein Mädchen, und sie sahen sich so ähnlich wie überhaupt möglich. Zwillinge galten im Voodoo als heilig, das hatte Daniel schon damals beeindruckt, als er zum ersten Mal darüber gelesen hatte, in dem Voodoo-Buch von Pietro Bandini. Die Marassa, die göttlichen Zwillinge, verkörperten die Vollkommenheit, die kein Mensch allein erreichen konnte, außer dem Urzwitter, dem heiligen Mawu-Lisa, der von beiderlei Geschlecht war.
Beide Kinder trugen unförmige Gewänder, brandrot, die Farbe Ogus. Das Mädchen hielt die Schale bereit, in der die Hunsis am Vortag die Haarsträhne von Daniels Kopf gesammelt hatten, Finger- und Zehennagel sowie ein wenig von seinem Sperma, seinem Speichel und seinem Schweiß. Ihr Zwillingsbruder trug eine zweite Schale, die all das enthielt, was Liquor eben von dem Körper des Opferstiers entfernt hatte. Einen Fetzen von seinem Fell, ein paar Splitter von seinen Hörnern, ein wenig von einem seiner hühnereigroßen Hoden.
Immer noch fühlte sich Daniel so fertig wie nach einem Marathonlauf. Durch die Energieexplosion, mit der er eben den Stier besiegt hatte, waren sämtliche Speicher in seinem Innern bis auf den allerletzten Tropfen geleert. Zum ersten Mal seit

langer Zeit spürte er in sich nur noch Kühle, kein Feuer mehr, keine Glut.
»Tritt neben mich.« Der Hungan nickte Daniel zu. Kein einziges Mal hatte er ihn bei seinem Namen genannt – Daniel. Und er würde ihn auch niemals mit diesem Namen ansprechen.
Daniel stellte sich neben ihn. Eine Hunsi reichte Liquor den Dolch, mit dem er die Halsader des Stiers aufgeschlitzt hatte. Jetzt hob er das Messer an Daniels Brust und ritzte ihm bedächtig das Vèvè von Ogu in die Haut. Die Feuersäule mit den Vogelschwingen, obendrauf den achtstrahligen Stern.
Daniels Blut rann aus der Wunde und vermischte sich mit dem Blut des Stiers. Der Hungan kratzte mit dem Messer auf seiner Brust herum und gab eine Prise von dem Blutgemisch in den Tonkrug.
Dann nahm er von den Zwillingen die Schalen entgegen und schüttete ihren Inhalt in den Krug, während die Hunsis zu singen und zu tanzen begannen. Liquor verschloss den Krug mit einem Tondeckel, versiegelte ihn mit Wachs. Seine Lippen murmelten unablässig Formeln, die Daniel nicht verstehen konnte und die auch nicht für seine Ohren bestimmt waren. Der Hungan kommunizierte mit der Geisterwelt.
»Dies ist dein Pot-tèt«, sagte er schließlich zu Daniel, »dieser Krug enthält deine Seele, die jetzt für immer mit Ogus Kraft vermischt ist. Deine Seele wird bis ans Ende der Zeiten in diesem Humfò aufbewahrt werden. Ogu wird dich niemals mehr verlassen.« Er trat dicht vor Daniel, umarmte ihn und flüsterte ihm ins Ohr: »Die Loas nehmen das Opfer an. Sie geben dir den Namen *Hazzide*. Behalte ihn für dich, unter allen Umständen. Wer deinen heiligen Namen kennt, kann dir mit Hilfe der Bakas großen Schaden zufügen.«
Er ließ ihn wieder los, trat einen Schritt zurück. »Die Loas

haben dich erwählt«, rief er aus. »Sie wollen, dass du nach Legoine gehst und Jean bestial vernichtest. Sie wollen, dass du im Morgengrauen aufbrichst. Vorher aber werden wir noch eine abendliche Messe feiern zum Dank an die Loas und um dich in unserer Gemeinde willkommen zu heißen.« *Hazzide.*
Diesen Namen sprach der Hungan nicht laut aus, und er bewegte auch nicht seine Lippen. Trotzdem verstand Daniel ganz deutlich, was ihm Liquor mit seiner Gedankenkraft übermittelte.
Die Loas haben dich erwählt. Aber du bist in großer Gefahr. Das spüre ich, Hazzide.

Diese Zeremonie stand ganz im Zeichen Ogus, des Kriegs- und Feuer-Loa. Alle Einwohner von Saint Brasside schienen gekommen zu sein, der riesige Innenhof des Humfò war so überfüllt, dass die Hunsis Mühe hatten, den heiligen Kreis um den Poteau-mitan frei zu halten.
Daniel hatte den ganzen Nachmittag im Ruheraum neben dem Atrium verbracht. Die Hunsis hatten das Opferblut von seinem Körper gewaschen und die Wunden behandelt, die der Stier ihm während des Kampfes beigebracht hatte. Eine Fleischwunde an seinem linken Arm, eine Schramme an seiner Brust, von der Form eines gekrümmten Horns. Beim Kampf hatte Daniel überhaupt nicht bemerkt, dass der Stier ihn verletzt hatte. Es musste passiert sein, als die Feuerechse in die Höhe geschossen war, sich auf den Stier gestürzt und den Hammer zwischen seine Hörner geschmettert hatte.
Er hatte das Flammentier besiegt. Jetzt im Nachhinein war es ein ganz und gar großartiges Gefühl. Triumphal, rauschhaft. So als ob er endlich gerechtfertigt wäre. Ein Gefühl von Unbesiegbarkeit.

Von der Erschöpfung nach dem Kampf war nur ein Vibrieren in allen Zellen seines Körpers geblieben. Seine Energietanks füllten sich auf mit der Glut Ogus, die er auch schon wieder in seinem Innern spürte. Aber nicht mehr als verzehrendes Feuer, als unkontrolliert in ihm umherschießende Energie.

Legba, der Mittler-Loa, wurde angerufen, bemächtigte sich eines jungen Burschen und schleuderte ihn in den Kreis. Die Hunsis tanzten, die Trommler ließen die göttlichen Stimmen dröhnen. Legba humpelte um die Weltensäule, ein gichtgekrümmter Greis mit einer machtvollen Erektion. Ein schwarzes Huhn wurde geopfert und dann auch noch ein Hund mit rotem Fell, zu Ehren von Ogu. Der Hungan zeichnete das Vèvè des Feuer- und Krieger-Loa in den Staub. Die Hunsis trugen jetzt rote Schärpen um den Oberkörper, schwenkten Imitationen von Ogus Hammer, aus Schaumstoff und Pappmaché. Die Trommler wechselten den Rhythmus, jetzt klang es wie Donner vom Himmel, wie mächtiges Getöse aus der Tiefe der Erde, wie die Hiebe und Tritte kämpfender Krieger.

Diesmal wurde Daniel nicht von Ogu gepackt, nicht von außen ergriffen, natürlich nicht. Denn Ogu war schon bei ihm, in ihm und außer ihm zugleich. Er spürte nur, wie die Glut in ihm heißer loderte. Wie es ihn von seinem Sitz hob, ohne dass er sich bewusst entschlossen hätte aufzustehen. Wie er mit einem mächtigen Sprung beim Poteau-mitan war, wo der Hungan ihn schon erwartete.

»Die Hunsis werden jetzt die Schlangenbänder wieder von dir nehmen«, sagte Liquor so laut, dass jeder im Humfò ihn hören konnte. Obwohl die Trommler mit aller Kraft auf ihre Instrumente schlugen und die Hunsis sangen und die ganze Gemeinde klatschte und sang und mit den Füßen stampfte.

»Ogu, Herr der Glut, Krieger voll Mut, sei uns gegrüßt. Ogu,

Meister der Flammen, siegreich im Kampf, zieh uns voran in den Krieg.«

»Fortan kannst du die Ogu-Kraft allein kontrollieren«, fuhr Liquor leiser fort. »Es liegt ganz bei dir, ob du sie in deiner Kampfhand bündeln willst, ob du Ogus Augenkraft anwendest oder eine andere seiner feurigen Manifestationen bevorzugst.« *Hazzide.*

Die erste Hunsi tanzte zu ihm heran, ein rotes Tuch in der Hand. Daniel war immer noch nackt bis auf Ogus Schurz, der vom Blut des Opferstiers starrte. Die Hunsi wischte ihm mit dem roten Tuch über das linke Auge, und im selben Moment sah er Elsie, die in einem niedrigen Kellerraum kauerte, an Händen und Füßen gefesselt, eng zusammengedrängt mit ihren Leidensgefährten. Nur das kleine Mädchen konnte er in dem ganzen düsteren Gewölberaum nicht sehen. *Elsie,* dachte Daniel. *Elsie, du hörst mich, ich weiß es, aber lass dir nichts anmerken. Ganz ruhig.*

Sie fuhr zusammen, schaute um sich, mit angespanntem Gesichtsausdruck. Ihre Augen waren immer noch wundrot. Aber zumindest hatte er wieder eine Verbindung zu ihr bekommen, zumindest das.

Elsie, ich hol dich da raus, vertrau mir.

War da nicht sogar ein ganz leises Lächeln über ihr müdes, eingefallenes Gesicht gezogen, ein winziger Hauch des alten goldenen Elsie-Lächelns?

Die zweite Hunsi tanzte heran, mit einem orangefarbenen Tuch in der Hand, und wischte das Schlangenband um seine Nase herum fort. Und da schlug ihm ein Geruch in die Nase, den er seit vielen Stunden nicht mehr gerochen hatte – wild, erdig, aggressiv. Er wandte sich um, zur Tür des Humfò, und da kam eben Gabrielle herein. Das Strahlen ihrer Augen, das er durch ihre Spiegelbrille hindurch wahrnahm, hieß wohl, dass sie wieder von Gèdè besessen war. Dass der Todes-Loa auf seinem Menschenpferd mitten in diese Zeremonie zu Ehren von Ogu hineinpreschte.

Die Loas haben dich erwählt, aber du bist in großer Gefahr, Hazzide.

Die dritte Hunsi tanzte heran, ein flammenblaues Tuch in der Hand, mit dem sie über Daniels rechtes Auge wischte. Und gleich darauf sah er wieder das halb zusammengekrachte Hochhaus in Port-au-Prince, das jetzt vollkommen verlassen wirkte, aufgegeben, menschenleer.

Und die vierte Hunsi tanzte heran, ein flammengelbes Tuch in der Hand, mit dem sie das Schlangenband um Daniels Mund wegwischte. »Ich werde euch alle befreien!« Seine Stimme dröhnte, wie Donner vom Himmel, wie Grollen aus der Tiefe eines Vulkans. »Haltet aus, vertraut mir!«

Und die fünfte Hunsi tanzte heran, zog ihm den Schlangenreif vom Ringfinger seiner rechten Hand. »Die Kraft deiner Hand ist nicht länger gebunden«, rief der Hungan. »Komm her und zeig der Gemeinde, was Ogu vermag.«

Liquor stand neben dem großen Feuer, das unterdessen vor dem Altar angezündet worden war. Ein gewaltiger Tonbottich stand in der Glut, und das Gurgeln und Brodeln darin zeigte überdeutlich, was dieser Topf enthielt. Kochendes Öl. So wie es einen Gèdè-Test gab, gab es auch einen Ogu-Test, der gleichfalls dazu diente, Hochstapler zu überführen. Wer nur vortäuschte, von Ogu besessen zu sein, büßte bei diesem so genannten Bruler-zin mit schrecklichen Verbrühungen und nicht selten sogar mit dem Tod. Denn kein gewöhnlicher Sterblicher konnte seine Hände in kochendes Öl stecken und minutenlang dort eingetaucht lassen. Niemand vermochte so

etwas, der nicht von einem der mächtigsten Loas besessen war. Von Ogu oder von Gèdè.
Daniel war schon beim Feuer, bevor er auch nur bemerkte, dass er sich in Bewegung gesetzt hatte. An den Rändern seines Gesichtsfelds sah er die ganze Zeit über Elsie, wie sie zwischen den anderen Gefangenen aus der Karawane hockte, und die Drehtür in Port-au-Prince, daneben die Schautafel mit den Varieté-Bildern. *Cabaret des Cadavres*. Er wusste jetzt auch, wie er diese Visionsfenster schließen oder ausblenden konnte – er musste sich lediglich vorstellen, dass das Schlangenband um eines seiner Augen nicht weggewischt worden wäre, schon ging die Luke zu.
Während er sich über den Bottich beugte, seine Hände in das kochende Öl tauchte, sah er in den Augenwinkeln, wie Gabrielle sich einen Weg durch den Innenhof bahnte. Daniel schwenkte seine Hände im gurgelnden Öl, die Voodoo-Gemeinde jauchzte und klatschte, brach in Hochrufe auf Ogu aus, und Gabrielle kam mit wiegenden Schritten, mit diesem strahlenden, alles versehrenden Blick zur Feuerstelle herüber.
Als er sich wieder aufrichtete, das brandrote Tuch entgegennahm und sich die öltriefenden Hände abwischte, stand Gabrielle zwischen ihm und dem Hungan.
»Ogu, Herr der Glut«, sangen die Hunsis, »Krieger voll Mut, sei uns gegrüßt«, schrie die ganze Gemeinde. »Ogu, Meister der Flammen, siegreich im Kampf, zieh uns voran in den Krieg.«
Und der Hungan rief so laut, dass es im ganzen Humfò zu hören war, obwohl die Trommler mit voller Kraft Ogus Melodie trommelten: »Wer es Ogu gleichtut, soll das sechste Damballah-Band von ihm nehmen. So wollen es die Loas, so will es der Brauch.«
Liquor deutete auf den Topf mit dem kochenden Öl, und im nächsten Augenblick tauchte Gabrielle ihre Hände hinein.

Daniel sah sie an, ihr zerteiltes Gesicht, die schöne und die zerstörte Hälfte, den Hass in ihren Augen, aber auch eine Begierde, deren Wildheit ihn erschreckte. *Du bist in Gefahr, Hazzide.* Aber der Brauch ließ ihm keine andere Wahl, und so rief er mit dröhnender Ogu-Stimme, begleitet vom Beifall der ganzen Voodoo-Gemeinde:
»Komm mit mir, Gèdè – Ogu hat dich für sein Kay-mystè erwählt.«

In der Loa-Mythologie des Voodoo war Gèdè der ewig verschmähte Buhle der strahlenden Liebesgöttin Ezilie. Ständig schlich der Todes-Loa in seiner schmierigen Leichenträgerkluft hinter der Glanzvollen her, näselte »Geben Sie mir doch eine Chance, Metrès, ich flehe Sie an«, demütigte sich auf jede nur vorstellbare Weise vor ihr, aber Ezilie lachte ihn höchstens aus. Ihr Herz gehörte Ogu, dem starken, tapferen, aufrechten Kriegs- und Feuer-Loa. Gèdè dagegen, der Herr der Gräber, der Maden und Leichensäcke, widerte sie nur an.
Hatte Gabrielle sich unglücklich in Elsie vergafft – in der Nacht, als Elsie von Ezilie besessen war? War sie so sehr eins mit ihrem Loa mèt-tèt, dass sie auch ihr Liebesleben nach dem Vorbild des Todesdämons einrichtete?
Aber sie ist eine Frau, dachte Daniel, und Gèdè ist bei aller Zwielichtigkeit und Zweideutigkeit letztlich doch ein männlicher Loa. Hatte sie sich trotzdem in Elsie vergafft? Hasste sie ihn deshalb so sehr – weil er Elsies Liebhaber war, so wie Ogu für alle Zeiten mit Ezilie liiert war?
Er hatte ein ziemlich mulmiges Gefühl, als er sich durch die Menge der Voodoo-Anhänger schob, Gabrielle so dicht hinter ihm, dass er ihren Atem auf seinem nackten Rücken spürte. Die Leute lachten ihn an, sangen, klatschten, als er an

ihnen vorbeiging, riefen ihm unmissverständliche Ermunterungen zu.
»Lass sie deinen Hammer spüren, Ogu!«
»Pump deine Lava in sie rein, Herr der Vulkane!«
Aber er glaubte immer noch nicht, dass Gabrielle deshalb ihre Hände in das kochende Öl getaucht hatte. Obwohl er auch ihre Begierde spürte. Und obwohl er sie niemals anziehender gefunden hatte als an diesem Abend, besessen von dem wilden Loa Gèdè. Aber da war auch immer noch ihr Hass, ihre verzweifelte Bitterkeit, die sich wie ein Gift in den Cocktail ihrer Gefühle mischte. Sie wollte ihn demütigen, immer noch. Aber warum? Weil Gèdè der unterlegene Nebenbuhler von Ogu war? Es ergibt einfach keinen Sinn, dachte Daniel, während er die Tür zu dem Schuppen öffnete, der ihm gestern und heute als Ruheraum gedient hatte.
Rote Neonröhren tauchten die Kammer in schummriges Licht. Auf einem Schemel neben seiner Pritsche hatten die Hunsis Ogus Kleidung für ihn bereitgelegt – ein feuerfarbenes, blusenartiges Gewand, flammenblaue Hose, orangefarbene Schärpe. Damit würde er aussehen wie ein Zirkusgeneral, zumal auch die kniehohen Stiefel Ogus neben dem Schemel bereitstanden. Alles in völlig verlumptem, heruntergekommenem Zustand, aber er würde diese Sachen tragen, wenn er im Morgengrauen mit Gabrielle nach Legoine aufbrach.
Mit Gabrielle, deren Hände er jetzt auf seiner Hüfte fühlte, an Ogus blutstarrendem Schurz. Sie riss ihm das Tuch herunter, ihre Augen hinter der Spiegelbrille glitzerten – vor Hass, vor Begierde?
»Was willst du von mir, Gabrielle?« Seine Stimme klang überhaupt nicht mehr dröhnend. Ogu hatte sich in sein Rückgrat zurückgezogen, eine Schnur aus perlender Glut.

Ihre Hand nestelte an seinem Schlangenreif. »Na, dich piesacken, hab ich dir doch gesagt, weißer Schwanz – schon vergessen?« Dazu ihr Clownsfeixen, als ob sie gleichzeitig sagen wollte: Alles nicht ganz ernst gemeint, M'sieur.

Der Schlangenreif fiel mit einem silbrigen Klirren auf den Boden. Gabrielle hatte immer noch ihre vollständige Totengräberkluft an, er stand nackt vor ihr, und das alles gefiel ihm überhaupt nicht. Aber gleichzeitig spürte er die Erregung, die immer mächtiger in ihm emporstieg.

»Zieh dich aus, Gabrielle«, sagte er.

Die Trommeln draußen im Atrium wummerten Ogus Melodie. Ein Donnern wie vom Himmel, ein Grollen wie aus den Tiefen eines Vulkans. Ohne den Blick von ihm abzuwenden, schüttelte sich Gabrielle aus ihrer überweiten Jacke, riss sich die Bluse herunter. Ihre Brüste waren klein und vollkommen geformt. Ihre Haut schimmerte vor Schweiß. Sie roch nach Erde, nach einer Wildheit, die ihn faszinierte und abstieß, erregte und erschreckte, seit er zum ersten Mal mit ihr zusammengetroffen war.

Ich tu's für dich, Elsie, dachte er. Verdammt noch mal, ich brauche Gabrielle, damit sie mir hilft, nach Legoine zu kommen. Das war richtig und trotzdem in diesem Moment schon nicht mehr ganz wahr. Es stank auch für ihn selbst nach einer Ausrede, die des aufrechten Ogu nicht recht würdig war.

Wieder griff sie nach seinem Schwanz, der zwischen ihren Fingern bereitwillig in die Höhe sprang. Sie hielt ihn fest und zog ihn zu seinem Lager.

»Zieh dich ganz aus, Gabrielle.«

»Warum, Daniel – weil du mit mir schlafen willst?«

»Ja, verdammt – ja, Gabrielle!«

Da ließ sie ihn los, riss sich die überweite Totengräberhose runter und stand so nackt vor ihm wie er vor ihr.

Verflucht, Gabrielle, ich hab doch geahnt, die ganze Zeit über geahnt, dass irgendwas mit dir nicht stimmt.
Ogus Trommeln donnerten und dröhnten, aber sein Herz stockte und stolperte plötzlich wie die Schritte eines verängstigen Kindes.
Sie hatte die Brüste einer jungen Frau, aber zwischen ihren Beinen war sie ein Mann. Ihr Schwanz war nicht besonders groß, aber auch nicht annähernd so verkümmert, wie man das bei Zwittern im Allgemeinen annahm. Zumal dieser Schwanz sich jetzt vor Daniel aufrichtete, mit einer feuerfarbenen Eichel, die ihn wie ein rotes Auge anzuglotzen schien.
»Ich bin vollkommen«, sagte Gabrielle und sah mit einem Blick voller Schmerz und Zorn auf Daniel, dessen Erregtheit gerade wieder in sich zusammenfiel. »Ich bin noch vollkommener als die heiligen Marassa, denn ich bin Mann und Frau zugleich.«
»Ich sehe es, Gabrielle«, erwiderte er und schaffte es nicht, sie wirklich anzusehen.
Sie kauerte sich auf sein Bett und streckte die Hand nach ihm aus. Wieder wollte sie nach ihm greifen, aber er stieß sie zurück, mit einer so unbeherrschten Bewegung, dass sie fast von dem Bett herunterfiel. Es war gemein, herzlos, außerdem ein schrecklicher Fehler, er wusste im gleichen Moment, dass jetzt alles zwischen ihnen aus war, zerstört war, nie wieder gutzumachen war. Aber er hätte es nicht ertragen, wenn sie ihn noch einmal angefasst hätte, es ging einfach nicht.
»Komm her«, sagte Gabrielle. Sie keuchte, ihre Augen glühten, das dritte, feuerfarbene Auge starrte ihn böse an. »Eben hast du selbst gesagt, dass du mit mir schlafen willst.«
»Aber ich kann nicht, Gabrielle. Und da wusste ich ja auch noch nicht, was mit dir los ist.«

»Was mit mir los ist? Ich bin vollkommen. Und die Loas verlangen es von dir: Ich habe meine Hände in Ogus Öl getaucht.«
Er hockte sich auf die Bettkante, so weit wie möglich weg von ihr. Ich kann nicht, ich kann nicht. Er hatte ein schreckliches Gefühl des Scheiterns und Versagens. Mitleid mit Gabrielle, er wollte sie nicht zurückstoßen, nicht demütigen, kränken, aber es ging nicht, er brachte es einfach nicht über sich. Es war kein Ekel, es war nicht einfach körperlicher Widerwille – es war Grauen, nichts anderes. Grauen vor dem mehr als nur Menschlichen. Vor dem Dämonischen, das in ihrer Zwitternatur so unverhüllt zum Ausdruck kam. Vor einer Erinnerung, die ihn abgrundtief in sich hineinzuziehen versuchte – so als ob in unserem Innersten tatsächlich noch eine Ahnung urältester Vollkommenheit abgelagert wäre. Die Erinnerung, wie wir in zwei Hälften zerrissen wurden, männlich oder weiblich, die Erinnerung an den ältesten, furchtbarsten Schmerz.
Er schlug die Hände vors Gesicht, eine lächerliche Geste, alles nur, um sie nicht ansehen zu müssen. *»Der Körper ist nur Ausdrucksform, Symbol.«* Das hatte er selbst ganz genauso geschrieben. *»Zwillinge gelten im Voodoo als heilig, sie verkörpern die Vollkommenheit, die kein Mensch allein erreichen kann, außer den Zwittern.«* Auch das hatte er wortwörtlich so hingeschrieben, aber erst in diesem Moment begann er die schreckliche Wahrheit dieser Sätze wirklich zu verstehen.
Das Gefühl, dass er sich sein halbes Leben lang nur eingebildet, eingeredet hatte, auf dem Weg des Voodoo zu sein. Dass er hier zum ersten Mal auf die nackte Wahrheit gestoßen war. Und er – er hatte versagt. War zurückgeschreckt, aus Feigheit, aus jämmerlicher Angst um sein erbärmliches kleines Ich.
Wie konnte er auf dem Weg des Voodoo sein, wie konnte er Hazzide sein, wenn ihm vor der Vollkommenheit des Voodoo

graute? Wie konnte er von Verwandlung fantasieren, vom Aufsprengen der steinernen Formen, wenn er beim Anblick eines Wesens, das Spaltung, Entzweiung, Halbiertheit überwunden hatte, von Grauen gepackt wurde wie ein kleines Kind?

»Die Loas sind nicht menschlich. Dämonen sind furchtbar, sie bedienen sich bei ihrem Erscheinen nur der menschlichen Körper, um uns nicht zu erschrecken. Was wir als furchtbar, als verstörend empfinden, ist aber ihre Vollkommenheit.«

Auch das hatte Daniel in eine seiner Voodoo-Kladden geschrieben. Aber etwas hinzuschreiben heißt noch lange nicht, dass man es in seinem Innersten versteht.

Nur was die Schlange in dir fühlt, ist wahr.

Als er seine Hände wieder von seinem Gesicht wegzog, war Gabrielle nicht mehr da.

25

Der Motor sprang mit einem Hohnlachen an, begleitet von einem Scheppern wie von rostigen Gongs. Kreischend schleifte die Stoßstange über den Asphalt, als Gabrielle losfuhr. Von den Scheinwerfern funktionierte einer rechts hinten und einer links vorn.

Der Hungan und die Hunsis wurden im Spinnennetz des zerdepperten Seitenspiegels kleiner und kleiner. Dann war Saint Brasside hinter ihnen in Wald und Nacht versunken, und Daniels gesamte Aufmerksamkeit richtete sich nach vorn. Auf Legoine. Auf Elsie und ihre Leidensgefährtinnen. Ezilie-la-Vierge, die Kleine und all die anderen. Und auf Jean Baptiste.

Gabrielle fuhr so halsbrecherisch wie immer, obwohl im flackernden Scheinwerferlicht kaum etwas zu erkennen war. Vier Uhr früh. Daniel war dankbar für die Dunkelheit, in der sie einander nicht ansehen brauchten, in der man so tun konnte, als wäre man allein unterwegs. Gabrielle hatte sich wortlos hinters Steuer gesetzt, Daniel ebenso wortlos auf den Beifahrersitz. Es gab nichts mehr zu bereden. Nicht über ihren Plan, nicht über ihren Hass, über sein Gefühl des Versagens. Nicht über das, was letzte Nacht passiert war. Oder eben nicht passiert.

Zwei Stunden bis Sonnenaufgang. Eine weitere bis nach Legoine – genauer gesagt, bis zum Fuß des Berges, auf dessen Gipfel das Dorf lag, von Felswänden umgeben wie eine natürliche Festung.

Auch Jean Baptistes Macht gründete sich auf das Prinzip der Versteinerung. Warum erkannte er das erst jetzt? Versteinerung: Zombifizierung. Plötzlich schien wieder alles ganz und gar klar.

In seinem feuerroten Gewand, der flammenblauen Hose und der orangefarbenen Schärpe über der Brust kam sich Daniel verkleidet vor. Aber nicht auf groteske Weise kostümiert – Ogus Kriegerkleidung hielt ihm ständig bewusst, über welche Kräfte er jetzt verfügte. Nur die kniehohen Stiefel hatte er im letzten Moment wieder abgestreift – er konnte einfach keine Schuhe mehr an seinen Füßen ertragen.

Auf der Rückbank, zwischen den halbmeterhoch aus zerfetzten Polstern ragenden Stahlfedern, lagen die Waffen des Feuer-Loa – der riesige Kampfhammer, mit dem Daniel gestern den Stier besiegt hatte, und ein schartiger Säbel samt Gürtel und vollkommen verrosteter Scheide. Den Gürtel würde er sich am Fuß des Berges von Legoine umschnallen, den Hammer neben dem Säbel unter den Gurt schieben. Auf der Klinge war das Vèvè von Ogu eingraviert, und wie Liquor ihm versichert hatte, konnte er mit diesem Säbel ebenso mühelos die Köpfe von Geisterwölfen abhacken wie die Schädel körperlich manifestierter Feinde. So wie Ogus Hammer auch Bakas und Diabs zerschmettern konnte, übelwollende Dämonen, käufliche Geister – und nicht nur den zentimeterdicken Stirnknochen eines wirklichen Stiers.

Trotz der Dunkelheit fuhr Gabrielle mit ihrer verspiegelten Sonnenbrille. Trotz der Spiegelbrille sah Daniel ihre Augen, die vor Hass funkelten.

Vergeblich hatte er versucht, in ihren Gedanken zu lesen. Sie hatte sich gegen ihn verschlossen, und bei dem Versuch, in ihren Geist einzudringen, hatte er einen regelrechten Rückstoß gespürt.

Lass das sein, weißer Schwanz! Probier das nie wieder!

Er beschloss, ihren Ratschlag zu beherzigen. Minutenlang fühlte er sich wie benebelt durch den Gedankenstoß, mit dem sie ihn abgewehrt hatte.

Das Einzige, was jetzt zählte, war sowieso Elsie. Wie er sie retten und aus der Gewalt des Bokor und seiner Gehilfen befreien konnte, ohne ihr Leben zu gefährden. Auf seinem Bett im Ruheraum des Humfò liegend hatte er sich gestern Abend vorgestellt, dass die Damballah-Bänder um seine Augen noch vorhanden waren. Aber es hatte seinen aufgepeitschten Geist nicht sehr beruhigt. Trotz seiner Erschöpfung hatte er keine Minute lang geschlafen. Stattdessen hatte er wieder und wieder überlegt, ob er Gabrielle um Verzeihung bitten sollte. Aber wofür könnte er sich entschuldigen – dafür, dass er sich nicht von einem Zwitter ficken lassen wollte? Dafür, dass er es nicht über sich gebracht hatte, sie von hinten zu nehmen? Schon bei ihrer ersten Begegnung, bei ihrem Zusammenstoß im *Paraíso*, hatte er ja gedacht, dass sie ein Junge wäre. Die heilige Transe in unheilvoller Trance. Nicht daran denken, nicht jetzt.

Vor den Fenstern sausten ganze Schattenarmeen an ihnen vorbei – vielleicht nur Bäume im Dunkeln, vielleicht auch Holz gewordene Kriegergeister. Daniel machte sich bewusst, dass die Ogu-Kraft in seinem linken Auge nicht mehr gebunden war, und im gleichen Moment sah er wieder Elsie.

Sie hockte immer noch in dem Kellerloch, neben ihr Ezilie-la-Vierge. Beide schliefen, auch die anderen, die mit ihnen im Verlies eingesperrt waren, dämmerten zumindest apathisch vor sich hin.

Er würde versuchen, in den oberirdischen Teil des Hauses zu gelangen. Es musste das mächtige Gebäude sein, das er früher schon einmal aus der Ferne gesehen hatte – mit dem Dach neben dem Turm, das als einziges die Baumwipfel überragte. Und das größte und prächtigste Haus des ganzen Dorfes gehörte zweifellos dem Boss von Legoine, Jean Baptiste.

Daniel sah sich in dem Kellerraum um. Es war ziemlich dunkel, aber da hinten sickerten ein paar Streifen graues Licht unter die Erde. Er ging näher heran, schwebte über den Köpfen der schlafenden Frauen und der drei Burschen, die am Rand zusammengedrängt lagen. Durch das steinerne Ei und den Sternenschacht war er seit vielen Jahren darin geübt, seinen Geist umherschweifen zu lassen, während sein Körper an einem anderen Ort zurückblieb. Er war nur ein Nebelfaden, der beliebige Gestalten annehmen, Hindernisse durchdringen, sich durch Ritzen hindurchwinden konnte, und so schwebte er zu der Stelle hinüber, wo fahles Morgenlicht in den Keller fiel.

Eine Falltür in der Verliesdecke, eigentlich nur ein Brett über einem Bodenloch. Die Ritzen darin ließen nur wenig Licht hindurch, aber für einen Nebelfaden waren sie breit genug – er schwebte hindurch und fand sich am Fuß eines modrig riechenden Treppenschachts. Oben war eine Tür, die weit offen stand, und Daniel ließ sich hinauftreiben und gelangte in einen großen Raum, eine Halle mit einem riesigen Tisch in der Mitte. Eine Menge Männer waren hier versammelt, zehn, fünfzehn hagere Kerle saßen auf langen Bänken am Tisch, Wolfsfratzen samt und sonders. Weitere Männer machten sich im Hintergrund an einem Herdfeuer zu schaffen und bereiteten anscheinend ein Elixier zu, das sie in Glasröhrchen abfüllten. Ein Voodoo-Gift, was sonst.

Auf dem Tisch lagen Haarsträhnen, Lumpenpüppchen und Nadeln verstreut. Am Kopfende des Tischs, auf einem Stuhl mit hoher Rückenlehne, saß Jean Baptiste. Offenbar hielt er eine Rede, erklärte seinen Männern, was jetzt zu tun war, aber Daniel hörte keinen Ton. Mit grimmigem Gesicht sah Jean Baptiste von einem Mann zum anderen. Seine Arme machten wilde Gesten, als ob er zornig wäre oder jeden Ungehorsam im Voraus entmutigen wollte. Er trug wieder diesen blutroten Anzug, und plötzlich schien er Daniel direkt anzusehen. Seine roten Augen glühten, sein hageres Gesicht verzog sich zu einem höhnischen Grinsen. Mit der linken Hand malte er ein Zeichen in die Luft – zack, schwarz.

Daniel sah überhaupt nichts mehr, von einem Moment zum anderen verlor er vollkommen die Orientierung. Offenbar hatte Jean Baptiste bemerkt, dass er von einem schweifenden Geist beobachtet wurde, und sich selbst und den Raum, in dem er sich aufhielt, mit einem Abwehrzauber abgeschirmt. Aber was bedeutete das für ihn, Daniel? Was hatte Jean Baptiste mit ihm gemacht? Hatte er seinen Geist in diesem schwarzen Nichts eingesperrt?

Mühsam machte er sich klar, wie er in seinen Körper zurückgelangen konnte. Er stellte sich vor, dass sein Körper im steinernen Ei lag, während er selbst, sein schweifender Geist, hoch über dem Sternenschacht am Himmel schwebte. Er musste jetzt einfach nur in den Schacht hinunterfliegen, dann würde er in seinen schlafenden Körper zurückgelangen wie tausend Male vorher auch. Und Daniel ließ sich fallen, spürte das vertraute Sausen, fühlte, wie er in seinen Körper zurückglitt, wie um ihn herum wieder alles fest wurde, warm und schwer.

Er öffnete die Augen. Eine winzige Waldlichtung, die Sonne schien durch Laub und Äste hindurch. Er lag auf dem Boden, in seinem feuerfarbenen Ogu-Kostüm. Von Gabrielle und vom Chevrolet war weit und breit nichts zu sehen. Und in seinem Kopf war plötzlich ein Gedanke, der ihn so sehr erschreckte, dass ihn ein krampfhaftes Zittern überlief.

Es gibt überhaupt keine Gabrielle. Nichts von dem, was du in letzter Zeit erlebt hast, ist wirklich passiert. Alles nur Wahngegaukel, Danny. Elsie hat dich verlassen, und da bist du durchgedreht. That's the point, damned fool.

Neben ihm lagen Ogus Hammer und der Säbel samt Scheide und Gürtel im Schlamm. Daniel stand auf, gürtete sich den Säbel um, steckte den klobigen Hammer daneben, alles wie geplant. Dabei hörte er aber ständig dieses gespenstische Flüstern in seinem Kopf: Du bist verrückt, Danny, völlig durchgeknallt, wie's dein Vater immer schon vorhergesagt hat. Elsie hat dich sitzen gelassen, weil sie's mit einem verdrehten Kerl wie dir nicht mehr ausgehalten hat – und da bist du eben komplett durchgedreht. Weiß der Teufel, wo du hier wirklich bist – jedenfalls nicht in Haiti. Gleich kommen irgendwelche Spaziergänger diesen Waldweg entlang und fallen vor Lachen fast um, wenn sie dich in deiner Zirkusaufmachung sehen. Danny der Trottel mit Hammer und Säbel.

Aber es kamen keine Spaziergänger, und dieser Wald hier

hatte nicht die geringste Ähnlichkeit mit dem Spessart oder mit irgendeinem anderen Wald, den er jemals aus der Nähe gesehen hatte. Es gab nicht mal einen Waldweg, auf dem irgendwer hätte entlangkommen können. Es gab nur einen winzig schmalen Pfad, der da drüben das Unterholz teilte und sich nach wenigen Schritten zwischen Bäumen und wucherndem Gestrüpp verlor. Auch die Lichtung, auf der er zu sich gekommen war, schien letzten Endes nur ein bemooster Fleck zu sein, kaum groß genug, um sich darauf auszustrecken.

Millionen Zikaden zirpten, Zehntausende Vögel klagten und sangen. Es war schwülheiß, der Schweiß klebte ihm auf der Haut. Das hier war garantiert nicht der Spessart, alles sah ganz genauso aus, wie es in einem karibischen Urwald aussehen musste. Die armdicken Lianen, die Blätter an den Bäumen, so groß und fleischig wie Lendenfilets, die nur aus irgendeinem Grund echsengrün waren. Die riesigen, schwarz behaarten Spinnen, die da vor seinen Füßen über den Schlammboden wuselten …

Und trotzdem war es immer noch möglich, dass sein Verstand und seine sämtlichen Sinne verrückt spielten, dass sie ihm ganz einfach eine Welt vorgaukelten, in der er in Wirklichkeit gar nicht war.

Daniel beschloss, dem winzigen Pfad zu folgen. Es war kaum mehr als eine Trampelspur, aber sie führte so steil bergan, wie er das erwartet hatte. Schließlich sollte Legoine auf dem Gipfel eines bewaldeten Berges liegen, und ihr Plan hatte vorgesehen, dass sie irgendwo unten am Berg anhielten, den Chevrolet versteckten und den restlichen Weg zu Fuß zurücklegten.

Dornenranken wucherten über den Pfad. Daniel stieg darüber hinweg und wäre beinahe auf eine braune Flasche getreten, die halb in den Schlammboden eingesunken lag. Er hob sie auf und wischte darüber, um das Etikett freizulegen. *Capitain Caiman – Clairin Haïtien.* Er schnaufte vor Erleichterung.

Du bist nicht verrückt, Danny, wann wirst du das endlich glauben? Wann schüttelst du endlich die alte Angst ab – dass du eine Bombe bist, gefüllt mit hochexplosivem Irrsinn, die jederzeit hochgehen kann, wenn man nicht scharf auf dich aufpasst?

Er warf die Flasche weg und ging weiter, den Pfad entlang, durch Unterholz und wucherndes Buschwerk. Es wurde immer dunkler, aber das machte ihm nichts aus. Im Wald fühlte er sich geborgen, das war immer schon so gewesen, und solange er bergauf ging, konnte er kaum in die Irre gehen.

Gabrielle musste den Chevy irgendwo hinter ihm abgestellt haben, dann waren sie beide ausgestiegen, anders konnte es gar nicht sein. Durch seinen unbedachten Versuch, Jean Baptiste zu beobachten, hatte er dann kurzzeitig die Orientierung verloren und war anscheinend auch bewusstlos geworden, und da war Gabrielle ohne ihn vorausgegangen, den Berg hinauf nach Legoine. So musste es sich abgespielt haben, sagte sich Daniel, so und nicht anders.

Es war einer der mächtigsten Abwehrzauber des Voodoo, dass jeder, der den Bannkreis durchbrechen wollte, von seinen eigenen Ängsten, Obsessionen, Wahnideen genarrt und in die Irre geführt, schlimmstenfalls zu Tode gehetzt wurde. Man wurde *verstrickt,* so nannten das die Bokore. Die übelwollenen Geister des Voodoo nahmen die Fratzengesichter der eigenen, höchstpersönlichen Schreckgestalten an, so dass man garantiert nicht zu dem Ort durchdrang, der durch den Zauber abgeschirmt worden war – es sei denn, man verfügte über dämonische Kräfte, um den Bann zu brechen. Zum Beispiel über die Macht von Ogu, dem Feuer- und Krieger-Loa.

Also wieder mal alles im waldgrünen Bereich, Danny. Kein

Grund, dir irgendwelche Sorgen zu machen. Schon deine plötzliche Panik, dass du durchgedreht sein könntest, dass es in Wirklichkeit gar keine Gabrielle geben würde, kam nur von Jean Baptistes Abwehrmagie.

Der Weg wurde etwas breiter, und obwohl es immer noch steil bergauf ging, fiel Daniel in leichten Trab. Waldläufer-Trab. Als die französischen Soldaten Ende des 18. Jahrhunderts gegen die Voodoo-Rebellen loszogen, erlebten sie schreckliche Überraschungen. Sie glaubten, dass ihre Gegner völlig wehrlos wären, dass sie einfach ein Haufen entlaufener Sklaven wären, die in irgendwelchen Bergschluchten hockten und sich allenfalls mit ein paar Holzknüppeln, rostigen Mistgabeln und Messern verteidigen könnten.

Auf dem Weg zu den Rebellennestern stießen die Soldaten auf *»seltsam buntes Wunderzeug«*, wie es in einem Rapport hieß. *»Kork- und Wurzelstücke, Lumpen, Menschenhaare, mit Stricken und Faden absonderlich zusammengezwirnt.«* Die Soldaten dachten sich nichts weiter dabei, bis auf ein paar oberschlaue Offiziere, die sich über den »primitiven Zauberglauben« der Schwarzen lustig machten.

Von fünfhundert Soldaten, die Anfang September 1792 ausgeschickt worden waren, die Voodoo-Rebellion entflohener Sklaven niederzuschlagen, kehrten nur fünfunddreißig Männer aus den Bergen Haitis zurück. Sie berichteten von seltsamen Spiegelungen, die urplötzlich im Wald vor ihnen aufgetaucht seien, von Wegen, die sie entlangmarschierten und die sich auf einmal in senkrechte Geröllhänge verwandelten, von kilometerhohen Felswänden, zwischen denen man sich unversehens eingeschlossen fand, von glutäugigen Wolfsrudeln, die sie in der Nacht angriffen, und vielen anderen Ängstigungen. Nur zögernd gaben einige der überlebenden Soldaten zu, dass sie auch von ihren persönlichsten Schreckensbildern ins Bockshorn gejagt worden waren, von Angstgestalten aus ihrer fernsten Kindheit, die in den Wäldern Haitis plötzlich vor ihnen aufgetaucht waren. Ein Feldwebel war schreiend vor seiner Stiefmutter davongerannt, die ihn mit dem Teppichklopfer verfolgt hatte – er war plötzlich wieder drei Jahre alt gewesen. Vor einem Gefreiten hatte unversehens der riesige schwarze Hund gestanden, von dem er im Alter von sieben Jahren lebensgefährlich verletzt worden war. Unzählige Soldaten waren auf diese Weise ihrer Geistesgegenwart beraubt worden, viele waren in Schluchten gestürzt oder bis zu ihrem Zusammenbruch im Wald umhergeirrt, da alle Wege sie rätselhafterweise immer nur an ihren Ausgangspunkt zurückgeführt hatten.

Aber all das würde ihm nicht passieren, dachte Daniel. In seinem Rückgrat spürte er Ogus Glut, eine feuerrote Schlange aus reiner dämonischer Energie.

Der Pfad mündete in einen breiteren Weg ein, der auf einer Terrasse an der Bergflanke entlanglief. Daniel wollte eben seine Schritte beschleunigen, da bemerkte er den dunklen, unförmigen Klumpen in einem Baumwipfel ein paar Meter vor ihm. Seit er von der Lichtung aufgebrochen war, hatte er immer wieder nach oben gespäht, die Baumwipfel in seiner unmittelbaren Nähe im Auge behalten. Er wusste ja, dass Marinette-bois-chec irgendwo hier sein musste, die scheußliche Todes-Loa, die sich von Menschenfleisch nährte, mit Vorliebe vom Fleisch kleiner Kinder.

Kaum war er unter dem Baum, da fiel der Klumpen herab, die verrottete Riesenkokosnuß, entfaltete sich noch im Fallen und kam auf allen vieren am Boden auf. Marinette. Daniel war im letzten Moment zur Seite gesprungen, nun schaute er starr auf

die Menschenfresser-Loa hinab. Ihr Blick war pure Bosheit, ihr Gesicht eine Fratze der Grausamkeit und Gier.
Sie rappelte sich auf und reichte ihm kaum bis zur Brust. So fleischlos, so hinfällig sah sie aus, als ob sie die gebrechlichste Urgroßmutter Haitis wäre. Aber ihre Augen verrieten sie, der gierige Blick, der sich in sein Gesicht brannte, ihn vor ihr festzubannen versuchte.
»Wo ist die Kleine«, fragte er. »Was hast du mit ihr gemacht?«
Lauernd sah sie zu ihm herauf. Sie hatte nur diesen grauen, unförmigen Kittel an, aus dem ihre nackten Arme und die Beine vom Knie abwärts hervorsahen. Knochen und Lederhaut. Grau und wirr standen die Haare von ihrem fleischlosen Schädel ab. Nur zu gerne hätte Daniel sich jetzt seiner Ogu-Macht bedient, um nachzusehen, wo die Kleine war, wohin Marinette sie verschleppt hatte. Aber er traute sich nicht, er musste alles vermeiden, was Jean Baptiste und seinen Leuten verraten könnte, dass er schon ganz in der Nähe war. Auch nach Elsie durfte er nicht mehr Ausschau halten, nicht auf diese Weise – er musste so schnell wie irgend möglich nach Legoine hinauf, die Mädchen und Frauen befreien, den Bokor und seine Gehilfen töten. So wollten es die Loas. Aber Marinette hielt ihn hier fest, mit ihrem Blick, mit ihrer Grimasse schierer Bosheit und Grausamkeit.
»Wo ist sie?«, wiederholte er. »Was hast du mit ihr gemacht?«
»Du fickst sie – ich fress sie«, rief Marinette und rannte davon, den Weg entlang, um einen ausladenden Busch herum.
»Ich habe ihr nichts getan!«, schrie Daniel. »Das Foto war gefälscht, das weißt du ganz genau!« Er trabte hinter ihr her, folgte ihr um den wuchernden Busch, und da war ein Haus, halb versteckt hinter den Bäumen – ein gewaltiges Holzhaus mit einer weißen, stattlichen Fassade und einer verschnörkel-

ten Holzveranda, auf das Marinette wieselflink zulief. Und Daniel stolperte hinter ihr her.
Er rannte die dröhnende Holztreppe hoch und in die Diele hinein. Aber was war das? Es machte ihn für einen Moment so konfus, dass er einfach stehen blieb, wo er stand. Obwohl die Alte ihm mit wilden Gesten winkte, ihr zu folgen. So als ob sie ihn plötzlich gar nicht mehr abhängen, sondern ihm im Gegenteil etwas zeigen wollte.
Aber das konnte ja gar nicht sein. So wie es auch nicht möglich war, dass dieses Haus plötzlich in einem Wald in Haiti stand. Ah, hab schon begriffen, dachte Daniel – Jean Baptistes Abwehrmagie. Er will mich mit Schreckbildern in die Irre lenken, zu Tode ängstigen. Und verflucht, er scheint auf dem besten Weg, sein Ziel zu erreichen.
Plötzlich hatte Daniel ein mehr als nur ekelhaftes Gefühl, während er der Alten durch die vollkommen mit Holz verkleidete Diele folgte, schnurgerade zur Treppe nach oben. Was soll da oben denn sein, verdammt noch mal?
Die Hand schon am Treppengeländer, blieb sie noch einmal stehen, winkte ihm mit knochendürren Fingern und funkelte ihn unter den wirren grauen Haaren boshaft an. Dann drehte sie sich blitzschnell herum und rannte die hölzerne Treppe hoch.
Verdammt, das ist ja gar nicht Marinette. Es war immer noch eine verhutzelte Alte, aber plötzlich hatte sie Lockenwickler in den traurigen Überresten ihrer Haare, pinkfarben geschminkte Lippen und ein groteskes rosa Trägerkleid, das viel zu viel von ihrem welken Dekollete sehen ließ. »Wanna have a muddy fuck, honey?« Sie sprach breitesten Südstaatenakzent. Texas, mindestens. »Fucking a body just made of voodoo spirit and rotten flesh?«
Von Grauen geschüttelt rannte Daniel hinter der Alten her.

Er wusste ganz genau, dass es Spuk war, dass Jean Baptiste ihm mit seinen Bakas und Diabs etwas vorgaukelte, das hier überhaupt nicht sein konnte. Dieses große, eindeutig nordamerikanische Haus im Wald unterhalb von Legoine. Aber das eben hieß Verstrickung – du weißt, dass es nicht real ist, und kannst den Bann trotzdem nicht zerreißen, weil deine eigensten Albtraumfasern mit hineinverwoben sind.

Das *House of Zombies*. Daniel ging die Treppe hinauf. Oben ein breiter Flur, alles düster, von trüben Wandfunzeln notdürftig erhellt. Eine Reihe gleichförmiger Türen, und nach kurzem Zögern steuerte er auf die erste Tür zu.

Dahinter war der Kay-mystè von Santa Maria Corazon, und das war ja wohl kaum möglich. Aber alles sah ganz genauso aus wie dort, das groteske Eisenbett in der Mitte des Schuppenraums, die unzähligen Kerzen, die rundherum brannten und flackerten, auf dem Boden, auf Schemeln und Tischen. Hinter ihm fiel die Tür ins Schloss, und im gleichen Moment hörte er von draußen die Trommeln und Schreie, die Gesänge der Hunsis. Alles wie damals, und es konnte nicht sein, aber das war Daniel ganz und gar egal.

Denn auf dem Eisenbett lag Ezilie-la-Vierge. Vollkommen nackt, mit einem verzaubernden Lächeln, obwohl ihr Gesicht im Dunkeln lag. Er sah nur ihren Körper, kakaobraun, schweißglänzend, und ihr ganzer Körper lächelte ihn an. Ihre rosa Brustwarzen, ihre flaumig behaarte Scham. Und dazu ihre Stimme, ein wenig leiernd, ihr Singsang in Patois. »Du wirst mich nie vergessen, auch wenn du längst eine andere hast.«

»Ezilie.« Er ging auf das Bett zu, auch er war plötzlich wieder nackt, es erstaunte ihn überhaupt nicht – alles war wie damals in ihrem Kay-mystè. Er kniete sich neben sie auf die lachhaft weiche Matratze, immer noch war ihr Gesicht im Dunkeln,

und im nächsten Moment lag er auf ihr, drang in sie ein, spürte ihre Muskeln, wie sie sich zusammenzogen, lockerten, im gleichen Rhythmus, in dem sie ihre Liebesschnulze sang.
»Auch wenn du dein Mädchen küsst, du wirst immer mich in deinen Armen halten.«
Ihre Arme legten sich um ihn, ihre Beine schlossen sich um seine Mitte, und da war irgendetwas überhaupt nicht so, wie es sein sollte! Dieser Geruch nach Verwesung, diese Kälte ihrer Glieder, diese wächserne Glätte ihrer Haut. Wie grässlich kalt ihm auf einmal wurde, es fühlte sich an, als ob sein Schwanz in einem Gletscherloch feststecken würde, aber wie er auch kämpfte, sie ließ ihn einfach nicht mehr los.
»Du wirst mich nie vergessen, wirst immer mich in deinen Armen halten.«
Er packte sie bei den Schultern und zerrte sie im Gewirr der Kissen und Decken ein Stück nach rechts, so dass Kerzenlicht auf ihr Gesicht fiel. Und dann schrie er, wie er niemals geschrien hatte, oder höchstens als ganz kleines Kind, wenn er aus grässlichen Albträumen aufgefahren war.
Ihr Gesicht starr, die Augen wie gelbes Glas. Ihr Mund ein wenig geöffnet, und als er sie schüttelte, kroch ein Aaskäfer aus ihrer Mundhöhle hervor, seinen grün schillernden Panzer wie eine königliche Robe präsentierend, und dann krabbelten weitere Käfer hinterher, ihr Mund klappte auf, und wo ihre Zähne sein sollten, war ein Gewimmel von Käfern, Asseln, Maden.
Daniel schrie immer noch, und Ezilie lächelte immer noch – lächelte hinter dem Wirrwarr aus krabbelndem, kriechendem Getier, das unablässig aus ihrem Mund hervorquoll. Lächelte mit ihrem grabkalten Körper, mit ihren Schamlippen, die ihn erbarmungslos festhielten, die seinen Schwanz, seinen ganzen auf ihr festgeeisten Körper schockgefroren. »Du wirst mich nie

vergessen, auch wenn du längst eine andere hast.« Sie sang leiernd, und bei jedem Ton quollen weitere Käfer und Maden aus ihrem Mund. Sie bedeckten schon jeden Quadratzentimeter freier Haut – ihrer wächsernen und seiner von Frostschaudern überzogenen Haut, und er schrie immer noch, schrie und kämpfte, damit sie ihn endlich freigab.

»Ezilie, lass mich! Ich weiß, dass du nicht wirklich da bist! Du bist nur ein Spuk!« Wieder versuchte er sich mit aller Kraft von ihr loszureißen, und diesmal gelang es – er flutschte aus ihr raus, flog regelrecht in die Höhe, und als er wieder runterkrachte, war unter ihm kein Bett mehr, kein Kay-mystè, keine Ezilie.

Er lag der Länge nach auf einem abgetretenen Holzboden, allem Anschein nach in demselben düsteren Flur, von dem aus er vorhin in Ezilies Zimmer gelangt war.

Oder auch nicht.

Er rappelte sich auf, tastete argwöhnisch an sich herum, aber da waren keine Aaskäfer, keine Spinnen, Larven, gar nichts.

Allerdings war er weiterhin nackt, und das verwirrte ihn nur noch mehr. Und bevor er auch nur versuchen konnte, sich einen Reim auf das eben Erlebte zu machen, hörte er ein Seufzen und Wimmern. Elsie? Ohne sich auch nur eine Sekunde zu besinnen, lief Daniel los.

Das Seufzen schien vom anderen Ende des Flurs zu kommen, aber plötzlich hörte er es hinter allen Türen zugleich. Mädchen und Frauen in all diesen Zimmern, und überall wurde gewimmert, geseufzt, schmerzlich gestöhnt. Klang irgendeine dieser Stimmen nach Elsie? Er hätte es nicht mehr sagen können, er wusste überhaupt nicht mehr, was er jetzt machen sollte, was ihn hinter diesen Türen erwartete. Seufzen, Schreien, Stöhnen. Eine ungewisse Zeit lang stand er wie gelähmt im funzel-

düsteren Holzflur, dann riss er sich aus seiner Erstarrung heraus und öffnete wahllos die nächstgelegene Tür.
Und wünschte im selben Moment, dass er sie wieder zuschlagen könnte, aber das ging nicht, im Gegenteil, er musste da jetzt hineingehen, obwohl er ja sah, dass er zu spät gekommen war. Dass er nichts und niemanden mehr retten konnte, nicht eine dieser Frauen und Burschen, die da vor ihm in dem düsteren Zimmer standen, alle nackt, ihre Körper mit Schlamm bedeckt, ihre Augen wie aus gelbem Glas. Verzweifelt suchte er nach Elsie, es war so ein schreckliches Durcheinander von Körpern, und alle waren so sehr verschmiert mit Schlamm und Erde, dass auch Elsies Haut schwarz aussehen würde.
Die Vorstellung, dass Elsie unter ihnen sein könnte, zerdrückte ihm fast das Herz. Er stöhnte auf, machte einen Schritt ins Zimmer, und die Tür fiel hinter ihm zu. Im selben Moment setzte sich die ganze Kadaverbande in Bewegung, mit tranigen Blicken, taumelnden Schritten kamen sie alle auf ihn zu. Zwölf oder fünfzehn nackte Leichname, und wie er sich auch abmühte, sich auf die Zehenspitzen stellte, seinen Kopf hin und her drehte, er konnte Elsie einfach nicht entdecken.
»Wo ist sie?«, fuhr er eine junge Schwarze an, die schon so dicht vor ihm war, dass er sie mit dem ausgestreckten Arm hätte berühren können. »Wo ist Elsie, wo habt ihr sie gelassen – Ezilie-Ge-Rouge?«
Beim Klang dieses Namens schienen die Zombies cadavres für einen Moment zu erstarren, dann drängten sie nur umso beharrlicher auf ihn zu. Sie umringten ihn, enger und enger, bis ihn ein Wall aus kaltem Fleisch umschloss. Fünfzehn Paar Augen aus gelbem Glas, die ihn reglos anstarrten. Fünfzehn Gesichter, die ihn völlig ausdruckslos ansahen, fünfzehn Paar Hände, die nach ihm griffen. »Ezilie *hasst* die Männer!« Sie

schrien es mit schrillen Stimmen, wie aus einem einzigen Mund, und ihre Hände schlugen auf ihn ein, ihre Fingernägel gruben sich in sein Fleisch, ihre Füße und Knie traten ihm gegen die Schienbeine, in die Kniekehlen, in den Hintern. Und dann legte sich eine eiskalte, eisenharte Hand um sein Geschlechtsteil. »Ezilie *hasst* die Männer!«

»Verdammte Scheiße, lasst mich in Ruhe! Weg mit euch!« Verzweifelt schlug er um sich, aber das half überhaupt nichts, das machte seine Lage nur noch schlimmer – wo seine Faust hintraf, verwandelte sich kaltes Leichenfleisch in Erde und Schlamm. Bei jedem Treffer fuhr er bis zum Ellbogen in Modder, sein Gesicht klatschte gegen kalte Brüste, und im nächsten Moment war es Schlamm. Sein Fuß trat gegen einen frostkalten Bauch, und gleich schon steckte er bis zum Knie in glitschigem Schlamm. Würmer ringelten sich aus den Erdbrocken hervor, krochen an seinen Beinen hoch, Käfer wimmelten überall auf ihm herum, er versuchte sie mit der flachen Hand von sich herunterzustreifen, aber auch die Käfer zerfielen bei der leichtesten Berührung zu widerlich stinkendem Schlamm.

Eine junge Frau legte ihm die Arme um den Hals, wollte ihn zu sich heranziehen. Sie war schön; trotz ihrer gelben Murmelaugen, der dunklen Wachshaut und der Kälte ihrer Gliedmaßen war sie noch immer eine schaurige Schönheit, und deshalb zögerte Daniel einen Moment lang, sie zurückzustoßen. Niemals vorher hatte er eine Frau geschlagen, und mittlerweile steckte er doch sowieso schon in einem Erdloch, das ihm bis zum Hals reichte, und mit jedem Zombie, den er zu Schlamm schlug, grub er nur weiter an seinem eigenen Grab.

Die Zombie-Frau drückte ihre Lippen auf seinen Mund. Er presste seine Lippen zusammen, aber es half nichts – ihre Zunge sprengte seinen Mund auf, und im nächsten Moment quoll

ein Strom aus Schlamm und Madengewimmel in ihn hinein. »Du wirst immer an mich denken, wenn du dein Mädchen in den Armen hältst.«
Es schmeckte so unerhört widerlich, dass Daniel praktisch im selben Moment kotzen musste, in dem das Zeug seine Zunge traf. Ein scharfer Schwall schoss aus seinem Magen und aus seinem Mund hervor und spülte den Schlamm, das Madengewimmel aus ihm heraus. Er hustete und spuckte, und seine Nase war voll schlammiger Rotze, seine Augen voll schleimiger Tränen, und als er endlich wieder Luft bekam und halbwegs etwas sehen konnte, da war er in keinem Grab aus Zombie-Schlamm.
Natürlich nicht.
Er war auch in kein Haus hineingegangen, natürlich nicht. Wie sollte dieses Haus im Louisiana-Stil auch in den Wald von Legoine gelangen? Er war auch keine Holztreppe hochgegangen, hinter keiner texanischen Puffmutter hergetrabt, natürlich nicht – er saß ziemlich hoch oben in einem Baum.

26

Alter, simpler Zauberkniff – du spiegelst deinem Opfer einfach eine andere Umgebung vor, und bis der Betreffende merkt, wo er sich tatsächlich befindet, ist seine Lage schon ausweglos. Er glaubt, sich auf einer Horizontale zu bewegen, tatsächlich hangelt er sich steil bergauf – an einer Hausfassade, an einer Bergwand. Er glaubt, eine Treppenstufe runterzuhüpfen, in Wirklichkeit springt er von einem Hochhausdach oder von einer Brücke in den Tod. Unzählige Fälle

von angeblichem Selbstmord erklärten sich auf diese Weise, davon war Daniel seit langem überzeugt.
Natürlich war er auch nicht nackt. Immer noch hatte er Ogus Sachen an, Ogus Säbel umgeschnallt, Ogus Hammer im Gürtel. Unter ihm war ein Durcheinander krummer Äste. An den Zweigen hingen feuerrote, kirschförmige Früchte, und in dem Baum ihm gegenüber, der seinem glich wie da drüben hingespiegelt, hockte diese Frau.
Marinette-bois-chec. Wie eine verrottete Riesenkokosnuss klebte sie da drüben im Astwerk. »Du willst deine Elsie retten?«, schrie sie zu ihm herüber. »Zu spät, zu spät!«
Bevor er auch nur den Mund aufmachen konnte, um ihr zu antworten, hob sie ihre Arme und machte eine lächerliche Bewegung, als ob sie mit ihren fleischlosen Lederarmen losfliegen wollte. Und plötzlich war in der Luft ein Rauschen, von allen Bäumen rings herum erhoben sich große Vögel mit schwarzen Federn, kräftigen Schwingen, metallisch funkelnden Schnäbeln und stürzten auf ihn zu.
Daniel riss den Säbel aus der Scheide. Jean Baptiste mochte geglaubt haben, dass er ihn durch seinen Abwehrzauber verängstigen, entmutigen, in die Flucht schlagen könnte, aber das Gegenteil traf zu. Alle Versuche, ihn zu verstricken, ihn mit sich selbst zu entzweien, hatten letztlich nur Ogus Macht in ihm gestärkt.
Die Vögel hatten allesamt Menschengesichter, Mädchengesichter, die ihn wehmütig anlächelten – mit den Gesichtszügen der Kleinen, die Jean Baptiste aus Santa Maria Corazon verschleppt hatte, mit den Zügen von Ezilie-la-Vierge und von Elsie. Aber dieser billige Versuch, ihn zu verwirren, seine Kampfkraft zu lähmen, schürte seinen Zorn nur noch mehr. Er schwang den Säbel in die Höhe, fing an links und rechts Vögel

zu massakrieren, ihre Mädchenköpfe herunterzuhacken, ihre Flügel von den Körpern zu säbeln, mit Ogus Klinge ihre Gesichter zu zerspalten, wie Ogus Zorn bereits Gabrielles Gesicht in zwei ungleiche Hälften zerteilt hatte – eine wunderschön, die andere ein Spinnennetz aus blutigen Striemen.

Elsie als Vogel, Ezilie-la-Vierge mit gefiedertem Körper, die Kleine mit einem metallisch funkelnden Schnabel im Kindergesicht – dieser plumpe Gaukelspuk verdoppelte, verhundertfachte nur noch seinen Zorn. Er zerfleischte Vögel mit Mädchenköpfen, hackte sie aus der Luft, spießte sie auf, durchbohrte ihre Körper.

In Wirklichkeit hast du keine Gewalt über Elsie, Jean Baptiste. Nicht mal eben in diesen Zombiespuk konntest du Elsies Abbild einschleusen. Er hackte Vögel aus der Luft, in seinem Baum hockend, in einem Gestöber aus schwarzen Federn, Fontänen von Mädchenvogelblut.

Endlich ließ er seinen Säbel sinken. Kein Sausen mehr in der Luft, keine metallisch blinkenden Schnäbel. Das schwarze Gestöber hatte aufgehört. Auch in dem Baum neben sich konnte er keine Alte im grauen Gewand mehr entdecken – er war allein im Wald.

Aber nein – ab jetzt war er nie mehr allein. Ogu wird immer bei dir sein, Hazzide. Er kletterte auf den Ästen nach unten. Der Boden um den Baum herum hätte mit den toten Körpern von Hunderten schwarzer Vögel bedeckt sein müssen. Eine dicke Schicht aus schwarzen Federn hätte hier sein müssen, und er selbst von oben bis unten mit Vogelblut und Vogelfleischfetzen besudelt.

Aber da war nichts. Nur der Wald und er selbst im flammenbunten Kostüm eines Zirkusgenerals.

Weiter bergan, auf dem schmalen Pfad immer weiter bergauf. Plötzlich wieder schreckliche Angst um Elsie. Wie viel Zeit hatte er mit diesem Zombiespuk und diesem Zaubervogelkampf verbraucht, während oben in Legoine die letzten Vorbereitungen für die wirkliche Zombifizierung getroffen wurden?
Er fiel wieder in Trab, Waldläufer-Trab. Lange zauderte und zögerte er hin und her, bis er sich endlich einen Ruck gab und mit seiner Ogu-Macht in Elsies Kellerloch hineinsah.
Leer. Der ganze niedrige Raum unter der Erde war leer, da war niemand mehr – nicht Elsie, nicht Ezilie-la-Vierge, nicht die Kleine oder irgendwer sonst.
Hohnlachen in den Bäumen über ihm – von Marinette, von ihren Spukvögeln, es war ihm egal. Er würde nicht zu spät kommen, all ihre Versuche, ihn in die Irre zu lenken, würden vergeblich sein. Der Zorn kochte in ihm hoch und immer höher. Am liebsten hätte er diesen ganzen Wald einfach in Brand gesetzt, in Flammen aufgehen lassen, das riesengroße Feuertier entfesselt, so dass es mit einem Ratsch ganz Legoine verschlang. Aber das ging natürlich nicht, er durfte nicht die Leben gefährden, die er retten wollte. Und er durfte seine Kraft nicht vor der Zeit verbrauchen. Wenn Ogus Zorn aus ihm herausgelodert war, würde er sich anschließend vollkommen ausgebrannt fühlen, ausgelaugt und leer. Ogu durfte ihn nicht verlassen, bevor er sicher sein konnte, dass Jean Baptiste vernichtet war. Dass er geschlagen, für alle Zeiten unschädlich gemacht war, dass er sich niemals mehr erheben, nie mehr sich an einem hilflosen Opfer vergreifen konnte. Einem Opfer wie Elsie, wie der Kleinen, wie Ezilie-la-Vierge.
Er stürmte den Berg hinauf, mit immer schnelleren Schritten, bis er da oben hinter den Bäumen knochenfahle Felswand schimmern sah. Und dann erstarrte er – um ihn herum wuchs

gedankenschnell ein Ring aus Wölfen empor. Graues Fell und glühender Blick. Sie starrten ihn an – zwei Dutzend Wölfe und noch einer dazu.
Er spürte, wie ihr Blick ihn versteinerte, und sein Entsetzen half der Erstarrung nur noch, immer schneller von ihm Besitz zu ergreifen. Seine Schultern wurden starr, seine Arme, seine Brust. Seine Beine wurden starr, seine Füße. Sein Gesicht wurde zur Steinmaske, seine Augen lagen wie Steinkugeln in ihren Felshöhlen. Er war nur noch eine Skulptur, durch und durch aus Stein, aber nein – sein Rückgrat war eine Schlange aus reiner, lohend roter Glut.
Die Schlange schoss in seinen linken Arm und riss ihn aus seiner Lähmung heraus. Seine Hand schnellte zu seinem Gürtel, riss den Säbel heraus. Die Wölfe fletschten die Lefzen, knurrten, zeigten ihm ihre gelben Reißzähne, aber er lachte nur dröhnend auf, und sein Atem war Feuer. Er schlug und hieb und säbelte links und rechts in die Hassfratzen hinein, und sein Schnauben war Glut.
Ein Wolf bäumte sich auf, brach zusammen, aus seinem Hals quoll schwarzes Blut hervor. Die Wölfe stürzten sich auf ihn, wurden im Sprung von Ogus Säbel entzweigeteilt. Wolfshaare wirbelten durch die Luft, Wolfsblut spritzte auf ihn herunter, Wolfsgeheul hallte in seinem Kopf wider.
Jede Fratze, die vor Daniel auftauchte, schürte seinen Zorn nur noch mehr. Ein letzter Werwolf stürzte mit brennendem Blick auf ihn zu, das Maul weit aufgerissen. Und Daniel rammte seinen Kampfarm mitsamt Ogus Säbel bis zum Ellbogen in den Rachen hinein. Und als er sich umsah, war er wieder allein – keine Wölfe, keine Kadaver, kein Blut. Nur der Wald, Danny, und du. Nur die Bäume, die ihn mit knarrenden Stimmen warnten: »Danny, Danny, nicht da hoch!«

Aber er musste da hoch, er hatte keine Wahl, in diesem Moment kam es ihm vor, als wäre er sein ganzes Leben lang immer nur diesen Berg emporgestiegen. Aber jetzt endlich war er angekommen – da oben hinter der äußersten Baumreihe schimmerte, fahl wie die Knochenplatten eines gigantischen Kadavers, die Felswand der Schlucht von Legoine.

27

Die beiden wuchtigen Bäume am Eingang der Schlucht ragten wie Säulen vor einem Tempel empor. So riesenhoch waren die Felswände, dass sogar die gewaltigen Stämme mit ihren knorrig verflochtenen Wipfeln fast winzig wirkten. Und wie klein erst die beiden Gestalten, die am Fuß der Bäume hockten, einer links, einer rechts des Weges. Wächter mit Wolfsaugen, ihre Kehlen zerfetzt wie von Krallen und Zähnen.
Gabrielle?
Ganz langsam ging Daniel auf die beiden Toten zu, auf die Engstelle vor der Schlucht. Er hatte immer diese Wildheit in Gabrielle gespürt, die tödliche, ganz und gar bedenkenlose Wildheit Gèdès. Wie weit würde sie gehen? Wozu war sie fähig? Würde sie zwischen ihm und Jean Baptiste überhaupt keinen Unterschied mehr sehen – waren sie beide für Gabrielle nur noch Feinde, die sie vernichten musste?
Nach allen Seiten spähend und witternd, ging er weiter auf den Eingang der Schlucht von Legoine zu. In der Luft herrschte eine Stille, als ob alles den Atem anhielte, als ob Jean Baptiste seinen Gehilfen und Wächtern befohlen hätte, alle Vögel, Zikaden, sämtliche Lebewesen im Wald von Legoine zu töten.

Als er zwischen den beiden Bäumen war, fielen aus den Wipfeln solche unförmigen Klumpen herab wie vorhin weiter unten im Wald. Verrottete Riesenkokosnüsse oder zerfallende Steinkokons, die sich schon im Niederprasseln entfalteten. Noch bevor Daniel zur Seite springen konnte, hatten die beiden sich aufgerappelt und standen vor ihm, Hand in Hand. Marinette mit den gesträubten grauen Haaren, der hageren Pygmäengestalt, dem niederdrückend boshaften Blick und dieses völlig fleischlose Männlein mit dem schlapp herunterhängenden linken Arm, ihr Gemahl. Der grausige Ti-Jean-Sec, der seinen Namen dem zweifachen Umstand verdankte, dass er so lachhaft klein wie Marinette war und so vertrocknet wie seine Gattin, ein Zwerg aus Knochen und Lederhaut, mit einer Vorliebe für zitronengelbe Kleidungsstücke – den gelben Hut, die giftgelbe Lumpenhose. Und mit einem Blick von durchbohrender Niedertracht und Gier.

»Du fickst sie – wir fressen sie!« Marinette und Ti-Jean kreischten es im Duett, drehten sich herum und rannten wie der Wind nach Legoine hinein, immer noch Hand in Hand. Daniel folgte ihnen langsamer, urplötzlich wieder mit einem ekelhaften Gefühl.

Die riesig hohen Felswände standen auf dem flachen Berggipfel wie ein gigantisches liegendes U. U wie Ungeheuer, U wie Unheil, U wie Unausweichlichkeit. Alles was nach Legoine hinein- und wieder aus der Schlucht herauswollte, musste den Schlund zwischen den beiden Palmen passieren. Wenn Jean Baptiste jetzt hinter ihm den Eingang abriegeln ließ, saß Daniel in der Falle.

Aber er war nicht Danny, nicht Daniel – er war Hazzide. Am Fuß der Felswände, zwischen Bäume und Buschwerk geduckt, standen Wellblechhütten, kleine Holzhäuser – alles so verwahrlost, so wacklig, so maßlos heruntergekommen wie unten an der Straße nach Port-au-Prince. In den Gärten lagen vermoderte Holzstapel, von Unkraut überwuchert, vollkommen verrostete Motorradskelette, Stapel von Wellblechen, die schon wieder zu Staub zerfielen, ohne jemals als Dach oder Hüttenwand gedient zu haben.

Und jede einzelne dieser Behausungen war leer. Mit seiner Ogu-Kraft spähte er kurz in jede Hütte hinein – alles verlassen, verwaist. Eine Falle. Ganz Legoine ist eine Falle, dachte er, dazu bestimmt, mich einzufangen.

Er beschleunigte seine Schritte, rannte die Dorfstraße entlang, den schlammigen Weg mit Schlaglöchern so groß und tief wie Badewannen, mit Katzenskeletten, Rattenkadavern am Wegesrand. Er spähte in jede Hütte, jedes Wohnloch, jedes halb zusammengebrochene Holzhaus hinein. Alles leer, leer – da war weit und breit niemand mehr. Kein Mensch, kein Hund, nicht mal ein Huhn, das in irgendeinem Garten nach Körnern scharrte.

Steinerne Stille legte sich über ihn wie eine Gletscherhaut. Dabei war es sogar hier oben schwülwarm. Das kam sicherlich von den Schluchtwänden, die jeden Windhauch erstickten und die Sonnenhitze speicherten wie ein riesiger Herd.

Der Dorfweg lief schnurgerade auf das große, stattliche Haus zu, das er schon mehrfach durch sein Ogu-Auge gesehen hatte. Das Haus mit dem hoch aufragenden Spitzdach, mit dem Kellerraum, in dem die Karawane eingepfercht gewesen war. Aber als er das letzte Mal dort nachgeschaut hatte, waren auch Elsie und die anderen nicht mehr dort gewesen.

Der Turm neben dem stattlichen Haus war nur ein Gerüst aus verrottetem Holz, wie er jetzt erkannte. Sowieso war die Schlucht hier so eng, die Felswände so hoch, dass vom Himmel

nur ein schmaler Streifen zu sehen war, unwirklich blau über all dem steinernen Grau. Unter der löchrigen Turmkuppel, von einer baufälligen Brüstung umgeben, hingen die Überreste einer Glocke, die in geradezu lächerlichem Ausmaß verrostet war.
Und neben dem Turm, am Fuß der Treppe zu dem großen Haus, standen die beiden Alten, immer noch Hand in Hand. Starr schauten sie zu ihm zurück, beide über ihre Schultern spähend, es wirkte ebenso parodistisch übertrieben wie die grotesk zerfallene Kirchturmruine. Als ob sie sichergehen wollten, dass Daniel ihnen auch tatsächlich folgte – und ihm gleichzeitig zu verstehen gaben, dass sie ihre Fürsorglichkeit nur spielten.
Dass er ihnen besser nicht in dieses Haus folgen sollte, wenn ihm sein Leben lieb war. Dass er da drin sowieso nichts verloren hatte, denn Elsie war längst nicht mehr dort. Wo immer sie sein mochte, sie, Ezilie-la-Vierge und die anderen, da drin waren sie sicherlich nicht. Im Haus von Jean Baptiste, das allem Anschein nach irgendwann früher mal die christliche Kirche von Legoine gewesen war.
Aber dann hörte Daniel einen Schrei, einen schrecklich gedämpften, erstickten Schrei – als ob ein Kind durch ein Kissen hindurchschreien würde oder hinter der Hand eines Erwachsenen, der es zum Schweigen bringen wollte.
Die Kleine?
Verstrickung, dachte er – du weißt, dass du durch einen Spukzauber genarrt wirst, aber du kannst den Bann nicht durchbrechen. Er rannte hinter den beiden her, hinter dem gelben Hütchen von Ti-Jean und Marinettes grauem, wirr gesträubtem Haar.

Die ächzende Holztreppe hinauf und durch eine Tür, die direkt in eine große Halle führte. Daniel erkannte den Raum gleich wieder – vom Keller heraufschwebend hatte er hier beobachtet, wie Jean Baptiste vor seinen Männern eine Rede gehalten hatte und wie irgendein Voodoo-Gift da hinten auf dem Herd gekocht worden war, in dem die Glut immer noch qualmte.

An der hinteren Stirnwand war eine Treppe, auf der eben die beiden Alten nach oben tappten. Miteinander murmelnd, mit schwankenden Gespensterstimmen, und ihr Herannahen löste dort oben Schockwellen des Entsetzens aus. Wogen reiner Panik, die ihnen sehr zu behagen schienen – sie grinsten einander an, schauten auch wieder über die Schultern zurück zu Daniel und grinsten ihm boshaft zu.

Panische Kinderschreie da oben im ersten Stock. »Sie kommen zurück, sie kommen zurück!« Die Stimme eines kleinen Mädchens, die sich wieder und wieder überschlug. »Mach doch was – wir müssen doch was machen!« Mit jeder Silbe wurde die Stimme schriller, bis sie nur ein hochtoniges Quietschen und Kreischen war.

»Aber wir können nichts machen!« Die Stimme eines kleinen Jungen, nur wenig tiefer, nur sehr wenig gelassener als die des Mädchens. »Die Fenster sind alle zugenagelt, wir können nicht mal rausspringen!«

Die beiden Alten auf den stöhnenden Stufen, ihrerseits stöhnend vor boshafter Vorfreude, immer noch Hand in Hand. Und Daniel hinter ihnen, durch die Halle hetzend, jetzt endlich am Fuß der Treppe – aus irgendeinem Grund kam er kaum von der Stelle, obwohl er rannte, während die Alten trippelnd die Stufen hochzufliegen schienen.

Die beiden Kleinen hetzten da oben völlig kopflos hin und her. Das Trappeln ihrer Schritte, dazu ihre Schreie, ihr Wimmern – »hier rüber, komm schnell!« – »Nein, hierher, da drüben finden sie uns doch gleich!«

»Ihr Lämmchen da oben?« Ti-Jean hielt sich die Hand ans Ohr.

Einen Augenblick lang war es da oben ganz ruhig. Dann ein dünnes Piepsen: »Ja?«
»Zieht euch schon mal nackt aus, ihr Lämmchen!«, kreischte Ti-Jean. »Das Mädchen für mich, der Junge für Marinette – zieht euch nackt aus, dann soll euch nichts Arges geschehen. Habt ihr gehört, ihr Lämmchen?«
Totenstille da oben, während Daniel die Stufen hochjagte und kaum von der Stelle kam. Während die beiden Alten sich mit Kitschgesichtern anlächelten, wie liebe Großeltern, die sich schon darauf freuen, die verhätschelten Enkelkinder wiederzusehen. Während die Kinder oben hektisch miteinander zu wispern begannen – Daniel hörte es ganz genau, obwohl sie sich nur noch flüsternd berieten. »Sollen wir?« – »Aber warum wollen sie denn, dass wir …?« – »Aber sie haben versprochen …«
Endlos führte die Treppe vor Daniel aufwärts, Stufe um stöhnende Stufe, die beiden Alten waren längst oben im Flur verschwunden. Aber zumindest konnte er die Kleinen mit seinem Ogu-Auge sehen.
Wie sie sich im hintersten Zimmer, am äußersten Ende des Ganges, in einem Winkel zusammendrängten, zwischen klammer Wand und klapprigem Schrank, neben einem Fenster, das tatsächlich mit Brettern verrammelt war. Die Kleine vom Fake-Foto und ein genauso dunkelhäutiger Junge, der ihr Bruder sein könnte, so ähnlich sahen sie sich.
Die Schritte der beiden Alten erklangen draußen auf dem Flur. Die Kinder hielten die Luft an. Zielsicher tappten Marinette und Ti-Jean auf die hinterste Tür zu, stießen sie auf und waren schon im Zimmer, hinten bei der Nische, so flink wie Leguane. Sie zerrten die Kleinen aus ihrem Versteck, rissen ihnen die Anziehsachen runter, schon hielt jeder der beiden Alten ein zappelndes nacktes Kind im Arm. Ein nacktes Lamm, wie man

die Kinder tatsächlich nannte, die den Bakas geopfert wurden. Unglaublich, wie stark diese fleischlosen Alten waren, wie sie die Kinder an sich pressten, wie die Kleinen ganz still wurden, starr vor Todesangst.

»Wir fressen euch, Lämmchen«, flüsterte Ti-Jean, schnüffelte an der Kleinen in seinem Arm und verdrehte verzückt die Augen.

»Blutig roh«, ergänzte Marinette und knabberte probeweise an der Schulter des Kleinen. »Ungewürzt, alles am Stück, so schmeckt ihr am besten.«

Mit ihrer Beute kehrten sie in den Flur zurück und waren schon wieder bei der Treppe, als Daniel sich immer noch aufwärts mühte. »Geh aus dem Weg«, forderte Marinette.

»Wir haben Hunger«, erklärte Ti-Jean.

Die beiden Kinder starrten großäugig zu Daniel herunter. *Hilf uns!* Sein Kopf war plötzlich erfüllt von ihrem hochtonigen Wimmern und Kreischen. *Rette uns! Sie wollen uns aufessen!* Er riss seinen Säbel heraus. Marinette und Ti-Jean wechselten Blicke, verbeugten sich genau gleichzeitig vor Daniel und überreichten ihm ihre Beute. »Mächtiger Ogu, nimm dieses kleine Geschenk von uns entgegen. Es sind nur zwei nackte Lämmchen, nichts weiter.« Ihre Augen funkelten vor Tücke und Hohn.

Daniel beeilte sich, seinen Säbel wieder einzustecken und die beiden Kleinen auf seine Arme zu nehmen. Sie schmiegten sich an ihn wie Katzen. Im nächsten Moment waren die Alten wieder die Treppe hinaufgetappt, in das obere Stockwerk, wo die Fenster allesamt verrammelt waren.

Daniel rannte nach unten, stolperte durch die Halle, keuchend unter der doppelten Last. Die kleinen Körper schienen mit jedem Schritt schwerer zu werden. Und im gleichen Rhythmus wuchs Daniels Zorn.

Auf der Türschwelle fuhr er herum. »Widerliche Dämonen seid ihr!«, schrie er in die leere Halle hinein. »Ekelhafte Kinderfresser!« Der Zorn schoss in ihm empor, und sein Atem wurde Glut. Eine Feuerschlange raste in das Haus hinein, im nächsten Moment stand die Halle in Flammen. Der Tisch in der Mitte, die Bänke, dann schon die hölzerne Treppe nach oben. »Verrecken sollt ihr, Marinette und Ti-Jean! Elend verrecken, unter grässlichen Schmerzen! Um euer Leben winseln sollt ihr, aber da ist niemand, der euch beisteht!« Seine Stimme dröhnte wie der Donner am Himmel, wie das Grollen in der Tiefe eines Vulkans.
Er trabte die Vortreppe herunter, sah sich noch einmal um – das ganze Haus stand in Flammen, schon brach oben aus dem Dachstuhl der Kopf des riesigen Flammentiers hervor. Gleichzeitig wurden die beiden Kleinen in seinen Armen so leicht, als ob seine Muskelkräfte urplötzlich gewachsen wären. Und als Daniel wieder nach vorn sah, hielt er zwei lederhäutige Knochenbündel in seinen Armen.
»Scheint, als wolltest du sie lieber selbst auffressen, feuriger Ogu.« Marinette kicherte boshaft.
»Dann müssen wir uns eben woanders Nahrung suchen.« Ti-Jean rückte sein gelbes Hütchen zurecht. »Hier in Legoine gibt's für uns kein Ärschlein mehr zu ernten.« Sie wanden sich aus Daniels Armen, sprangen auf den schlammigen Boden herunter und liefen davon, zurück zum Eingang der Schlucht, wo die Wächter mit den zerfetzten Kehlen hockten.

Der Turm fing Feuer, und die Flammen zernagten ihn unwirklich schnell. Schon knickte er ein wie ein ausgemergelter Riese, der einen respektlosen Tiefschlag erhalten hatte – knickte in der hölzernen Hüfte zusammen und schlug wie eine Schranke

über den Weg von Legoine. Aber da war Daniel schon vorbei und rannte zwischen weiteren Hütten, verwahrlosten Holzhäuschen auf das Ende der Schlucht zu.
Gleich würde das ganze Dorf in Flammen stehen.
Gleich würde der ganze Berg, der ganze Wald in Flammen stehen.
Die ganze Welt – es war ihm egal, in diesem schrecklichen Moment ganz und gar egal. In diesem Moment, da ihm sein vollkommenes Versagen unerträglich klar vor Augen stand.
Du wolltest die Kinder retten und hast sie getötet.
Du wolltest die Alten töten und hast sie gerettet.
Du bist gekommen, Elsie zu befreien, aber Jean Baptiste hat dich so geschickt verstrickt, mit immer neuem Spiegelzauber hingehalten, dass er seine Arbeit ungestört vollenden konnte. Das Zombifizierungswerk. Ein furchtbares Kunstwerk, modelliert aus Menschenfleisch.
Daniel rannte den Dorfweg entlang, auf das Ende der Schlucht zu. So hoch waren hier die Felswände, so eng standen sie beisammen, dass der Himmel nur noch ein blauer Zwirnsfaden war. Eben gut genug, um ein Wanga zu verschnüren. Eben gut genug, um alles mit allem zu verstricken. Vergangenheit und Gegenwart. Traum und Wirklichkeit. Himmel und Erde. Götter und Menschen. Leben und Tod.
Da war eine Bresche in der Schlucht, ganz hinten, so schmal, dass man sich eben durchzwängen konnte. Daniel schlüpfte hindurch – dahinter war wieder der Wald. Und sofort aufs Neue der Eindruck: Das alles war nur ein Spuk. Die Schlucht, Legoine, die Wächter, die kinderfressenden Alten, die beiden Kleinen.
Alles nur ein Alb.
Da ist nichts, da war nie irgendwas – nur der Wald, Danny, und du.

Ein schmaler Trampelpfad, der sich durchs Dickicht wand. Daniel folgte ihm, und nach wenigen Dutzend Schritten wurde der Weg breiter, weitete sich zu einem großen, schlammigen Acker, auf dem eigenartige Gebilde wuchsen.
Saftige Stängel, fleischige Blüten, rot und gelb. Und dazwischen, schief in die Erde eingesunken, das stumpfe Schwarz hölzerner Grabkreuze. Voodoo-Kreuze, gleichschenklig, das Zeichen von Gèdè. Und ganz da hinten, am anderen Ende des Friedhofs, da wo der Leichenacker wieder in Wald überging – da drüben stand, im giftig gelben Anzug, die Arme vor der mageren Brust verschränkt, die Augen zusammengekniffen, Jean Baptiste.
Inmitten einer langen Reihe verschlossener Särge, die ihrerseits vor einer Reihe frisch ausgehobener Gräber standen. Daneben die fettige Erde, zu Hügeln aufgetürmt. Und neben jedem Sarg, jedem Grab stand einer von Jean Baptistes Gehilfen, auf ihre Grabschaufeln gestützt.
Das Entsetzen in ihren Gesichtern, als sie ihn vor sich sahen. Dann warfen sie ihre Grabschaufeln zur Seite, um ihre Waffen aus dem Gürtel zu reißen, ihre Dolche, Macheten, um im Slalom zwischen den Gräbern auf ihn zuzurennen, auf ihn, Danny, Daniel, Ogu, Hazzide.
»Gib dich geschlagen, Jean bestial«, rief er über das Gräberfeld zu Jean Baptiste. Aber der blieb da hinten scheinbar ganz ruhig stehen, steckte sich eine Filterlose ins Wolfsmaul und paffte scheinbar ganz ruhig drauflos.
»Du bist besiegt, Bokor«, schrie Daniel. »Glaubst du, dein letztes Aufgebot hier könnte mich noch aufhalten? Deine kümmerlichen Gehilfen, nachdem deine mächtigsten Zauberwaffen mich nicht stoppen konnten?« Er riss seinen Säbel heraus. »Alle deine Mittel haben versagt, Jean bestial.«

Die Gehilfen stürmten heran, und Ogus Waffe schnitt Wolfsschädel von Wolfshälsen, bohrte sich in Wolfsherzen, Wolfsbäuche hinein. »Die Verstrickung, die Zaubervögel, sogar Marinette.« Ogus Säbel wirbelte umher, badete in Hektolitern von schwarzem Blut. »Alles hat versagt – du bist geschlagen, Jean Baptiste. Ogu ist mit mir – glaubst du wirklich, gegen den Feuer-Loa kannst du mit deiner zusammengestohlenen Magie bestehen?«

Der hoch gewachsene Haitianer stand immer noch schweigend da drüben zwischen den Särgen. Daniel ließ seinen Säbel sinken, schaute sich um, und da hätte der Boden um ihn herum mit Leichen bedeckt, er selbst mit dem Blut von dreizehn Toten besudelt sein müssen, aber da war nichts, kein Leichnam, kein Tropfen Blut.

Noch immer gönnte Jean Baptiste ihm nicht mal die Illusion eines Sieges. Und immer noch konnte Daniel seinen Blick nicht von den Särgen da drüben losreißen, während er sich unablässig fragte: In welchem liegt Elsie? Ob sie noch lebt? Versteinert, zombifiziert, das Flämmchen ihres Willens erloschen. Aber solange sie noch nicht wirklich und völlig tot war, bestand immer noch Hoffnung.

Daniel schob den Säbel in die Scheide zurück und ging zwischen den Gräbern von Legoine auf Jean Baptiste zu. Die fette Goldkette am Hals des Haitianers glitzerte in der Sonne. Die Glut seiner Zigarette, die ganze Gestalt schien giftig gelb zu glühen. »Du hast die Kraft des Voodoo missbraucht, Jean bestial. Du hast dich mit den Bakas und Diabs eingelassen, du hast die Magie des Voodoo für deine persönliche Macht missbraucht, um dich zu bereichern und um dich an der Ohnmacht deiner Opfer zu berauschen, aber damit hast du die Loas wütend gemacht.«

Er ging immer weiter auf den hageren Bokor zu, und er glaubte schon, dass Jean Baptiste sich tatsächlich geschlagen geben würde. Dass er sich unterwerfen, um Gnade betteln würde, damit Ogus Zorn ihn nicht zu Asche zerfraß. Doch als Daniel in der Mitte des Friedhofs war, kam plötzlich wieder Leben in die gelbe Gestalt da drüben zwischen den Särgen.

Jean Baptiste hob seine linke Hand und malte ein Zeichen in die Luft – ein plumpes Rund, das Zeichen von Marinette, dann das gleichschenklige Kreuz mit den ineinander gesiegelten beiden V, das Vèvè von Gèdè. Und da öffneten sich überall um Daniel herum die Gräber, und die Toten kamen heraus. Hunderte und Aberhunderte von Leichen – ihre Hände krochen aus dem Schlamm, ihre Schädel sprengten das Wurzelwerk und brachen aus der Erde hervor, ihre Arme stemmten sich auf die Ränder des Grabs, ihre Rücken krümmten sich, ihren Kehlen entquoll ein pfeifendes Röcheln, während sie ihre Knie auf den Grabrand hievten, sich aufrichteten und von allen Seiten auf Daniel zuwankten. Mit Augen wie Moorlöcher, mit Mündern, in denen Würmer hausten, mit Rümpfen, in die Maden und Fäulnis faustgroße Löcher gefressen hatten, so dass Daniel durch diese Löcher die Hintermänner sehen konnte, die genauso elend zugerichtet waren.

Mit Säbel oder Hammer war gegen diese Aasarmee nichts auszurichten. Das hatte er ja vorhin schon erlebt, in dem Zombie-Haus, das ihm durch einen Blendzauber vorgegaukelt worden war, trotzdem spürte er, dass der Spuk nicht nur aus Lügen zusammengezwirnt worden war. Dass er einen gewissen Anteil an Wahrheit und Wirklichkeit brauchte, wie jeder Zauber, wie jede Täuschung, um wirkungsvoll zu sein.

Wenn er versuchen würde, diese Kadaver-Kerle, diese aus den Gräbern gekrochenen Leichen mit dem Säbel oder dem Hammer Ogus anzugreifen, würde er unter Klaftern von Erde und

Schlamm ersticken. Jeder Hieb, jeder Schlag würde nur einen der Spuksoldaten in Schlamm verwandeln, in Erde und Moder, die sich auf ihn ergießen und ihn unter sich begraben würden.
Immer näher kamen die wandelnden Leichname heran, die ersten waren schon so nahe bei ihm, dass er ihre Ausdünstung von Fäulnis und Verwesung roch. Und sein Zorn loderte heiß, immer glühender, immer vulkanischer, und als der erste Aaskerl mit modriger Hand nach ihm greifen wollte, schoss die Glutschlange aus ihm hervor. Die Leichen zerschmolzen wie Bratfett in der Pfanne, doch immer mehr lebende Kadaver quollen aus der Erde, wankten und krochen von allen Seiten auf ihn zu.
Ogus Feuer wütete furchtbar unter Jean Baptistes Aasarmee. Hunderte Leichen gingen in Flammen auf, verloren ihre Form, zerflossen zu einem sämigen Brei, der durch Risse und Furchen in die Erde zurückrann.
Ogus Glut erlosch erst wieder, als auch der letzte der wandelnden Toten zerschmolzen und in die Erde zurückgeschwemmt worden war. Aus den Gräbern stieg Qualm auf. Hier und dort standen noch Voodoo-Kreuze in Flammen, Rauchschleier schwebten in der Luft.
Daniel ging weiter über den Friedhof von Legoine, und er fühlte sich so leer, so ausgebrannt wie jedes Mal, wenn der große Zorn aus ihm hervorgelodert war.
Er trat vor Jean Baptiste, vor die lange Reihe der Särge und offenen Gräber. Es war alles umsonst, dachte er – jetzt, im entscheidenden Augenblick, verlässt mich die Kraft.
Der mächtigste Bokor Haitis starrte ihn an, mit diesem festbannenden Blick, der jeden versteinerte. »M'sieur haben aber eine beträchtliche Verwüstung angerichtet!« Er schnippte seine Kippe auf den dampfenden Boden. »Runter mit M'sieur –

auf die Knie!« Er deutete vor seine Füße, die in glänzenden schwarzen Stiefeln steckten, und wiederholte mit hämischem Näseln: »Auf die Knie mit M'sieur!«
Aber das sollte er nicht tun. Ich hab mir geschworen, dass ich mir das nicht mehr gefallen lasse, dachte Daniel. Ich bin nicht mehr Danny, ich bin Hazzide! Noch einmal loderte Ogus heißer Zorn auf, explosionsartig entringelte sich die Glutschlange in seinem Innern, er riss den Hammer aus seinem Gürtel, schwang ihn hoch empor und ließ ihn auf Jean Baptistes Kopf niederkrachen.
Es klang, als ob Eisen auf Fels getroffen hätte.
Es roch, wie es schon damals in Occos Sternenhöhle gerochen hatte – erdig, metallisch, mit einem Beiklang von Verwesung.
Dort wo Daniel hätte niederknien sollen, sackte stattdessen Jean Baptiste in die Knie. Einen Augenblick lang kauerte er noch vor Daniel, auf seinen Unterschenkeln sitzend, und sein Oberkörper pendelte hin und her. Ein Knochenmann im giftig gelben Anzug, aber wo sein Kopf hätte sein sollen, hockte ein bizarres Knäuel aus Knochenstücken, Wolfshaar und blutigem Gewebebrei.

Die Särge waren noch nicht verschlossen, die Deckel lagen nur lose obendrauf. Daniel ging von einem Sarg zum nächsten, taumelnd und keuchend, Schleier vor seinen Augen – Rauchschleier, Tränenschleier, Erschöpfungsschleier. Er schob die Deckel an der Kopfseite weg, spähte hinein, lief weiter. Steinerne Gesichter, starre Blicke, aber nicht von Elsie, nicht von Ezilie.
Bis er beim neunten Sarg angekommen war. Neun – Elsies Lieblingszahl. Er stieß den Deckel ganz von der Kiste herunter und sackte neben dem Sarg auf die Knie.
Ihre minzegrünen Augen waren weit offen und starr. Ihr Haar

nicht golden, sondern staubgrau, ihr Gesicht wachsfahl. Aber sie war es, sie war es, und sie war am Leben, es konnte gar nicht anders sein. Ihre Hände waren nicht über der Brust gefaltet, sondern zu Fäusten geballt in ihrem Schoß. Jean Baptistes kostbarstes Beutestück – niemals würde er sie wirklich töten lassen, auch wenn sie ganz und gar wie eine Tote vor Daniel lag.

»Elsie, Liebes.« Er flüsterte es, wagte nicht, sie zu berühren, aus Angst, dass die Kälte ihrer Haut ihm jede Hoffnung nehmen würde. Aus Angst, dass es auch ihm selbst das Herz brechen würde, wenn er erkennen, vor sich selbst eingestehen müsste, was mit ihr geschehen war.

Versteinert. Zombifiziert. Ein lebender Leichnam – günstigstenfalls. Falls es überhaupt gelang, sie wieder zum Leben zu erwecken, zum dumpfen, seelen-, bewusst- und willenlosen Leben eines Zombie cadavre.

Elsie – was habe ich nur getan? Dir angetan. Mir. Uns allen.

Er beugte sich über ihren Sarg, tief und immer tiefer, um ihre Lippen mit seinem Mund zu berühren.

Da sah er den Schatten am äußersten Rand seines Gesichtsfelds und fuhr herum. Er stemmte sich hoch, mit seiner allerletzten Kraft, und vor ihm, über ihm stand Gabrielle, eine Wegwerfspritze in der Hand. Vorn auf der Nadel zitterte ein großer Tropfen von der Form einer Träne, milchig wie Augenweiß.

»Gabri–«

Sonst nichts mehr. Die Nadel fuhr in seinen Arm. Gabrielle drückte den Kolben runter und pumpte das Voodoo-Gift in ihn hinein.

Der Zombie-Zauber, ein hochkomplexer Cocktail, enthält neben vielen anderen Substanzen das Gift der Kröte Bufo marina, ein Nervengift, dessen Wirkung innerhalb einer Zehntelsekunde eintritt. Daniel brach in die Knie. Sein Blick verschleierte sich – Gabrielle und Elsie verschwammen zu einem schlammfarbenen Schlierenbrei. Sein Körper fiel zur Seite, seine Hand suchte vergeblich Halt an Elsies Sarg. Kopfüber rutschte er ins Grab – zack, schwarz.

Epilog

Warten, warten, seit Ewigkeiten warten auf den Augenblick, wenn der Sargdeckel über ihm aufgehen würde. Sich erinnern, immer wieder innerlich vorbereiten, gegen die Erstarrung ankämpfen mit allem, was er aufbieten konnte. Gegen die Zombifizierung, die endgültige Versteinerung.

Denk dran, wie du im steinernen Ei durch den Sternenschacht davongeflogen bist.

Denk dran, wie du mit Elsie am Strand des *Paraíso* gesessen hast, wie sie auf dir hoch- und runtergeschwebt ist wie eine goldene Glockenblume.

Denk an die Trommler von Santa Maria Corazon.

Denk an Liquor, an die Hunsis von Saint Brasside, an ihren Ogu-Tanz, an ihr Trance-Lächeln, an ihre Hände auf deinem Körper, als du im Kay-mystè gelegen hast.

Denk an Occo, den dunklen Höhlenkerl.

Denk an Ogu, das lodernde Feuer, die alles verschlingende Magmaflut. Auch wenn sie nur noch ein winziger glimmender Punkt tief in deinem Innern ist – die Ogu-Kraft wird dich retten.

Denk dran, wer du wirklich bist, Danny – du bist Hazzide. Deine Seele ist mit Ogu verschmolzen. Ogu wird dich nie mehr verlassen, das hat Liquor ganz genau so gesagt.

Anspannen, auf der Lauer liegen – und wieder erschlaffen, in sich zusammensacken. Denn da passierte überhaupt nichts, da war keine Schaufel zu hören, die sich in die Erde über seinem Sarg grub. Gar nichts, kein Laut, kein Lichtschimmer, nichts. Schwarz drinnen, schwarz draußen. Und keine Ahnung, wie viel Zeit vergangen war, seit er in diese Kiste geschmissen worden war. Stunden, Tage, mehr?

Wie lange reicht die Luft in so einem Loch zum Atmen?

Wie lange kann man ohne Wasser überleben?

Immer noch rollten die Gedanken in seinem Kopf wie Geröllbrocken hin und her. Er musste sie in Bewegung halten, damit sie nicht vollkommen erstarrten. Er dachte an die Blechwanne, die von den Hunsis im Humfò von Santa Maria Corazon aufgestellt worden war, mit Wasser gefüllt, damit der von Damballah Besessene hineinkriechen konnte. »Nur auf die Schlange in deinem Rücken kommt es an«, hatte Liquor zu ihm gesagt. »Sie ist Damballah, die Schlangenkraft. Sie kann Ogu in dir entzünden, Ezilie in dir entfesseln, Gèdè in dir erwecken – jeden Loa, aber nur auf sie kommt es an. Alles ist Damballah. Vergiss das nie.«

Immer noch fühlten sich seine Arme und Hände, seine Beine und Füße an wie mit Stein überzogen. Wieder und wieder machte er seine Hände auf und zu, bewegte die Fußzehen, spannte Armmuskeln, Brustmuskeln, Bauchmuskeln, Beinmuskeln an, um nicht vollkommen zu erstarren.

Er wusste jetzt wieder, was mit ihm passiert war. Hatte die allerletzten Augenblicke tausend Mal in seiner Erinnerung nacherlebt. Gabrielle hatte ihm das Voodoo-Gift injiziert, nachdem er Jean Baptiste besiegt hatte.

Du hast mich benutzt, Gabrielle. Aber jetzt hast du ja dein Ziel erreicht, Jean Baptiste mit meiner Hilfe besiegt – warum solltest du mich da noch länger hassen?

Er würde sich mit Gabrielle versöhnen, dachte Daniel. Wenn sie nur endlich kommen und ihn aus diesem verfluchten Sarg rausholen würde – er hoffte so sehr, stellte sich mit all seiner verbliebenen Einbildungskraft vor, dass sie ihn schon jetzt überhaupt nicht mehr hasste. Dass sie ihn und Elsie freigeben, dass sie ihnen helfen würde, ein Gegenmittel, einen Gegenzauber zu beschaffen, der die Versteinerung von ihnen nahm, vor allem von Elsie. Der die Flamme ihres Willens wieder in ihr entzündete, der ihnen die Kontrolle über ihre Körper zurückgab, über ihren Geist und ihre Seele.

Elsie, Elsie, wie geht es dir? Er hoffte so sehr, dass sie noch am Leben war, in ihrem Sarg oder vielleicht schon aus dem schrecklichen Gefängnis befreit. So vieles hoffte er – und fiel dazwischen immer wieder in Abgründe der Hoffnungslosigkeit. Schwarz drinnen, schwarz draußen, sonst gar nichts mehr.

Und dann endlich, endlich fraßen sich über ihm Grabschaufeln in die Erde, er hörte dumpfe Flüche, sein hölzerner Kerker wurde angehoben und unsanft wieder abgesetzt. Und mit einem grotesken Spuk-Knarren ging der Sargdeckel über ihm auf.

Grelles Sonnenlicht. Er sah überhaupt nichts – nur diesen gleißenden Ogu-Ball am Himmel, dessen Glut sich durch seine Lider brannte.

»Na, weißer Schwanz – lang genug im Schlamm geschlafen?«

Auch wenn die Sonne nicht senkrecht über ihm gestanden hätte – er durfte seine Augen nicht öffnen, er konnte sie überhaupt nicht öffnen, denn er war ein Zombie cadavre. Er besaß keinen eigenen Willen mehr. Er konnte nur noch die Befehle ausführen, die seine Herrin ihm erteilen würde.

»Sieh mich an, wenn ich mit dir rede! Mach deine dreckigen Augen auf!«

Er blinzelte zu ihr empor. Gabrielle im schwarzen Totengräber-Outfit – niemals hatte es besser gepasst als hier. Spiegelbrille, Clownsgesicht. Ihre rechte Gesichtshälfte ein Spinnennetz aus verschorften Striemen und bleichen Narben.

Zwei kräftige schwarze Männer im Leichengräberanzug standen ein paar Schritte hinter ihr, jetzt winkte sie die beiden mit einer herrischen Bewegung heran. Sie stürzten sich auf ihn, rissen ihn aus seinem Sarg heraus und fingen an, ihn zu verprügeln, wie es das Ritual der Zombifizierung vorsah – ihn mit ihren Fäusten, den flachen Händen, mit einem Lederriemen durchzuprügeln.

So viele Versuche, mich zu versteinern – und mit jedem Hieb, jedem Schlag habt ihr nur Ogu in mir mächtiger gemacht. Aber er durfte sich nichts anmerken lassen. Er war ein Zombie cadavre.

»Reißt ihm das Leichenhemd runter!«

Es hing sowieso nur noch in Fetzen an seinem Körper, ein graues Leintuch, das zweifellos schon ein Lumpen gewesen war, als sie ihn hineingewickelt hatten.

Jetzt stand er nackt vor ihnen, und sie prügelten weiter auf ihn ein. Er hörte das Klatschen der Schläge, das Pfeifen der Peitsche, spürte ihre Fäuste, den Lederriemen, aber er versuchte nicht, sich zu wehren. Hob nicht einmal seine Arme, um sich zu schützen, wehrte sich nicht einmal durch Worte, versuchte nicht einmal vor seinen Peinigern wegzulaufen.

Du bist ein Zombie cadavre, du kannst gar nicht anders, als deiner Herrin zu gehorchen.

»Auf die Knie, weißer Zombie!«

Er gehorchte. Er hätte sowieso nicht viel länger vor ihr stehen können, in seinem Kopf sauste es, und seine Beine fühlten sich an wie weicher Lehm. Aber Ogus Zorn kochte immer heißer, immer höher in ihm empor.

»Und jetzt leck mir den Schwanz!« Sie nestelte an ihrer Hose, packte ihn bei den Haaren und zerrte seinen Kopf zu sich heran.

Aber das solltest du nicht tun, Gabrielle.

Er machte seine Augen wieder zu, ließ sich einfach nach hinten umfallen, und dann dröhnte es aus ihm heraus. »Zum Donnerwetter, das lässt Ogu nicht zu!« Die Glutschlange schoss aus ihm heraus, er hörte, wie Gabrielle aufschrie – ein schrecklicher, halb erstickter Schrei.

Als er die Augen wieder aufmachte, stand Gabrielle vor ihm und brannte. Sie stand von Kopf bis Fuß in Flammen, ihre Haare brannten, Flammen züngelten an ihrem Totengräberanzug entlang. »Holt Wasser, ihr verrotteten Kadaver!«, schrie sie, und die beiden kräftigen Kerle stolperten quer über den Leichenacker davon.

Bis sie mit ein paar Eimern Wasser zurückkommen würden, wäre Gabrielle nur noch ein Haufen Asche. Daniel rappelte sich auf. Sich in die Hocke zu erheben, kostete ihn seine vorletzten Kräfte. Lange Augenblicke kauerte er einfach so da, nackt, schlammbeschmiert, neben seinem offenen Sarg, und sah Gabrielle zu, wie sie brennend zwischen den Gräbern herumtanzte. Er sah auf die lange Reihe der aufgebuddelten Gräber, und in ihm drinnen wurde alles wieder schwarz und starr und leer.

»Wo sind die anderen, Gabrielle? Wo ist Elsie?«

Gabrielle wälzte sich auf einem Erdhaufen herum, löschte die Flammen, die aus ihrem Anzug schlugen, fuhr sich mit den Händen wieder und wieder durch ihr Kraushaar. Ganze

Büschel blieben an ihren Fingern hängen und zerstäubten zu Asche. Als sie ihre Hände wieder runternahm, war ihr Schädel kahl bis auf ein paar krause Locken über der Stirn und über ihrem linken Ohr.

Ihre Jacke dampfte. Sie schüttelte sie von sich herunter, ließ sie achtlos in ein Grab fallen. Ihre türkisfarbene Bluse war mit Ruß beschmiert, von Flammen durchlöchert. Die überweite Hose hing wie ein Kohlensack an ihr herunter, gleichfalls vom Feuer zernagt.

»Deine goldene Elsie?« Sie wischte sich Ruß von der Stirn, mit rußiger Hand, die ihr Gesicht nur noch grotesker verschmierte. Ein schwarz-rot geschminkter Todesclown. »Haben wir gestern mit den anderen aufs Schiff verladen.«

Mit seiner allerletzten Kraft stand er auf und wankte zu Gabrielle hinüber. »Das ist eine Lüge.« Aber an ihren Augen sah er, dass es die Wahrheit war. »Warum, Gabrielle? Warum hast du mit diesem verfluchen Menschenhandel weitergemacht, obwohl Jean Baptiste tot ist?«

»Tja, weißer Typ, der Plan war, sein Geschäft zu übernehmen.« Sie winkelte ihren linken Arm an, eine Geste, als ob sie mit der hohlen Hand etwas über ihre Schulter schaufeln würde. »War'n Irrtum, wurde mir aber erst hinterher klar.«

»Wo wird sie hingebracht?« Er hatte Mühe, sich auf den Beinen zu halten. »Wo wird sie hingebracht? Bitte, Gabrielle, sag es mir!«

Sie bückte sich, hob ihre Sonnenbrille auf und setzte sie sich schief auf die Nase. Beide Gläser waren im Feuer zerplatzt und mit einem Spinnennetzmuster überzogen. »Dürfte nicht mehr lange dauern, bis sie in so einem Tanzknochenhaus zum Einsatz kommt, weißer Schwanz. Du weißt ja, mit einem Zombie ficken ist für manche von euch die heißeste Sache überhaupt – der schlammigste Ritt eures supersauberen Lebens.«

Von der Dorfseite her kamen die beiden kräftigen Kerle zurück auf den Friedhof gestampft, zwischen sich eine rostige Blechwanne, aus der bei jedem Schritt ein Schwall schlammiges Wasser schwappte.

»Gabrielle, bitte, du musst mir helfen! Wo ist dieses Zombie-Haus, wo sie hingebracht werden? Wie heißt der Mann, dem du Elsie und die anderen verkauft hast?«

»Dir helfen, weißer Schwanz – warum sollte ich so was tun?«

»Weil wir beide Ezilie lieben, Gabrielle. Du und ich genauso wie unsere Loas mèt-tèt, wie Gèdè und Ogu.« Er versuchte seine Stimme beschwörend klingen zu lassen, auch wenn er sich immer noch zum Umfallen fühlte. »Und was hätte es denn für einen Sinn, Gabrielle, den Bokor zu vernichten, aber seine Opfer ihrem Schicksal zu überlassen – in diesen grauenhaften Zombie-Bordellen? Du hast doch gehört, was dein Onkel Joseph gesagt hat – da gibt es anscheinend ein ganzes Netz von Zombie-Händlern und Zombie-Bordellen überall auf der Welt. Verstehst du nicht, Gabrielle, wir beide sind erst am Anfang des Kampfes, den die Loas uns aufgetragen haben. Wir müssen zusammenarbeiten. Du musst mir helfen – bitte, Gabrielle!«

Ihre Blicke brannten sich ineinander. Durch das spiegelnde Spinnennetz hindurch. Durch Knochen und Fleisch, Haut und Blut hindurch. Durch Angst und Misstrauen hindurch.

Vertrau ihm, Gèdè.

Einem Menschenpferd trauen, Ogu, das von dir geritten wird? Warum sollte ich so was tun?

Tu's für Ezilie, denn du liebst sie so sehr wie ich. Und was er eben gesagt hat, ist wahr. Gabrielle und er müssen weiter zusammenarbeiten, bis ihre Aufgabe vollendet ist.

Gabrielle fuhr sich mit rußiger Hand über ihren kahlgebrannten Kopf. »Na, meinetwegen, weißer Typ«, sagte sie. »Mir ging es sowieso hauptsächlich darum, mich an Jean Baptiste zu rächen, weil er mich benutzt und dann abserviert hat. Seinen Scheißladen zu übernehmen, unsere eigenen Leute an weiße Ärsche zu verkaufen ist überhaupt nichts für mich – das ist mir schon klar, seit ich vorgestern den Deal mit diesem Mister Rockson gemacht hab. Eiskalter Gringo-Kadaver – in so einen gehört das Zombie-Gift reingepumpt, nicht in meine Schwestern und Brüder.« Sie grinste so dämonisch, dass es zum Fürchten und beinahe auch zum Lachen war.
Aber wirklich nur beinahe. Daniel musste sich auf seinen Sargdeckel setzen, so fertig fühlte er sich, so hin- und hergeschmissen zwischen Hoffnung und Verzweiflung. »Du hilfst mir also, Elsie zu finden, Gabrielle?« Er konnte es immer noch kaum glauben.
»Unter einer Bedingung, weißer Typ.« Sie hockte sich neben ihn auf den Rand seines offenen Sargs. »Dass du nicht aufhörst, wenn wir deine Elsie gefunden haben. Denk an die Typen auf den Motorrädern, die uns unten in der Stadt verfolgt haben – wie es aussieht, haben diese Zombie-Händler sich von Jean Baptiste eine ganze Privatarmee lebender Kadaver gekauft.« Sie steckte sich eine Filterlose an. Der Geruch von brennendem Torf vermischte sich mit dem Gestank von verbrannten Haaren, angeschmorter Bluse und frisch aufgegrabener Erde. »Schwör mir, dass du mit mir zusammen diesen Rockson und die ganze Bande von Zombie-Händlern jagst – durch die ganze Welt, wenn es sein muss, weißer Typ.«
»Versprochen.« Er hatte eine groteske Vision von ihnen beiden in dem uralten Chevy, wie sie durch Provinzstädte in Texas und Louisiana fuhren, auf der Suche nach dem Zombie-

Haus. »Ich schwör's, Gabrielle. Dir und meinem Loa mèt-tèt – ich werde alles tun, was ich kann, damit die Voodoo-Macht nicht mehr in so grässlicher Weise missbraucht wird.«

Sie stieß eine Rauchwolke aus und zog hinter all dem Qualm eine skeptische Clownsgrimasse. »Aber auch wenn wir deine Elsie finden, Daniel – wahrscheinlich wirst du keine große Freude mehr an ihr haben. Bestimmt hat Jean Baptiste ihr genauso wie den anderen die volle Ladung Zombiegift reingeknallt.«

Für einen langen Augenblick saß er einfach so da, nackt und erdbeschmiert am Rand seines eigenen Grabes. Grauenvolle Bilder von Elsie im Zombie-Haus zogen durch seinen Kopf. Er zwang sich, sie nicht zu beachten, denn in diesem Moment war es mehr, als er hätte ertragen können. Sehr viel mehr.

Die beiden kräftigen Schwarzen setzten ihre Wanne voll Schlammwasser neben ihnen ab, wechselten ratlose Blicke und zogen sich schließlich ein paar Gräberreihen weit zurück.

»So wie du mir?«, fragte Daniel irgendwann. »Die volle Ladung Zombiegift?«

»Verflucht, nein, Daniel – ich hab's nicht über mich gebracht.« Sie grinste so gemein wie nur möglich. »In dich hab ich nur ein paar Tropfen weißes Zeug reingepumpt – gerade so genug für einen kleinen Tod.«

Assez pour une petite mort.

Er hievte sich wieder hoch, setzte sich neben sie auf den Sargrand. »Wenn wir Elsie erst aufgespürt haben, werden wir auch eine Möglichkeit finden, sie aus dem Zombiebann zu befreien. Ein Gegenmittel – irgendwas.« Er wollte ihr seinen Arm um die Schultern legen, da versetzte sie ihm einen heftigen Stoß, und Daniel fiel zur Seite hin um.

Sie stößt mich in meinen Sarg zurück, dachte er. Sie schmeißt mich in mein Grab zurück. Sie hat mich die ganze Zeit über getäuscht!

Dann platschte er in die Wanne voll Schlammwasser, und bevor er richtig wieder aufgetaucht war, aufgehört hatte zu husten, sich halbwegs aufrecht hingesetzt hatte, war Gabrielle aus ihrer Totengräberkluft geschlüpft und hockte ihm gegenüber in der lehmfarbenen Brühe.

»Durchsucht das ganze Dorf«, befahl sie den kräftigen Kerlen. »Wir brauchen was zum Essen und zum Trinken. Und was zum Anziehen für Gèdè und Ogu.«

Während die beiden in Richtung Dorf davonstampften, genossen Daniel und Gabrielle auf dem Friedhof von Legoine ihr Bad. Die Loas hatten keinen Frieden, aber immerhin einen wackligen Waffenstillstand zwischen ihnen geschaffen, und Daniel fragte sich, wie lange der wohl halten würde. Das Wasser war warm, beinahe heiß und ziemlich schlammig, aber besser als die Moderluft im Sarg war es allemal.

Sehr viel besser.

Und wenn du auf dem Weg des Voodoo weit genug vorangekommen bist, kann dich so was sowieso nicht mehr stören. Denn alles ist Damballah.